LES LAVANDIÈRES DE BROCÉLIANDE

Né en 1954 à Marseille, Édouard Brasey est écrivain, romancier et scénariste. Il est considéré comme un spécialiste des univers légendaires celtiques et de la fantasy auxquels il a consacré une cinquantaine d'ouvrages, la plupart récompensés par des prix.

ÉDOUARD BRASEY

Les Lavandières de Brocéliande

CALMANN-LÉVY

ISBN : 978-2-253-17656-5 – 1re publication LGF

Pour Stéphanie, mon inséparable

« Brocéliande, dont Bretons vont souvent fablant. »

Robert WACE,
poète du XIIe siècle

Prologue

Forêt de Brocéliande, dimanche 3 mai 1914

La forêt embaumait de senteurs fraîches et humides, ranimées par les rayons d'un soleil timide. Elle avait endossé sa parure de printemps, foisonnement de verdure se reflétant dans les mares assoupies. Les frondaisons des arbres murmuraient des berceuses inspirées par la brise, rehaussées par les pépiements d'oiseaux et les grignotements des écureuils sautant de tronc en tronc, traits roux perçant les feuilles. La nature, encore engourdie par les brumes du long hiver, s'éveillait à la vie, et avec elle les esprits invisibles des bonnes dames fées, des lutins et des korrigans. Car cette forêt n'était pas une forêt ordinaire. C'était une forêt à enchantements et sortilèges. La forêt de Brocéliande, qui résonnait encore de la voix de Merlin, du rire de Viviane et des gémissements de Morgane. Une forêt pétrie de terre, d'eau et de vent, mais aussi de contes et de légendes qui ne demandaient qu'à advenir, tirés de l'oubli par la mémoire des hommes. Il suffisait d'y croire.

Mois de mai, mois des fées, disait-on. Ce dimanche 3 mai 1914 s'annonçait si radieux qu'on pouvait soupçonner les demoiselles des futaies d'y être pour quelque chose. Elles avaient fêté Beltaine deux jours plus tôt, inaugurant la saison claire selon l'ancien calendrier celtique. Après le long sommeil de l'hiver et les pluies du printemps précoce, la nature renaissait dans un éblouissement de soleil. Il y avait comme un parfum d'enchantement dans l'air.

Ils étaient cinq adolescents à se faufiler dans les sous-bois tapissés de jacinthes mauves et de genêts blonds, jalonnés de bosquets piquetés de houx. Cinq amis, à la vie, à la mort, car ils étaient encore à l'âge des fidélités éternelles.

À la sortie de la messe célébrée le matin dans l'église de Concoret, dont le nom en breton, *Kon Korred*, signifiait « Val des fées », ils avaient conservé leurs beaux vêtements du dimanche et s'en étaient allés au cœur de la forêt de Brocéliande comme s'ils partaient à la noce. Car ce jour-là n'était pas comme les autres. Ils se rendaient en pèlerinage à la fontaine de Barenton afin d'y échanger des serments, y jeter des aiguilles et y récolter des miracles.

Il fallait bien compter deux heures de marche, mais ils avaient l'habitude. En tête venaient

Edern et Solenn, se tenant par la main, beaux et fiers comme de futurs épousés.

Du haut de ses vingt ans, Edern était l'aîné du groupe. Il en avait l'assurance et la prestance. Était-ce à cause de sa taille élancée, de son physique avantageux ou du sang bleu qui coulait dans ses veines ? Sa lignée familiale s'ancrait dans l'une des plus anciennes familles de Brocéliande, les Gaël de Montfort Brécilien, dont le blason *d'argent à la croix guivrée de gueule* flamboyait de mille feux depuis près de dix siècles. Un jour, Edern de Montfort régnerait sur ces bois qu'il arpentait d'un pas allègre, avec rang de baron. Mais il se moquait bien des seigneuries, des titres et des domaines que les hasards de la naissance avaient déversés sur son berceau. Il n'avait d'autre ambition que d'aimer et d'être aimé de la belle Solenn.

Solenn Josselin n'avait ni nom à particule, ni ancêtres prestigieux, ni vastes propriétés. Elle n'était qu'une humble fille d'artisan, sans dot ni armoiries. Mais elle avait l'énigmatique beauté d'une fée d'Avalon, des yeux couleur d'étang, la peau blanche de la lune en son plein, les cheveux roux des feuilles de saule à l'automne et elle avait seize ans. Ces trésors-là, aux yeux d'Edern, valaient tous les honneurs du monde.

Edern et Solenn s'aimaient comme on s'aime

à leur âge, à savoir pour la vie, et aujourd'hui ils allaient se fiancer à la fontaine de Barenton.

Suivaient les témoins de la promesse. Le fidèle Yann, bien sûr. Yann Luzel, fils de garde forestier qui, malgré ses seize ans, avait déjà le regard d'un vieux sage. Son père l'avait très tôt initié aux secrets de la forêt qu'il connaissait comme sa poche. Il parlait peu, accoutumé à la solitude et au silence qui sont les meilleures clés pour pénétrer dans les royaumes sylvestres, mais savait à la perfection imiter le sifflement flûté du merle ou le tireli de l'alouette. Les oiseaux lui répondaient et les bêtes ne fuyaient pas à son approche, rassurées par son pas tranquille et son attitude respectueuse. Et puis, il avait si souvent remis des oisillons dans le nid d'où ils étaient tombés et posé des attelles aux pattes d'animaux blessés. La bienveillance ne s'oublie pas dans les bois, surtout lorsqu'un être humain en est l'auteur. La cruauté non plus, d'ailleurs. Les animaux ont davantage de mémoire que les hommes.

Maëlle Le Borgne affectait de marcher à la même cadence que Yann, mais elle faisait deux pas lorsqu'il en marquait un. Âgée de quinze ans à peine, elle était la benjamine du groupe. Avec ses cheveux aile de corbeau, son teint mat de sauvageonne et ses yeux charbonneux, elle était l'exact opposé de Solenn. Belle aussi, à sa manière, ou plus exactement séduisante. Mais d'une séduction où entraient de la malice et de la rouerie. Si elle avait été fée, elle eût été Morgane.

Hubert fermait la marche. Hubert de Montfort, le frère d'Edern, d'un an son cadet. Mais cette année faisait toute la différence. Hubert, bien que puîné, semblait le brouillon de son aîné, son ébauche grossière. Courtaud, lourdaud, il manquait de cette grâce et de cette assurance naturelles qui émanaient d'Edern comme la lumière émane du soleil. Hubert, lui, vivait dans l'ombre. L'ombre de son frère qui, à la naissance, avait été gratifié de toutes les qualités qu'il n'aurait jamais. Ce contraste et cette injustice avaient semé les germes de l'inconstance dans le caractère ombrageux du jeune homme. En lui, se côtoyaient l'admiration et la rancune, le désir de s'affirmer et le manque de confiance, l'envie d'aimer et d'être aimé et une forme de détestation de soi.

Les sentiments que se portaient les cinq jeunes gens étaient à l'image de leur avancée dans la forêt. Hubert suivait Maëlle, qu'il convoitait sans oser la courtiser ouvertement. Maëlle, qui avait parfaitement saisi les sentiments d'Hubert, feignait de les ignorer en s'attachant aux pas de Yann, moins par attirance pour ce dernier que pour susciter chez son rival de la jalousie. Yann était trop simple, ou trop pur, pour discerner ces intrigues, et s'émerveillait sans arrière-pensées du couple radieux qui le précédait. Quant à Edern et Solenn, ils ne voyaient que leur amour.

— C'est encore loin ? gémit Hubert qui suait dans sa chemise de lin et sa veste de velours noir.

— C'est toujours les mêmes qui traînent la patte, ricana Maëlle, qui n'osait avouer qu'elle aussi trouvait le chemin long et la marche de ses aînés trop rapide.

— Il faut traverser les landes de Lambrun en direction du hameau de Folle-Pensée. Là, on sera presque rendus, répondit Yann comme si une carte d'état-major était imprimée dans sa tête.

Sans tourner la tête, Edern lança :

— Je suis aussi impatient que toi d'arriver, mon frère. Mais ce n'est pas à cause de la fatigue…

Il serra légèrement la main de Solenn qui ne put s'empêcher de rougir. Maëlle, qui n'avait pas les yeux dans sa poche, gloussa.

— On ne peut pas s'arrêter un moment ? plaida Hubert. Elle ne va pas s'envoler, la fontaine…

— Qui sait ? rétorqua Maëlle pour le taquiner. Il y a bien des sortilèges par là-bas. Le fantôme du chevalier noir y rôde à la nuit tombante. C'est ma grand-mère qui me l'a dit, et elle s'y connaît en racontailles.

— Ta grand-mère, c'est une sorcière, grommela

Hubert en se signant discrètement de la main droite.

— Et j'ai hérité de ses pouvoirs ! clama Maëlle avec un air de défi. Tu veux que je te transforme en crapaud pour t'apprendre les bonnes manières ?

La noiraude s'était plantée en travers du chemin, mains sur les hanches et fixait son timide prétendant d'un œil noir. Elle avait cessé de rire et semblait réellement fâchée.

— C'est toujours pareil avec ces deux-là, constata Yann en soupirant. Toujours à se disputer pour des broutilles. Pires que chien et chat.

— Il n'a pas à mal parler de ma famille ! se défendit Maëlle. Et puis, il y a des choses dont il ne faut pas se moquer. Ça attire le malheur.

— Le recteur de Concoret, il a dit que tout ça, c'étaient des superstitions, marmonna Hubert, les yeux dirigés vers le sol pour ne pas croiser le regard de Maëlle.

— Le recteur, il dit ce qu'il veut, renchérit la jeune fille, la voix brouillée par la colère. Et moi aussi, je dis ce que je veux. Il y a des forces qu'on ne connaît pas. Barenton, c'est sacré. C'est comme l'église. Sauf que c'était là bien avant les curés, et ça sera là après. C'est ma grand-mère qui me l'a dit !

— Allez, on se calme ! intervint Edern, que ces sempiternelles disputes énervaient au plus haut point. Vous allez nous attirer le mauvais œil avec vos chamailleries. À présent, on marche et on se tait !

Ils se turent en effet et reprirent leur route. Mais la gaieté qui les avait portés jusque-là s'était brusquement envolée comme une nuée de passereaux. Maëlle et Hubert boudaient et ruminaient dans leur coin. Yann affectait l'indifférence. Edern et Solenn se concentraient sur leur amour, mais ils sentaient peser sur leurs épaules un poids qu'ils n'avaient pas tantôt. Ils se réjouissaient depuis si longtemps de cette journée. Pourquoi la gâcher à cause de vaines disputes ? Quand on aime, il faudrait être seuls au monde.

Ils arrivèrent à Barenton au fort de l'après-midi. Le soleil, filtré par les cimes des pins, allumait des flammèches blondes dans les bosquets d'ajoncs. Une pie jacassa. Un craillement de corneille lui répondit. La sylve sauvage bruissait de présences invisibles. On pouvait, avec un peu d'imagination, distinguer des murmures et des chuchotis. Des fées, sans doute. Elles pullulaient, affirmaient les anciens, aux alentours de la fontaine de Barenton, la seule, de tout le pays gallo, à n'avoir jamais été christianisée, vouée au culte de Notre-Dame ou de quelque saint. Les demoiselles de l'autre monde s'y sentaient chez elles et y menaient, la nuit tombée, des *laridés*[1] et des *jabadaos*[2] au son des binious et des bombardes sur lequel s'époumonaient korrigans et poulpiquets. Comme dans les *festou-noz*[3], elles dansaient d'inlassables caroles, en se tenant par les petits doigts et en jetant en l'air leurs jambes fuselées, sous la conduite de *Satan goz*, le vieux Satan. Ici, l'ancienne magie n'avait pas encore été chassée par les fumées d'encens et les chœurs angéliques, et conservait intacts ses pouvoirs et ses ensorcellements.

Pour qui la découvrait pour la première fois, la fontaine de Barenton avait pourtant quelque chose de décevant. Nichée au milieu d'une clairière d'ajoncs, de genêts et de bruyère, ponctuée de quelques arbustes chétifs, une faible source sourdait de terre et accumulait son eau dans une cuve naturelle ceinte de grosses pierres affleurant le sol avant de s'écouler dans un ru et se perdre dans les sentines. Rien de bien remarquable, en somme. Mais il ne fallait pas se fier aux apparences. La fontaine, depuis plus de mille ans, avait attiré à elle des générations de pèlerins qui, mieux qu'à Delphes ou à Lourdes, venaient y solliciter des oracles et des bénédictions.

---

1. Danse bretonne.
2. Danse du diable.
3. Fêtes de nuit fréquentes en Bretagne.

Barenton était une fontaine à vœux.

Des vœux qu'exauçait ou n'exauçait pas, selon son humeur, la fée qui vivait dans la source.

Car les fées sont capricieuses et changeantes, comme le temps au printemps, et s'assombrissent aussi vite qu'elles s'ensoleillent. Pour les amadouer, il leur faut des offrandes et des rituels.

Les cinq amis, qui jusque-là se suivaient en file indienne dans les sentiers tortus ridant la lande, purent enfin prendre leurs aises dans la clairière tant convoitée. Maëlle ôta ses galoches et entreprit de masser ses mollets. Hubert en aurait bien fait autant, mais il était trop fier pour se mettre pieds nus. C'était bon pour les filles, ces abandons-là. Il se contenta de retirer sa veste et son chapeau à large bord et s'épongea le front avec un mouchoir à carreaux qu'il tira de sa poche.

Yann, accoutumé depuis son enfance aux longues courses dans la forêt, sur les traces de son père, ne ressentait aucune fatigue. Il sourit de voir Hubert, pourtant son aîné de trois ans, rompu par à peine deux petites heures de marche. Le jeune nobliau était visiblement plus à son aise dans les salons de son château de Ker-Gaël que dans les chemins hersés de ronces de la lande sauvage. Puis, sans en avoir l'intention, le fils du garde forestier laissa courir son regard sur les pieds et les jambes nus de Maëlle qui, adossée à un arbre, avait troussé jupe et cottes pour se rafraîchir. Il se détourna brusquement, tout empourpré.

Edern et Solenn se trouvaient déjà au bord de la fontaine où se jouerait leur sort. La jeune fille tendit le bras vers l'eau jaune et vert dont la surface se mit à frémir.

— Là ! regarde, Edern. La fée nous sourit !

C'était en effet l'une des particularités les plus étonnantes de la fontaine. À intervalles irréguliers, de petites bulles montaient des profondeurs de l'onde pour éclater à la surface. On eût dit que l'eau bouillonnait, alors qu'elle était aussi froide que le marbre. C'était la fée, pensait-on, qui produisait ces bulles par ses éclats de rire.

— Maëlle ! Tu as bien la boîte à *épilles*[1] ?

— Dame, oui ! fit la noiraude en laissant choir jupe et jupons pour masquer ses mollets. On n'va point à la noce sans un cadeau pour la dame de la fontaine…

La benjamine du groupe extirpa d'une poche de son casaquin une petite boîte en fer contenant des aiguilles et des épingles. La fée de Barenton raffolait de ces petits bouts d'acier pointus qui étaient le lot quotidien des couseuses et des ravaudeuses, et elle aimait qu'on en jetât dans sa corbeille d'eau. Pourtant, la fée allait nue, comme toutes les fées, et n'avait pas de vêtements à

1. Épingles.

coudre. Peut-être voyait-elle, dans ces traits argentés, quelque trésor fabuleux ? Ou bien, tout simplement, jouissait-elle des étincelles que la lumière allumait sur les aiguilles englouties.

— Il faut former le cercle, intervint Yann, qui faisait office de prêtre païen dans la cérémonie qui se préparait. Maëlle, apporte les *épilles*…

L'adolescente obtempéra et s'approcha de la fontaine en serrant sur son sein la boîte d'aiguilles. Elle observa elle aussi le sourire de la fée et fut saisie d'émotion. Toute *emmessée* qu'elle était des sermons du matin, elle percevait, dans ce coin de nature sauvage, une dimension sacrée qui imposait tout autant le respect et le silence que le chœur d'une église.

— Edern… Solenn… Postez-vous à l'orée de la fontaine, devant le perron de Merlin, commanda Yann.

Ce qu'on appelait depuis toujours le « perron de Merlin » n'était qu'une simple pierre plate jouxtant la source. Mais c'est là que, selon la légende, l'enchanteur avait rencontré la jeune fée Viviane et en était tombé amoureux éperdument.

Ce perron, d'après d'autres légendes, comportait jadis un bol fondu dans l'or le plus pur, relié à la roche par une solide chaînette afin qu'on ne le volât pas. Les passants usaient de ce bol mirifique en le plongeant dans la fontaine pour y boire une eau pure et glacée. Mais gare à l'imprudent qui, d'un geste inconsidéré, aurait laissé choir sur la pierre ne serait-ce qu'une goutte. Le ciel aussitôt se serait assombri, un terrible orage aurait éclaté et un chevalier noir – celui-là même auquel Maëlle faisait allusion en chemin – serait venu défier le coupable en un combat singulier d'où il n'aurait eu aucune chance de réchapper vivant. Chrétien de Troyes avait narré les exploits du sombre gardien de la fontaine dans son *Yvain ou le chevalier au lion*, mais la croyance était demeurée si vivace à travers les siècles que les comtes de Lanval, anciens seigneurs de la forêt de Brocéliande au mitan du XVe siècle, avaient jugé bon de publier des *Usements et coustumes de la forêt de Brécilien* dans lesquels on pouvait lire : « Joignant à la fontaine de Belenton, il y a une grosse pierre que l'on nomme "le perron de Belenton" et toutes les fois que le seigneur de Montfort vient à ladite fontaine, et de l'eau d'icelle roule et mouille ledit perron, il pleut au pays si abondamment que la terre et les biens étant en icelle en sont arrosés, et moult leur profite. » Aux temps des grandes sécheresses, les villages alentour avaient coutume de s'en venir à Barenton en longues processions, bannières au vent, croix brandies vers le ciel, chants religieux dans la gorge, pour attirer la pluie sur la contrée désolée. En ces temps médiévaux, la foi ne se démêlait pas encore de la superstition, et on attendait de la

Dame de la fontaine qu'elle exauçât ce que refusait Dieu dans ses églises de granit.

Il suffisait alors que l'azur se pommelle de nuages et se tavelle d'ombre ; il suffisait qu'un crachin suppure des cieux soudain tourmentés ; mieux, qu'une ondée s'abandonne au lieu du pèlerinage, gratifiant les orants d'une bonne rincée, pour que la croyance fût avérée. Le perron avait été mouillé, Barenton avait grondé, la pluie était tombée et le miracle s'était accompli. Que ce fût par divine providence, par caprice de fée ou malice du diable, peu importait, au fond. On était encore au temps des émerveillements. Les miracles, tout comme les maléfices, faisaient partie du quotidien. Cette époque – était-ce un mal ? était-ce un bien ? – était désormais révolue, et l'Église ne venait plus quémander à la fée les prodiges qu'elle ne savait faire advenir par des prières. Les gens de robe se tenaient à l'écart des demoiselles aux corps nus et ondoyants et préféraient en nier l'existence plutôt que d'être tentés d'en solliciter les grâces. Ils ne croyaient plus aux fées. Mais croyaient-ils seulement en Dieu ?

— Maëlle, place-toi sur le côté de la fontaine, à droite d'Edern, continua Yann. Hubert, tu lui feras face, du côté opposé. Moi, je me tiens au bas bout. Ainsi nous reconstituons le cercle de la vie qui ne peut être interrompu. Donnons-nous la main…

Chacun saisit celle de son voisin ou de sa voisine, formant une chaîne humaine qui encerclait le trou d'eau frissonnante. Ils étaient cinq amis – à la vie, à la mort – unis comme les cinq doigts de la main, comme les cinq éléments de la nature – la terre, l'eau, le feu, l'air et l'*aether* subtil des alchimistes –, comme les cinq saisons de l'année – hiver, printemps, été, automne et Samain, la Toussaint celte, qui est la saison des morts.

Solenn sentait dans sa main droite la poigne rassurante d'Edern. Sa main gauche tenait la paume moite d'Hubert, qui gardait le visage baissé en un apparent recueillement. En réalité, il lorgnait les pieds déchaussés de Maëlle, qui observait du coin de l'œil Yann en accentuant la pression de sa main. Tout un jeu de connivences et de provocations se mêlait à leur communion.

Un corbeau fendit l'air au-dessus d'eux avec un croassement sinistre.

— Saleté de corbin ! jura Edern, qui lut dans le vol du rapace un présage mauvais.

Les cinq adolescents rompirent le cercle sacré.

— Maëlle, il est temps de donner les *épilles*..., ordonna Yann sans relever la remarque d'Edern.

Lui aussi y avait vu un intersigne[1], mais il était trop tard pour reculer. Ils devaient à présent interroger la fée.

1. Mauvais présage, souvent de mort.

La noiraude ouvrit la boîte et la tendit au jeune couple. Tour à tour, Edern et Solenn y piochèrent une aiguille.

Yann les fixa avec attention avant de continuer.

— Edern, mon ami… Et toi, Solenn, sa bien-aimée… Vous êtes venus jusqu'ici pour questionner la fée sur l'avenir de votre union, et nous sommes là pour être les témoins de votre promesse. Vous allez faire offrande de vos *épilles* à la fée. Si elles surnagent à la surface, vous aurez tous deux une vie longue et heureuse ensemble. Si elles coulent au fond de l'eau, vous encourrez de grands malheurs. Selon que la fée acceptera ou non votre don, elle vous comblera de bienfaits ou vous accablera d'épreuves. Êtes-vous prêts à prendre ce risque ?

Solenn jeta un regard en biais vers son promis. Elle l'aimait et ne pouvait concevoir sa vie sans lui. Elle se serait bien passée de la bénédiction de la fée. Après tout, qu'est-ce que ça changerait ? C'est Edern qui avait insisté. Non qu'il fût plus superstitieux qu'un autre, mais s'il était certain lui aussi de son amour et de la solidité de son engagement vis-à-vis de celle qu'il avait choisie, il anticipait des écueils et des chausse-trapes émanant de sa famille. Son père, le baron Alphonse Gaël de Montfort Brécilien, régnait en patriarche tyrannique sur son clan et réprouvait les amours paysannes de son aîné, qui serait un jour l'héritier du nom, du titre et des terres, comme le voulait l'ancienne loi de la noblesse. Il ne voulait point d'une mésalliance, d'un sang *déracé*, d'une trahison de caste. Il s'opposerait par tous les moyens à ce mariage, auquel Edern ne pourrait atteindre qu'en reniant famille et héritage, lorsqu'il serait majeur. Et encore devrait-il obtenir pour Solenn une dispense d'âge, que ses parents lui refuseraient peut-être, car les Bretons, nobles ou pas, naissent fiers et têtus. Et si les seigneurs ne veulent pas de paysannes comme brus, les gens du peuple ne souhaitent pas davantage confier le sort de leurs filles à des gens hors de leur condition, qui ignorent tout du labeur de la terre. Edern, malgré toute la force de son amour, redoutait le poids de ces barrières sociales plus infranchissables que les échaliers de ronces et d'épines qui clôturaient les champs cultivés afin de dissuader les animaux errants d'y pénétrer. C'est pourquoi il attendait de l'invisible un signe qui le conforterait. Si la fée qui riait dans l'eau de Barenton leur apportait son aide, comme les marraines des contes, Edern se battrait avec plus de courage pour imposer son amour à la face du monde.

— Nous sommes prêts ! clama-t-il en brandissant son aiguille.

— Nous le sommes, répéta Solenn.

— Dans ce cas, nous pouvons interroger la fée, reprit Yann. Mais avant, nous allons nous approcher de vous pour vous témoigner notre soutien.

Les adolescents se serrèrent les uns contre les autres, épaules contre épaules, fusionnant en un seul corps.

— À présent, jetez vos *épilles*, ordonna Yann.

Edern et Solenn se regardèrent, échangèrent un sourire, puis s'apprêtèrent à lancer leurs aiguilles. Mais au moment où ils allaient s'exécuter, Hubert fit un faux mouvement et bouscula l'épaule de Solenn qui, pour garder l'équilibre, s'empara de la main d'Edern. Dans ce geste précipité, elle enfonça sans le vouloir la pointe d'acier dans la paume de son fiancé. Elle poussa un cri et, en voulant la retirer, se blessa à son tour. Une goutte de leurs sangs mêlés coula dans l'eau de la fontaine, en même temps que les aiguilles, enfin lâchées, qui s'abîmèrent dans les profondeurs de la source.

Ce fut l'affolement. Pâles comme des morts, les promis s'écartèrent brusquement du bord de la fontaine où venaient de se noyer leurs espoirs. Hubert tremblait de tous ses membres. Maëlle, les yeux furieux, pointa vers lui un index vengeur.

— C'est à cause de lui ! Il a donné un coup d'épaule à Solenn. Je l'ai vu !

— Ce n'est pas vrai ! Je n'ai rien fait ! hurla Hubert.

— Si ! C'est lui ! renchérit Maëlle. Il l'a fait exprès. Il est jaloux de son frère. C'est pour cela qu'il cherche à provoquer son malheur.

— Tais-toi, sorcière ! jura à son tour le jeune homme aux abois. C'est toi qui es jalouse de Solenn parce qu'elle est plus belle que toi. Tu es noire comme les corbeaux, et comme eux, tu apportes le malheur.

— Taisez-vous ! commanda Yann en se penchant au-dessus de la fontaine. Il faut conjurer le sort !

Dans le creux de ses mains, il recueillit l'eau tachée pour la jeter hors de la fontaine. Il ne parvint qu'à remuer la terre gorgée de fer qui, se mêlant à l'eau, acheva de lui donner une coloration rouge sang. La fée avait rendu son verdict, et rien au monde ne pouvait désormais entraver le destin funeste qu'elle avait éveillé.

Yann continuait à pagayer de ses bras, arrosant les pierres d'eau rougeâtre. Le perron de Merlin fut mouillé. Aussitôt, le ciel jusque-là si serein s'obscurcit. De lourds nuages noirs s'accumulèrent au-dessus de la forêt et un coup de tonnerre retentit.

— C'est Barenton qui gronde ! gémit Maëlle. La fée est en colère, et va tous nous maudire. C'est votre faute à tous les deux. Hubert, qui a poussé Solenn, et Yann, qui a inondé le perron. Vous avez déchaîné les malheurs sur nos têtes.

Edern et Solenn ne disaient rien. Médusés et impuissants, ils assistaient au naufrage de leurs noces. Yann, sidéré, s'était arrêté d'asperger les pierres et contemplait, le nez en l'air, les masses sombres qui se refermaient sur eux comme un linceul.

La pluie commença à tomber. Quelques grosses gouttes grasses s'écrasèrent au sol, comme des morvelles. Puis d'autres suivirent, plus nombreuses. Bientôt, ce fut le déluge. Le ciel avait crevé d'un coup, vomissant sur la forêt des trombes d'eau qui ravinaient la terre et faisaient surgir des torrents de boue ferreuse. On eût dit que la forêt saignait elle aussi. Il faisait si noir que la nuit semblait être tombée d'un seul coup.

En un instant, les cinq adolescents furent trempés des pieds à la tête. Leurs beaux habits de messe n'étaient plus que guenilles. Maëlle considérait avec effroi son casaquin gâché, ses jupes et cottes bonnes à tordre, ses galoches boueuses.

— Mon père va me tuer ! se lamenta-t-elle. C'est que je n'ai pas de change du dimanche, moi.

— Ce n'est pas moi ! Ce n'est pas ma faute ! continuait de crier Hubert, au bord de la crise nerveuse.

— Mauvais ! cracha Maëlle. Tu es mauvais comme le diable ! Que l'enfer t'emporte !

Le jeune homme ne pouvait pas en supporter davantage. Il leur tourna le dos et se mit à détaler comme un lapin, sans sa veste ni son chapeau qu'il avait abandonnés sous un arbre.

— Ce n'est pas vrai ! Je n'ai rien fait ! hurlait-il encore.

On eût dit un possédé.

— Il devient fou, constata Edern, sortant enfin de sa léthargie. Yann, aide-moi à le rattraper ! Il va se perdre, dans ces bois !

Entre deux coups de tonnerre, un cri s'éleva alors du couvert de la forêt où s'était engagé Hubert.

Les deux garçons se précipitèrent. Les hurlements d'Hubert les guidaient.

— Aïe ! J'ai mal ! J'ai si mal !

Bientôt, ils furent près de lui.

Le garçon gisait dans les ronciers, les deux mains accrochées à sa cuisse. Dans sa fuite éperdue, il avait mis le pied dans un gros piège de fer caché dans les fourrés par quelque braconnier. Les mâchoires dentelées s'étaient brutalement refermées sur sa jambe, labourant sa chair, faisant surgir des esquilles d'os noyées dans une mare de sang.

— C'est un piège à sanglier. Ta jambe est

salement amochée, mon vieux ! annonça Yann en se penchant sur le corps de son ami.

— Aidez-moi ! Je souffre ! Je souffre tant ! gémissait Hubert.

— Edern, il faut dégager sa jambe…

Les deux jeunes gens s'escrimèrent pour détendre le piège. Leurs mains glissaient sur l'acier ruisselant de sang et de boue mêlés.

— C'est bloqué, rugit Edern.

— Attends, j'ai une idée…

Yann saisit une branche cassée par l'orage et l'introduisit entre les mâchoires afin de faire levier. Hubert hurlait de plus belle, rendu fou de douleur. Soudain, le mécanisme se débloqua et s'ouvrit dans un claquement sec.

Yann et Edern libérèrent enfin le garçon. Mais sa blessure était profonde et il était incapable de marcher.

— On va le porter, décida Yann.

— On n'a pas le choix, concéda Edern. Je vais le mettre sur mon dos…

— Non, moi ! C'est ton frère et tu es plus âgé, mais je suis le plus costaud. Laisse-moi le porter, tu me relaieras plus tard…

— Comme tu veux… Je vais appeler les filles.

Ils ne rentrèrent à Concoret qu'à la nuit tombée, fourbus, trempés, glacés. La jambe d'Hubert fut soignée vaille que vaille, mais l'os fracturé ne put se remettre correctement. Le garçon y gagna une boiterie qu'il conserverait toute sa vie.

Ils étaient cinq amis – à la vie, à la mort – qui s'en étaient allés un beau dimanche de mai pour échanger des serments, interroger la fée, lui lancer des aiguilles et en attendre des miracles. Ils n'étaient parvenus qu'à contrarier les puissances, faire gronder la fontaine et déchaîner les malédictions. Ils avaient réveillé les anciens dieux oubliés, les dieux de la mort qui à présent réclamaient vengeance.

C'était un dimanche de mai.

Un dimanche du mois de mai 1914 qui avait sonné le glas de leur indéfectible amitié.

Plus jamais ils ne se revirent ensemble tous les cinq.

Trente ans passèrent, d'une guerre à l'autre.

Première partie

La nuit de Samain

1

Concoret, dimanche 31 octobre 1943

Gwenn arriva au lavoir à la belle heure, cet instant hors du temps où la nuit s'effiloche dans un petit jour qui n'ose pas encore paraître. On l'appelait aussi « l'heure bleue », bien qu'elle fût souvent grise, et plus souvent encore sans couleurs. Elle se reconnaissait à son parfait silence, précédant de peu l'envol des chants d'oiseaux, et à son extrême froidure. C'était l'instant où les enfants se mussaient sous les couvertures, où les vaches mettaient bas, où les agonisants rendaient l'âme. La belle heure favorisait le passage d'un monde à l'autre, de la nuit au jour, de la vie à la mort et du non-être à l'existence. Gwenn avait choisi ce moment pour laver son linge, le purifier des souillures et lui redonner sa blancheur immaculée, son innocence retrouvée. Comme on était dimanche, elle avait du temps devant elle pour accomplir son travail avant d'assister à la messe.

Situé à l'orée du village, au milieu des champs,

le lavoir de Concoret, qu'on appelait familièrement le *doué*, consistait en un long bassin empierré de un mètre de profondeur où l'eau pure et fraîche de la rivière était retenue avant de s'évacuer par des vannes dans un ruisseau. Une dizaine de lavandières pouvaient tenir à leur aise sur son pourtour. Le lavoir était à ciel ouvert, ce qui le rendait moins commode d'usage lorsqu'il faisait gros temps, mais la pluie en Bretagne n'est pas cette malédiction que voient en elle les contrées latines. On s'y fait. On ne la redoute pas. On finit par l'aimer, même, et elle devient vite aussi indispensable que l'air que l'on respire.

Gwenn rangea sur le côté sa brouette remplie de linge déjà trié – les couleurs d'un côté, le blanc de l'autre – et commença à disposer son nécessaire sur la margelle de pierre située à fleur d'eau : la boîte à laver, la brosse de chiendent, le battoir et le pain de savon de Marseille qu'on ne trouvait, depuis le début de la guerre, que chez le boulanger de Mauron.

La boîte à laver, surnommée aussi « carrosse », était une sorte de cageot en bois que les lavandières commandaient au menuisier du village. Elles y déposaient un coussin et se plaçaient à genoux à l'intérieur, près du bassin, se penchant par-dessus le rebord pour plonger leur linge dans l'eau, le lessiver, le brosser, le battre et le rincer. Cette boîte était comme un petit refuge qui leur permettait de se préserver des éclaboussures d'eau et de savon. Et puis, même si elles se mouillaient les mains jusqu'aux avant-bras, leurs pieds, au moins, étaient au sec.

Avant de s'installer, Gwenn prit le temps de humer les senteurs alentour. Elle savait lire dans le ciel le temps qu'il allait faire, tout comme elle savait trouver son chemin dans la forêt, distinguer les champignons comestibles des mauvais et reconnaître les oiseaux à leur chant. Avant d'être fille des hommes, elle était fille de la nature.

C'était l'automne, la saison où s'amorcent le repli et le déclin avant le grand sommeil de l'hiver. La terre exhalait des fragrances d'humus, de mousse et de feuilles mortes. Certains trouvaient cela triste, mais pas Gwenn. Elle aimait cette époque où, après la plénitude de l'été, la vie prend ses distances, mûrit ses expériences comme mûrissent les vignes, plonge peu à peu dans l'ombre et les mystères.

On était au dernier jour d'octobre, veille de l'ancienne fête celtique de Samain, célébrée le 1er novembre et marquant le début de la saison sombre. Samain était l'ancien dieu des morts. La nuit prochaine, il ouvrirait les portes séparant le séjour des défunts de celui des vivants. On disait que la nuit de Samain était celle des sortilèges, des apparitions fantomatiques et menaçantes et du passage de l'Ankou, le valet squelettique de la Mort, conduisant sa charrette aux roues de fer sur les chemins empierrés en arborant sa faux. De son index osseux, il désignait les trépassés de l'année. En terre de Bretagne, aucune personne sensée n'aurait osé sortir au cours de cette nuit dangereuse entre toutes, de crainte de se trouver confrontée aux spectres et aux *anaon*, les âmes des morts qui erraient lamentablement sur les lieux où elles avaient vécu. Pour conjurer les terreurs ancestrales alimentées par cette nuit tant redoutée, Samain avait été remplacée par la Toussaint chrétienne, mais rien n'avait changé au fond. La peur de la mort demeurait intacte.

Gwenn, pour autant, n'était ni mélancolique ni hantée par l'idée de la mort. Elle était une belle jeune femme âgée de vingt-quatre ans, pétulante et vive, que les épreuves, la pauvreté et les restrictions n'avaient rendue ni désespérée ni amère. Orpheline de naissance, elle n'avait jamais goûté à la sécurité d'un foyer uni, n'avait jamais senti sur ses joues les baisers d'une mère, les caresses d'un père. Son enfance solitaire lui avait laissé en partage un fond de sauvagerie qui la tenait à l'écart du monde. C'est pourquoi elle aimait les automnes, les aubes et les crépuscules, et venait au lavoir à la belle heure, avant l'arrivée des autres lavandières.

La jeune femme mit fin à sa courte méditation et commença à déballer son linge. En réalité, ce n'était pas « son » linge, mais celui qu'elle allait quérir à grandes brouettées dans les demeures aisées. On la payait quelques sous pour sa peine. C'était là son métier, lavandière. Un métier fatigant, un peu humiliant aussi, car il fallait mettre son nez dans la crasse des autres, mais qui lui permettait de gagner son ordinaire. De toute façon, les femmes n'avaient guère le choix en ces temps de misère. Travailler dans les champs, aider à la ferme, garder les vaches et les cochons, glaner dans la forêt : rien qui ne soit usant, éreintant, voire sale et puant. Le linge, au moins, sentait bon lorsqu'il sortait du lavoir. Gwenn préférait cela aux fanges de la soue ou aux fosses à purin. Elle travaillait dur, mais restait propre et fière.

Fière, surtout. Elle ne voulait rien devoir à personne.

Elle déposa le coussin dans la boîte à laver, ôta ses sabots et se mit à genoux. Elle renfila d'un geste précis une mèche rousse sous sa coiffe, empoigna un paquet de draps rêches comme des grattoirs et le plongea dans l'onde verte.

L'heure bleue était passée. Des vapeurs roses montaient des collines et les premiers chants d'oiseaux retentirent dans l'aube claire. Un ragondin effrayé détala et s'enfuit dans l'herbe. Soudain, un corbeau vint s'abattre sur la margelle du lavoir en croassant. Il replia ses ailes, plongea son bec dans l'eau puis releva la tête et regarda

Gwenn en inclinant sa tête sur la gauche. La jeune femme ne put s'empêcher de frissonner. Elle aimait et respectait sans distinction tous les animaux, mais certains d'entre eux, par leur apparition inattendue, pouvaient être porteurs d'intersignes, de messages funestes destinés aux humains. Et les corbeaux, à cause de leur plumage noir et de leur voix enrouée de crécelle, étaient généralement annonciateurs de mauvais présages. Des présages de mort.

Un couinement de roue de brouette mal huilée fit s'envoler le volatile. Gwenn leva la tête, mais elle savait déjà qui approchait. La doyenne des lavandières, la vieille Maëlle Le Borgne, que tout le monde surnommait Dahud, en souvenir de la sorcière qui, selon la légende, avait causé l'inondation de la cité d'Is après avoir fait allégeance au diable. Ce sobriquet lui allait bien, et elle était la première à le revendiquer. Il lui conférait une aura maléficieuse qui inspirait la crainte et une forme de respect.

Vieille, elle ne l'était que d'apparence, car elle n'était âgée que de quarante-quatre ans. Mais sa peau brune, craquelée de rides comme une tourbière asséchée, ses mains gonflées d'engelures, ses cheveux en halliers, jadis noirs comme ailes de corneille, désormais grisâtres comme brumes, ses dents gâtées, ses yeux rougis par les veilles, jusqu'à son dos voûté et sa démarche chaloupée, doublaient les années dont le temps l'avait gratifiée.

Pour autant, Dahud ne ressemblait en rien à une pauvresse et se vêtait toujours avec soin. Casaquin noir sur chemise en dentelle, jupes de velours par-dessus une avalanche de jupons, devantière[1] brodée, bas de coton, socques de bois impeccablement cirés lorsqu'elle se rendait au lavoir, souliers vernis le reste du temps. On se moquait dans son dos de ces coquetteries qui ne faisaient qu'accentuer sa laideur, mais qui pourtant lui conféraient, malgré ses airs perdus, une allure de dame.

Certains disaient que c'étaient les malheurs qui avaient ruiné la beauté et la jeunesse de Dahud – elle avait été belle, jadis, aux dires des anciens et, chose plus étonnante encore, elle avait été jeune ; d'autres alléguaient que la méchanceté dont elle était pétrie avait brouillé son teint et empoisonné son esprit ; d'autres encore que c'était *Satan goz*, avec qui elle avait selon eux pactisé, qui lui avait conféré cette tournure de sorcière. Il lui avait également fait don de richesses, car on la disait couverte d'or et d'argent mais trop avare pour en faire étalage et les dépenser. Et si elle venait chaque matin au lavoir, ce n'était pas pour gagner sa vie,

1. Tablier de femme.

mais pour y répandre le venin de ses ragots. Elle se payait en médisances.

— Toujours la première au *doué*, hein, ma fille ? éructa-t-elle en lançant un regard chafouin à Gwenn. Les mains dans l'eau dès potron-jaquet, avant le premier chant de l'alouette. Prends garde à toi, un de ces jours, à la haute heure[1], tu finiras par croiser les lavandières de la nuit !

— J'aurai ainsi le plaisir de vous saluer, Dahud ! répliqua Gwenn d'un ton provocateur.

Elle était la seule, au village, à ne pas se laisser impressionner par les imprécations de la lavandière et à lui tenir tête. Loin de s'en offusquer, Dahud semblait prendre plaisir à cette résistance et en jouait, comme un chat joue avec un autre chat en faisant mine de montrer les griffes.

— Tu as tort de rire, ma fille, reprit Dahud en fixant Gwenn de ses yeux noirs. Il ne fait pas bon approcher du lavoir passé la minuit et avant le lever du jour. La nuit est le domaine des spectres et des dames blanches, des filandières de mort et des lavandières de sang… Et ce soir est veille de Samain et troisième nuit de lune noire. Les lavandières fantômes vont s'en donner à cœur joie…

Gwenn eut un pâle sourire. Elle connaissait, bien sûr, les sombres légendes attachées à la vie

---

1. De bonne heure.

du lavoir pour les avoir souvent entendues de la bouche des anciens dont elle aimait à écouter les souvenirs et les vieilles croyances. Les lavandières de la nuit, racontaient-ils avec de l'effroi dans les yeux, étaient les fantômes de mères infanticides ou avortées qui revenaient après leur trépas pour laver les langes de leurs enfants mort-nés. Ces langes étaient gorgés du sang des innocents sacrifiés, mais elles avaient beau les plonger dans l'eau noire où se reflétait la lune lorsqu'elle était en son plein, les tordre de leurs mains squelettiques et les frapper de leurs battoirs, les linges demeuraient rougis du sang des petites victimes. Les laveuses revenaient pourtant chaque mois pour s'acquitter de leur pénitence, et reviendraient ainsi jusqu'au Jugement dernier.

Parfois, un passant égaré entendait le chant des lavandières de sang :

Tords la guenille
Tords le suaire
Des épouses des morts.
Tords, tords toujours.
L'ossuaire
A mis de la poussière
À nos robes de deuil.
Tords la guenille
Tords le suaire.
La fontaine est claire

Et se mouille de sang.
Tords, tords la guenille.
Si tu ne tords plus vite,
Nous te tordrons le cou.

S'il commettait l'imprudence de s'approcher des sorcières pour répondre à leur invite, elles lui flanquaient leur linge mouillé dans les bras pour qu'il les aide à l'essorer. Mais lorsqu'il le tordait dans un sens, elles le tordaient dans l'autre, jusqu'à ce que le malheureux se retrouve les bras cassés et le cou brisé avant de périr noyé au fond du lavoir.

Telles étaient les croyances ancrées dans la mémoire du village, et personne ne se serait permis de mettre en cause leur authenticité. Cela n'empêchait pas les jeunesses de s'en aller roucouler à la nuit tombée près du lavoir recouvert d'ombres noires. Mais ces rencontres amoureuses ne dépassaient jamais les douze coups de minuit. Même ceux qui ne croyaient pas aux lavandières de sang en avaient secrètement peur.

Dahud s'installa à la tête du lavoir. C'était là sa place, que nulle autre n'aurait osé lui disputer. La place d'honneur. Tout en louchant du côté de Gwenn, qui affectait d'ignorer sa présence, la vieille noiraude prit le temps de disposer son carrosse en pur bois de merisier. Puis elle dressa à côté d'elle une corbeille remplie de chemises en fines dentelles, de jupons à volants, de jabots, collerettes, coiffes et caleçons si blancs qu'ils semblaient déjà propres.

Ceux à qui appartenaient ces dessous intimes ne lésinaient ni sur les parures, ni sur les moyens de les conserver impeccables. Ce n'étaient pas là torchons et guenilles de paysans, mais lingerie de riches. Dahud allait quérir ces falbalas au château de Ker-Gaël, où vivaient les Montfort, dont elle était la lavandière attitrée. C'était un spectacle étrange et déconcertant de voir les doigts tordus de la sorcière de Concoret tripatouiller ce beau linge frais qu'on eût davantage imaginé entre les mains blanches d'une jeune fille.

La noiraude avait passé un accord depuis bien longtemps avec les seigneurs de Montfort, à qui appartenait la majeure partie de la forêt de Brocéliande. Cela achevait de lui conférer un prestige suscitant les jalousies. Les commères de Concoret laissaient entendre que le privilège dont bénéficiait Dahud s'était payé en son temps de quelque prix scandaleux dont elles ne précisaient pas la nature, mais qu'on imaginait peu recommandable. On supputait que la fortune de Dahud, qui paraissait d'autant plus importante qu'elle demeurait cachée, n'avait pas été acquise uniquement par le travail. La lavandière se moquait bien de ces ragots ; elle en distillait bien d'autres en retour, et avec les intérêts encore. Elle nettoyait du linge propre, était correctement payée pour cette tâche et se passait parfaitement bien de la considération d'autrui.

Elle n'avait pas fini de trier ses draps qu'une bande de jeunes filles arriva en entonnant un ancien chant de lavandières.

Du premier coup qu'ell' frappe
Son battoué[1] *s'est cassé,*
Diguedon madondaine !
Son battoué s'est cassé,
Diguedon madondé !

Elles riaient, jouaient à se bousculer ou à faire verser leurs brouettes. Elles étaient six en tout et n'avaient pas vingt ans. Dahud les réprimanda de loin :

— Ah ! ces garçailles[2], c'est toujours en retard et ça ne pense qu'à prendre du bon temps ! Après, ça s'étonne de ne pas avoir fini à l'heure !

Les jeunes filles répondirent par des gloussements, mais cessèrent leurs petits jeux. Elles saluèrent Dahud et Gwenn d'un hochement de coiffes et prirent place autour du bassin, déversant sur la margelle leurs ballots avant de commencer leur *buée*[3].

---

1. Battoir à linge.
2. Enfants, garçons et filles.
3. Lessive.

— Tu peux me prêter ton savon ? lança l'une d'entre elles à Gwenn. J'ai oublié le mien à la maison…

— Tu ne l'as pas oublié, Fanchon, tu l'as laissé exprès ! dit une deuxième. C'est mieux d'user le savon des autres que le sien, pas vrai ? Au prix qu'il coûte… Sans compter le voyage à Mauron…

— Tu n'es qu'une mauvaise langue, Nolwenn ! rétorqua l'accusée. Le coq ne m'a pas réveillée ce matin, j'ai dû courir. J'ai même pas eu le temps d'avaler une chicorée…

— Pauvre Fanchon, fit une autre. Si elle a du mal à se lever matin, c'est qu'elle fait trop la noce à la nuitée, surtout les samedis soir. On dit qu'on l'a vue hier soir au lavoir, mais ce n'était pas pour mener la *buée*[1], c'était pour conter fleurette à son bon ami Corentin !

— C'est la jalousie qui te fait braire, Margarit ! se défendit Fanchon. C'est pas parce que tu n'as pas d'amoureux qu'il faut répandre des racontailles sur les autres !

— Tiens ! intervint Gwenn en tendant son pain de savon à Fanchon pour couper court à la dispute. J'ai bien *essongé*[2] mon linge, je n'en ai plus besoin.

1. Faire la lessive.
2. Savonné.

— Tu es bien trop bonne avec elle ! la tança Dahud. Tantôt elle te demandera ta brosse ou ton *battoué* ! C'est de la fainéantise, tout ça, rien de plus !

Fanchon ne releva pas et se contenta de prendre le savon en remerciant Gwenn d'un petit sourire qui semblait dire : « Je te revaudrai ça ! » Mais Gwenn n'était pas dupe. Fanchon prenait mais ne donnait jamais rien en échange. Fallait-il lui en faire reproche ? Elle avait dix-sept ans, l'âge où on découvre la vie et l'amour et où tout semble permis. Son idylle avec Corentin, le jeune apprenti menuisier, était connue de tous, mais la jeune fille pensait que son amourette s'enjolivait du secret qu'elle croyait avoir préservé.

Les lavandières frottaient leur linge tout en jouant à des petits jeux. Elles s'éclaboussaient en frappant les draps de leur battoir, faisant mine de s'offusquer de ces rincées savonneuses. Si elles étaient trop loin les unes des autres, elles se passaient le pain de savon en le mussant dans leur sabot qu'elles laissaient flotter sur toute la longueur du bassin comme un petit bateau. Elles usaient aussi de mimiques. Elles jetaient des regards en coin en direction de Dahud, avant d'échanger entre elles des grimaces et des sourires entendus.

La plus expressive, dans ces minauderies et ces rires sous cape, était Annaïg, la propre fille de

Dahud. Elle avait dix-huit ans et la beauté que sa mère avait perdue depuis longtemps. Cette dernière avait élevé sa fille seule, dans une sévérité extrême cherchant à compenser l'absence de père. Elle n'était parvenue qu'à faire germer et proliférer chez Annaïg un sentiment de frustration et de rancœur qui s'était peu à peu mué en haine. Non pas cette haine franche et brutale qui oppose les ennemis jurés, mais une haine larvée et muette, faite de non-dits, de haussements d'épaules et de regards au plafond, cette haine confite en habitudes et en silences lourds qu'entretiennent les époux mal appariés, condamnés à vivre et à mourir ensemble dans un même enfer routinier. Annaïg et Dahud étaient pareilles à ces malheureux ; elles ne se parlaient pas, en tout cas jamais directement, partageaient la soupe et le pain en s'ignorant et menaient chaque matin la *buée* comme si elles étaient de parfaites étrangères. La jeune Annaïg Le Borgne se vengeait de ces chicaneries de vieux couples en se moquant de sa mère lorsqu'elle avait le dos tourné, encouragée par les gloussements complices de ses amies.

— Pouah ! s'écria soudain Louison, la dernière lavandière. J'ai écopé d'un *caneçon*[1] tout sali au derrière !

1. Caleçon.

— C'est un pet *fouérou* ! confirma Annaïg après avoir plongé son nez dans le caleçon incriminé. C'est le caneçon à qui ?

— Au père Levasseur, le marchand de charbon, fit la jeune fille avec une moue de dégoût. Mais ce n'est pas avec des pets qu'il a bassiné aussi salement sa culotte, le bougre. Il a dû avoir une sacrée *drouille*[1]. Ça pue drôlement, là-dedans !

— Ma fille, si tu as le nez si fin, je te conseille de changer de métier, intervint Dahud d'un ton sec. N'oublie jamais que tu es payée pour nettoyer la merde des autres !

Les lavandières pouffèrent de rire.

— C'est vrai que vous savez lire dans le linge, *mamm-goz* Dahud ? demanda Fanchon.

Dahud tiqua. Elle n'aimait pas qu'on l'appelle grand-mère, même si elle en avait l'allure. Mais elle ne voulait pas perdre une aussi bonne occasion de faire étalage de son savoir.

— C'est tout un art ! commença-t-elle. On peut savoir la vie des gens rien qu'en reniflant leurs chemises et leurs caneçons. Du sang sur les serviettes intimes : ces dames ont leurs périodes. Plus de serviettes à laver : elles sont grosses. Des draps et des torchons brodés : un mariage est dans l'air. Dans les chemises, on trouve aussi les restes des mangeailles, lorsque les hommes se

1. Diarrhée.

nettoient la lippe d'un revers de manche. S'ils ont abusé du cidre ou du *gwin ruz*[1], on en devinera les marques sur le jabot ou le devant de la chemise. S'ils se sont boissonnés[2] jusqu'à tomber par terre, on le saura à leur vomi ou à leur merdaille, comme pour le père Levasseur. Quant aux trousse-guenilles en ribote qui courent après les filles, ils auront eux aussi des taches à leurs caneçons, mais ça ne sera pas les mêmes…

— Je vois ce que vous voulez dire, s'esclaffa Fanchon. Des taches de liqueur d'homme !

Toutes les filles éclatèrent de rire, se tapant sur les cuisses et rejetant leur tête en arrière, dévoilant leurs dents blanches et faisant gonfler leurs poitrines. Dahud les observa d'un œil suspicieux.

— Vous avez tâté de la goutte[3] de bon matin, ma parole ! Vous semblez bien allumées, mes garçailles… Mais ce n'est pas en rigolant comme des tordues que l'ouvrage va se faire. Arrêtez de faire vos commères… Chantez tant que vous voudrez, mais gardez vos idioties pour vous !

Les lavandières reprirent leur *buée* tout en entonnant leur chant.

---

1. Vin rouge.
2. Enivrés.
3. Eau-de-vie.

La fille est désolée,
Elle se mit à pleurer.
Par le grand chemin passe
Beau jeune cavalier
Qui lui demande, belle,
Qu'avez-vous à pleurer ?
J'ai beau pleurer, dit-elle,
Mon battoué s'est cassé !

— J'en connais qui en rêvent, du beau et jeune cavalier, et pas seulement la nuit ! commenta Margarit d'un air entendu. *Mamm-goz* Dahud, vous qui savez lire dans le linge, vous pouvez nous dire avec quel beau gars on se mariera ?

Les jeunes lavandières pouffèrent, sauf Gwenn, qui fit mine de ne pas avoir entendu la remarque à double sens de sa camarade. Plongée dans sa lessive, elle ne remarqua pas le regard chargé d'ironie que lui jeta à ce moment précis Annaïg.

— C'est pas avec le linge qu'on choisit les fiancés, intervint Nolwenn. C'est en allant jeter des *épilles* dans la fontaine de Barenton…

À cette évocation, le visage de Dahud se ferma brusquement et ses yeux devinrent songeurs. Ses lèvres étaient si serrées qu'on eût dit une mince tige de fer qui lui clouait la bouche.

— J'y suis allée, moi, à Barenton, au printemps dernier, enchaîna Margarit d'un air réjoui.

Elles sont toutes restées à la surface. J'aurai un beau mariage, et même l'embarras du choix !

— Et combien que tu en as jetées, des *épilles*, dans la fontaine ? interrogea Nolwenn d'un air goguenard.

— La boîte entière !

— Alors, ça veut dire que tu auras beaucoup d'amants et que ton mari aura des cornes au front !

Toutes s'esclaffèrent, sauf Margarit qui flanqua un bon coup de battoir sur son linge pour marquer son mécontentement.

— C'est la jalousie qui te fait jacasser ! se défendit-elle. En tout cas, même si ça arrivait, je ne serai ni la première ni la dernière à courir le guilledou. Ça n'empêche pas de rester honnête, tant qu'on ne met pas le petit Jésus dans la crèche avant d'être passé à l'église, devant le recteur ! Y en a d'autres qui n'ont pas la patience d'attendre. Elles préfèrent fêter Noël en plein été !

Disant cela, elle lorgnait du côté d'Annaïg qui lui répondit par une mine furibonde.

— Il faut dire que les beaux cavaliers savent parler aux lavandières, comme le dit la chanson, poursuivit Margarit. D'ailleurs, ils parlent tellement bien qu'ils ne contentent pas d'une seule amoureuse. Il leur en faut plusieurs !

Cette fois-ci, ce fut au tour de Gwenn de lever le nez de sa *buée*. Annaïg lui lançait des regards venimeux. Les deux lavandières se défièrent un moment, tandis que les autres filles poursuivaient leur chanson :

Que donneriez-vous, belle,
J'irai vous le chercher.
J'ai cent écus en bourse,
Je vais vous les donner.
Le garçon se dépouille,
Dans l'étang a sauté.

Dahud, l'air glacial, observait le silencieux duel qui opposait sa fille à Gwenn. Elle n'était pas née de la dernière pluie et avait parfaitement compris à quel beau et jeune cavalier les lavandières songeaient en scandant leur couplet. Il s'agissait de Philippe de Montfort, le fils unique du baron et de la baronne qui occupaient le château de Ker-Gaël. Âgé de vingt-quatre ans, grand et bien découplé, le port altier, le cheveu blond et le teint pâle ainsi qu'il sied aux nobles, Philippe était un cavalier émérite qui passait le plus clair de son temps à chevaucher dans la forêt sur son superbe étalon alezan. Il aimait à chasser aussi mais, depuis le début de la guerre, les chasses à courre ayant été interdites, Philippe se contentait de galoper des heures durant dans les sous-bois, préférant la compagnie de sa monture à celle de ses contemporains. Car le jeune homme était fier de sa naissance et se montrait distant, voire hautain, avec ceux qui n'étaient pas de son rang.

Ce dédain, pour autant, n'était pas universel. On disait que Philippe était un vert galant qui n'hésitait pas à faire la cour aux servantes, aux filles d'étable ou aux jolies lavandières. Ces amours ancillaires n'étaient que des passades. On ne connaissait au jeune homme aucune liaison stable. Existaient-elles seulement, ces liaisons supposées ? Dahud en avait toujours douté. Il suffit qu'un beau garçon sorte du lot, par la prestance de son allure ou l'éclat de son nom, pour qu'aussitôt on lui prête des aventures. Si bonnes fortunes il y avait, le jeune noble n'en avait en tout cas jamais fait étalage, et nulle porteuse de cotillons n'était venue s'en vanter.

À plusieurs reprises, Dahud avait envoyé Annaïg à Ker-Gaël pour y rapporter le linge fraîchement lavé. La mère avait cru remarquer, une fois ou deux, que sa fille traînait un peu en chemin pour revenir du château et s'empourprait lorsqu'elle lui en faisait la remarque. Dahud avait pris soin, par la suite, de ramener elle-même les brouettées de linge au château. Peut-être avait-elle un peu trop tardé…

Quant à la réaction de Gwenn, elle était plus compréhensible. L'orpheline se tenait à l'écart des gens du village mais appréciait la compagnie de Philippe avec qui elle entretenait une amitié qui se jouait des barrières sociales, fondée sur une forme de connivence et de respect réciproques. Dahud savait que cette amitié se vivait au grand jour, et non dans l'ombre complice des sous-bois. Il n'y avait qu'à lire dans le regard clair de Gwenn pour s'en persuader. À moins que… Dahud se promit d'être à l'avenir plus attentive aux allées et venues du beau et jeune cavalier et des lavandières.

Pendant que Dahud poursuivait ses réflexions, les lavandières enchaînaient les couplets.

Du premier coup de nage,
Il a très bien plongé.
Du second coup de nage,
Au fond il a coulé.
Du troisièm' coup de nage,
Le garçon s'est neyé[1].
La fille s'est écriée
— Monsieur, vous vous neyez !
— Faut pas l'dire à ma mère
Que je me suis neyé.
Faudra plutôt lui dire
Que je me suis marié.

Elles furent interrompues par l'apparition d'un homme surgi de la forêt proche. Il arpentait le

1. Noyé.

chemin conduisant au village qui longeait le lavoir. Vêtu de hardes, il marchait tête baissée, succombant au poids de la bosse qui lui bombait le dos. De larges taches de suie, sur le visage et les mains, achevaient de lui donner un air sauvage.

Annaïg se dressa et pointa son battoir en direction du bossu.

— Eh ! v'là s'en venir le charbonnier, ce bossu de malheur ! Noir comme une galette de sarrasin, sale comme un cochon, laid comme une guernouille. N'approche pas de nous, vilain masque, tu noircirais de tes pattes de loup notre beau linge blanc !

Les jeunes lavandières éclatèrent de rire à cette saillie et se mirent à entonner une comptine :

Embrassez qui vous voudrez
Sauf le fils du charbonnier !

Sans états d'âme, elles se moquaient du pauvre hère qui, après leur avoir jeté un bref regard apeuré, pressa le pas. Seule Gwenn ne se mêla pas à ce concert de lazzis. Sourcils froncés, elle observait ses camarades avec colère et peine.

— Que vous a fait ce pauvre garçon ? leur lança-t-elle dès que le bossu eut disparu au détour du chemin. Pourquoi êtes-vous si méchantes avec lui ?

Disant cela, elle fixait plus particulièrement Annaïg, qui était la principale instigatrice des cruelles plaisanteries dont l'homme contrefait était la cible.

— Il nous a fait qu'il n'est pas d'ici ! rétorqua la fille de Dahud d'un air hautain. C'est un étranger, comme tous ceux de sa race. De la graine de sorcier ! *Haricoté*[1] et tordu comme il est, c'est certainement un rejeton du diable. Il est sorti tout noirci du chaudron du Petit Jean[2] !

Gwenn poussa un profond soupir et n'insista pas. Même si Annaïg était la plus virulente, la plupart des Concorentais partageaient la même répugnance vis-à-vis non seulement du bossu mais aussi des autres charbonniers qui hantaient les forêts, et dont ils se défiaient comme s'ils avaient été des bêtes sauvages.

— De toute façon, j'ai fini ma *buée*, et je ne tiens pas à être en retard à la messe, fit Gwenn avec défi. Vous feriez mieux de vous presser si vous ne voulez pas être encore à votre lessive lorsque l'office commencera. Vous savez bien que ça porte malheur…

Les autres filles se dépêchèrent d'achever leur besogne, sauf Dahud qui ne mettait jamais les

1. Bossu, voûté.

2. Surnom donné au diable dans la région de Mauron et de Concoret.

pieds à l'église. Elle passait ainsi pour une sorcière aux yeux des villageois, l'équivalent de l'un de ces *pansous* dont la tradition se perdait, mi-guérisseurs mi-sorciers.

— T'en fais pas, on s'ra à l'heure, dit Fanchon qui rinçait sa dernière chemise.

Une superstition bien ancrée affirmait en effet que, si une lavandière était surprise à faire sa lessive durant la messe du dimanche, elle s'exposait à revenir au même endroit pour y laver son suaire après sa mort. De même, on ne menait jamais la *buée* le vendredi afin de respecter le dicton :

> *Qui bout la lessive le vendredi,*
> *fait bouillir le sang de Notre Sauveur !*

A fortiori, cet interdit était redoublé le vendredi saint. Celle qui aurait osé laver son linge ce jour-là aurait cousu son propre linceul ou celui de l'un de ses parents. De même, le paysan qui aurait labouré son champ un pareil jour n'aurait fait que creuser sa tombe. C'est pourquoi, par mesure de prudence, on vidait tous les seaux et récipients de la maison et on s'exemptait de tout travail manuel.

Gwenn plia son linge propre et bien rincé, qu'elle irait *évailler*[1] dans les bois pour qu'il

1. Étendre le linge.

sèche, rangea ses ustensiles et, empoignant les deux bras de sa brouette, s'engagea sur le chemin. Derrière elle, les lavandières finissaient leur chanson en chantant à mi-voix.

> — *Faut pas l'dire à ma mère*
> *Que je me suis neyé.*
> *Faudra plutôt lui dire*
> *Que je me suis marié*
> *Avec la plus belle fille*
> *Qu'il y a dans l'évêché.*
> *Elle a les cheveux jaunes*
> *Et les sourcils dorés.*
> *Elle a les deux mains blanches*
> *Comme une feuille de papier,*
> *Et la bouche vermeille*
> *Comme la rose au rosier.*

Avant de rejoindre la route, Gwenn se retourna une dernière fois et croisa le regard de Dahud.

C'était un regard si froid, si rempli de noirceur, que la jeune fille en ressentit un frisson dans le dos. « Ce soir est veille de Samain. Méfie-toi des lavandières de la nuit », semblait lui répéter Dahud à bouche close. « Prends garde aux lavandières de sang ! »

2

Loïc Le Masle pressa le pas, fuyant les belles lavandières, le rouge aux joues malgré la couche de suie qui les recouvrait. Chaque fois qu'il venait au village, pour l'approvisionnement en nourriture, il avait droit aux piques et aux moqueries des impitoyables jeunes filles. Il aurait pu faire un détour, ou bien choisir un autre moment de la journée où le lavoir fût déserté, mais une étrange impulsion le poussait à braver rires et quolibets pour le plaisir fugace, mêlé de honte, de regarder de loin ces belles sans pitié. La forêt où il vivait telle une bête des bois n'abritait aucune présence féminine, et il souffrait de ne jamais jouir de la contemplation de frais visages, de longues chevelures parfumées et de corsages bien dessinés. À trente ans passés, il n'avait jamais connu de femme. Aussi désirables qu'elles étaient cruelles, elles stimulaient ses désirs autant qu'elles ravivaient sa honte.

Car Loïc avait honte. Honte de son allure de mendiant, honte de sa peau tannée par le feu, empestant la fumée et le charbon de bois, honte des traînées de suie qui grimaient son visage et ses mains, et résistaient aux bains prolongés et aux brosses les plus dures, honte de la bosse qui lui pesait sur les épaules et l'obligeait à marcher cassé en deux, honte de la façon dont les villageois le traitaient de haut et dont les jeunes filles le repoussaient, en ayant soin de croiser leurs doigts derrière leur dos pour éviter qu'il ne leur lance un sort.

On disait les charbonniers de Brocéliande un peu sorciers. Leur voisinage constant avec le feu alimentait des superstitions ancestrales. Ils étaient fiers, saluaient en rejetant la tête en arrière et portaient un anneau d'or à l'oreille. D'un simple regard, ils pouvaient vous jeter le mauvais œil. On disait aussi qu'ils étaient des « menou d'loups », des meneurs de loups, et que le diable et les lutins se déguisaient parfois en charbonniers pour jouer des tours aux bons chrétiens. Lorsque les enfants n'étaient pas sages, on les menaçait de les donner aux charbonniers, présentés comme des croquemitaines. Et puis, comme l'avait souligné Annaïg, c'étaient des étrangers.

Étrangers, ils l'étaient en effet. Non qu'ils fussent originaires de lointaines contrées, puisqu'ils étaient pour la plupart natifs de la région de Camors, au sud du Morbihan. On les appelait pour cette raison les *mahos*. Ils avaient le tort de ne pas appartenir au pays de Léon et de parler entre eux un patois où le gallo se mélangeait au breton. Bref, ils étaient des hors-bordiens[1], ce qui aurait suffi à justifier la défiance à leur égard, s'ils n'avaient en outre été des hommes des bois ensuiffés de charbon et des jeteurs de sortilèges.

Loïc redoutait ces croyances de bonnes femmes. Il souffrait de l'isolement et de l'universel rejet auxquels elles le condamnaient, lui et les siens. Il était traité comme un paria, un lépreux, marqué du sceau d'infamie de son visage barbouillé et de son encombrante bosse.

Avant le lever du jour, il avait quitté sa loge, humble hutte de bois faite de branchages et de terre qui lui servait de logis. Son lit consistait en une simple planche posée sur des rondins et son matelas n'était qu'un tas de bruyère sèche. Pas d'eau, sinon les ruisseaux qui irriguaient les veines de la forêt de leur sang limpide. Pas d'autre chauffage que la lente calcination des branches entrelacées jusqu'à former de larges meules bien rondes et bien galbées qu'on appelait des *fouées*. Loïc se disait parfois qu'elles ressemblaient à des seins de femme. Les seins de la forêt, tout hérissés d'épines, qui ne donnaient, en guise de lait, que de la fumée et du charbon. La forêt n'était pas une mère très tendre.

1. Étrangers à la commune.

Loïc avait appris le métier de charbonnier alors qu'il était encore enfant. Son père lui avait transmis les secrets de cet art méconnu, jalousement gardés par des générations de gardiens du feu. Car telle était la fonction primordiale des charbonniers : maintenir le feu en vie, faire en sorte que jamais il ne s'éteigne ni ne s'emballe, et transformer le bois en charbon, comme les anciens alchimistes métamorphosaient le plomb en or. Plus que des sorciers, les charbonniers étaient des sortes de magiciens. Pour autant, leur métier était éreintant et ingrat, exigeant patience et vigilance. Un métier d'hommes des bois vivant en meutes, comme des loups, et travaillant souvent par équipes de deux. Ainsi, chacun pouvait prendre du repos tandis que l'autre veillait sur la *fouée*.

Ils menaient une vie errante, suivant le chemin des coupes que faisaient chaque année les bûcherons en dehors des périodes de sève, entre la Toussaint et la mi-avril. Les troncs débités séchaient durant quatre saisons pleines avant que les charbonniers n'interviennent au début de l'automne suivant. Ils retaillaient le bois en tronçons de quatre-vingt-trois centimètres de long très exactement, en privilégiant le bois de chêne, de hêtre, de châtaignier ou de bouleau. Puis ils construisaient patiemment la cheminée de leur *fouée* en disposant les rondins en cercle, alternant les différentes essences et grosseurs de bois pour équilibrer la charpente et assurer une cuisson homogène. Ils recouvraient ensuite les branches de mottes de terre glaiseuses afin d'éviter qu'elles ne glissent, en réservant au centre une ouverture pour l'aération. Lorsque enfin ils embrasaient la *fouée*, il leur fallait la surveiller en permanence, de jour comme de nuit, qu'il pleuve ou qu'il vente. Le bon charbon de bois ne s'obtenait qu'au prix d'une combustion régulière et lente qui durait une bonne semaine.

C'était là la méthode ancestrale, celle que pratiquaient les charbonniers depuis les temps les plus reculés. Mais le métier n'était plus ce qu'il était. Du milieu du XIXe siècle jusqu'à l'avant-guerre, le charbon de bois avait progressivement été détrôné par la houille, le pétrole et l'électricité, sources d'énergie plus efficaces et plus faciles à manier, et les charbonniers avaient commencé à déserter la forêt de Brocéliande. S'ils étaient une bonne cinquantaine un siècle plus tôt, ils n'étaient plus que neuf en 1936.

Avec ses sévères restrictions de combustibles, la guerre avait donné un regain de vie à la profession. Le charbon de bois permettant d'alimenter les moteurs à gazogène, les charbonniers étaient revenus en forêt de Brocéliande. Toutefois, ils ne travaillaient plus comme par le passé. La technique plus économique et plus simple du four à braisette en métal, qu'on bourrait de fagots de billettes, ou petit bois, dont la cuisson ne prenait qu'une journée, avait remplacé les anciennes *fouées*. Le charbon obtenu était de moins bonne qualité et plus friable que celui des meules, mais il était bien suffisant pour faire tourner les automobiles, les camions et les engins agricoles.

Loïc était l'un des rares à demeurer fidèle aux pratiques traditionnelles, même si elles ne payaient plus et ne lui assuraient que le strict nécessaire. Il était un gardien du feu et le resterait jusqu'au bout, même s'il était le dernier. Car le feu jamais ne doit s'éteindre. Le feu brasillant de la *fouée* ou le feu brûlant de la passion et de la foi.

Lorsqu'il parvint enfin à Concoret, Loïc assista à un spectacle auquel il ne parvenait toujours pas à s'habituer, même après quatre ans d'Occupation. La place du village était investie de fourgons militaires de l'armée allemande équipés de gazogènes. Les soldats en uniformes vert-de-gris étaient, comme lui, venus au ravitaillement. Ils chargeaient des vivres dans les soutes de leurs véhicules sous les regards réprobateurs des villageois. Car les Allemands passaient avant les Bretons. À eux les premières fournées de pain, à eux le lait tout juste tiré et les mottes de beurre frais, à eux les cochons bien dodus, les jambons et autres salaisons, à eux les dames-jeannes de cidre, les barriques de *gwin-ruz*, les bouteilles de *lambig*[1] et le vrai café. L'épicier et le boulanger voyaient leurs étals se vider de leurs meilleurs produits qui finiraient dans les panses germaniques, tandis que les Bretons devraient se contenter de bouillie de blé noir, de tubercules, de cidre plat ou aigre-doux et de *cafoin*[2]. Les temps de guerre se caractérisent moins par les champs de bataille, les actes d'héroïsme ou de résistance que par ces sensations de base, les seules universelles : la faim, l'envie, la colère, la peur. Les considérations politiques, philosophiques ou simplement humanistes ne viennent qu'après. Les Bretons regardaient leurs envahisseurs d'un œil d'autant plus noir qu'ils étaient affamés.

Les habitants de Concoret étaient pourtant accoutumés depuis longtemps à la présence des soldats étrangers. À la sortie nord du village, sur la route de Gaël, le camp d'aviation du Point-Clos, créé en 1925 pour assurer des missions d'observation aérienne, avait été réquisitionné par la Luftwaffe en 1940 pour y abriter soixante bombardiers Dornier, quarante transports de troupes Junkers, des chasseurs Messerschmitt et une centaine de planeurs. Les Allemands y

1. Eau-de-vie.
2. Mauvais café.

avaient établi un centre d'entraînement de parachutistes ainsi qu'une école de pilotage destinée aux pilotes du *Jagdgeschwader* 27. Ce 27e escadron de chasseurs, surnommé *Afrika*, avait prêté main-forte à la *Deutsches Afrika-Korps* du général Rommel lors de la guerre du désert conduite en Afrique du Nord, jusqu'à sa reddition en mai 1943. Les Allemands avaient agrandi le camp et prolongé les pistes d'atterrissage, construit neuf nouveaux hangars et des baraquements pour loger cinq cent cinquante aviateurs professionnels, sans compter les troupes de SS dont les chars stationnaient alentour. À eux seuls, les Allemands doublaient le nombre d'habitants de la commune. Tout cela faisait du monde, beaucoup de monde et de bouches à nourrir. Beaucoup trop.

L'un des soldats reconnut Loïc et le héla joyeusement. À l'exception des SS, en minorité dans la région, les Allemands résidant au Point-Clos étaient tous des membres de la Wehrmacht, des soldats, des aviateurs qui s'intéressaient davantage à la mécanique qu'à l'idéologie de leur Führer. Parmi eux, il y avait un grand nombre de jeunes recrues qui n'avaient jamais été au front. Leurs uniformes arboraient la croix gammée mais leurs mains étaient propres et n'avaient pas fait couler le sang. Ils avaient à peine plus de vingt ans et, plus qu'à la guerre, ils songeaient aux parents, aux amis et aux fiancées qu'ils avaient laissés en Forêt-Noire ou en Bavière. Lassés des encasernements et des chambrées où ils étaient confinés, ils ne cherchaient qu'à sympathiser avec les populations locales, qu'ils considéraient non comme leurs ennemis mais comme leurs hôtes et, dans leur naïveté de jeunes gens en exil, ils s'étonnaient de se voir rabroués.

Le jeune soldat qui avait salué Loïc était préposé à l'entretien des gazogènes. C'est lui qui recueillait le charbon de bois auprès des charbonniers. Ces derniers avaient pour principal, voire pour seul employeur, le camp militaire du Point-Clos. Il s'en était tout naturellement ensuivi une certaine complicité entre ces deux-là, mais cette familiarité était mal perçue par les villageois qui considérèrent le bossu avec un surcroît de dégoût. Ne pouvant s'en prendre aux plus forts, ils se vengeaient sur de plus faibles qu'eux. La faim, l'envie, la colère et la peur n'incitent ni à la tolérance ni à la sagesse.

Loïc répondit au jeune Allemand par un hochement de tête, conscient du fait qu'en agissant ainsi il se mettait à dos la population. Il pouvait le lire sur les visages fermés, dans les sourcils froncés, les regards qui jugent. De toute façon, il était trop tard. Et puis, pourquoi aurait-il fait semblant de ne pas connaître un garçon qu'il voyait chaque semaine et qui ne lui avait jamais rien fait de mal ?

Loïc était pauvre, il était seul au monde, rejeté de tous, mais il gardait au cœur la fierté de ne pas mentir et de ne pas céder à l'hypocrisie.

Leur ravitaillement effectué, les camions allemands quittèrent la place avec de grandes pétarades et des fumées noires. Le silence qui suivit leur départ était de plomb. Il fut brisé par une vieille commère qui, pointant son doigt crochu vers le charbonnier, s'écria :

— Vous avez vu ? Le bossu est copain avec les Boches ! Il doit bien se régaler sur notre dos, tandis qu'on n'a rien pour faire le fricot ! Et il vient nous narguer, en plus ! Quelle *effrontise* !

Quelques vieux maugréaient dans leur barbe, hochant la tête en signe d'acquiescement. Les jeunes virent là une occasion de faire montre d'un courage qui leur avait fait défaut tout à l'heure, lorsque les Allemands étaient présents. Trois d'entre eux s'approchèrent du charbonnier et se mirent à le houspiller.

— Va donc te débarbouiller, face de loup ! T'as rien à faire ici..., fit l'un.

— Va-t'en, sacré *fi de putache*[1] ! renchérit le deuxième.

— Tu nous as jeté des sorts à force de fricoter avec le gripi[2] ! ajouta le troisième.

1. Fils de p...
2. Le diable.

Ils commencèrent à le bousculer, à le tirer par les pans de sa veste en loques, à le forcer à lâcher le havresac destiné à accueillir les quelques chanteaux de pain qu'il était venu quérir. Loïc les laissait faire, non par lâcheté, mais parce qu'il pressentait que toute résistance aurait pour effet d'attiser la hargne des vilains et de justifier leurs calomnies.

Soudain, l'un des trois sacripants le poussa par-derrière. Loïc s'affala face contre terre, ce qui eut pour effet de déclencher les rires de ses tourmenteurs, auxquels firent échos les ricanements des commères. Après tout, il l'avait bien mérité, ce charbonnier de malheur, ce bossu du diable.

— Eh, t'as la goule[1] bien embrenée, à c't'heure ! Ça te change du *frazi*[2] !

Les rires reprirent de plus belle, gagnant à présent les enfants qui s'amusaient de voir l'escogriffe humilié. Leurs parents les avaient suffisamment effrayés en leur racontant de sombres histoires où les charbonniers s'*enmorphosaient* en grandes bêtes. Ils prenaient à présent leur revanche en se raillant de celui qui avait alimenté leurs cauchemars. L'un d'eux, un grand dadais au visage criblé de son, ramassa un caillou et le jeta sur l'homme

1. Bouche.
2. Poussière de charbon.

à terre. La pierre rebondit sur la bosse avant de rouler à côté.

— Ça porte bonheur de toucher la bosse d'un bossu ! criailla une vieille édentée dont la coiffe lui tombait sur le front.

Ce fut comme un signal. Tous les garnements suivirent l'exemple de leur aîné et se mirent à caillasser le charbonnier, qui plaça ses deux mains sur la tête pour tenter de se protéger.

Les adultes assistaient à ce lynchage sans réagir. Se fussent-ils écoutés qu'ils eussent à leur tour lapidé le bossu. Mais un sursaut de retenue les empêchait de prêter main-forte aux garçailles qui avaient la chance de bénéficier de l'impunité due à leur jeune âge.

— Hou ! Le bossu ! Hou ! Hou ! Hou ! piaillaient méchamment les gamins en visant leur cible trop facile.

Gwenn parvint au village sur ces entrefaites, charriant sa brouette de linge. De loin, elle ne vit que l'attroupement des villageois faisant cercle autour des enfants qui s'acharnaient sur leur proie. Elle crut tout d'abord à quelque chat malmené par les gosses. Ils étaient coutumiers du fait, et la jeune femme était souvent intervenue pour mettre fin aux tortures dont étaient victimes des matous pelés et galeux. Mais en approchant davantage, elle s'aperçut que ce n'était pas un simple chat qui subissait la cruauté des enfants, mais ce pauvre Loïc, ratatiné sur lui-même comme une tortue dans sa carapace, dont le dos bombé recevait un déluge de cailloux.

Le sang de Gwenn ne fit qu'un tour. Que l'on se moque du bossu et qu'on le conspue, cela la mettait mal à l'aise. Mais qu'on s'en prenne à lui physiquement et qu'on le rosse publiquement, c'en était trop. La méchanceté et la lâcheté humaines avaient ses limites qui, aux yeux de Gwenn, venaient largement d'être dépassées. Lâchant les bras de sa brouette, elle se saisit de son battoir et, bousculant les paysans qui observaient sans émois ce spectacle navrant, se précipita vers les garçons, en les menaçant de son morceau de bois.

— Allez-vous cesser, bande de sales mioches ? C'est comme cela que vos parents vous ont éduqués ?

Il y eut quelques grondements de désapprobation dans les rangs des villageois dont la responsabilité était ainsi mise en cause. Gwenn se retourna vers eux.

— Et vous, qui êtes censés donner l'exemple, n'avez-vous pas honte de laisser vos enfants tourmenter un pauvre homme qui ne vous a rien fait ? Tout bossu qu'il est, il est meilleur que vous tous réunis !

C'est alors que retentit le martèlement syncopé d'un galop de cheval. Un cavalier en costume de chasse, monté sur un superbe alezan, fit irruption sur la place du village. Il s'agissait de Philippe de Montfort, de retour d'une chevauchée dans les bois. En un clin d'œil, il prit conscience de la situation : le bossu étendu à terre, les enfants qui avaient encore en main des poignées de cailloux, les villageois mécontents et Gwenn qui leur tenait tête, armée de son battoir. Empoignant le fouet qu'il portait à la ceinture, il le fit claquer au-dessus de la tête des marmots qui aussitôt s'égaillèrent comme des poulets dans une basse-cour. Les adultes firent trois pas en arrière.

Sans descendre de selle, Philippe se pencha vers le charbonnier et lui tendit la main afin de l'aider à se relever. Loïc se redressa avec peine et marmonna un « merci », les yeux rivés sur le sol, sans que l'on sache qui, de Gwenn ou de Philippe, il remerciait ainsi.

Le cavalier et la lavandière échangèrent alors un bref regard où se lisait une connivence entretenue par une longue amitié. Puis Gwenn se tourna vers Loïc et l'aida à épousseter ses hardes déchirées et couvertes de terre.

De ses yeux de glace, Philippe prit alors le temps de détailler une à une les physionomies des villageois rassemblés avant de clamer d'une voix sèche et pleine d'assurance :

— Je ne supporterai pas que l'on lynche un

homme sur mes terres, fût-il le plus misérable. Si j'en revois un s'en prendre à lui, il tâtera de cela !

De sa main droite, il brandissait le long fouet en cuir tressé, ce qui eut pour effet de faire encore reculer la populace.

Le jeune homme demeura quelques instants dans la même posture puis, sans un mot de plus, il remit son cheval au galop et s'en fut dans un nuage de fumée.

— Viens avec moi, Loïc, dit Gwenn à voix basse. Tant pis pour la messe. Le bon Dieu ne m'en tiendra pas rigueur, j'en suis sûre…

Elle reprit sa brouette et quitta le village, suivie d'un Loïc penaud et boitillant. Des regards lourds d'animosité et de reproches s'accrochaient à leur dos.

3

Le château de Ker-Gaël était planté au bord d'un vaste lac dont on disait qu'il abritait la demeure de la fée Viviane. Par temps clair, à certaines heures du jour, on pouvait distinguer, racontait-on, les plus hautes tours du palais submergé de la fée. L'imagination prenait vite le relais de la vision et dessinait dans l'onde des fantasmagories bleutées où l'on pouvait entrevoir des paysages surnaturels faits de landes hantées par les noirs korrigans, de vergers enchantés où poussaient des pommes d'or, de chevaliers en quête d'aventures et de demoiselles en péril. Le lac était un miroir où se reflétait l'autre monde, un monde idyllique dans lequel on plongeait en rêve pour échapper aux réalités d'une Bretagne harcelée par la misère et une guerre dont on ne voyait pas la fin.

Ker-Gaël, à l'inverse du palais évanescent de Viviane, était un solide bâtiment de pierre environné de bois. Propriété depuis toujours de la famille des Gaël de Montfort Brécilien, il avait à l'origine la forme d'un quadrilatère complété, à chacun de ses angles, par quatre tours rondes reliées entre elles par de hautes courtines ceinturées de douves profondes. Mais l'usure du temps et les anciennes batailles – le château avait été assiégé par Du Guesclin en 1370 – avaient eu raison de la splendeur passée du lieu, plusieurs fois démoli, reconstruit, restauré. Des quatre tours, deux à peine subsistaient, les autres s'étant depuis longtemps écroulées. Le corps du bâtiment datait du XVe siècle, mais les ravalements successifs avaient gommé son lustre d'antan, comme si les brumes qu'exhalait le lac à l'automne avaient déteint sur les vieilles pierres rouges mangées de mousse. On disait d'ailleurs que les brouillards de Brocéliande à la mauvaise saison étaient si glaçants et humides qu'on avait le sentiment de respirer l'haleine des loups.

Philippe franchit le pont qui enjambait les douves pour conduire à une large porte en cintre brisé ouvrant sur la vaste cour intérieure du domaine. Il prit le temps de mener sa monture aux écuries pour la déharnacher, l'étriller et la bouchonner puis, sans ôter ses bottes ni ses vêtements de chasse, il pénétra dans le château.

Avec ses longues fenêtres gothiques ornées de vitraux, ses plafonds cerclés de stuc, son escalier monumental et ses cheminées qui pouvaient abriter des sangliers entiers dans leurs âtres généreux surmontés de linteaux en bois cirés, ses carrelages en losange et ses meubles anciens en bois chantourné, l'intérieur du château de Ker-Gaël conservait un prestige qui, en ces temps de disette, faisait figure d'aisance.

Le jeune homme fit claquer les talons de ses bottes sur le sol usé par des générations de Montfort et se dirigea aussitôt vers un petit salon aux poutres noircies dont les fenêtres à meneaux donnaient sur le lac aux eaux scintillantes sous le soleil de midi. Une femme sans âge et sans couleur, emmitouflée dans un châle malgré la bonne flambée de bûches qui crépitait dans l'âtre, tirait l'aiguille sur un ouvrage de tapisserie.

Lorsque le jeune homme entra dans la pièce, elle l'accueillit avec un pâle sourire.

— Te voilà enfin, mon Philippe. Je me languissais de toi…

Philippe se pencha vers elle et la baisa au front.

— C'est parce que vous vous ennuyez dans cette grande baraque, mère. Vous ne sortez jamais…

— Pour aller où ? se défendit la femme d'un air navré. Il n'y a rien alentour, que des arbres, des pierres et de l'eau. Et puis, j'ai toujours froid, même en plein été.

Elle ramena les pans de son châle sur sa poitrine et désigna à son fils un fauteuil qui lui faisait face.

— Assieds-toi près de moi, Philippe. Tu es toujours par monts et par vaux. Je me sens seule, si seule.

— Vous n'êtes pas seule, mère. Vous avez Rozenn. Et le baron, bien sûr. Sans compter les quelques domestiques qui nous sont encore fidèles, malgré les maigres gages que nous leur allouons…

La mère du jeune homme eut un regard triste.

— Tu as raison, Philippe, notre personnel n'est plus ce qu'il était avant-guerre. Tant de choses ont changé. Ah ! du temps de ton grand-père, c'était autre chose ! Le baron Alphonse Gaël de Montfort Brécilien savait tenir son rang ! L'été, le canotage sur le lac, avec ces dames de la bonne société de Rennes en villégiature. L'automne, les chasses à courre, les grandes réceptions de quatre-vingts couverts. Les cors se répondant dans la forêt, les meutes de chiens aboyant au moment de la curée, les tirs de fusils délogeant les grives. Et il avait soin de préserver les anciens usages féodaux ! Le baron Gaël de Montfort Brécilien avait rétabli le droit de lever une gerbe sur chacun des hommes du village et de leur retenir un porcelet sur trois, tous les trois ans. C'était le bon temps. Tandis qu'aujourd'hui…

Elle esquissa un geste las de la main, impuissant à évoquer à lui seul les splendeurs du passé.

— Quant au baron, poursuivit-elle, il ne sort

pas davantage que moi, mais je ne le vois pas plus souvent pour autant. Il demeure la plupart du temps enfermé là-haut, dans son bureau, avec pour seule compagnie son chien de malheur, à ruminer je ne sais quoi. Ah ! pour ça, tu ne tiens pas de ton père… Heureusement que tu es là pour apporter un peu de vie dans ces vieux murs.

— Vous oubliez Rozenn, mère. Vous l'aimez bien, je crois.

La mère de Philippe jeta un coup d'œil désabusé à son fils.

— C'est toi, mon petit, qui est censé l'aimer. Je te rappelle qu'elle est ta fiancée…

Philippe joignit ses doigts fuselés en triangle et tourna la tête vers la fenêtre pour échapper au regard de sa mère.

— … et qu'elle porte un enfant de toi.

Le jeune homme tapota ses doigts d'un air agacé.

— Je sais, mère, je sais… Et nos fiançailles, tout comme cette grossesse, doivent être tenues cachées, pour ne pas faire jaser les gens. Son notaire de père verrait ses pratiques fuir son étude, si l'état de sa fille venait à s'ébruiter. C'est pourquoi il préfère la savoir cloîtrée dans un château perdu dans les bois.

— Elle n'est pas cloîtrée, Philippe…

— Non, elle a la liberté d'aller et venir entre les murailles de Ker-Gaël, mais elle n'a pas l'autorisation de les franchir. Et elle garde la chambre chaque fois que nous recevons de la visite.

— Oh, les occasions sont bien rares…

— Je croyais que demain soir, justement, nous avions un invité…

La mère de Philippe interrompit son ouvrage. La main qui tenait l'aiguille resta un instant suspendue en l'air, comme si elle venait d'être prise en défaut.

— Tu as raison, Philippe. J'avais oublié… La cuisinière a été prévenue, au moins ? J'espère qu'elle a pu se procurer un poulet ou un morceau de porc. Ou, encore mieux, un cuissot de sanglier. Ah ! Du temps de ton grand-père, c'étaient douze plats qui se succédaient. Poissons, rôts, volailles, viandes blanches et rouges, salaisons et vénerie…

Le jeune homme étouffa un éclat de rire.

— Nous n'invitons pas un régiment, mère, uniquement le commandant du camp, le major Alfred Ernst. Un parfait homme du monde, au demeurant.

— Avons-nous encore du vin bouché en cave ? s'affola la baronne. Il ne faudrait pas avoir l'air de manquer…

— Ne vous inquiétez pas, mère. Le major ne sortira de table ni le ventre vide ni le gosier sec ! Et puis, nous sommes en temps de guerre, il comprendra.

— Sais-tu s'il est marié, ce major Ernst ? Viendra-t-il avec son épouse ?

Philippe repartit à rire à gorge déployée.

— Le camp du Point-Clos est une caserne, mère ! Les soldats n'y vivent pas en famille, pas même les officiers ! Pour leurs distractions, ils ont deux cafés et une maison de joie à proximité du camp. Quant au major, il est paraît-il amateur de jolies femmes, mais cela m'étonnerait qu'il vienne accompagné de sa conquête du moment, si tant est qu'il en ait une. Tout au plus une ou deux ordonnances le conduiront-ils jusqu'ici et s'assureront de sa sécurité. Vois-tu, les bois ne sont plus sûrs. On dit que les terroristes y ont trouvé refuge.

— Ces garçons qui refusent la présence des Allemands ?

— Leurs actions sont absurdes ! Les Allemands sont chez nous, et ils y sont pour un bout de temps. Il vaut mieux négocier avec eux plutôt que de s'amuser à faire sauter leurs chars. Sur ce plan, je suis d'accord avec le vieux maréchal, même s'il est gâteux.

— Mais pourquoi font-ils cela ?

— La plupart sont des déserteurs qui fuient le STO[1] ! Ce n'est pas l'occupation allemande, comme ils disent, qui les gênent, mais le travail !

---

1. Service du travail obligatoire instauré par l'armée allemande d'occupation en France le 16 février 1943.

— Tu es dur, Philippe. Ces garçons ont ton âge, et ils risquent leur vie…

— Et celle de leurs familles ! Les Allemands ne plaisantent pas avec les mesures de rétorsion. Ils n'ont pas tort. Le peuple n'obéit qu'à la menace. Tiens, ce matin, j'ai bien failli rosser des villageois qui s'en prenaient à un pauvre hère de charbonnier, bossu de surcroît. Je leur ai montré mon fouet, et ils se sont tout de suite calmés, comme des chevaux rétifs dont on serre le mors. Croyez-vous qu'ils auraient été aussi conciliants si je leur avais servi de beaux discours sur la tolérance et l'amour du prochain ? Des bêtes, voilà ce qu'ils sont. Quand je regarde leurs trognes d'alcooliques et leurs fronts butés de paysans, j'ai tendance à comprendre les théories de M. Hitler sur les races inférieures.

— Tu parles comme ton père… Lui aussi ne jure que par ce petit monsieur parti à la conquête du monde.

Philippe se redressa d'un bond, rouge de colère.

— Je n'ai rien à voir avec le baron, mère ! Je respecte les Allemands, je les admire même, mais je ne me déculotterai jamais devant eux ! Tandis que le baron leur mange dans la main et leur lèche les bottes. Cela me révulse ! Les Bretons de bonne lignée tels que nous n'ont rien à envier à ces cousins d'outre-Rhin. Et je compte bien le prouver demain soir au major Alfred Ernst !

— Calme-toi, Philippe, supplia sa mère. Je ne voulais pas te contrarier. Ton père a ses bons côtés aussi, quand il le veut. Ne le juge pas trop vite...

Le jeune homme serrait les poings et tremblait de tous ses membres. Il semblait avoir de la peine à trouver son souffle. Son visage était cramoisi. Sa mère se leva et, tirant de sa poche un mouchoir en dentelle, entreprit de lui tapoter son front luisant de sueur. À la commissure de ses lèvres perlait une écume blanchâtre.

— Tu sais bien que tu ne dois pas t'énerver, mon Philippe. Tes crises s'étaient calmées, depuis quelque temps. Qu'est-ce qui t'a pris de te mettre dans des états pareils ?

Philippe suffoquait. Sa respiration était saccadée et sifflante comme une locomotive lancée à plein régime. Il hoquetait, la gorge nouée, et ses yeux révulsés n'avaient plus de pupilles.

La pauvre femme, en désespoir de cause, se rua hors du salon où elle s'était calfeutrée.

— À l'aide ! Monsieur Philippe a un malaise !

4

Rozenn, une main sur son ventre, contemplait le lac étendu à ses pieds. Elle en connaissait par cœur les couleurs et les miroitements, selon le temps qu'il faisait ou les moments de la journée. On lui avait déjà raconté, bien sûr, la légende relative au palais submergé de Viviane, et elle s'attendait à tout instant à voir la fée surgir des ondes claires au bras de l'enchanteur Merlin. La Dame du lac et le Magicien des bois. Dans ses rêveries, Rozenn prêtait ses traits à la fée, tandis que Merlin avait l'apparence de Philippe.

Philippe. Il lui avait fait une cour assidue durant de longs mois, lui offrant des bouquets de fleurs coupées, des parures, des bijoux. Lorsqu'il venait la chercher chez son père pour l'emmener en balade, le jeune homme était vêtu de façon impeccable, les bottes rutilantes, les gants blancs, la chemise éclatante de blancheur. Il se tenait très droit, les cheveux blonds tirés en arrière et plaqués avec un soupçon de Gomina, le menton rasé de frais, les yeux fiévreux de passion rentrée.

Maître Le Bihan, le père de Rozenn, était depuis toujours le notaire attitré de la famille de Montfort. Il tenait son étude à Mauron, et gérait leurs biens avec une complaisance presque servile. Le notaire, presque autant que sa fille, avait été séduit par la prestance du jeune noble, son allure racée, ses manières irréprochables. Il était surtout fasciné par les grandes espérances qu'il incarnait : l'une des plus anciennes familles de Bretagne, des terres et des biens qui, à la mort des parents, reviendraient en héritage au jeune couple. Ce projet matrimonial comblait tout à la fois l'idéal bourgeois du père et les aspirations romanesques de sa fille qui croyait encore au prince charmant.

Cela, bien sûr, remontait au début de leur relation. Philippe de Montfort et Rozenn Le Bihan semblaient faits l'un pour l'autre. Elle avait dix-huit ans, il en avait six de plus, juste ce qu'il fallait pour assurer son ascendant de mâle sur celle qui serait sa compagne fidèle. On organiserait pour eux un grand mariage comme on n'en célébrait plus depuis longtemps.

Rozenn aimait Philippe, persuadée qu'il l'aimait en retour, et absolument. Elle ne connaissait de l'amour que ce qu'en disaient les recueils de contes merveilleux qu'elle tenait de sa grand-mère, et envisageait son existence à venir comme une belle histoire qui ne finirait jamais, semée de parterres de fleurs, d'oiseaux de paradis et de ribambelle d'enfants. La jeune fille avait le cœur tendre et les bas bleus.

Maître Le Bihan, veuf depuis les jeunes années de Rozenn, n'avait jamais cherché à dessiller les yeux de sa fille qui ne voulait voir la vie qu'en rose. Il avait notamment négligé, par pudeur ou par indifférence, de l'instruire des à-côtés charnels de l'amour. C'était à son futur mari que reviendrait cette tâche. Philippe de Montfort affichant tous les signes du parfait gentleman, le notaire ne doutait pas un instant que cette initiation aux mystères conjugaux s'accomplirait sans heurts, et après le mariage.

Aussi, lorsqu'au cours de leurs longues promenades en forêt, Philippe se fit soudain plus pressant, Rozenn n'y vit qu'une marque supplémentaire de son attachement à son égard. Les frôlements de mains, les caresses à l'orée de la nuque, les lèvres effleurées incarnaient à ses yeux de vierge le comble de la passion. Lorsque le jeune homme voulut aller plus loin dans ses manifestations amoureuses, Rozenn se laissa faire avec toute la confiance de son cœur adolescent. Elle fut déçue, cependant, par la douleur que lui infligea son fiancé en lui ravissant son intimité, ainsi que par les convulsions qui déformèrent son visage lorsqu'il prit son plaisir. Du sang lui avait mouillé les cuisses. Philippe l'avait blessée au lieu de lui procurer de la joie. Elle n'avait jamais envisagé l'amour sous cette forme-là, brutale et, pour ainsi dire, animale, et en ressentit plus de répugnance que de bonheur.

Cette occasion, pourtant, ne se renouvela pas. Philippe, du jour au lendemain, fut moins empressé et ne chercha plus à l'allonger dans les sous-bois. Bien qu'inquiète de cette froideur nouvelle, Rozenn en fut rassurée. Les hommes avaient de drôles de comportements, tout de même.

Ce ne fut qu'après quelques semaines qu'un élément nouveau vint perturber son existence. La source de son sang, qui chaque mois coulait entre ses jambes, brusquement, se tarit. Elle en ressentit tout d'abord du soulagement, car ces saignées épisodiques la troublaient et la dégoûtaient quelque peu. Elle s'imaginait salie par ce sang surgi d'elle, dont elle ignorait la cause. Se croyant atteinte de quelque affection maligne, elle s'était confiée à son père au moment de l'adolescence, mais il lui avait simplement répondu, d'un air gêné, qu'il n'y avait là rien d'exceptionnel. « Les femmes sont faites ainsi, lui avait-il dit en baissant les yeux. Tu t'y habitueras. » Puis il était retourné à ses hypothèques et à ses recherches dans le cadastre.

Rozenn s'était donc habituée à ce qui semblait être une fatalité purement féminine, sans chercher à en élucider les mystères. L'interruption de ces désagréments lui fut tout d'abord une délivrance, mais lorsque, peu de temps après, elle fut sujette à des nausées matinales, d'étranges appétits et des pulsions irraisonnées, vomissant le lait bouilli ou larmoyant sans raison, elle se crut de nouveau malade et consulta son père qui, au lieu de la rassurer comme il l'avait fait la première fois, lui jeta un regard soucieux teinté de réprobation. À mots couverts, il l'interrogea sur la nature exacte de ses relations intimes avec son fiancé, lui demandant « s'il lui avait fait du mal ». Rozenn, en toute innocence, lui avoua les privautés qu'elle avait accordées à son promis, ce qui ne fit qu'assombrir la mine du notaire. Sans ajouter un mot, il avait endossé son manteau, coiffé son chapeau et s'en était allé au château de Ker-Gaël pour, disait-il, « régulariser la situation ».

Depuis, Rozenn était venue s'installer dans une chambre située au dernier étage de l'ancienne bâtisse, avec interdiction d'outrepasser les limites du domaine. Personne, à part les domestiques, ne devait savoir qu'elle se trouvait ici. Maître Le Bihan avait prétexté une maladie des poumons nécessitant un séjour en sanatorium pour expliquer la disparition soudaine de sa fille. Nul ne tenta d'en savoir davantage. L'époque connaissait bien d'autres problèmes qu'une jeune fille évanouie dans la nature. Des gens, il en disparaissait chaque jour, sans raison. Souvent, on ne les revoyait pas. Alors, une de plus, une de moins…

Rozenn avait vécu cette réclusion précipitée comme un châtiment. Sans le vouloir, elle avait dû faire quelque chose de mal, de terrible même, pour qu'on la tienne ainsi à l'écart du monde. Son père, depuis qu'elle habitait Ker-Gaël, n'était jamais venu la voir et le baron Hubert de Montfort affectait de ne pas remarquer sa présence lorsqu'elle assistait aux repas familiaux, ou bien l'observait à la dérobée avec une drôle d'expression. Philippe, surtout, la battait froid et ne lui prodiguait plus ni baisers ni caresses. Que lui avait-elle fait pour mériter cette désaffection ? En quoi lui avait-elle causé préjudice ? Elle l'ignorait et s'en désolait secrètement. Philippe ne l'aimait-il plus ? Pourtant, leurs fiançailles n'avaient pas été rompues et leur mariage prévu à une date ultérieure. L'isolement de Rozenn aurait donc une fin ?

La seule à se préoccuper réellement du sort de la jeune fille était Françoise de Montfort, la mère de Philippe. Rozenn avait trouvé auprès d'elle cette tendresse maternelle qui lui avait fait défaut depuis le décès prématuré de sa mère. Mais dans cette maison tenue par des hommes, Françoise faisait pâle figure. Effacée, elle ne sortait pas davantage de Ker-Gaël que ne le faisait Rozenn. Elle vivotait, chenue et ridée avant l'âge, entre travaux de couture et tapisserie, les yeux aussi délavés que son teint. Mais elle avait pour la recluse de ces petites attentions qui réchauffent le cœur et aident à passer le temps : elle l'invitait à boire des tisanes sucrées au miel en sa compagnie, le soir elle l'aidait à démêler ses longs cheveux blonds et à les coiffer en chignon, elle lui tenait des conversations qui s'apparentaient davantage à des soliloques durant lesquels la baronne évoquait les fastes d'avant-guerre. Parfois, elle posait sa main sur son ventre, comme Rozenn le faisait elle-même lorsqu'elle était seule dans sa chambre, et lui disait : « Tu portes la vie en toi, Rozenn. C'est très précieux. Cela tient du miracle. »

Elle n'en disait jamais plus et Rozenn s'interrogeait sur le sens de ces paroles qui semblaient receler de vertigineux mystères. Mais elle n'osait l'interroger, de crainte de l'effaroucher et de mettre en péril leur fragile complicité. Et puis, ce château de contes de fées où elle était retenue valait à lui seul le sacrifice de sa liberté. Rozenn se voyait comme la princesse du conte de Mme d'Aulnoy, enfermée dans une tour où elle recevait la visite de l'oiseau bleu. À défaut de la vivre, elle rêvait sa vie en couleurs pastel.

La méditation de la jeune fille fut interrompue par des cris provenant du rez-de-chaussée du château, suivis de pas précipités et de portes ouvertes à la volée. Elle sortit de sa chambre et se pencha au-dessus de la rambarde de l'escalier en bois patiné.

— À l'aide ! Monsieur Philippe a un malaise !

Rozenn reconnut la voix de Françoise. Les domestiques, déjà, s'affairaient auprès du jeune homme.

La jeune fille aurait bien voulu descendre, mais elle se contint. Elle savait que son fiancé était sujet à des sortes de crises qui le défiguraient. Des convulsions le jetaient parfois à terre, le corps raidi comme une planche, les yeux blancs, les dents serrées, la bouche suintant d'une sorte de mousse malsaine. Cela lui arrivait lorsqu'il était contrarié ou se mettait en colère. Les crises ne duraient jamais longtemps, et Philippe finissait par reprendre ses esprits, oubliant même son malaise passé. Mais le spectacle qu'il offrait dans ces moments-là était effrayant. Rozenn ne reconnaissait plus son fiancé. Il semblait avoir subi quelque métamorphose surnaturelle, comme dans ces histoires de grands-mères où les hommes se changent en loups ou en crapauds. Philippe, tout à coup, devenait un autre, un être à la fois terrible et pitoyable qui n'avait plus rien d'humain. On eût dit une bête ou l'un de ces esprits malfaisants qui hantent la lande à la nuit tombée. Il avait alors le même masque grimaçant que lorsqu'il avait pris avec elle son plaisir douloureux, et Rozenn faisait entre les deux un rapprochement, bien qu'elle en ignorât le sens. Cela n'ajoutait à ses doutes qu'une interrogation de plus, à laquelle personne ne répondait.

Le martèlement d'un bâton heurtant le sol lui fit tourner la tête. Dans l'encadrement de la porte du bureau voisin se tenait le baron Hubert de Montfort. Une blessure remontant à l'enfance l'avait laissé estropié. Il ne se déplaçait plus, avec difficulté et en boitant bas, qu'en s'appuyant sur une canne dont le pommeau d'argent représentait une tête de loup. De velours noir vêtu, hiver comme été, le visage assombri d'une barbe poivre et sel qui lui donnait l'apparence d'un vieillard – bien qu'il n'eût pas encore, à une année près, dépassé le demi siècle –, le baron avait le don, par sa seule présence, de mettre Rozenn mal à l'aise. Il ne lui parlait jamais, ou presque, mais, quand il la croisait, son regard s'allumait d'étranges lueurs sombres qui faisaient frissonner malgré elle la jeune fille. À ses côtés se tenait en permanence un gros chien noir, seule compagnie que tolérât le baron, dont les yeux où se mêlaient la cruauté et la gourmandise semblaient à l'image de ceux de son maître. Il l'avait simplement nommé Kidu, qui signifie « chien noir » en breton.

Kidu était sans race définie. Certains disaient qu'il s'agissait d'un loup, que le baron avait jadis recueilli dans les bois et qu'il avait gardé près de lui. C'étaient des racontars, bien sûr, car il n'y avait plus de loups en forêt de Brocéliande depuis un siècle, mais la légende s'était forgée, et en Bretagne les légendes ont la tête dure et la vie longue. Le baron Hubert de Montfort était un véritable *loup-de-brousse*[1]; il était donc normal qu'il eût à ses côtés, en guise de chien, un loup, même si les loups n'étaient plus.

Loup ou chien, Rozenn en avait peur, comme elle avait peur de l'homme à la canne et aux regards un peu trop appuyés. Ni l'un ni l'autre ne lui avaient jamais fait aucun mal, mais elle préférait éviter leur compagnie. Elle n'aurait su expliquer d'où lui venait cette angoisse sourde qui la tenait aux tripes, comme si le vieil homme et l'animal incarnaient par leur seule existence un danger diffus dont la jeune fille devait à tout prix se garder.

En bas, on continuait à s'agiter autour de Philippe souffrant. Rozenn pensait que c'étaient les cris de Françoise qui avaient alerté le vieil homme et l'avaient poussé à sortir de son antre. Mais il ne paraissait prêter aucune attention au malaise de son fils. Il se contentait de fixer la jeune fille de son œil fixe et gris. Un œil dans lequel couvait une pointe de malice. Cet œil glissa lentement le long de sa silhouette, s'attardant sur son ventre,

1. Individu bourru.

sans perdre sa lueur moqueuse. Instinctivement, Rozenn posa ses deux mains sous sa poitrine, cherchant à se protéger. Ce geste eut pour effet de provoquer chez le vieil homme un ricanement bref. Il lui lança un dernier regard de défi puis, lui tournant délibérément le dos, s'en retourna en boitillant dans son bureau, suivi de son chien. Il claqua la porte derrière lui.

Rozenn n'avait pas bougé, les mains cramponnées à son ventre. Ce ventre qui, selon Françoise, abritait la vie. Ce ventre qui, pourtant, faisait fuir Philippe et semblait attirer la convoitise du baron.

La jeune fille revint subitement à elle et, d'un bond agile, regagna sa chambre et s'y enferma. Elle demeura un long moment le dos appuyé contre le bois réconfortant de la porte. Un filet de sueur coula sur ses tempes.

Elle avait peur.

5

Gwenn et Loïc cheminaient côte à côte par les sentiers de la forêt retrouvée, loin de l'agitation des hommes. Ils avaient longtemps marché sans parler, laissant peu à peu retomber la tension. C'est le bossu qui, le premier, rompit le silence.

— Merci, articula-t-il avec plus d'assurance qu'il n'en avait eu au village.

Prise de pitié, Gwenn lui sourit.

— Ils t'ont fait mal ? demanda-t-elle. Ces paysans sont des monstres…

— Pour eux, c'est moi le monstre, rétorqua le charbonnier avec un petit ricanement triste.

Gwenn s'arrêta au beau milieu du chemin et prit l'homme par les épaules, le forçant à lui faire face.

— Regarde-moi, Loïc.

Surpris par ce geste, le charbonnier semblait tétanisé. Il roulait des yeux fous et essayait d'échapper à l'emprise de la jeune femme qui l'enveloppait de son aura ouverte et franche.

— Regarde-moi, dit-elle encore.

L'homme finit par se détendre. C'était la première fois de sa vie qu'une femme posait ses mains sur lui et l'observait sans répugnance. Et cette femme était la plus belle qu'il eût jamais contemplée. Il la reconnaissait pour être l'une de ces lavandières qu'il croisait de loin lorsqu'il longeait le lavoir. Mais, contrairement aux autres, jamais elle ne s'était moquée de lui.

— Tu n'es pas un monstre, Loïc, continua-t-elle de sa voix douce, presque maternelle. Tu n'as pas à avoir honte de ce que tu es…

Une lueur de colère assombrit le visage du charbonnier.

— C'est facile à dire. Tu n'as pas à porter *ça* dans le dos, toi ! s'emporta-t-il en désignant sa bosse d'un index tremblant.

Gwenn le considéra avec une expression navrée.

— Tu y penses tout le temps, même si tu ne peux pas la voir, pas vrai ?

Loïc affichait un air furibond.

— Et comment l'oublier ? Je la vois sans arrêt dans le regard des autres ! C'est comme si je n'étais pas un être humain, mais une sorte de korrigan, de poulpiquet, de nain difforme !

— Et si je te disais que je ne la vois pas, moi, ta bosse, tu me croirais ? lança Gwenn sur le même ton.

Le charbonnier la scruta longuement, tâchant de déceler le mensonge ou la duplicité dans les yeux de la jeune femme. Il n'y lut que de la bienveillance. Il s'entêta pourtant.

— Non, je ne vous croirais pas ! Vous ne me regarderez jamais comme vous regardez l'*autre*. Le cavalier de Ker-Gaël…

Gwenn fronça les sourcils.

— Tu as l'air de lui en vouloir… Il t'a pourtant sauvé la vie, tout à l'heure, tu sembles l'oublier. Encore un peu et ces sales gamins te brisaient le crâne.

— Non ! cria le bossu. C'est vous qui m'avez sauvé, pas lui. Et encore, c'est par pitié que vous l'avez fait. Lui, il n'a cherché qu'à se rendre intéressant pour mieux vous plaire !

— Me plaire ? Philippe n'a pas à chercher à me plaire. Nous nous connaissons depuis l'enfance. Nous sommes amis…

— Vous l'aimez ! hurla Loïc, comme s'il proférait une accusation.

Gwenn se sentit troublée. Le charbonnier parlait sous le coup de la colère et de la frustration, mais il y avait dans le ton de sa voix un accent de vérité qui la prenait au dépourvu. Elle avait toujours considéré Philippe comme un ami, presque un frère, malgré leur différence d'origine sociale. Et Philippe, à ses yeux, avait pour elle le même attachement. Se pouvait-il que, sans s'en rendre compte, des sentiments plus tendres soient venus remplacer la complicité de leur jeunesse ?

— Vous l'aimez, répéta Loïc comme un forcené. Moi, personne ne m'aimera jamais, jamais, jamais !

Tournant brusquement le dos à la jeune femme, le charbonnier s'enfuit dans la forêt en clopinant.

Gwenn demeura un moment immobile, les larmes aux yeux. Elle ne savait quelle était la part, dans cette émotion nouvelle, de la pitié attendrie qu'elle portait à Loïc ou de l'admiration affectueuse qu'elle vouait à Philippe.

— Qu'est-ce que l'amour ? murmura-t-elle, le regard lointain, se parlant à elle-même, à moins qu'elle n'ait posé la question à quelque présence invisible et toute-puissante supposée avoir réponse à tout. Est-ce l'admiration ou la pitié ? Doit-on aimer au-dessus ou en dessous de soi ? L'égalité peut-elle exister entre deux êtres qui s'aiment ou croient s'aimer ?

Gwenn était ébranlée par ces sentiments ambigus et ne savait comment les interpréter. La plupart des camarades de son âge avaient déjà trouvé un mari et fondé une famille. On se mariait tôt à la campagne. Mais la jeune femme avait toujours refusé de s'attacher à un homme par d'autres liens que ceux de la simple camaraderie, comme c'était le cas avec Philippe. Elle ne s'était jamais projetée dans un avenir à deux. Elle était seule et le serait le restant de sa vie. C'était ainsi. Pourquoi ? Elle ne le savait pas elle-même.

« Vous l'aimez ! » avait crié Loïc. D'où tenait-il cette conviction ? S'agissait-il d'un simple mouvement de colère, d'une forme de jalousie ou bien d'une intuition ? Le charbonnier vivait seul, lui aussi. La trop grande solitude ouvre parfois les portes du cœur. Du cœur des autres, en tout cas.

Était-il possible que Gwenn aimât sans le savoir ? Elle prit alors conscience qu'elle ignorait tout de l'amour. Elle n'en avait jamais éprouvé le désir ni goûté la saveur. Pourquoi était-elle sur ce point si différente des autres filles qui fréquentaient leurs « fiancés » et les rejoignaient près du *doué*, la nuit tombée, pour échanger serments et baisers ? Pourquoi ne savait-elle pas aimer ?

La réponse fusa alors dans son esprit comme une douloureuse évidence.

Les autres jeunes gens avaient une famille, un père et une mère qui leur avaient, dès leur enfance, enseigné les câlins, les caresses, les mots tendres et leur avaient donné le modèle d'un couple uni. Tandis que Gwenn n'avait jamais connu sa famille. Elle ne savait même pas si elle en avait une. Comment pouvait-elle aimer si elle ne l'avait pas été elle-même ?

Une seule personne saurait peut-être répondre à ces questions qui la taraudaient.

Yann, l'homme qui l'avait élevée.

Yann, le protecteur de toujours.

Yann, le sage de la forêt.

6

Yann demeurait à l'écart du village, dans une petite maison isolée située au cœur de la forêt que Gwenn partageait avec lui. Il s'agissait davantage d'un refuge que d'une véritable maison, mais Gwenn y avait passé les meilleures années de sa jeunesse.

Yann Luzel était garde forestier. Il avait adopté l'orpheline à sa naissance et l'avait prise sous son aile. Et il l'avait initiée à la magie de Brocéliande.

Cette forêt était si ancienne qu'une vie humaine n'aurait pu en épuiser l'histoire. Pourtant, cela valait la peine de prendre son temps pour en découvrir les mystères et les secrets. La patience était nécessaire ; la forêt ne se livrait pas au premier coup d'œil. Elle avait ses pudeurs de dame. Elle aimait se laisser deviner, convoiter. Les visiteurs trop pressés passaient à côté de l'essentiel, quelque chose de très précieux qui se cachait à leur regard, se dérobait sans cesse. La forêt était un être vivant. Elle vibrait au rythme des saisons et des éléments. Pour la ressentir, il suffisait d'écouter le murmure du vent, le froissement des feuilles mortes à l'automne, le cri du merle…

Brocéliande était la plus grande forêt de Bretagne. Il y a plus de mille ans, c'était une forêt sauvage et impénétrable. L'on n'osait s'y aventurer, à cause des animaux sauvages, mais aussi des brigands qui y tenaient leur repaire. Il y avait bien quelques ermites, aussi, des hommes de Dieu qui avaient choisi de fuir la compagnie des hommes.

Au Moyen Âge, c'était une forêt privée. Elle avait appartenu aux rois de Bretagne, le roi Salomon et le roi Judicaël, plus tard à des seigneurs et à des propriétaires terriens jaloux de leurs prérogatives imposant des règles strictes quant à la façon de se comporter sur leurs terres. Ainsi, les gens du peuple, à part les bûcherons, n'avaient pas le droit d'arracher les plantes ou de toucher aux arbres. La seule concession qui leur était accordée consistait à ramasser le mort-bois, le bois mort tombé à terre qui leur servait à alimenter le feu. Ils pouvaient également cueillir les ajoncs, la bruyère et les genêts dont ils faisaient des paniers ou avec lesquels ils bâtissaient les chaumes de leurs toitures. Lorsque Yann emmenait Gwenn dans la forêt pour glaner des ajoncs blonds, il lui disait : « Petite, la forêt est généreuse envers les pauvres, elle leur donne ce dont ils ont besoin pour survivre. Mais il faut la respecter. Ne casse jamais une jeune ramure et ne grave jamais ton nom sur un tronc d'arbre avec un canif, cela fait du mal aux arbres. Sais-tu combien il faut de temps pour faire un chêne ? Cent ans pour qu'il lève, cent ans pour qu'il vive, cent ans pour qu'il meure. Nous sommes bien peu de chose, à côté… »

Yann lui avait expliqué qu'en réalité il n'y avait pas une forêt, mais plusieurs. Il y avait tout d'abord la forêt « réelle », celle dont il assurait la protection en tant que garde forestier, avec ses étangs, ses ruisseaux, ses arbres à perte de vue, ses chênes centenaires, ses hêtres au tronc couvert d'argent, ses frênes et ses charmes, ses pins qui demeuraient verts toute l'année. Ses animaux, aussi : les sangliers, les renards, les blaireaux, les oiscaux, lcs biches, les chevreuils. Et puis les cerfs, bien sûr… Entendre le brame du cerf au début de l'automne était une expérience inoubliable. Jadis, il y avait même eu des loups. Les derniers avaient été tués avant la fin du XIXe siècle, mais ça ne faisait rien : quand le ciel s'embernait[1], que la brume effaçait les contours de la forêt, on pouvait encore ressentir l'effroi des anciens qui redoutaient ces bêtes sauvages. La mémoire de ces fauves était d'ailleurs restée

1. S'assombrissait.

dans les noms de certains lieux-dits de la forêt que Yann désignait à Gwenn : la Huche-au-Loup, par exemple. Naguère, on disait que les gens huchaient[1] au loup. Ou bien encore le Loup-Pendu, car on avait coutume de pendre le cadavre d'un loup aux branches d'un arbre pour éloigner ses congénères.

Les animaux de la forêt sentaient la présence de l'homme à distance et s'en défiaient, à cause des chasseurs notamment, mais ils savaient qu'ils n'avaient rien à craindre de Yann ni de Gwenn. Ils ne leur voulaient aucun mal, au contraire. Yann avait montré à la jeune orpheline comment sauver les oisillons tombés du nid ou poser une attelle à la patte d'une bête blessée. Un jour, il lui enseigna même la façon de nourrir une petite corneille en lui donnant des vers à la becquée, comme l'aurait fait sa mère.

Et puis, à côté de la forêt réelle, il y avait la forêt imaginaire. Pour y pénétrer, il fallait ressentir en soi une réceptivité, une ouverture au merveilleux. Il suffisait d'un rien : franchir la porte enchantée que forment deux arbres aux troncs jumeaux, marcher sur l'herbe d'*égaire*, l'herbe d'égarement qui vous conduisait tout droit vers l'autre monde, s'assoupir à l'ombre d'un houx ou sous les branches du gui, que

1. Criaient.

récoltaient jadis les druides avec leur serpe d'or. Qui sait ? On pouvait alors apercevoir, entre deux clignements d'yeux, des fées en train de voleter dans l'air comme des lucioles. On pouvait aussi espionner les colonies de korrigans, les lutins de la lande, lorsqu'ils sortaient des mégalithes et des pierres levées qui leur servaient de demeures pour danser en rond toute la nuit en chantant une chanson dont ils ne connaissaient pas la fin.

Avec l'apprentissage de la nature, Yann avait inculqué à Gwenn le goût de la solitude et une certaine méfiance vis-à-vis du genre humain. Il faut dire que, hormis sa protégée, Yann ne fréquentait personne. Il passait plus de temps en compagnie des arbres et des bêtes que dans la société des hommes. Avec l'âge, cette attitude d'ours n'avait fait qu'empirer. À quarante-cinq ans, Yann Luzel était un véritable homme sauvage, qui ne vivait que pour son métier et la tendresse bienveillante qu'il portait à sa protégée.

Comment un homme aussi jaloux de sa tranquillité en était il venu à assumer la garde et l'éducation d'un enfant ? Il s'agissait là de l'un de ces indéchiffrables mystères dont la vie est semée.

Le dimanche était pour Yann jour de repos. Il était exempté de sa tournée de garde forestier, mais cela ne le dispensait pas des tâches quotidiennes. Il était en train de couper du bois quand Gwenn le rejoignit. Aussitôt qu'il la vit, il posa sa cognée et s'essuya le front d'un revers de manche. Avec ses cheveux gris qui tombaient sur ses épaules et sa longue barbe, il ressemblait à quelque barde surgi d'un lointain passé. Il sourit à la jeune fille et, lorsqu'elle s'approcha, la serra entre ses bras.

— Quelles sont les nouvelles, ma fille ? Qu'as-tu appris des commères du *doué* ? Et sur quoi portait le sermon du recteur, ce dimanche ?

Yann savait que l'église et surtout le lavoir étaient par excellence les lieux où s'échangeaient vraies et fausses nouvelles, médisances et ragots. Il ne leur accordait aucune importance, mais cela le distrayait de constater à quel point l'esprit humain peut se perdre en futilités. Et puis, demeurant la plupart du temps seul dans la forêt, il n'avait comme seul lien avec le monde que Gwenn et les potins du lavoir.

Généralement, la jeune fille lui faisait un récit circonstancié, parfois truculent, souvent critique, de la vie du village. Elle lui narrait les petites histoires qui circulaient de bouche à oreille, les amourettes des uns et les chamailleries des autres, les querelles de voisinage, les médisances, les jalousies, les maladies des bêtes et les souffrances des humains et, en ces temps d'Occupation, les combines du marché noir, les trafics, les suspicions, les dénonciations en tout genre. Yann hochait la tête en écoutant ces chroniques locales que Gwenn faisait revivre de la voix et du geste, singeant les mimiques infantiles des lavandières et les mines pincées accompagnées des regards noirs de Dahud. C'était toute la comédie humaine qui défilait ainsi, avec ses grandeurs et ses misères, ses courages et ses petitesses, ses petitesses surtout, à travers les conteries des lavandières réunies autour du *doué*. Yann était le plus souvent avare de commentaires à l'écoute de ces déballages de linges plus ou moins propres. Cela faisait trop longtemps qu'il s'était éloigné du marais où coassaient grenouilles et crapauds. Il avait pris trop de distance avec la société des hommes et les mœurs du temps. Les arbres lui étaient une meilleure compagnie, plus sereine, plus constante, plus stable. Ils pouvaient être foudroyés, mais demeuraient jusqu'au bout fiers et droits, et ne courbaient pas l'échine au premier vent contraire.

Mais cette fois-ci, Gwenn demeura silencieuse, l'air absent, le front soucieux. Yann se douta que quelque chose perturbait sa fille adoptive. Il la connaissait si bien qu'il pouvait lire dans son cœur à livre ouvert. Mais il ne la forçait jamais à se livrer, la laissant libre de ses pensées comme de ses actes. Ainsi l'avait-il élevée, dans la confiance et la liberté. Il se contentait d'être là, dans une écoute bienveillante et silencieuse, comme l'un de ces arbres auxquels il lui avait appris à se confier.

Soudain, Gwenn se tourna vers Yann et lui lança :

— Yann, qui étaient mes parents ?

Yann ne broncha pas. Il s'attendait à ce que la jeune femme revienne un jour ou l'autre sur l'énigme de son passé.

Dès qu'elle avait été en âge de raisonner, elle l'avait harcelé de questions au sujet de ses origines. Qui étaient ses parents de sang ? Pourquoi ne les avait-elle jamais vus ? Étaient-ils morts ou bien l'avaient-ils abandonnée ?

« Un jour, tu sauras », répondait-il inlassablement. Il ne disait rien de plus. C'était un homme à secrets, qui ne prononçait jamais un mot de trop et ne se laissait pas davantage forcer que l'un de ces coffres hermétiques dont sont pourvues les banques. Lorsque Gwenn insistait, il se murait dans un silence buté, comme s'il s'absentait dans une contrée lointaine, ou bien au plus profond de lui-même. La jeune fille finissait par abandonner. Après tout, Yann était bon. Il avait toujours pris soin d'elle et lui avait transmis l'essentiel de ce qu'il faut savoir sur cette terre. Le reste était sans importance.

Mais aujourd'hui, les choses étaient différentes. Gwenn ne le houspillait plus comme lorsqu'elle était plus jeune, elle ne montrait aucune impatience. Simplement, elle voulait savoir. Elle méritait de savoir.

Yann soutint un instant le regard de sa protégée, puis lui dit :

— Viens voir.

Il la précéda dans la maison forestière. Chaque fois qu'elle entrait dans ce refuge où elle et le garde forestier avaient vécu toute leur vie, Gwenn éprouvait un sentiment de paix. Elle était persuadée, depuis qu'elle était toute petite, que jamais rien de mauvais ne pourrait lui arriver tant qu'elle se tiendrait à l'abri de ces quatre murs de bois. C'était un sentiment qu'elle savait irrationnel, car le mal peut s'infiltrer partout, même dans les lieux les plus sereins et les mieux protégés, mais cela ne faisait rien, elle y croyait, ou feignait d'y croire, et y puisait une forme de foi.

L'intérieur du refuge était à l'image de celui qui l'habitait. On eût dit une sorte de cabane de contes de fées, telles qu'on les voit dans les illustrations des recueils de contes de Grimm ou, mieux, comme on les imagine. Tout, du parquet aux poutres du plafond, en passant par les lambris des murs, était en bois. En bois aussi, la table tout juste assez grande pour accueillir deux personnes, les tabourets formés par des troncs équarris, les rares meubles. Mais le plus surprenant était un arbre véritable qui avait poussé à l'un des angles de la maison et perçait la toiture pour continuer son ascension dans la frondaison de la forêt. Yann ne savait pas au juste si l'arbre, un bel hêtre blanc, avait poussé tout seul ou bien si l'abri forestier avait été construit autour de lui. En tout cas, au plus loin que remontait sa mémoire, il avait toujours été là. Il était, aux yeux de Yann, le premier occupant de la maison, et peut-être le seul légitime. Même à l'intérieur du refuge, on se serait cru en pleine forêt.

Cette impression était encore renforcée par la façon peu habituelle dont la maisonnette était décorée. Le garde forestier y accumulait les mille et une petites choses qu'il ramassait dans les bois, et qui lui semblaient dignes d'être conservées. Des tapis de mousse, des brassées de fougères jonchaient le sol tandis qu'un entrelacs de lierre gris argenté courait le long des murs à la façon d'une guirlande. Des nids désertés de leurs locataires à plumes étaient disposés un peu partout, tandis que des nichoirs à oiseaux pendaient au plafond. Yann pensait toujours à y abandonner quelques graines. Parfois, au printemps et en été surtout, lorsque le garde laissait ouvertes porte et fenêtres, des merles et des bergeronnettes venaient se poser sur ces appuis, remerciaient en poussant quelques roucoulades ou tirelis puis s'envolaient vers d'autres escales. Un jour, le garde eut même la visite d'un écureuil qui s'appropria l'un de ces gîtes suspendus pour y entreposer ses noisettes. La maison entière résonnait de ses grignotements saccadés et s'embrasait de la petite tête rousse qui pointait son museau au-dehors et observait le refuge avec de grands yeux étonnés. La maison de Yann était à elle seule un reflet de la forêt tout entière, et chacun pouvait s'y trouver à son aise, arbres, bêtes et gens.

Gwenn effleura du doigt les étagères accrochées aux murs où reposaient, non des bibelots ou des livres, mais des morceaux de roche, des fleurs sèches, des feuilles mortes aux couleurs du coucher de soleil, des champignons. C'était là toute la bibliothèque de Yann. Il y lisait aussi clairement l'histoire de sa forêt qu'il l'aurait fait dans une épaisse encyclopédie. Les réseaux de lignes striant la paume des feuilles, les strates minérales des pierres ou des morceaux de schiste, la disposition des pétales sur une corolle de fleur, les lames sous les chapeaux des champignons lui étaient aussi intelligibles que des mots, des phrases, des paragraphes entiers.

Le garde forestier s'arrêta devant le *gwele kloz*, ou lit clos, que l'on retrouvait dans la plupart des intérieurs bretons. Tour à tour, lit, coffre, armoire et banc, ses panneaux coulissants étaient agrémentés de rosaces et de clous de cuivres. Gwenn avait toujours admiré l'ingéniosité de cette trouvaille, permettant un gain d'espace appréciable dans les maisonnées exiguës.

Lorsqu'il était fermé, le *gwele kloz* ressemblait à un grand coffre dans lequel on serrait draps et couettes. Mais si l'on s'asseyait sur le *bank-tosel*, sorte de marchepied qui se trouvait devant, le *gwele kloz* servait de dossier. Lorsqu'on ouvrait enfin les panneaux de bois ajourés, on découvrait à l'intérieur du meuble un lit, avec son matelas et ses couvertures, où l'on s'enfermait la nuit pour dormir au calme, après avoir refermé sur soi les portières. On y était alors au chaud et à l'abri.

Lorsqu'elle était enfant, Gwenn avait passé bien des nuits dans ce lit clos, tandis que Yann se contentait d'une paillasse jetée en travers de la pièce. Plus tard, le forestier avait aménagé en chambre à coucher une remise qui jouxtait la maison, afin que la jeune fille puisse avoir son indépendance. Il avait alors repris possession du *gwele kloz*.

Yann racontait souvent que dans le vieux temps, lorsqu'il y avait encore des loups à Brocéliande, on enfermait les enfants dans les lits clos pour éviter que les fauves ne viennent les croquer durant la nuit. C'était aussi un moyen de les protéger des sangliers et des porcs sauvages qui entraient dans les habitations pour y chercher à manger. Le *gwele kloz*, mieux qu'un simple berceau, les préservait des dangers venus du sombre dehors et les empêchait de tomber durant leur sommeil. Enfin, ils tenaient à l'écart les cauchemars. Rien n'était plus rassurant que de s'endormir mussé dans ces terriers de bois. Car ce n'est pas l'obscurité de la nuit que les enfants redoutent le plus ; c'est l'immensité de l'espace noir dans lequel ils sont plongés, les recoins inaccessibles et effrayants où spectres, croque-mitaines et autres monstres se tiennent, tapis dans l'ombre, prêts à se jeter sur leurs proies dès qu'elles auront fermé les yeux. Les portes intérieures du *gwele kloz* étaient comme une seconde peau, une armure contre les démons.

Ah ! Gwenn en avait passé des heures à rêver dans ce lit clos. Elle s'évadait dans des pays imaginaires peuplés de fées, de lutins et de korrigans. Des contrées idéales dont elle était la princesse et où l'attendaient ses parents, qu'elle imaginait semblables au roi et à la reine des fées ou à ces couples légendaires qui s'aimaient d'un amour si fort qu'ils ne pouvaient le vivre sur terre, mais en un ailleurs plus propice, exempt de toute douleur ou corruption, Avalon ou les îles enchantées où poussaient les fruits d'immortalité.

Gwenn ne croyait plus à ces chimères. Elle ne voulait plus se bercer d'illusions et ne supportait plus ce silence posé sur ses origines comme un doigt sur les lèvres. Elle voulait savoir, quitte à affronter une vérité moins glorieuse que ce que lui soufflait son cœur.

Yann ouvrit les panneaux du lit clos. Sans un mot, il ôta l'édredon de plumes qui recouvrait le lit, puis le matelas en dessous, enfin le châlit. Se trouvait là, entre le sol et l'emplacement du châlit, un coffre scellé dont Gwenn n'avait jamais soupçonné l'existence. Son père adoptif le lui désigna d'un geste.

— Tout est là, dit-il simplement. Lorsque le temps sera venu, ou lorsque je ne serai plus de ce monde, tu ouvriras ce coffre, Gwenn. Tu y trouveras tout ce qui concerne tes parents.

La jeune femme n'en revenait pas. Durant toute sa jeunesse, elle avait dormi sans le savoir sur un coffre qui abritait les réponses aux questions qu'elle s'était toujours posées. Qu'y avait-il à l'intérieur ? Des vêtements usés ? Des photographies anciennes ? Des documents relatifs à sa famille, à son nom ? Pourquoi les avoir dissimulés ici ? Pourquoi les avoir aussi bien cachés, durant toutes ces années ? Pourquoi avoir tu le secret de sa naissance ?

Gwenn contemplait le coffre avec un mélange d'angoisse et de désir. Elle mourait d'envie de savoir ce qu'il contenait et en même temps elle ne pouvait s'empêcher d'en redouter la nature.

Elle regarda Yann avec assurance.

— Je veux savoir. Maintenant.

Yann poussa un profond soupir et prit la jeune femme par les épaules.

— Je sais ce que tu ressens, Gwenn. Mais le temps n'est pas encore venu. Tu dois me faire confiance, attendre encore…

— Attendre ? Mais attendre quoi ? s'emporta la jeune lavandière. J'ai vingt-quatre ans, Yann ! Je ne suis plus une gamine ! J'ai le droit de savoir ! Je veux savoir !

Yann la regardait d'un air désolé.

— Je comprends ta frustration, ma Gwenn. Mais je n'ai pas le droit de briser le secret. Pas encore. J'ai juré.

— À qui ? À qui as-tu juré ?

La jeune femme criait presque. Elle était au bord des larmes. Des larmes d'émotion et de colère mêlées.

Le garde forestier la maintenait toujours fermement par les épaules mais sa détermination commençait à faiblir. D'une voix tremblante, il finit par articuler :

— Je l'ai juré à ta mère, lorsque tu es née. Elle t'a confiée à moi, en même temps que ce coffre, qui était tout son bien.

— Ma mère ? Tu as donc connu ma mère ? Et mon père ? Où était-il lorsque je suis née ? Pourquoi n'était-il pas auprès d'elle ?

Yann hésitait à répondre.

— Ton père, Gwenn…

— Dis-le ! hurla la jeune femme. Qu'est devenu mon père ? Il nous a abandonnées, ma mère et moi, c'est ça ?

— Ton père, reprit Yann en regardant Gwenn au fond des yeux, est mort avant ta naissance. Il n'a abandonné personne. Ton père était un héros, Gwenn. Et c'était mon meilleur ami.

— Et ma mère ?

— Elle est morte en te mettant au monde.

Gwenn resta sans voix. Elle fixait le garde forestier, médusée. Yann avait connu ses parents. Il avait été leur ami. Au point d'adopter leur enfant.

— Ils s'aimaient, Yann ? chuchota-t-elle.

Le garde avala sa salive, la gorge serrée. Pour la première fois de sa vie, Gwenn sentit qu'il retenait ses pleurs.

— Ils s'aimaient, Gwenn, je peux te le jurer. Ils s'aimaient d'un amour pur et infini. Mais il y a eu cette tragédie…

Il n'acheva pas sa phrase, brisé par l'émotion.

Gwenn n'en avait jamais entendu autant au sujet de ses parents. Ils s'étaient aimés. Ils étaient morts alors qu'elle venait à la vie. S'ils avaient vécu, elle aurait eu une famille, deux parents aimants. Comme les autres. Elle foudroya Yann du regard.

— Pourquoi ne m'as-tu rien dit ? Tu les connaissais, tu étais leur ami et tu ne m'as jamais parlé d'eux ! La vie m'a volé mes parents, mais toi tu m'as volé leur mémoire !

Elle se détourna et s'enfuit dans les bois en courant comme un animal blessé.

Yann ne fit rien pour la retenir.

— Pardon, ma petite fille. Pardon, ma Gwenn. J'avais juré…

Puis il revint au *gwele kloz* et ouvrit la malle qu'il avait tenue close depuis un quart de siècle. Il en sortit un képi, des médailles, des lettres anciennes rédigées à l'encre violette, réunies par une mèche de cheveux roux, et se mit à pleurer.

7

Concoret, 1er août 1914

L'ordre de mobilisation générale avait retenti comme un coup de tonnerre dans un ciel clair, le samedi 1er août 1914 à quinze heures très exactement, en même temps que toutes les cloches de France et de Bretagne résonnant à toute volée. Maëlle, encore sous le choc de la désastreuse escapade à Barenton, vit dans cette brutale déclaration de guerre l'une des conséquences de leur transgression. La fée de Barenton poursuivait les cinq adolescents de sa colère. Ils avaient réveillé des forces maléfiques qui jamais plus ne les laisseraient en repos. Pour tenter d'éloigner d'elle le sort mauvais et d'oublier à jamais le dimanche fatal, elle rompit du jour au lendemain tout lien avec ses anciens amis.

Edern de Montfort fut le seul à être mobilisé. L'âge de la conscription avait été abaissé à vingt ans et la durée du service militaire portée à trois ans. Hubert fut exempté, du fait de son âge et de sa patte folle. Yann, lui aussi, était trop jeune pour connaître la gloire. Dès le 2 août, l'aîné des Gaël de Montfort reçut son ordre de mission et dut quitter Concoret, laissant derrière lui Solenn éplorée.

Edern portait un uniforme bleu azur et un pantalon garance, et il allait se battre avec le cœur empli de l'amour de Solenn auquel se mêlait celui de sa patrie menacée par les étrangers d'outre-Rhin que les troufions traitaient entre eux de « Boches ». Ils avaient la fleur au fusil et l'allure fière ; ils allaient devenir des héros. De toute façon, la guerre ne durerait pas plus de deux mois. L'armée française était considérée comme bien supérieure à l'armée allemande, et elle avait pour elle le bon droit. Dès le début du mois d'août, on avait promis aux jeunes recrues qu'avant octobre ils seraient aux portes de Berlin et danseraient le laridé sur la célèbre avenue berlinoise Unter den Linden.

Edern fut affecté au 35e régiment d'artillerie basé à Vannes, constitué exclusivement de jeunes Morbihannais. Il partit aussitôt pour le front de l'est, à Maissin, en Belgique. C'était un pays plat et sans relief qui ne ressemblait en rien à la Bretagne. Il n'avait ni les couleurs ni les senteurs de sa chère forêt de Brocéliande. Tout autour de lui, des rideaux de fils de fer barbelés et des champs de betteraves à perte de vue. Au-dessus, un ciel bas pommelé de nuages gris. Et à ses pieds, dont les chevilles étaient protégées par d'épaisses bandes molletières, une infâme gadoue continuellement arrosée par les pluies et l'urine des soldats. Les capotes brunâtres empestaient la crasse.

Les artilleurs bretons étaient placés en première ligne, forts de leurs neuf batteries équipées de canons de 75 mm, à frein hydropneumatique et à culasse à maniement rapide, inventé par l'ingénieur et lieutenant-colonel Deport. Grâce à cette arme révolutionnaire, dotée d'une portée de 5,5 km, les Bretons transformeraient bien vite les Boches en chair à pâté. Une chanson avait même été composée à la gloire du célèbre canon :

Il s'impose à notre pensée,
Le nom du canon glorieux
Dont la redoutable portée
Rend nos soldats victorieux !
Dans la tranchée, à la bataille,
Le bon 75 est roi…
Et, lorsqu'il crache sa mitraille,
L'ennemi frissonne d'effroi.

L'épreuve du feu eut lieu le 22 août. Prêtant main-forte aux 62ᵉ et 116ᵉ régiments d'infanterie, également originaires du Morbihan, le 35ᵉ battit les Allemands à Maissin. Mais au prix de combien de pertes humaines… Ce que les instructeurs n'avaient pas dit aux jeunes artilleurs, c'est que leurs adversaires possédaient de leur côté un canon de 77 mm, à la portée légèrement supérieure à celle du 75.

Au lendemain de ce carnage, qui devait être suivi de tant d'autres, Edern écrivit une lettre à Solenn, recouvrant la feuille blanche de fines lignes à l'encre violette.

Maissin, le 24 août 1914

Ma Solenn,

Je t'écris pour partager avec toi notre première victoire. Mais il s'agit d'une victoire bien amère, car de nombreux camarades ont péri sous les boulets ennemis. Maissin ressemble aujourd'hui à un bourbier de sang.

La Belgique est un pays triste et sinistre, même en plein mois d'août. Notre belle Bretagne me manque. Elle me manque presque autant que toi.

Pourtant, nous sommes entre pays, ici. Tous Bretons, originaires du Morbihan, entre Vannes et Lorient. Tous en première ligne, face au feu de l'ennemi. Je ne sais pas s'il s'agit là d'un signe d'élection ou d'une disgrâce. Les gradés nous regardent de haut. On sent leur condescendance. Pour eux, nous ne sommes pas des Français à part entière. Entre eux, les copains parlent breton ou gallo, rarement le français. Cela suffit à les faire passer pour des demeurés. Ajoute au tableau la réputation d'avoir la tête dure et le gosier en pente, et tu auras compris que les Bretons ont vocation à être avant tout de la chair à canon.

Je te quitte sur ce triste constat, ma Solenn. Nous partons pour un patelin du nom de Bulson, où nous allons nous battre encore.

Tu es dans mon cœur, ma tendre fiancée de Brocéliande. Pour toi je survivrai.

Ton Edern

La bataille de Bulson eut lieu le 28 août, six jours à peine après le massacre de Maissin. Le 2 septembre, le 35e régiment d'artillerie se trouvait à Prosnes, près de Mourmelon, pour de nouveaux combats. Puis il fut envoyé dans la Marne pour participer aux batailles de Lenharrée et Connantray, les 7 et 8 septembre, toujours en soutien des 62e et 116e régiments d'infanterie bretons. La bataille de Belgique avait été sanglante. Celle de la Marne se révéla plus sauvage encore.

Connantray, le 9 septembre 1914

Ma Solenn,

Je croyais avoir connu le pire en Belgique, mais ce n'était rien à côté de ce que nous vivons dans la Marne. Jusqu'à présent, l'ennemi demeurait à portée de canon, c'est-à-dire à plusieurs kilomètres. Les boulets criblaient les champs plats, foudroyant les hommes sur place ou les jetant à terre par le seul souffle de leur déflagration. Les plus à plaindre étaient les blessés, amputés d'une jambe ou d'un bras, parfois de la moitié du corps. Ils hurlaient pour qu'on leur vienne en l'aide. Mais nous sommes sur le front, les hôpitaux de campagne sont loin à l'arrière. Les Bretons crevaient comme des porcs, saignés à blanc, et personne ne s'en souciait.

À Lenharrée, ce fut pire. Nous avons été surpris par les Boches et, pour défendre nos précieux canons de 75, nous avons dû nous battre avec les baïonnettes de nos fusils. Ceux d'en face n'y allaient pas de main morte non plus, et bientôt la terre glaiseuse de la Marne fut recouverte de cadavres lardés d'entailles béantes, les ventres ouverts sur les grappes de leurs viscères, baignant dans leur propre sang, celui de leurs camarades ou celui de l'ennemi… Mais ce sang avait toujours la même couleur. Si l'enfer existe, c'est ici qu'il se situe.

Il paraît que nous allons être cités à l'ordre de l'armée pour acte de bravoure. Je me suis, semble-t-il, plutôt bien comporté au sein de ce foutoir, et j'aurai droit à une médaille et à une montée en grade. Je devrais être fier de ces récompenses, et je le suis, car j'ai défendu ma patrie et j'ai contribué à sauver l'honneur des Bretons. Mais je ne peux m'empêcher de revoir les corps disloqués de mes compagnons déchiquetés, d'entendre le sifflement des boulets avant le tonnerre qui accompagne leur chute, de sentir l'odeur putride du sang et de la mort. Je repense à ce dimanche du mois de mai et je crois encore entendre Barenton gronder, tandis que les esprits mauvais de la forêt nous crachent leur déluge de pluie à la figure. Ici, ce n'est pas la pluie qui tombe du ciel, mais des obus et de la mitraille.

Solenn, mon soleil, ma vie, si je réchappe à ce cauchemar et si j'ai la chance de rentrer bientôt au pays, ne serait-ce qu'en permission, car j'ai peur que la guerre ne dure plus longtemps que ce que l'on nous a annoncé voici à peine un mois, je fais le serment solennel de t'épouser au plus vite. Nos familles n'auront rien à y redire. Après tout, je me bats au coude à coude avec des fils de paysans, la plupart illettrés, mais tous sont de braves gars courageux et dignes d'estime. Et lorsqu'elle moissonne, la Mort ne fait pas de différence entre nobles et roturiers, bourgeois et ouvriers. Pourquoi la Vie en ferait-elle ? Tu seras ma femme, Solenn, et j'emporterai l'image de ton sourire en allant défier la camarde.

Le 35e régiment d'artillerie, dans une impitoyable course à la mer, traversa la Marne et parvint dans la Somme. Après un sévère accrochage à Saint-Pierre-lès-Bitry, le 10 octobre, les artilleurs purent enfin se stabiliser sur leurs nouvelles bases pour parfaire leur instruction. À Noël, Edern et plusieurs de ses camarades eurent droit à leur première permission, d'une durée d'une semaine. En comptant le temps du trajet en train, avec les escales imposées et les correspondances, c'étaient deux jours de mangés à l'aller et au retour. Et il n'était pas question de rejoindre son poste en retard, au risque d'être considéré comme déserteur. Le temps de retrouver la famille, de raconter à mots couverts ce qui se passait « là-bas », d'embrasser la fiancée et de boire le coup avec les copains restés au pays, et déjà il fallait repartir pour de longs mois en baie de Somme.

Lorsqu'il rentra à Ker-Gaël après près de cinq mois d'absence, Edern n'était plus le même. Il avait mûri, comme un fruit exposé trop longtemps au soleil. À sa tenue de sous-officier, aux décorations qu'il arborait au revers de sa tunique, on comprenait qu'il n'était plus ce jeune homme de vingt ans qui courait dans les bois avec ses amis sur les traces d'un lièvre ou à la poursuite d'un merle. Il était devenu un soldat endurci au feu des combats. Plusieurs fois, il avait frôlé la mort et en avait constaté les ravages chez des camarades de son âge. De son long séjour militaire, il avait rapporté, outre la croix de guerre qu'il portait en sautoir, une sorte de fierté farouche et une petite moustache relevée sur les coins. Cela suscitait autour de lui un respect nimbé de crainte. On laissait entendre, en baissant la voix, qu'il « était un héros ».

Alphonse Gaël de Montfort Brécilien appréciait cet héroïsme dont était paré son fils aîné. Il rejaillissait sur la famille entière, redorant un blason qui, déjà, commençait à se défraîchir. Il prit à part Edern, s'enferma avec lui dans l'un des nombreux salons de Ker-Gaël, partagea avec lui un verre de *lambig*, lui offrit un cigare de sa collection personnelle, le considéra gravement durant un bon moment, souffla un rond de fumée et finit par dire :

— Edern, tu fais honneur à ta famille, à la Bretagne et à la France. C'est dans cet ordre, en effet, que vont naturellement tes devoirs. Je te félicite donc de tes faits d'armes, mais je souhaiterais qu'à l'avenir tu contemples les assauts d'un peu plus loin.

— Je suis dans l'artillerie, père. Nous sommes toujours en première ligne…

— Je sais, soupira Alphonse. Mais vois-tu, mon fils, comme je viens de te le dire, tes responsabilités privées priment sur la défense de ta patrie. Tu es l'aîné de mes deux fils, ne l'oublie pas, et le seul capable d'assumer l'héritage du domaine. Si tu venais à être blessé, ou pire… Je ne vois pas Hubert remplir correctement le rôle qui est le tien…

Edern avait longuement regardé son père. Ce n'était pas pour sa vie ou sa santé qu'il s'inquiétait, mais pour la survie du nom et du domaine. Il ne s'en étonna pas. Le baron n'avait jamais été un modèle d'amour paternel.

— À propos de responsabilités, répondit le jeune homme, j'aimerais vous entretenir d'un projet qui me tient à cœur, père. Nous en avions déjà parlé avant mon départ, et je connais vos réserves à son sujet, mais les événements dramatiques qui secouent actuellement notre pays, ainsi que les faits d'armes dont vous avez eu la bonté de me féliciter, me donnent, me semble-t-il, quelques droits à renouveler ma demande.

À cette entrée en matière, Alphonse fronça aussitôt les sourcils.

— De quoi veux-tu parler, mon fils ? Tu es bien mystérieux…

— Dans ce cas, je vais être clair et direct, père. Je souhaite épouser Solenn Josselin.

Alphonse de Montfort faillit s'étouffer avec la fumée de son cigare, et dut absorber une large rasade de *lambig* pour se reprendre.

— Je pensais cette conversation définitivement close, Edern ! Il n'est pas question que tu te maries en dessous de ta condition et que tu épouses une…

— Attention à ce que vous allez dire, père ! Vous parlez de ma fiancée, celle qui sera bientôt ma femme, avec ou sans votre permission !

Le visage du baron s'empourpra et ses bajoues ornées de favoris se mirent à trembloter de rage.

— Comment oses-tu ! Ton képi et tes décorations t'ont monté à ce point à la tête que tu oses défier ta propre famille et manquer de respect à ton père ? Tu n'épouseras point cette… cette paysanne, entends-tu ? Fais ta guerre, sois un héros, collectionne les médailles… Mais lorsque tu reviendras, tu t'uniras à une fille issue de notre classe, que cela te plaise ou non !

Sans un mot, le visage dur et le regard glacé, Edern se leva et quitta la pièce puis le château pour rejoindre Solenn qui l'attendait près du *doué*. À son air contrarié, elle devina qu'une altercation venait d'opposer le père au fils, et elle en comprit la cause. Mais ils étaient tellement heureux de se revoir que les brumes de leurs désillusions se dissipèrent au fur et à mesure que le soir complice jetait un drap d'ombre sur leurs amours. Edern repartit le lendemain de Noël, sans avoir adressé la parole à son père.

Puis ce fut, en 1915, la grande offensive de Champagne. À Tahure, le 35e régiment d'artillerie fut de nouveau cité à l'ordre de l'armée. L'année suivante, à la fin du mois de mars, les artilleurs bretons participèrent à la bataille de Verdun durant quatre semaines d'enfer. En mai 1916, le régiment passa quelques mois à l'arrière, mais ce fut pour repartir à l'assaut du fort de Vaux en novembre de la même année. La guerre s'éternisait depuis trois ans déjà. Tous les quatre mois, les conscrits avaient droit à une semaine de permission, sauf lorsqu'ils se trouvaient au front. Chaque fois qu'il le pouvait, Edern revenait à Concoret. Il passait le plus clair de son temps avec Solenn. Ils discutaient des heures entières, se tenaient par les mains, s'effleuraient le visage. Ils parlaient de leur mariage prochain, avec ou sans l'accord de leurs familles. La jeune fille avait dix-neuf ans désormais et travaillait comme lavandière au *doué* de Concoret. Si au moins cette guerre finissait…

Au printemps de l'année 1917, Edern bénéficia d'une permission spéciale de quinze jours. Le général Nivelle préparait une offensive qui devrait être décisive pour le sort de la guerre. Elle aurait lieu au Chemin des Dames, dans l'Aisne, à la mi-avril. Le 35e régiment d'artillerie y participerait. Avant de prendre part à cette mission, les artilleurs avaient bien mérité un peu de repos.

Edern revint à Brocéliande. Mais cette fois-ci, il ne se contenterait pas de projets ou de promesses.

Cette fois-ci, il épouserait Solenn.

Il ne voulait pas retourner au front sans se savoir uni à celle qu'il aimait par les liens indéfectibles du mariage.

Il voulait faire mentir les *épilles* jetées dans la fontaine de Barenton.

8

Concoret, avril 1917

Au début du mois d'avril, l'adjudant-chef Edern de Montfort était de retour à Concoret. Après quelques journées consacrées à des négociations mystérieuses, il alla rendre visite à Yann, accompagné de Solenn.

— Nous allons nous marier, lança le jeune artilleur d'un ton sans réplique. Veux-tu être notre témoin, Yann ?

— Vos familles ont enfin accepté ? se réjouit Yann.

— Non, répliqua Edern, le visage fermé. Nous nous passerons de leur bénédiction.

— Mais… Solenn est mineure, argumenta Yann. Elle n'a que dix-neuf ans. Il lui faut encore attendre deux ans si elle veut t'épouser sans le consentement de sa famille.

— C'est la guerre, Yann ! s'emporta Edern. Tu ne t'imagines pas comment cela se passe, là-bas, sur le front ! Ces derniers temps, on était presque peinards dans la Somme. Mais nous repartons vers l'est dans quinze jours et je t'assure que ça va barder ! S'il m'arrive quoi que ce soit, je veux que Solenn soit ma femme. Au moins, elle touchera une pension de veuve de guerre et ne sera plus obligée de s'abîmer les mains au lavoir.

— Ne parle pas comme ça, Edern ! supplia Solenn. Je ne pourrai pas vivre sans ta présence à mes côtés. Ne repars pas, je t'en supplie ! Tu t'es suffisamment battu. Tu as donné trois ans de ta vie à la France et tu as risqué mille fois la mort. Cela suffit, non ?

Edern prit Solenn dans ses bras et caressa tendrement sa longue chevelure rousse.

— Si je ne retourne pas à mon poste au jour dit, je serai considéré comme déserteur. Tu sais ce qu'on leur fait, aux déserteurs, Solenn ?

Elle secoua la tête, sans rien dire.

— J'ai vu des gars, au front, qui laissaient pendre leur main par-dessus la tranchée dans l'espoir d'être blessés et rapatriés à l'arrière. J'en ai vu se tirer volontairement une balle dans le pied, invoquant ensuite une maladresse, ou se replier trop vite lors d'un assaut de toute façon perdu d'avance. Certains prolongeaient leur permission d'un jour ou deux ou refusaient de retourner là-bas. D'autres, enfin, n'avaient rien fait. Ils s'étaient simplement trouvés là, au milieu d'une mutinerie collective, et avaient été choisis au hasard pour payer l'insubordination de leurs camarades. Pour l'exemple. Tous ces gars, Solenn, ont été condamnés comme déserteurs, radiés de leur grade et exécutés dans les vingt-quatre heures après une parodie de procès organisée par le commandant du régiment assisté de deux officiers. C'est cette fin que tu désires pour moi, Solenn ?

La jeune fille ne répondit rien. Il n'y avait aucune porte de sortie, aucune solution pour échapper au piège infernal de la guerre. Et la paix n'était encore qu'un rêve lointain.

— Comment allez-vous faire pour le mariage ? demanda Yann pour changer de sujet.

— J'ai trouvé un brave prêtre qui consent à nous unir. La cérémonie aura lieu ce soir.

— À Concoret ?

— Non, bien sûr. Ni à Concoret ni à Paimpont. Les recteurs de ces paroisses-là ont trop peur de se mettre à dos ma famille ou de se placer en infraction vis-à-vis du droit. Il est vrai qu'ils pourraient être poursuivis pour avoir célébré une cérémonie religieuse en l'absence d'un mariage civil préalable. Ils encourent six mois de prison, sans compter l'amende. Article 433-21 du code pénal.

— Mais alors, qui ?

— Un curé de la minuscule paroisse de Tréhorenteuc. Son église est presque en ruine, ses paroissiens ne viennent jamais à la messe.

— Comment as-tu fait pour le convaincre ?

Edern afficha un sourire de contentement.

— Je n'ai pas eu à insister beaucoup. Le prêtre en question est un Breton, un vrai. Ces médailles que je porte au revers de ma tunique, c'est toute la Bretagne qui peut s'en enorgueillir. Et puis, il fait partie de l'ancienne école, celle qui n'a jamais accepté la séparation de l'Église et de l'État. Le mariage à la mairie, à ses yeux, se résume à un bout de papier dont il saura bien se passer. Seul le mariage chrétien a pour lui de la valeur.

— Et il est prêt à prendre le risque d'aller en prison ?

Edern regarda son ami droit dans les yeux.

— Moi, je prends chaque jour le risque de mourir pour mon pays.

Le soir même, les trois amis avaient enfourché leurs bicyclettes pour se rendre à Tréhorenteuc, hameau situé de l'autre côté de la forêt, au-delà de la fontaine de Barenton, près du Val-sans-Retour où Morgane enfermait les faux amants.

Ils furent reçus par un vieux prêtre en soutane, le crâne lisse comme un œuf, la taille courte mais l'embonpoint généreux, dans une église au toit écroulé. De mauvaises herbes poussaient entre les carreaux disjoints.

— Bienvenue dans l'église la plus pauvre du canton ! lança-t-il d'un ton jovial qui jurait avec la misère des lieux. Elle prend l'eau de toute part, comme un vieux rafiot bon pour la casse, les vitraux sont cassés et laissent courir le vent, il n'y a pas de bancs pour les fidèles qui, de toute façon, ne viennent jamais y poser leurs derrières, mais Dieu y est chez lui aussi bien que dans la pompeuse abbatiale de Paimpont.

Yann ne put s'empêcher de sourire. À la pénombre des églises, il avait toujours préféré celle des sous-bois, et pensait que Dieu y était tout autant à son aise. Son sourire n'échappa pas au prêtre.

— Je te connais ! dit-il brusquement en pointant son index sur la poitrine du jeune homme. Je me fiche de ton nom, mais je connais ton cœur et cela suffit bien. Tu penses que je suis un vieux fou qui n'a plus toute sa tête, et là-dessus tu as raison, mon garçon. Mais comme toi, vois-tu, je me méfie des hommes. Toi, tu leur préfères la nature et les bois, je le devine à tes regards et à ta démarche, qui ne trompent pas. Moi, je me contente de quelques pierres menaçant de s'effondrer là où ma folie, ou ma foi, a décidé d'y sentir la présence de Dieu. Nous sommes pareils, au fond, même si j'ai quatre fois ton âge. Et je te prédis une chose. Un jour, cette église sera aussi belle que la forêt de Brocéliande que tu aimes tant. Je ne serai plus là pour le voir, mais l'un de mes successeurs s'acquittera de cette tâche. Souviens-toi bien de mes paroles, mon enfant ! Bon, à présent, il est temps de procéder au mariage…

La cérémonie fut très simple. Dans cette église en ruine, à la lueur de deux cierges qui sentaient le suif, les trois amis et le vieux prêtre ressemblaient à ces premiers chrétiens qui se cachaient pour célébrer leur culte. Ils étaient pareils à des conjurés bravant la loi et l'ordre établi par les hommes pour honorer une loi et un ordre supérieurs. Le curé y voyait une obéissance résolue à son Dieu, les fiancés un engagement total envers l'amour qu'ils se portaient, et Yann un gage d'amitié fidèle. Les anneaux furent échangés en même temps que les serments, pour le meilleur et pour le pire.

Ils quittèrent Tréhorenteuc à la nuit tombée, après une ultime bénédiction du prêtre qui, en guise d'adieu, leur dit d'un ton convaincu :

— Ne craignez rien de la vie, mes enfants… Désormais, vous êtes unis devant le Ciel et jamais plus vous ne serez séparés.

Puis, se tournant une dernière fois vers Yann :

— Et toi, n'oublie pas, mon gars ! Un jour, tu reviendras dans cette église. Tu passeras le bonjour au recteur qui m'aura remplacé. N'oublie pas, surtout, n'oublie pas !

Avant de prendre congé de son ami et désormais témoin de mariage, Edern lui glissa à l'oreille :

— Demain, j'irai déposer mon testament chez maître Le Bihan, le jeune notaire de Mauron. S'il m'arrive quoi que ce soit au Chemin des Dames, il aura la charge de faire valoir les droits de Solenn. Je suis rassuré à présent. Je peux retourner au front le cœur léger.

C'était une nuit tiède d'avril. Edern et Solenn la passèrent dans la forêt. Les grands arbres complices veillèrent sur leur amour.

Edern repartit pour le front de l'est. L'offensive du Chemin des Dames commença le 19 avril et dura un mois plein. Mais le jeune artilleur n'en connut jamais l'issue. Il fut abattu par un tir de mortier par une belle journée du début du mois de mai.

Ce même jour, on entendit Barenton gronder.

Yann referma le coffre, regrettant déjà de l'avoir ouvert. Il avait cédé à un instant d'émotion, au désir de ressusciter un passé enfoui, de lui redonner vie. Mais on ne profane pas impunément les tombes où sont enfermés les souvenirs. Ce n'est pas la vie que l'on ranime ainsi, mais des fantômes, des âmes errantes, des destins brisés.

9

Concoret, dimanche 31 octobre 1943

À Concoret, on ne parlait que de l'intervention de Gwenn pour sauver le bossu et de la façon dont Philippe de Montfort avait menacé les villageois de son fouet. Lorsque les lavandières revinrent de leur *buée*, à l'heure de la messe, elles n'eurent qu'à ouvrir leurs oreilles pour glaner les commentaires qui allaient bon train.

— On ne lui avait rien fait ! s'exclamait un costaud à moustaches. Les garçailles se sont un peu amusés avec le charbonnier. Pas méchamment, d'ailleurs. Ils l'ont juste un peu secoué…

— Faut dire qu'on était tous un peu énervés, à cause des Boches, compléta l'épicier. Ils se croient chez eux et nous privent de mangeaille. Ils m'ont pris toutes mes réserves. De quoi je vais vivre, moi ? J'ai un commerce à tenir…

— Et le marché noir, c'est fait pour les chiens ? ironisa un vieux entre deux verres de *gwin ruz* auquel l'épicier avait refusé deux ou trois fois une bouteille de *lambig* et qui, pour cette raison, avait une dent contre lui. Tu sais bien la cacher, ta mangeaille. Les Boches i'sauront pas la trouver !

Avant que l'épicier n'ait eu le temps de réfuter ces allégations parfaitement fondées, une vieille encapuchonnée d'une coiffe si blanche qu'elle ne se distinguait pas de sa chevelure y alla elle aussi de son couplet :

— Les Boches et les charbonniers, c'est du pareil au même ! Des intrigants qui ne sont même pas d'ici. Si j'étais un homme, avec trente ans de moins, je te les foutrai dehors, tous autant qu'ils sont ! Heureusement, y a des p'tits gars qui font ce que les grandes goules ont pas le courage de faire…

— Tais-toi, *mamm-goz* ! s'écria un fermier dont le fils avait refusé le STO et s'était réfugié en forêt. Les murs ont des oreilles, et les bouches colportent ce que les oreilles ont entendu, surtout au lavoir…

Disant cela, il louchait du côté de Dahud, qui écoutait d'un air placide tout ce qui se disait sur la place. On la savait en affaires avec les Montfort, dont on connaissait les accointances avec les envahisseurs. Ce que sa langue vipérine répétait à l'encan pouvait fort bien être rapporté aux Allemands.

La lavandière se contenta de fixer le fermier dans les yeux puis hocha lentement la tête avant de se détourner.

— Annaïg ! lança-t-elle à sa fille sans la regarder. Viens-t'en à la maison après la messe. Moi, je vais préparer le dîner…

Lorsqu'elle se fut éclipsée, le fermier cracha par terre en marmonnant des paroles incompréhensibles.

Dahud et sa fille habitaient une maisonnette aux murs de terre et au toit de chaume. Comme toutes les chaumines du village, elle avait son entrée principale et sa fenêtre au sud, afin de profiter au mieux de la lumière. Les plafonds étaient bas et noircis par les fumées du poêle où flambait un mauvais charbon. Le sol en terre battue exhalait des odeurs d'humus et la porte d'entrée était coupée à mi-hauteur, de façon à ce que l'on puisse tenir la partie basse fermée tandis que la partie haute, la contre-porte, demeurait ouverte. Grâce à cet *usset*, comme on l'appelait, on pouvait faire entrer un peu d'air dans l'*oté*, la partie habitable de la maison, tout en empêchant les animaux d'y pénétrer. À côté, il y avait une pièce, « l'en-bas », où l'on rangeait les ustensiles courants : outils, pelles et râteaux, balais de bourdaine, paniers et corbeilles d'osier, ficelle de chanvre, chandelles de résine, pots et écuelles. À l'arrière, une fornette, trou où l'on jetait les cendres et que l'on vidait en fin de semaine. La chaumine ne se distinguait pas des autres maisons du village. Elle était simple et rustique, mais suffisamment fonctionnelle pour assurer à ses occupantes, sinon du confort, en tout cas le minimum nécessaire pour ne souffrir ni du froid ni de l'humidité.

Le mobilier lui aussi était des plus sommaires. Une table en bois foncé flanquée de deux bancs sans dossier, une armoire remplie de linge, un buffet surplombé d'un miroir au verre piqueté, un vaisselier, que l'on nommait « dressoir », une pendule, un lit clos où dormait Dahud et, pour Annaïg, un lit de coin. Comme dans la plupart des maisons, il n'y avait en effet qu'une seule pièce servant tout à la fois de cuisine, de salle à manger et de chambre.

La seule particularité de cette demeure résidait dans la multitude de pots en verre alignés sur une étagère au-dessus du fourneau, dans lesquels se trouvaient conservés des plantes séchées, des aromates, des simples et autres ingrédients dont Dahud faisait un fréquent usage, non pour relever le goût des préparations culinaires, le plus souvent fades en ces années de disette, mais pour concocter des onguents, des baumes, des emplâtres destinés à apaiser les douleurs, à panser les plaies malignes et à guérir les maux les plus divers. Ainsi, pour soigner les enfants atteints de coqueluche, elle préconisait aux parents de leur faire sucer des morceaux de sucre enduits de bave d'escargot. Le remède était radical.

À cause de ces médications étranges dont elle évitait de divulguer les recettes, elle passait pour être sorcière. Cela n'empêchait pas les commères de venir solliciter son aide pour une dent cariée, un mauvais rhume ou une angine. Elle savait aussi *enlever le feu* à ceux qui s'étaient brûlés, déterminer le sexe des enfants à venir en auscultant le ventre de leurs mères et, en étudiant le cours de la lune, lutter contre le mal des bêtes. Elle connaissait sans doute bien d'autres sortilèges mais nul ne se vantait d'y avoir eu recours. Il se murmurait parfois des choses à son sujet, mais les langues se taisaient vite, de peur de s'attirer le mauvais œil.

De retour de l'église, Annaïg décrottait ses sabots sur le seuil de la chaumine lorsque Dahud, sans la regarder, bougonna :

— Perds pas de temps à ça… T'as oublié le jour qu'on est ? C'est veille de Samain, cette nuitée. Tu sais ce que ça veut dire ? Au soir tombé, t'iras me chercher les herbes que tu sais dans la forêt. C'est à la lune noire ou à la lune grosse qu'elles ont tout leur pouvoir…

Annaïg soupira et leva les yeux au ciel.

— Pourquoi c'est toujours moi qui y vais ?

La jeune lavandière faisait chaque mois la même remarque et Dahud lui répondait invariablement la même chose.

— Tu sais bien que c'est justement le soir où le baron de Ker-Gaël vient chercher la préparation pour les malaises de son fils. I'n'va pas tarder, d'ailleurs.

— Ouais, et quand j'm'en r'tourne, il est déjà parti, l'baron. On dirait que tu le fais exprès, de m'envoyer cueillir les herbes les soirs où il vient. Tu as peur qu'il me mange, ton baron ? Lui, ou bien sa bête. Tu sais comment on l'appelle, dans le pays ? « Le menou d'loup. »

Dahud garda le silence, mais son regard se figea un instant. Le meneur de loup. Bien sûr, la lavandière connaissait le sobriquet dont les villageois l'avaient affublé. Le baron de Ker-Gaël inquiétait, à cause de son air farouche et de sa boiterie, mais aussi à cause de Kidu, ce gros chien noir aux allures de loup qui ne le quittait jamais, si bien qu'on croyait voir son ombre. C'est pourquoi le baron avait été assimilé à ces sorciers maudits qui, selon la légende, savaient mener les loups grâce à un pacte conclu avec le diable. Ce n'était pas pour cette raison cependant que Dahud avait toujours soigneusement évité que le baron ne croise sa fille lorsqu'il venait lui rendre sa visite mensuelle. Mais elle ne voulait pas en dire plus.

— Discute pas, lâcha Dahud. Viens dîner, la soupe est prête. Après, tu iras dans les bois. La nuit tombe vite, en cette saison. Faut qu'tu repères les endroits tant qu'i fait clair. Et traîne pas en route, comme à l'accoutumée. Surtout, ne t'en r'tourne pas du côté du *doué*. Tu sais bien que, cette nuit, les lavandières de sang viennent y mener leur *buée*...

En bougonnant, Annaïg s'attabla près de sa mère pour engloutir la soupe claire où surnageaient quelques quartiers de légumes grossièrement coupés puis, lorsque l'heure fut venue, elle remit ses sabots, prit son panier d'osier et franchit le seuil de la chaumine pour s'en aller dans les bois à la recherche d'herbes rares.

Dès qu'elle fut dehors, un mince sourire éclaira son visage. Elle ne râlait que pour le plaisir de contrarier sa mère. En réalité, elle était ravie d'avoir, une fois par mois, l'occasion de sortir jusque tard dans la nuit sans encourir les foudres de Dahud. Et elle se moquait bien de croiser ou non le baron. Ce qu'elle attendait avec impatience, en revanche, c'était le moment où, après avoir glané les herbes dans la forêt, elle retournait au *doué*. Elle n'y avait jamais vu la moindre lavandière de nuit, malgré les histoires que colportait Dahud. En revanche, elle savait que, lorsque le mince croissant de lune monterait dans le ciel, Philippe l'y retrouverait.

Philippe, le beau Philippe de Montfort, à qui elle s'était donnée, il y avait trois lunes de cela.

Philippe, dont elle portait le gage d'amour dans le ventre.

Philippe, à qui elle apprendrait ce soir qu'elle était grosse de lui.

Philippe, qui devrait l'épouser pour donner un père à cet enfant à naître.

Philippe, qui un jour serait l'unique héritier du domaine de Ker-Gaël.

Annaïg, les joues en feu malgré la fraîcheur de l'automne, se voyait déjà baronne.

10

Gwenn avait couru au hasard dans la forêt, lacérant ses bras et ses jambes aux ronces des chemins, la gorge en feu, le cœur battant la chamade. Elle fuyait ce qu'elle avait toujours désiré connaître, et qu'elle se trouvait à présent incapable d'affronter : le secret entourant sa naissance, qui planait comme un oiseau de proie prêt à fondre sur elle. Elle ne souhaitait qu'une chose : s'égarer dans ces bois, s'y cacher comme ces bêtes sauvages dont, plus que jamais, elle se sentait proche.

Le sang cognait à ses tempes tandis qu'elle se répétait, comme une litanie, les révélations que venait de lui faire Yann. Il avait connu ses parents. Il avait été leur meilleur ami. Il avait été le témoin de leur amour et celui de leur mort. Que s'était-il passé ? Quelle était cette tragédie qu'il avait évoquée ? Gwenn ne l'avait pas interrogé davantage ; elle savait qu'il n'aurait pas voulu répondre. Il avait juré de ne rien dire. Il était tenu par le serment qu'il avait prêté aux parents défunts.

Gwenn, au bord de l'épuisement, interrompit enfin sa course folle et se laissa tomber, dos contre le sol, dans une clairière. Elle porta la main à sa poitrine et sentit le rythme frénétique de son cœur aux abois. Elle haletait, en sueur, incapable de reprendre son souffle. Il fallait qu'elle se calme. Elle avait cédé à un sentiment de colère et de panique mêlées. Elle devait à tout prix retrouver son sang-froid et sa lucidité. Pour cela, elle devait s'en remettre à sa meilleure amie, celle qui l'avait toujours protégée et rassurée dans ses moments de doute ou de peine : la forêt.

C'est Yann qui, dès son enfance, lui avait appris à écouter la forêt et à dialoguer avec elle. « Les arbres ne sont pas de simples troncs inanimés, lui disait-il. Ce sont de vieux sages qui observent le monde et les hommes depuis si longtemps qu'ils ne s'étonnent plus de rien et se contentent, pour vivre, d'un souffle de vent, de la rosée du matin, du pépiement des oiseaux qui nichent entre leurs branches. Tu auras beaucoup à apprendre d'eux si tu sais les écouter. Je te montrerai comment t'y prendre. »

Il lui avait montré. Un beau jour de printemps, Yann avait entraîné l'enfant dans une chênaie où demeuraient encore des arbres vénérables, ayant échappé par miracle aux coupes des bûcherons et à la concurrence forcenée des pins que les hommes avaient replantés à la place d'essences plus rares mais à pousse plus lente. Il lui présenta, comme on présente une personne, un vieux chêne au tronc noueux dont les épaisses racines rampaient sur le sol comme des bras monstrueux surgis de terre. Il lui apprit comment poser sa main sur l'écorce brune afin d'établir le contact, tout en faisant le vide dans son esprit. Car c'est du vide que naissent les messages venus de l'indicible. « Si tu es trop préoccupée, tu me laisseras pas de place pour le parler des arbres, lui expliquait-il. Lorsque tu veux communiquer avec la nature, qu'il s'agisse des arbres, des rivières ou des animaux, applique-toi à ne penser à rien. Je sais que c'est difficile, mais c'est à cette condition que tu entendras *autre chose*. »

Gwenn était encore une enfant, et les enfants comprennent ce langage plus aisément que les adultes. En fermant les yeux, sa main sur l'écorce rugueuse, elle avait fini par sentir une présence invisible et chaleureuse qui l'accueillit dans son monde de bois, de feuilles et de sève. Cette voix sans paroles, c'était la voix de l'arbre.

Puis Yann lui montra comment enserrer le tronc de ses deux bras ouverts, en ayant soin de bien appliquer les paumes de ses mains, sa poitrine et son front contre l'écorce. Il appelait cela « faire corps avec l'arbre ». « Lorsque tu aimes une personne, tu la prends dans tes bras et la serres très fort, pas vrai ? expliquait encore Yann. Pourquoi ne ferais-tu pas la même chose avec un arbre ? Les arbres sont comme nous, ils ont un corps qui ressent, un cœur qui bat, une tête qui pense. Si tu poses tes mains sur leur corps, ta poitrine contre leur cœur et ton front contre leur tête, tu ne feras plus qu'un avec eux et ils te transmettront leur sagesse. »

Yann ne partageait qu'avec Gwenn ces rituels qui l'auraient aussitôt fait passer pour un fou aux yeux des gens sensés. Elle était son unique élève, sa disciple, sa « petite fée des bois ». C'est ainsi que l'orpheline avait grandi dans la forêt comme dans un monde à part, un univers fourmillant de présences visibles et invisibles.

Tout en se laissant envahir par le sentiment de plénitude que lui procurait la forêt, Gwenn se remémorait les paroles de Yann au sujet de ses parents. « Ils s'aimaient. Ils s'aimaient d'un amour pur et infini, avait-il affirmé. Mais il y a eu cette tragédie… »

Ses parents s'aimaient… Et sans doute auraient-ils aimé leur enfant s'ils l'avaient connu. Ils l'auraient aimée, elle. Gwenn, malgré son désarroi, ressentit une tendre émotion pour ces deux êtres que le destin avait brisés mais qui avaient eu leur part de bonheur. Elle était le fruit de cet attachement, le témoin vivant de leur passion. Elle n'avait pas le droit de trahir cette union dont elle était l'ultime bourgeon. Elle devait cesser de s'apitoyer sur son sort. Après tout, elle était vivante, elle avait la vie devant elle. Ses parents, fauchés dans la fleur de l'âge, n'avaient pas eu la même chance. Elle leur devait de la reconnaissance, même si elle ne les avait jamais connus.

La jeune femme se redressa et remit de l'ordre dans ses vêtements d'un revers de main. Puis elle regarda autour d'elle et tenta de se repérer. Elle s'était enfoncée assez loin dans la forêt lors de sa course folle. Le soir n'allait pas tarder à tomber. Les ombres des arbres commençaient à s'allonger. Si elle ne voulait pas passer la nuit dans les bois, il lui fallait échapper à leur emprise. Non que la perspective de dormir à la belle étoile lui fît peur. Souvent, elle s'était assoupie au pied des grands chênes ou sous des bouquets de hêtres. Mais il s'agissait, la plupart du temps, de tièdes nuits d'été où la mousse lui servait d'oreiller et le ciel étoilé de couverture. Au fort de l'automne, l'air était frais, et une ondée toujours possible. Gwenn s'était suffisamment crottée comme cela sans y ajouter une rincée nocturne ou un mauvais rhume.

Et puis, c'était veille de Samain. Malgré elle, elle se rappela les avertissements que Dahud lui avait donnés le matin même : « Méfie-toi des lavandières de la nuit. Prends garde aux lavandières de sang ! » Cette nuit n'était pas comme les autres, et faisait ressurgir des peurs ancrées dans les mémoires depuis des générations.

On disait, par exemple, que la nuit de Samain était décomptée du calendrier normal et se déroulait dans une sorte de temps hors du temps. Elle appartenait à une réalité temporelle différente de celle des humains. La nuit de Samain, le monde des vivants et celui des défunts ne faisaient plus qu'un. La Mort imposait les règles ayant cours dans l'autre dimension. Les horloges étaient impuissantes à mesurer les heures qui s'écoulaient depuis le soir jusqu'à l'aube suivante. On ne pouvait plus parler d'heures d'ailleurs, mais de fragments indéfinis de temps qui s'allongeaient ou se raccourcissaient au gré d'un rythme capricieux dans lequel la raison humaine n'avait plus cours. C'était, disait-on, le temps des morts et des âmes du purgatoire, dont chaque minute durait un siècle. Les fées abandonnaient pour quelques instants l'éternité d'Avalon afin de se mêler du destin des hommes et de l'influencer en bonne ou male aventure. Les lavandières de la nuit, inlassablement, frappaient à l'aide de leur battoir le linge ensanglanté de leurs nourrissons mort-nés. Plus d'un mortel, murmurait-on, était ainsi demeuré prisonnier de la nuit de Samain sans jamais pouvoir revenir dans le monde et le temps des vivants.

Une corneille fila entre les arbres en croassant. Gwenn sursauta. Elle se souvint du corbeau rencontré ce matin, à l'aube, au lavoir. Le même intersigne funèbre lui apparaissait au coucher du soleil. La Mort rôdait, elle le sentait. La nuit ne se passerait pas sans que l'Ankou n'ait fait grincer sa charrette aux roues de fer.

Pour se rassurer, elle posa la main sur l'écorce d'un arbre. Elle sentit une écharde lui entailler la paume. Elle étouffa un cri, non de douleur, mais de crainte. Les signes étaient mauvais. La forêt la rejetait, ne voulait pas d'elle cette nuit-là. Pourquoi ? Avait-elle l'esprit encore trop agité pour communier avec la sylve et ses présences invisibles ? À moins que ce ne soit l'inverse : peut-être la forêt la mettait-elle en garde contre un obscur danger auquel elle ne pourrait faire face ? Le message, en tout cas, était clair : elle devait quitter ces lieux, soudain hostiles, au plus vite.

Elle songea aux lavandières de la nuit. Hantaient-elles ces bois ténébreux à la recherche de victimes égarées ? Non, ce n'était pas cela. C'est près du lavoir que se réunissaient les spectres des lavandières. Ce soir, le lavoir deviendrait un passage entre les mondes. C'est au travers du miroir de son eau que les esprits des morts se mêleraient aux vivants.

Soudain, Gwenn eut une intuition. Si les défunts revenaient cette nuit-là, ses parents morts dans des circonstances tragiques chercheraient peut-être à se manifester à elle d'une façon ou d'une autre ? Les âmes errantes étaient soumises à des règles strictes leur interdisant en principe d'apparaître aux vivants. Mais en cette veille de Samain, les lois de l'au-delà étaient suspendues, du coucher au lever du soleil. Si les lavandières de la nuit en avaient la faculté, pourquoi ses parents n'y parviendraient-ils pas ? C'était un fol espoir, inspiré davantage par la superstition que par la raison, mais Gwenn était prête à prendre le risque, quitte à affronter les lavandières sanglantes. La peur de rencontrer ces horribles sorcières n'était que peu de chose en face de l'espoir de ressentir, ne serait-ce qu'un instant, l'esprit de ses parents.

Elle se mit aussitôt en route pour rejoindre le lavoir de Concoret.

À présent qu'elle avait pris sa résolution, elle retrouvait, par une sorte d'atavisme, les repères qui lui permettaient de s'engager dans la bonne direction. En moins d'une demi-heure, elle gagna les portes de Concoret.

Elle reconnut de loin la chaumine où logeaient Dahud et sa fille Annaïg. Une fumée fuligineuse s'échappait de la cheminée reliée au poêle à charbon. Les deux femmes devaient être chez elles. Dahud, en tout cas, s'y tenait certainement cloîtrée. Son obsession des lavandières de la nuit et des sortilèges de Samain l'empêchait de mettre le nez dehors cette nuit-là, après que le soleil se fut couché.

Gwenn s'approchait de la maison lorsqu'un bruit de sabots lui fit interrompre sa marche. Le soir était tombé, les rues du village étaient à présent désertes, et les paysans déjà calfeutrés dans leurs masures. Qui s'avisait de rôder dans les parages à cette heure tardive ?

Une calèche à deux chevaux, conduite par un cocher emmitouflé dans une vaste houppelande, s'arrêta à proximité de la demeure de Dahud.

La portière s'ouvrit et Gwenn en vit descendre un homme enveloppé d'un ample manteau noir, coiffé d'un chapeau de feutre rabattu sur le front, suivi par un gros chien également noir.

À sa boiterie, Gwenn reconnut aussitôt celui qui venait si tard rendre visite à Dahud.

Il s'agissait du baron Hubert de Montfort.

11

Le baron poussa la porte de la chaumine de Dahud sans prendre la peine de frapper ni de s'annoncer, suivi de Kidu, puis referma aussitôt les deux battants horizontaux derrière lui. L'unique croisée de la demeure était occultée par d'épais rideaux. Désormais, aucun trait de lumière ne pouvait entrer à l'intérieur de la maison, ni en sortir.

Dahud se tenait assise à sa table, sur le banc, juste en face de la porte. Elle ne sourcilla pas lorsque l'homme pénétra ainsi chez elle, en territoire conquis, se contentant de l'observer de son œil aiguisé. Elle avait l'habitude. Le même rituel se déroulait chaque mois depuis tant d'années qu'elle en aurait perdu le compte, si la présence d'Annaïg à ses côtés n'était venue le lui rappeler. Cela ressemblait à des habitudes de vieux couples qui n'ont plus besoin de se parler pour se comprendre.

Le baron avança en clopinant, s'aidant de sa canne à tête de loup. D'un geste, il intima à sa bête l'ordre de se coucher, puis il prit place sur l'autre banc, en face de Dahud. Ils n'étaient séparés que par la largeur de la table au milieu de laquelle se trouvait une fiole contenant la potion apaisante destinée à Philippe. Hubert de Montfort la fit disparaître dans l'une des poches de son manteau et sortit une épaisse enveloppe qu'il déposa devant Dahud. Elle s'en saisit avec la même célérité. Pas un mot n'avait été prononcé durant ce bref échange.

Dahud se leva, se dirigea vers l'armoire et glissa l'enveloppe sous une pile de linge. Puis elle ouvrit le buffet et en extirpa deux chopines et une bouteille d'eau-de-vie qu'elle rapporta avec elle.

— Tu prendras bien la goutte ? dit-elle en remplissant les deux verres sans attendre sa réponse. C'est dimanche, après tout…

Elle se rassit et, après avoir choqué son verre contre celui du baron, le but cul sec avant de le reposer, vide, sur la table.

Le baron n'avait pas touché au sien. Il observait la pièce, comme s'il la découvrait pour la première fois, se penchait vers son chien dont il caressait la fourrure, puis laissait de nouveau son regard errer au hasard, évitant soigneusement de croiser celui de Dahud.

— La petite n'est pas là ? finit-il par lâcher d'un ton où le reproche se mêlait à la déception.

Dahud eut un ricanement amer.

— Tu le vois bien, qu'elle est pas là. Et tu devais t'en douter, qu'elle y serait pas. Elle y est jamais, quand tu viens…

Hubert finit par tourner les yeux vers la femme vieillie avant l'âge.

— Pourquoi ne veux-tu pas que je la voie ? s'emporta-t-il soudain. L'enveloppe, c'est pour elle que je l'apporte chaque mois, non ? Je pourrais au moins savoir comment ça lui profite…

Dahud maintenait un pâle sourire sur sa face, narguant l'homme assis devant elle.

— T'en fais pas pour ça, Hubert. Pour lui profiter, ça lui profite… C'est une belle gamine, qui a tout pour faire tourner les têtes et chavirer les cœurs. Sois certain qu'elle trouvera un beau garçon à aimer, un de ces jours. Un beau garçon de son âge…

Elle insista sur ces derniers mots, révélant ses dents gâtées entre les deux lignes minces de ses lèvres. Hubert sentit son visage s'empourprer. Pour se donner une contenance, il avala à son tour le verre d'eau-de-vie. Dahud resservit les chopines à ras bord. Ils burent ensemble, cette fois-ci.

— Et l'argent, qu'est-ce que tu en fais ? reprit le baron après s'être essuyé les lèvres d'un revers d'index. Tu ne dépenses pas tout, je suppose…

Dahud éclata de rire.

— Et pourquoi qu'on le dépenserait ? Pour se faire remarquer ? Pour se faire un peu plus mal voir ? Comme si on causait pas suffisamment comme ça derrière notre dos… Derrière mon dos, surtout ! Tu me diras… Je devrais avoir l'habitude. Vu que ça fait vingt ans que ça dure…

Elle contempla son verre vide et balbutia :

— Vingt ans… Oui, ça va faire vingt ans. Comme nous avons changé. Moi, surtout…

Hubert se racla la gorge, subitement gêné.

— Mais non, Maëlle, tu n'as pas changé… Tu as pris quelques rides, comme tout le monde, voilà tout.

Dahud releva le visage, et fixa le baron d'un œil venimeux.

— Essaye pas de m'entortiller, Hubert ! Ça marche plus avec moi ! T'y es bien arrivé il y a près de vingt ans et tu vois où ça nous a menés… Deux vieux imbéciles qui se rencontrent en cachette une fois le mois pour boire la goutte en se regardant en chiens de faïence… Ton argent, je l'accepte pour la petite, pour sa dot lorsqu'elle trouvera un bon parti. Mais pas question que tu lui tournes autour…

— Mais, Maëlle… J'ai des droits sur elle, tout de même ! C'est quand même ma…

— Tais-toi ! hurla Dahud en frappant le poing sur la table, ce qui eut pour effet de faire s'entrechoquer les verres et d'arracher à Chidu un grognement. Tu n'as aucun droit sur elle et elle n'est rien pour toi ! Elle est à moi, tu entends ? À moi seule !

La lavandière se resservit un verre d'eau-de-vie, négligeant celui d'Hubert, et le but d'un trait. L'alcool commençait à faire son effet et sa voix devenait plus indistincte. Elle parlait en maugréant, s'adressant autant à elle-même qu'à son invité.

— Qui l'a élevée toute seule pendant dix-huit ans, c'est toi, peut-être ? Tu crois que ton argent te donne des droits sur sa vie ? Mais j'ai payé, moi aussi. Et bien plus cher. Ces dix-huit ans, ils m'ont coûté des regards de travers, des messes basses, des médisances. On disait : « Z'avez vu la Maëlle ? Elle a le gros ventre et point de mari à la maison. C'est-il pas une honte, cette enfant sans père ? Sa mère a fauté, et voilà la petite à moitié orpheline », et plus tard, quand Annaïg a grandi et s'est embellie et que moi je me ratatinais et commençais à ressembler à un pruneau cuit : « Comment qu'ça s'fait, qu'une jolie colombe soit la fille d'une corneille ? La noiraude, ou bien elle a fauté avec le diable, ou bien elle a volé la petite. Ça peut pas être sa mère, laide et méchante comme elle est. » Pour être laide et méchante, pour sûr j'l'étais. Mais j'avais eu du tourment. C'est ça qui m'a gâté le teint et l'humeur. Pendant ce temps-là, le baron de Montfort menait la vie douce… La vie de château…

— Cela n'a pas été facile pour moi non plus, Maëlle… Ma jambe… La mort de mon frère… Le mépris de mon père…

Dahud fixa Hubert de ses petits yeux rusés.

— Fais-moi pleurer, tiens ! Voilà que monsieur le baron veut qu'on le plaigne ! Et le plaindre de quoi ? Ta jambe, mon salaud, elle t'a évité de partir à la guerre où ton frère s'est fait trouer la peau… Edern, lui, c'était un homme. Et c'est à lui que revenait l'héritage, les terres, le château. Ça t'a bien arrangé, qu'il défunte…

— Tu n'as pas le droit de dire ça, Maëlle ! se défendit Hubert avec des tremblements dans la voix.

— Je vais me gêner ! rétorqua Dahud dans un ricanement dément. Je suis bien la seule à pouvoir te dire tes quatre vérités, et je ne vais pas m'en priver.

Hubert fit une nouvelle tentative pour intervenir mais la lavandière éméchée ne lui en laissa pas le temps.

— Quoi ? Le baron Gaël de Montfort Brécilien n'a pas l'habitude qu'on lui tienne tête ? Il va monter sur ses grands chevaux ? Tiens, tu me ferais rire, si tu m'écœurais moins… Étonne-toi, après ça, que ton père t'ait méprisé… Il te connaissait bien, va, le vieil Alphonse. Il savait que tu n'arrivais pas à la cheville d'Edern. Ça a dû lui crever le cœur, à l'ancêtre, de savoir que son nom et son domaine allaient tomber entre les mains de… d'un…

Dahud ne put finir sa phrase, submergée de colère et d'émotions. Elle parvenait généralement à les tenir enfouies, et avait appris à vivre, ou plus exactement à survivre, avec ces poisons dans le cœur et ces remords dans la conscience. La présence du baron conjuguée aux effets de l'alcool lui faisait lâcher la bride à ses démons. Mais ces démons étaient trop laids, elle ne pouvait se résoudre à les regarder en face.

Dahud s'était recroquevillée sur elle-même, retranchée dans un silence dont elle ne sortirait plus. Hubert le sentit et, après s'être péniblement relevé du banc inconfortable et avoir attrapé sa canne, il quitta sans un mot la chaumine, suivi de son chien noir.

12

Le cocher avait pris soin de ranger sa calèche sous le couvert des arbres. La maison se trouvait à la limite du village et, à cette heure tardive, chacun se trouvait déjà cloîtré chez soi, portes et volets clos. Personne ne pouvait se douter de la présence d'Hubert de Montfort chez la doyenne des lavandières.

Lorsqu'il sortit de la chaumine, le baron affichait un air troublé, presque contrarié. Il brandit sa canne et, à ce simple signal, la calèche sortit du bosquet et revint se placer devant la maison. Le baron y monta, accompagné de Kidu, et donna aussitôt le signal du départ. D'un claquement de langue, le cocher lança les deux chevaux au trot. Ils s'éloignèrent en direction de Ker-Gaël, en évitant de traverser le village.

Tout en observant les ombres qui envahissaient la forêt à travers les vitres de la calèche, Hubert essayait de comprendre ce qui venait de se passer. Le fragile équilibre de la routine avait été brusquement rompu. Hubert n'avait pas su comment réagir face à ce trop-plein de rancœurs accumulées que Dahud avait déversé comme un torrent trop longtemps retenu. Il ne s'était pas attendu à une scène pareille. Généralement, lorsqu'il venait voir la vieille lavandière, leurs échanges se limitaient au strict minimum. Le baron, comme chaque mois depuis dix-huit ans, apportait une enveloppe remplie de billets que Dahud cachait dans son armoire à linge. Depuis que Philippe était sujet à ces étranges crises qui le paralysaient et lui faisaient perdre conscience, elle préparait à son intention un remède à base de plantes censé l'apaiser et l'aider à lutter contre ces maux qui demeuraient rebelles à toutes les médications que proposait la médecine classique. Ils buvaient traditionnellement un petit verre de goutte et se séparaient rapidement. Ce soir, exceptionnellement, près de vingt années de faux-semblants et de non-dits avaient volé en éclats.

Hubert avait contemplé avec un mélange de pitié et de dégoût le visage décomposé de cette femme qui jadis avait été si belle. Il se souvenait encore de la jolie Maëlle qui relevait ses jupons sur ses cuisses brunes lorsqu'elle laissait tremper ses pieds dans la rivière. Maëlle au corps souple et à la chevelure de jais qui courait dans la forêt avec l'agilité d'un jeune daim. Maëlle qui aguichait les garçons avec ses airs affranchis et ses caprices d'adolescente. C'était bien vieux, tout cela. Cela remontait au temps de leur jeunesse, avant le fatal dimanche des *épilles*.

À compter de ce jour-là, le petit groupe d'amis s'était dispersé et Maëlle avait soigneusement évité ses anciens camarades de jeux. La guerre, de toute façon, avait chamboulé les esprits et les comportements, et favorisait les éloignements et les séparations. Les hommes valides étaient exilés loin de leurs familles. Ceux qui revenaient dans leurs foyers après des mois d'absence étaient le plus souvent blessés ou mutilés. Les autres, qui par miracle étaient sortis indemnes du massacre, n'avaient pas non plus été épargnés. Il y avait en eux quelque chose de brisé, irrémédiablement. Ils avaient vu l'horreur de près et ils en gardaient, au fond des yeux, un voile qui assombrissait leur regard et leur âme. Leurs familles, leurs épouses, leurs proches, leurs amis ne les reconnaissaient plus. Ils semblaient les sinistres fantômes des fringants jeunes gens qui s'en étaient allés en 1914 casser du Boche au son du clairon.

Hubert n'avait connu ni ces souffrances ni ces métamorphoses. Sa boiterie et son âge l'avaient préservé de la grande boucherie. Mais il n'avait pas été plus heureux pour autant. Des années durant, il avait subi, non pas l'horreur des tranchées, le vent de la mitraille, les brouets insipides, les crises de dysenterie et les doigts gelés sur les gâchettes des fusils, mais les humiliations quotidiennes de son père qui faisait l'apologie de son héros de frère. Ce frère, meilleur et plus beau que lui, courageux, patriote, était admiré et aimé de tous. Hubert en crevait de jalousie. Non qu'il regrettât de ne point avoir eu l'occasion de faire la guerre. Il souffrait bien assez de sa patte folle sans chercher à y ajouter un bras en moins ou une gueule cassée. Mais il enviait l'admiration et l'amour dont Edern faisait l'objet de façon exclusive. Il aurait désiré avoir sa part des honneurs dévolus à son aîné, sans en partager les sacrifices.

Mais Hubert avait eu sa revanche.

Edern était mort au champ d'honneur au printemps 1917, lors de l'offensive mortelle du Chemin des Dames. Ce frère trop parfait, trop encombrant, lui laissait enfin la place qu'il méritait. Désormais, il était le seul héritier du domaine de Ker-Gaël.

Au moment de régler la succession d'Edern, maître Le Bihan avait évoqué l'existence d'un testament qu'Edern lui avait remis avant sa mort, par lequel il léguait ses biens à celle qu'il avait épousée en secret, Solenn. Le baron Alphonse de Montfort s'était emporté, niant toute validité à ce mariage présumé auquel il s'était toujours opposé. Cette petite Solenn Josselin n'était qu'une intrigante qui voulait sa part du gâteau, voilà tout ! Tant qu'il serait vivant, elle n'aurait rien ! Le notaire était jeune, il n'avait repris que depuis peu l'étude de son père, et il manquait d'assurance. Il avait mollement argumenté au sujet des dernières volontés du mort. Pour couper court, Alphonse l'avait prié de faire envoyer à la veuve la malle contenant les affaires d'Edern que l'armée leur avait remise. Voilà tout l'héritage qu'elle aurait : un uniforme, un képi et quelques médailles. Elle devrait se contenter de ces souvenirs de guerre auxquels les Montfort n'étaient pas attachés. Maître Le Bihan ne voulait pas se mettre à dos une famille aussi puissante, qui avait depuis toujours confié la gestion de ses biens à l'étude dont il était désormais responsable. Il avait prudemment ravalé ses principes de justice et remisé le testament dans ses dossiers. Personne n'en avait plus jamais parlé.

En 1918, Hubert avait épousé Françoise, fille unique d'une famille de riches bourgeois. Un mariage de convenance, arrangé par son père qui avait vu dans cette alliance un moyen de renflouer les caisses des Montfort qui possédaient un nom, des titres et des biens, mais peu d'argent.

Hubert n'avait jamais porté le moindre intérêt à Françoise, en dehors du fils qu'elle lui avait donné un an plus tard, Philippe. Ainsi la descendance des Gaël de Montfort était-elle assurée. C'est sans doute ce qu'attendait le vieux baron pour décéder de sa belle mort, bientôt suivi par son épouse inconsolable. Le cadet si longtemps méprisé devint, à moins de vingt-cinq ans, le nouveau baron de Ker-Gaël.

Hubert de Montfort ne parvenait pourtant pas à combler le vide de son existence. À l'âge où l'on s'adonne, lorsqu'on en a les moyens, aux joies de l'existence, la chasse, la bonne chère et les femmes, Hubert s'ennuyait ferme entre son épouse falote et son fils babillant. Il éprouvait le besoin de pimenter un peu cette vie sans surprise ni saveur. C'est alors qu'il se remit à penser à Maëlle.

Ils ne s'étaient pas revus depuis ce fameux mois de mai 1914. Dix ans avaient passé. La jeune fille était lavandière et menait la *buée* au lavoir de Concoret. Hubert n'avait jamais oublié les moqueries dont la noiraude l'avait abreuvé lorsqu'ils étaient adolescents. Mais il n'était alors que le cadet disgracié, la copie brouillonne de son frère parfait. À présent, la donne avait changé. Edern n'était plus là et Hubert possédait à présent le château de Ker-Gaël et une bonne partie de la forêt. Cela lui conférait un prestige et un pouvoir nouveaux. La lavandière devrait se soumettre à la loi et au bon plaisir du seigneur.

Maëlle, pourtant, avait conservé son caractère tempétueux et sa susceptibilité à fleur de peau. Elle rejeta en riant les avances du baron quand il vint, bien maladroitement, lui faire sa cour au *doué*. Il entendait encore les sarcasmes de la jeune lavandière, auxquels se joignirent en échos ceux de ses compagnes de lavoir. Il avait beau être baron, il était toujours le cadet ridicule, l'estropié qui boitait et rougissait comme une fille lorsqu'on se moquait de lui. Face à ces jeunesses qui le raillaient, il perdit brusquement tout contrôle et s'enfuit sous les risées. Il était impuissant à affronter le mépris qu'il lisait dans le regard des jolies lavandières.

Il ne s'avoua pas vaincu pour autant. La brune Maëlle l'avait excédé mais elle l'avait aussi émoustillé, comme aux temps de leurs promenades dans la forêt de Brocéliande. Elle devint pour lui une sorte d'obsession. Il fallait qu'elle soit à lui, d'une façon ou d'une autre, de gré ou de force. Non qu'il l'aimât – il n'aimait personne à l'exception de lui-même. Mais il la désirait. Il désirait sa chair brune, ses jambes potelées, ses lèvres charnues. Il éprouvait, lorsqu'il faisait en imagination l'inventaire de ses charmes, une irrépressible envie de la posséder. Non pas tant pour jouir d'elle, mais pour la rabaisser, l'humilier à son tour, lui montrer qui était le maître. Il lui venait, en songeant à elle, des pulsions violentes au bout des doigts.

Il prit l'habitude de l'épier, de la suivre, de la guetter durant des heures sur le chemin du lavoir ou sur les sentiers de la forêt qu'elle empruntait. Il demeurait caché, prenait soin de ne pas se faire voir d'elle. Il savait qu'elle ne ferait que le rabrouer et il ne tenait pas à souffrir de son dédain. Non, il se contentait de l'observer patiemment, comme un chasseur surveille sa proie, en attendant le moment propice pour fondre sur elle.

L'occasion, enfin, s'était présentée. C'était par une belle journée d'été. Maëlle s'en était allée du côté du Miroir-aux-Fées, ce lac perdu dans la végétation sauvage du Val-sans-Retour, encadré de falaises pareilles à des forteresses inexpugnables. La jeune fille s'était dévêtue et, nue, s'était glissée dans l'onde verte telle l'une de ces nymphes qui, dit-on, hantaient les alentours.

Hubert, dissimulé derrière un bosquet, avait contemplé longuement la lavandière. C'était la première fois qu'il la voyait déshabillée et il en éprouvait un sentiment trouble dans lequel l'émoi se mêlait à la honte. Il lui en voulait de se dévoiler ainsi, de s'exhiber dans le plus simple appareil sans se soucier des regards étrangers. Bien entendu, elle se croyait seule et se baignait en toute innocence, mais cela ne faisait rien : au fond de lui, Hubert sentait qu'elle le narguait, qu'elle le provoquait. Elle méritait une leçon.

Il attendit qu'elle ressorte de l'eau et s'approche de ses vêtements qu'elle avait pris soin d'étendre sous un saule. Il surgit tout à coup devant elle et, avant qu'elle ait eu le temps de réagir, la fit basculer dans l'herbe. Tout se passa très vite. Même s'il était diminué physiquement, Hubert avait l'avantage de la surprise, et la volonté de démontrer enfin sa puissance. Maëlle, étrangement, ne fit rien pour se débattre ou repousser son agresseur. Au contraire, elle se prit au jeu, comme si elle n'avait jamais rien attendu d'autre que cette pariade sauvage au milieu de la forêt.

Ils prirent ainsi l'habitude de se retrouver en cachette près des étangs et des lacs si nombreux à Brocéliande. Ils n'échangeaient jamais une parole, se contentant de brèves étreintes haletantes d'où ils sortaient suffoqués.

Cela dura jusqu'à ce que le ventre de Maëlle commence à s'arrondir. Elle n'avait jamais imaginé qu'Hubert, qui avait déjà femme et enfant et une réputation à défendre, puisse reconnaître son bébé. Leur liaison avait toujours été tenue secrète. Elle ne devait pas s'ébruiter, même si elle avait eu des conséquences inattendues. Les mœurs ne l'eussent pas toléré, surtout en 1925. C'est ainsi qu'un pacte fut scellé entre Hubert et Maëlle. Celle-ci acceptait d'élever seule le fruit de leurs amours illégitimes, sans révéler à quiconque l'identité du père. En contrepartie, Hubert lui allouerait une pension mensuelle qu'il lui apporterait chaque mois en liquide. Depuis près de vingt ans, l'arrangement avait été respecté, même si le baron et la lavandière avaient cessé d'être amants.

Durant près de quinze ans, le baron honora sa parole, sans chercher pour autant à voir sa fille. Il n'avait jamais eu la fibre paternelle, et ne s'était guère occupé de Philippe, qui était pourtant son enfant légitime, vivant sous son toit. Il avait depuis le départ délégué à Françoise l'intégralité de l'autorité parentale, regardant grandir son fils avec une indifférence teintée d'ennui. Pourquoi aurait-il manifesté plus d'intérêt à une bâtarde ? Il payait chaque mois la somme convenue, c'était bien suffisant.

Pourtant, lorsque Annaïg fut à l'âge de l'adolescence, Hubert commença à penser à elle. Il ne l'avait jamais approchée ni tenue dans ses bras, ne lui avait jamais parlé, mais il éprouvait l'envie de voir à quoi elle ressemblait. Tenait-elle de sa mère, si attirante lorsqu'elle avait son âge ? Il se dit que, peut-être, il contemplerait dans la fille le reflet de la Maëlle qu'il avait connue lorsqu'ils étaient encore des enfants qui découvraient les tourments du désir.

Il prit en cachette des renseignements sur Annaïg. Elle était belle et piquante, disait-on. Un peu délurée aussi, comme sa mère à son âge. Cette enfant qu'il n'avait pas voulu reconnaître et qui avait grandi sans lui, loin de lui, qui ignorait même qu'il était son père, serait bientôt une femme. Elle plairait aux garçons. Elle en épouserait un. Elle fonderait une famille. Elle lui échapperait à jamais.

Cette prise de conscience ne fit qu'alimenter l'obsession d'Hubert. Il lui fallait à tout prix voir sa fille, retrouver en elle le miroir vivant de son passé. Il s'en ouvrit à Maëlle, lors de l'une de ses visites. Mais il le fit maladroitement, en hésitant, les mains moites et le regard trouble. Son ancienne maîtresse l'avait longuement regardé, les yeux plissés, pour tenter de découvrir ce qui se cachait dans l'esprit et le cœur du baron. Puis, d'un ton sec, elle avait catégoriquement refusé. Jamais elle ne le laisserait approcher de sa fille.

Hubert poussa un profond soupir. À travers la vitre de la calèche, il apercevait déjà les tours crénelées de Ker-Gaël. Il allait retrouver l'ennui qui suintait de ces vieilles murailles, subir la présence de la fade Françoise, croiser le regard plein de morgue de Philippe. Il se sentait si isolé au sein de cette famille. Sa famille. Elle lui ressemblait si peu.

Heureusement, il y avait Rozenn. Elle avait pour elle la jeunesse, la beauté et cette innocence qui ne l'avait pas encore quittée. À défaut, pour l'instant, de fréquenter sa fille, il projetait ses sentiments sur la fiancée de son fils.

Des sentiments étranges, qu'il n'aurait su définir avec précision. Il voulait y voir un simple intérêt paternel. Mais lorsqu'il croisait le regard de Rozenn, lorsqu'il la fixait de tout le feu de sa passion intacte, l'ombre d'inquiétude et de peur qu'il y lisait provoquait en lui d'incommensurables vertiges. Dans ces moments, et uniquement dans ces moments-là, il se sentait enfin vivant.

13

Assise sur la margelle du lavoir, Annaïg avait posé à ses pieds le panier dans lequel se trouvait sa récolte de la soirée. Il s'agissait de plantes, herbes ou racines auxquelles la tradition attribuait des propriétés curatives, voire magiques, surtout lorsqu'elles étaient prélevées la veille de Samain.

Elle avait choisi des essences d'arbres très particulières, qui entraient dans la composition de philtres et de baumes précieux. Ainsi, l'écorce astringente du hêtre, lisse comme un épiderme humain, d'une belle couleur gris argent que renforçait le duvet du lichen, permettait de guérir les maladies de peau et de soigner la fièvre. L'homophonie entre « hêtre » et « être » soulignait cette analogie entre l'arbre et l'homme. Du hêtre, elle ramassait aussi les fruits, les faines, sortes de petites châtaignes dont les porcs étaient friands. Convenablement broyées, elles formaient un beurre aux puissantes qualités vermifuges. Après avoir macéré dans l'eau afin d'éliminer leur tanin, les faines pouvaient également être moulues en farine dont on faisait un pain grossier mais qui tenait au ventre en ces temps de disette.

L'écorce du charme était légèrement rugueuse et cannelée, comme une peau de vieillard. On l'utilisait en décoction pour effacer les rides et vaincre les zonas. Les feuilles du charme, au pourtour dentelé, aidaient à apaiser les maux de dents lorsqu'on les mâchait, tandis que celles du hêtre, appliquées sous forme de cataplasme, avaient la réputation d'éliminer les poils rebelles.

Depuis longtemps, Annaïg avait retenu la fameuse phrase mnémotechnique qui permettait de faire aussitôt la différence entre les feuilles « à dents » du hêtre et les feuilles « à poils » du charme : « Le charme d'Adam, c'est d'être à poil. » Cette formule avait fait le bonheur de générations de gamins qui pouffaient de rire en la répétant lors de leurs promenades en forêt. Elle s'était en tout cas gravée à jamais dans leur mémoire et, leur vie durant, elle les aidait à distinguer à coup sûr les hêtres des charmes.

Annaïg avait également cueilli des brassées d'aubépines et de ronciers. Dahud lui avait expliqué que c'était au creux de ces nids de piquants que résidaient de préférence les fées et les gardiennes des plantes. Elles se croyaient ainsi à l'abri des humains qui évitaient tout contact avec ces épineux inhospitaliers. S'en approcher signifiait certes prendre le risque de s'écorcher les doigts, mais il s'agissait du seul moyen d'emprisonner le souffle des belles dames dans ces gerbes hérissées de défenses.

Enfin, il y avait les champignons d'automne, qu'Annaïg avait appris à reconnaître. Les plus intéressants n'étaient pas ceux qui finissaient en fricassée dans la poêle, mais ceux qui n'étaient pas comestibles, les champignons vénéneux gorgés de substances toxiques qui, réduits en poudre et mêlés selon des doses bien précises à d'autres éléments, détenaient des pouvoirs insoupçonnés.

Après avoir accompli sa tournée dans les bois, Annaïg s'était rendue au *doué*, comme elle le faisait chaque mois pour y retrouver son amant. Il lui semblait déjà sentir les bras de Philippe autour de ses épaules, son souffle sur sa nuque. Le jeune aristocrate lui avait fait de tels serments et miroiter de telles promesses que la jeune lavandière ne doutait pas un seul instant de sa réaction lorsqu'elle lui apprendrait qu'elle attendait un enfant de lui. Cela ne se voyait pas encore, car elle prenait soin de porter des jupons amples et de serrer la ceinture à sa taille mais, depuis trois lunes entières, elle n'avait plus ses menstrues.

Elle avait hâte de voir son beau sourire s'élargir sur son visage si avenant et de sentir sa main se poser sur son ventre. D'ici quelques semaines, elle serait mariée et elle pourrait faire la nique à sa mère et à toutes les lavandières du canton. Et surtout à cette Gwenn qui depuis longtemps tournait autour de l'héritier de Ker-Gaël. Elle en ferait une tête, lorsqu'elle se verrait brusquement supplantée par une rivale plus jeune qu'elle ! Gwenn avait déjà vingt-quatre ans. Annaïg n'en avait que dix-huit, et sa jeunesse était à ses yeux un pied de nez supplémentaire qui viendrait couronner sa victoire prochaine. Adieu, les corvées de linge, les cols de chemise à frotter, les caleçons sales… Adieu les douleurs lancinantes dans les reins… Adieu les crampes dans les bras à force de donner du battoir… Adieu les mains gercées, crevassées, ridées avant l'âge… Bientôt, la jeune Annaïg Le Borgne serait châtelaine et oublierait à jamais les humiliations passées. Elle ne s'appellerait plus ainsi, d'ailleurs, mais Annaïg Gaël de Montfort Brécilien ! Ça sonnait autrement !

Elle en était là de ses rêves de grandeur lorsqu'elle entendit le galop d'un cheval retentir dans le silence de la nuit. Un cavalier chaussé de bottes impeccablement vernies, vêtu d'un costume de chasse et coiffé d'un chapeau à large bord apparut bientôt, comme auréolé des rayons du croissant lunaire qui s'élevait dans le ciel. C'était Philippe.

Le jeune homme sauta au bas de son cheval qu'il gratifia d'une tape amicale. L'animal se pencha au-dessus de l'onde noire du *doué* et se mit à boire.

Annaïg s'était dressée, le rouge aux joues, émue de retrouver, après ces quatre semaines d'absence, celui qui l'avait rendue femme. À présent qu'elle se trouvait face à lui, elle se sentait gagnée par une sorte de timidité, de pudeur. Une boule d'angoisse lui serrait la gorge. Elle se rendit compte tout à coup à quel point il lui était difficile d'avouer à Philippe qu'elle serait bientôt mère. Il n'y avait pourtant aucun mal à cela puisqu'ils s'aimaient. Philippe était un gentleman. Il honorerait sa parole. Pourquoi douter, dans ce cas ? Pourquoi ne pas faire confiance à l'élu de son cœur, qui était également le maître de son corps et le protecteur de son enfant à venir ? La jeune fille se reprochait ces atermoiements, mais elle ne pouvait aller contre. Elle avait peur, soudain, de la réaction du jeune noble. Ah ! s'il pouvait deviner par lui-même la situation dans laquelle elle se trouvait et agir comme il se devait sans qu'elle eût besoin de proférer un seul mot, ce serait tellement plus simple, tellement plus facile !

Philippe, de son côté, ne semblait pas avoir remarqué la présence de la jeune fille. Il regardait boire son cheval tout en lui flattant l'encolure. Il caressait inlassablement de sa main dégantée les flancs chauds aux poils humides qui exhalaient des fragrances sauvages. La superbe monture à la robe d'un brun profond tirant sur le rouge encensait sous les cajoleries de son maître en poussant de petits hennissements satisfaits. Le cavalier lui murmurait à voix basse des mots indistincts. L'homme et l'animal se trouvaient en totale fusion, comme s'ils ne formaient, à eux deux, qu'une seule entité.

Annaïg ressentit de la jalousie à voir ainsi Philippe s'occuper davantage de son cheval que d'elle-même. Peut-être ne l'avait-il pas encore aperçue ? Pourtant, le croissant de lune se reflétait dans ce lavoir où elle était venue l'attendre.

Elle se racla la gorge et trouva le courage de s'exprimer enfin.

— Philippe ? Je suis là… C'est moi… Annaïg…

Le jeune noble continuait à caresser son cheval. Après quelques secondes de silence, il finit par répondre :

— Je le sais bien, que tu es là… Fidèle au poste, comme chaque mois, n'est-ce pas ? Tu es tellement prévisible, ma pauvre fille…

Annaïg ne comprenait pas où Philippe voulait en venir avec ces paroles qui sonnaient comme des reproches. Et le ton qu'il employait était si froid… Que lui avait-elle fait ? Pour tenter de reprendre l'avantage, la jeune fille désigna son panier rempli d'écorces et d'herbes sauvages.

— Je suis allée dans la forêt. La récolte a été bonne, ce soir.

Philippe jeta un bref coup d'œil en direction du panier et esquissa un sourire amer.

— C'est pour alimenter les potions que trafique ta sorcière de mère, n'est-ce pas ? Sais-tu qu'il y a à peine deux siècles elle aurait été brûlée en place publique ? Et toi aussi, pour l'avoir aidée…

Il émit un ricanement désagréable. Annaïg ressentit un grand froid lui envahir le cœur. Philippe n'était pas dans son état normal, ce soir. Elle ne l'avait jamais connu aussi distant, aussi cynique. Lui, d'ordinaire si galant, si empressé, si amoureux. Que lui était-il arrivé ? Peut-être s'était-il une nouvelle fois disputé avec son père, le vieux baron boiteux ? À moins qu'il n'ait eu l'une de ces crises pour lesquelles Dahud le soignait avec ses remèdes de bonne femme ? Ces remèdes, elle les confectionnait justement avec ces plantes et ces racines que la jeune lavandière allait quérir dans la forêt ! Mais le jeune homme n'en éprouvait aucune gratitude.

Si Philippe continuait à lui parler avec cette désinvolture et cette indifférence, Annaïg sentait qu'elle allait fondre en larmes. Elle ne ferait qu'agacer le jeune homme déjà si mal disposé à son égard. Soudain, elle fut saisie de panique. Et s'il partait sans l'avoir écoutée ? Pourrait-elle attendre un mois de plus avant de lui révéler son secret ? Et s'il ne revenait pas ? Oserait-elle se rendre au château ?

Non, ce n'était pas possible. Elle devait se faire violence et lui parler. Tout de suite.

— Philippe... J'ai... J'ai quelque chose à te dire.

Le cavalier la regarda enfin.

— Eh bien, vas-y ! Qu'y a-t-il de si important ? Dépêche-toi, car je n'ai guère le temps, ce soir. Je dois rentrer. Le médecin a dit que j'avais besoin de repos.

Philippe s'exprimait d'une voix détimbrée, comme s'il était absent de la scène et même absent de lui-même.

Annaïg sentait sa gorge se serrer davantage, et un nœud lui tordre le ventre. Ce ventre qui n'allait pas tarder à s'arrondir. Elle n'avait plus le droit d'hésiter.

— Philippe... Je... J'attends un enfant !

Le cavalier la considéra un instant comme si elle était, non pas la jeune fille qu'il avait prétendu aimer, et qui portait en elle le fruit de leur amour, mais une chose inanimée, une sorte de borne posée là, à côté du lavoir.

— Réponds-moi, Philippe ! dit encore la jeune fille d'une voix étranglée. Dis quelque chose !

Philippe la regarda encore un moment, avec la même expression détachée, à laquelle se mêlait une sorte de moue dégoûtée.

Puis, sans prononcer un mot de plus, il sauta sur son cheval et s'enfuit au galop.

14

Tout en cheminant vers le lavoir, Gwenn songeait à l'étrange visite que Dahud avait reçue ce soir. Le baron était asocial et ne quittait que rarement son château de Ker-Gaël, pour des randonnées solitaires qui n'avaient d'autre témoin que son gros chien noir. Quant à Dahud, elle était tenue à l'écart de la communauté du village. Outre son caractère ombrageux et ses médisances, on ne lui avait jamais pardonné sa maternité. On la craignait, mais on ne l'aimait pas.

Et puis, elle était la lavandière attitrée de Ker-Gaël, celle qui lavait le linge des nobles. Même si elle demeurait une simple femme du peuple, on l'assimilait à ces hobereaux hautains qui n'avaient jamais abandonné les anciennes règles de la féodalité. Elle n'appartenait pas à la même classe, mais en travaillant pour eux, elle accréditait l'idée que ces gens-là n'étaient pas du même monde, qu'ils étaient, par une sorte de droit naturel, des seigneurs régnant sans partage sur leurs terres et leurs serfs.

Depuis le début de la guerre, les châtelains de Ker-Gaël avaient, aux yeux des Concorentais, aggravé leur cas en acceptant de bonne grâce la présence dans la région de l'armée allemande. Hubert de Montfort, disait-on à voix basse, était cul et chemise avec le major en charge du centre d'aviation du Point-Clos, qui lui-même était l'un des meilleurs amis du chancelier Hitler. Non content de ces accointances ambiguës, le baron avait en outre placardé sur l'un des murs de son bureau une photographie du maréchal Pétain. Le même portrait, il est vrai, se trouvait dans toutes les écoles, mais les enfants, eux, n'avaient pas choisi de l'y mettre.

Gwenn ne pouvait donc s'étonner de ce que le baron et la lavandière se connussent, puisque celle-ci était l'employée de celui-là. Mais comme toute employée, c'était à elle de faire le chemin en poussant sa brouette pour aller chercher le linge à Ker-Gaël et le rapporter. Le fait que le baron vienne jusqu'à elle, seul et dans le plus grand secret de surcroît, avait de quoi surprendre, voire choquer, dans un aussi petit village. Prendre le risque de braver ainsi l'opinion publique témoignait soit d'une inconscience, bien peu crédible, soit d'un accord mystérieux qu'ils étaient les seuls à partager.

La nuit à présent était tombée et le silence était

total. Gwenn était sortie du village et approchait du lavoir.

De loin, elle perçut des pleurs et des lamentations. Malgré elle, elle ne put s'empêcher de frissonner. Elle se mit à penser aux spectres de ces mères infanticides occupées à laver les langes sanglants de leurs enfants mort-nés en hurlant à la lune. La nuit de Samain, les lavandières de sang et filandières de mort s'en donnaient à cœur joie du côté du *doué*. Les menaces voilées de Dahud lui revinrent en mémoire. « Prends garde ! avait-elle répété. Prends garde ! » Gwenn sentit une vieille peur atavique l'envahir et la pousser à rebrousser chemin pour fuir au plus vite ce lieu maudit, hanté par des créatures de l'autre monde.

Elle fit un effort sur elle-même pour ne pas céder à la panique. Les démons, lui avait souvent expliqué Yann, n'existaient que par le regard que l'on portait sur eux. Ils se nourrissaient de nos craintes. Et Gwenn ne devait pas avoir peur des fantômes si, parmi eux, se trouvaient les mânes de ses parents. D'un pas décidé, elle franchit les derniers pas qui la séparaient du *doué*.

Elle réalisa alors que ce n'étaient pas les lavandières fantômes qui sanglotaient ainsi, mais Annaïg Le Borgne. Annaïg, la fière et cruelle Annaïg, qui aimait tant se moquer et rire sur le dos des autres, pleurait à présent comme une enfant punie. Elle était assise sur la margelle du lavoir, le visage enfoui dans les paumes de ses mains ouvertes.

Gwenn marqua un temps d'hésitation. Que faisait-elle ici, à cette heure tardive, et pourquoi pleurait-elle ? Elle ne s'était jamais très bien entendue avec la jeune fille et récemment leur animosité n'avait fait qu'empirer. Était-ce une raison pour l'abandonner à son chagrin ? Annaïg n'était pas son amie, mais elle avait besoin de réconfort. Gwenn en avait besoin elle aussi. À défaut d'en recevoir, il lui restait toujours la possibilité d'en donner.

Gwenn s'avança vers la jeune fille en pleurs et posa une main sur son épaule.

— Annaïg… Que t'arrive-t-il ? Que fais-tu là en pleine nuit ?

Surprise, la fille de Dahud releva la tête et observa Gwenn de ses yeux brouillés de larmes. La souffrance qu'ils exprimaient se transforma subitement en colère, presque en haine, lorsqu'elle reconnut celle qui se trouvait devant elle. D'un coup d'épaule, elle se dégagea et cracha, avec des hoquets dans la voix :

— C'est toi, hein ? C'est à cause de toi ! J'aurais dû m'en douter… Tu n'es qu'une intrigante ! Pleine d'envie et de jalousie !

Gwenn ôta sa main et fit un pas en arrière, déconcertée par l'attitude hostile de celle qu'elle ne cherchait pourtant qu'à apaiser et aider.

— Qu'est-ce qui te prend, Annaïg ? Je ne sais absolument pas de quoi tu parles... En tout cas, tu dois te tromper de personne. Je n'ai rien contre toi et je ne t'ai jamais fait de mal...

— Menteuse ! Tu n'es qu'une sale menteuse ! hurla Annaïg en se redressant, le visage congestionné et baigné de larmes, les cheveux en désordre s'échappant de sa coiffe. Tu as dû lui raconter des histoires, lui dire du mal de moi. Il n'aurait pas changé à ce point... Tu lui as mis des idées dans la tête et il t'a crue !

— Calme-toi, Annaïg. Je t'assure que je ne comprends rien à tes paroles. De qui parles-tu ? À qui aurais-je raconté des histoires à ton sujet ?

— Tu le sais bien ! s'emporta encore la jeune fille en trépignant, au comble de la rage. Cela fait longtemps que je te vois venir, avec tes ruses et tes manigances... Et en plus, tu oses me narguer ! Cela ne te suffit pas de briser ma vie ? Il faut encore que tu te moques de moi ?

Gwenn n'en revenait pas. Elle avait pris sur elle pour venir consoler cette petite mijaurée qui, en guise de remerciements, l'accablait de reproches et l'accusait de crimes imaginaires. Si elle s'était écoutée, elle lui aurait flanqué une gifle pour lui apprendre les bonnes manières. Mais cela n'aurait sans doute fait qu'envenimer les choses. Il valait mieux garder son calme et tenter de deviner les raisons qui avaient amené Annaïg à se rendre au lavoir en pleine nuit et à se répandre en larmes.

Soudain, dans une fulgurance, Gwenn comprit. Elle comprit la cause de la colère d'Annaïg, qui alimentait également son chagrin. Elle comprit aussi à qui la jeune fille faisait allusion dans ses propos décousus.

Philippe.

Gwenn connaissait la réputation du jeune homme. Philippe de Montfort était beau garçon, bon cavalier et l'unique héritier des biens et des terres de Ker-Gaël. Il avait à lui seul tous les attributs du prince charmant. Il ne pouvait qu'entretenir les rêves et les idéaux des jeunes filles en mal d'amour. Annaïg s'était amourachée du beau Philippe, comme toutes les autres. Elle s'était inventé une romance à son sujet, s'était imaginé que le jeune aristocrate la rejoindrait ce soir, près du lavoir, selon le rituel des amants. Avait-elle échangé quelques mots avec lui ? Avait-elle interprété ses paroles et cru à une invitation galante ? Elle s'était en tout cas suffisamment convaincue des intentions qu'elle prêtait au jeune homme pour venir l'attendre ici, sous la lune veillant de sa clarté complice sur des amours naissantes qui n'existaient que dans son esprit.

Ce n'est pas sous ce jour, toutefois, que Gwenn voyait le jeune aristocrate. Il ne l'avait jamais traitée autrement qu'avec égards et respect. Il était brillant et promis à un bel avenir. Il n'avait pas de temps à perdre pour conter fleurette à tout bout de champ. Il avait, bien entendu, ses faiblesses. Il était parfois hautain, s'emportait facilement lorsqu'on lui résistait, et était sujet à d'étranges crises nerveuses qui le laissaient sans connaissance. Il n'avait pas peur d'afficher des opinions ou des points de vue qui faisaient grincer les dents autour de lui, comme lorsqu'il affirmait que les Allemands qui occupaient la France et la Bretagne n'étaient pas des ennemis, mais des sortes de lointains cousins en visite. Le fait qu'il ne se rebellât pas contre l'occupant et qu'il condamnât les faits de résistance qui se multipliaient dans le pays lui avait mis à dos, exception faite des porteuses de jupon, le pays entier.

Gwenn déplorait ces déclarations à l'emporte-pièce, qui témoignaient davantage, selon elle, d'un sens aigu de la provocation que d'une conviction profonde, mais elle ne s'arrêtait pas à ces accusations. Elle connaissait, croyait-elle, le cœur de son ami, et aurait juré sur sa vie que jamais il n'eût été capable de commettre une vilenie, une lâcheté ou un crime.

Il n'aurait pas non plus cherché à jouer avec les sentiments d'une jeune fille. Quoi qu'Annaïg ait pu s'imaginer, Philippe n'était pas venu, et la jeune fille s'était sentie trahie, rejetée, humiliée par celui dont elle attendait tous les bonheurs.

Elle se figurait que la désertion du jeune homme avait été encouragée, voire manigancée, par l'orpheline. Elle projetait à présent sur elle sa frustration et sa déception. Annaïg n'était pas méchante, au fond. Ce n'était encore qu'une gamine qui croyait en ses illusions et préférait décharger sa rancœur sur autrui plutôt que d'accepter de regarder la réalité en face.

— Je comprends ta colère, Annaïg, reprit Gwenn d'un ton radouci, comme une grande sœur parlant à sa cadette. Je comprends aussi la douleur que tu peux ressentir. Mais tu es encore jeune. La vie n'est pas un conte de fées, surtout par les temps qui courent. Sois patiente. Un jour, j'en suis convaincue, tu rencontreras le garçon qui saura t'aimer et te protéger pour la vie…

Annaïg s'était arrêtée de pleurer, mais n'était pas calmée pour autant. Son visage était dur, figé dans une expression de haine pure. Sur son ventre, ses mains aux doigts entrecroisés se contractaient, comme les serres d'un rapace s'emparant de sa proie. Elle était pareille à un animal blessé, dont la souffrance insupportable se muait en folie. Gwenn eut peur, soudain, non pour elle, mais pour cette fille possédée par un rêve qui s'était brutalement transformé en cauchemar. Elle avait besoin de soutien, de compassion. Mais Gwenn était la dernière personne dont elle attendait un secours.

— Rentre chez toi, Annaïg. Ta mère doit s'inquiéter. Et puis tu vas finir par attraper la mort à force de rester près de l'eau froide du lavoir.

La jeune lavandière fit un pas vers Gwenn, les yeux fiévreux, l'haleine courte. Elle la dévisageait avec une expression d'indicible mépris. Puis, sans que rien n'ait annoncé son geste, elle cracha au visage de Gwenn et s'enfuit en courant, abandonnant derrière elle son panier rempli d'herbes magiques.

15

Gwenn était tellement abasourdie par la réaction d'Annaïg qu'elle ne prit même pas la peine d'essuyer son visage. Fallait-il que la pauvre enfant fût désespérée pour perdre à ce point ses moyens…

Malgré la violence avec laquelle la jeune fille venait de la traiter, Gwenn éprouvait pour elle de la pitié. Elle la plaignait d'autant plus sincèrement qu'elle-même avait réagi, quelques heures plus tôt, avec la même fureur irrationnelle. Elle s'était emportée contre Yann, qui avait toujours été bon avec elle. De ce point de vue-là, elle ne valait pas mieux qu'Annaïg, que son premier chagrin amoureux rendait injuste et agressive. Elle n'avait aucune légitimité à la juger.

Elle comprit alors que, quelle que soit la cause réelle ou imaginaire de nos peines, on ne s'apitoie jamais que sur son propre sort. Les grandes douleurs sont toujours égoïstes.

— Il était là…

Gwenn tourna la tête et reconnut Loïc qui émergeait d'un coin d'ombre. Il regardait à terre, comme si sa bosse l'eût obligé à se courber en permanence vers le sol. Il paraissait gêné, embarrassé par quelque lourd secret.

— Loïc ? Que fais-tu ici ?

— Il était là, tout à l'heure, avec elle, continua-t-il, énigmatique. J'étais caché dans les fourrés. J'ai tout vu.

Le pauvre garçon affichait une allure encore plus lamentable que d'ordinaire. Il jeta un regard apeuré en direction de Gwenn, puis baissa de nouveau la tête. Il avait besoin de parler, de se confier, mais il n'osait pas.

— Qui, Loïc ? Qui était là tout à l'heure ? interrogea la jeune femme.

— Lui. L'autre. Le cavalier de Ker-Gaël, répondit le bossu avec lenteur.

— Philippe ? Philippe était ici ? Avec Annaïg ?

Gwenn n'avait pu s'empêcher de réagir à cette étrange nouvelle. Il y avait un ton d'alarme dans sa voix.

— Je ne l'ai pas fait exprès, s'excusa le charbonnier. Je suis arrivé ici le premier. Je...

Il marqua une hésitation, puis reprit :

— J'aime bien venir près du *doué* à la nuit tombée. Le jour, les lavandières battent leur linge et se moquent de moi... La nuit, c'est différent... J'imagine leur présence. Je les vois... Je les entends… Je peux même sentir leur parfum. La nuit, quand je viens ici, j'oublie ma bosse. J'imagine que les lavandières ne la voient plus. Je les aide à tordre leur linge. Et elles rient, elles rient… Mais elles ne rient pas de moi, alors je peux rire avec elle.

Gwenn se garda bien d'interrompre le bossu. Il devait sentir qu'il n'avait rien à craindre d'elle. Qu'il pouvait se confier sans crainte.

— Souvent, je m'allonge dans l'herbe et je regarde le ciel, continua-t-il d'une voix plus assurée. Ce soir, il y avait un mince croissant de lune qui montait au-dessus des arbres. C'était si beau à voir, si reposant. J'espérais entendre encore le rire des lavandières. Et même s'il s'était agi des lavandières de la nuit, je les aurais rejointes. Et même si elles m'avaient tordu les bras en même temps que leur linge ensanglanté, je me serais laissé faire. Et même si elles m'avaient entraîné avec elles au fond du lavoir, je les aurais suivies… Cela aurait été mon dernier bain. On m'aurait repêché le lendemain matin, propre comme un sou neuf. Le charbonnier et les lavandières de la nuit : cela aurait fait un joli conte pour les enfants.

Loïc eut un ricanement désabusé, puis se tut. Gwenn l'écoutait toujours, sans bouger ni dire un mot. Il finit par reprendre son soliloque.

— Et puis je l'ai vue arriver, elle. Celle qui me traite toujours de vilains noms. Elle était seule.

Elle s'est assise au bord de l'eau. Avec sa jolie coiffe, ses jupons blancs et son panier rempli d'herbes sauvages, elle semblait si douce. J'ai eu envie de m'approcher. Mais je n'ai pas osé. Le jour, les railleries des jeunes filles font mal. La nuit, c'est pire encore. J'ai eu peur… Peur de vouloir me venger d'elle, à cause de tous ces mots qu'elle me jette au visage chaque fois qu'elle croise mon chemin. Peur de lui faire du mal. C'est méchant, parfois, les bossus. Surtout quand ils n'ont plus d'espoir. Et l'eau du lavoir est si froide, la nuit. Froide et profonde… Alors je n'ai pas bougé. Je suis resté dans l'ombre, à la regarder, comme un chien.

Le charbonnier semblait se parler à lui-même. Jamais, peut-être, il n'en avait autant dit. Gwenn l'écoutait, attentive à ne pas esquisser le moindre geste qui aurait pu l'effrayer et le pousser à s'enfuir de nouveau. Il était un animal qu'il lui fallait apprivoiser.

— C'est alors qu'il est arrivé. Le cavalier. Il est descendu de son cheval, mais il a fait comme si l'autre n'était pas là. Il ne semblait voir que son cheval. Il lui parlait comme à une femme. La fille, elle le regardait comme si c'était le bon Dieu. Mais lui, il ne la voyait même pas. Alors, elle a fini par lui parler. Elle lui a dit…

Loïc s'arrêta brusquement. Il avait les sourcils froncés, et ses mains tremblaient légèrement.

Gwenn comprit qu'il éprouvait une émotion forte qui le paralysait et l'empêchait de poursuivre son récit.

— Que lui a-t-elle dit, Loïc ?

Le bossu sembla sortir de sa léthargie et posa enfin les yeux sur Gwenn. Ses lèvres frémissaient.

— Je ne peux pas… Je ne peux pas le dire…

— Pourquoi, Loïc ? Était-ce si grave, ce qu'Annaïg a dit ?

— Je ne peux pas ! Je l'ai entendue, mais je n'aurais pas dû. Je n'aurais pas dû être là. Je n'avais pas le droit. Je m'excuse… Je ne l'ai pas fait exprès. Ce n'était pas ma faute. Non, pas ma faute…

Le charbonnier se tordait les doigts.

— Et Philippe, comment a-t-il réagi à ce qu'a dit Annaïg ? interrogea Gwenn.

Loïc roulait des yeux fous, comme une bête traquée.

— Il est parti ! Il a sauté sur son cheval et il est parti, la laissant seule en train de pleurer. Et puis vous êtes arrivée…

Gwenn ne savait pas que penser de cette succession d'événements dénués de sens. Pourquoi Philippe s'était-il trouvé au lavoir ? Était-ce un hasard ou avait-il réellement rendez-vous avec Annaïg ? Et si tel était le cas, pourquoi n'avait-il prêté aucune attention à la jeune fille ? Pourquoi était-il parti dès qu'elle lui avait confié ce que le bossu refusait de répéter ? Son ami avait-il un secret dont il ne lui avait jamais parlé ? Tout cela était bien mystérieux. Et inquiétant. Mais elle n'en apprendrait pas davantage cette nuit. Loïc était trop bouleversé pour lui révéler la confidence qu'il avait surprise. Il était à bout de nerfs. À défaut d'avoir pu consoler Annaïg, Gwenn pouvait encore tenter d'apaiser le bossu.

— Ne pense plus à tout cela, Loïc. Tu as raison, ce n'était pas de ta faute. Tu étais là sans l'avoir voulu. Et si tu as entendu une chose qui devait demeurer secrète, eh bien, le plus simple est de l'oublier, voilà tout.

Elle lui prit les mains et les serra entre les siennes jusqu'à ce qu'il se calme un peu.

— Il est tard, Loïc. Je dois rentrer, sinon Yann va s'inquiéter. Tu devrais faire la même chose et aller dormir.

Il la regarda avec des yeux embués.

— Oui, mais moi, si je ne rentre pas, il n'y aura personne pour s'inquiéter.

16

Annaïg errait sans but dans les rues de Concoret. Elle s'était enfuie du lavoir pour ne plus entendre la voix de Gwenn, ne plus avoir à supporter son ton supérieur ni ses conseils qui sonnaient comme des provocations. Mais à présent qu'elle était seule, elle n'osait pas retourner chez elle. Dahud était rusée. Elle se rendrait tout de suite compte qu'elle était bouleversée. Elle la harcèlerait de questions, la pousserait à tout lui avouer. La jeune fille ne se sentait pas en état d'affronter cette mère qu'elle détestait, à qui elle ne parlait qu'à contrecœur, en haussant les épaules et levant les yeux au ciel. Elle ne s'était jamais confiée à elle, jamais. Pourquoi le ferait-elle dans un moment pareil ? Elle préférait encore se perdre dans les bois plutôt que de parler à la vieille Dahud.

Pourtant, la jeune fille ne pouvait garder plus longtemps ce secret pour elle. Il lui fallait d'urgence le partager avec quelqu'un, réclamer de l'aide. Bientôt, les jupons amples et les ceintures serrées ne suffiraient plus et son état finirait par se voir. Si Philippe refusait de l'épouser, Annaïg se retrouverait seule avec son enfant. Déshonorée, comme l'avait été sa mère avant elle.

Se confier, oui, mais à qui ? Annaïg n'avait pas vraiment d'amis, à part les lavandières qu'elle retrouvait chaque matin à la *buée*. Mais ces gamines ne lui seraient d'aucun secours. Elles simuleraient la pitié avant de colporter des ragots sur son compte. Annaïg, la fille perdue. Annaïg, la mère sans mari.

Parvenue au centre du village, elle se trouva face à l'entrée de l'église. C'était un bâtiment récent, puisqu'il n'avait été érigé qu'en 1901 sur les ruines de l'ancienne église, détruite après près de cinq siècles d'existence. Sa particularité avait été longtemps de ne pas avoir de clocher. Cet oubli n'avait été réparé qu'en 1938, à peine six ans plus tôt. Les anciens disaient que si la vieille église de Concoret avait été démolie et si la nouvelle n'avait pas de clocher, c'était parce que Dieu s'était détourné du village maudit et ne voulait pas que des cloches viennent lui rappeler son existence.

Car Concoret était un village maudit, et ses habitants avaient dans la région la réputation d'être des mécréants. Un vieux dicton n'affirmait-il pas : « Les saints de Concoret ne datent de rien », signifiant ainsi le peu de cas que l'on faisait de leur légitimité ? Cette croyance remontait au XIIe siècle, au temps où Éon de l'Étoile, moine au couvent du Moinet, n'avait pas supporté d'être muté par le seigneur Gaël de Montfort sur les hauteurs de Barenton, où jadis s'élevait une humble chapelle. Le moine se rebella et rassembla autour de lui des disciples avec lesquels il se livra au pillage et au brigandage. On racontait qu'il se considérait comme un nouveau messie, qu'il s'adonnait à la magie noire, qu'il était enveloppé en permanence d'un halo de lumière, qu'il était doté du don d'ubiquité et qu'il offrait aux membres de sa bande de moines renégats de somptueux festins. Deux années passèrent avant que le seigneur de Montfort et l'évêque de Saint-Malo ne mettent fin aux exactions du renégat. Convaincu d'hérésie et condamné par le concile de Reims en 1148, il fut soumis à la question avant d'être enfermé à perpétuité dans l'abbaye de Saint-Denis où il mourut en 1150. Quant à la chapelle de Barenton où s'étaient retirés les moines pillards, elle fut détruite et ses pierres servirent à édifier les maisons du hameau de Folle-Pensée. Éon de l'Étoile avait disparu depuis huit siècles, mais son souvenir inquiétant continuait à poursuivre le village de Concoret de sa malédiction.

L'église était fermée, mais de la lumière filtrait au travers des volets ajourés du presbytère. Le recteur devait préparer la messe de la Toussaint qu'il dirait le lendemain matin pour une poignée de bigotes. Les habitants du pays gallo n'avaient été christianisés que tardivement et n'empruntaient que depuis peu le chemin des églises. Il leur restait quelque chose de la rébellion d'Éon de l'Étoile.

Annaïg demeurait là, devant le bâtiment de pierre, incapable de faire un pas de plus. Elle n'était pas spécialement croyante, mais elle assistait chaque dimanche à l'office et se confessait régulièrement au père Jean, le vieux prêtre en charge des âmes des paroissiens. Elle se rendait seule à ces dévotions car sa mère se refusait à pénétrer dans le lieu saint. Pourtant, elle ne l'empêchait pas de pratiquer une religion dont elle se tenait elle-même à distance.

Comme toutes les jeunes filles de son âge, Annaïg n'avait jamais vraiment pris au sérieux les dogmes et les commandements de l'Église catholique. Elle aimait rire, s'amuser et prendre du bon temps, et ne voyait là ni péché ni malice du diable. Quand elle se confessait, elle évitait soigneusement de révéler au prêtre les passions de son cœur, de crainte qu'il ne les jugeât et ne lui interdît de les vivre. Elle se contentait de s'accuser de péchés sans conséquences : pour plaisanter, elle avait jeté la coiffe d'une lavandière dans le lavoir ; elle avait négligé, par fatigue ou paresse, ses prières du soir ; elle avait pris plaisir à entendre et à répéter les ragots que débitaient les commères.

Le père Jean faisait semblant de se satisfaire de ces fautes vénielles. D'un naturel pudique, il ne forçait jamais ses ouailles à s'étendre sur les sujets scabreux relatifs aux faiblesses de la chair. Il avait fait vœu de chasteté quarante ans plus tôt, et l'avait respecté sans avoir à lutter contre ces tourments et ces tentations qui assaillent parfois les hommes de Dieu. Les choses du sexe demeuraient pour lui un mystère inexplicable qu'il préférait ignorer. Ces confessions tronquées le rassuraient, et il renvoyait les pécheresses avec, comme pénitence, trois Pater et deux Ave.

Annaïg n'attendait aucun secours de la religion, mais la situation périlleuse dans laquelle elle se trouvait ne lui laissait guère le choix. Le vieux recteur de la paroisse était ce soir la seule personne au village à qui elle pouvait dire la vérité sans s'attirer des jugements ou des sarcasmes. Il l'écouterait et saurait l'apaiser, la conseiller, lui indiquer quelle était la meilleure attitude à adopter. Et surtout, ce qu'elle lui confierait ne s'ébruiterait pas. Elle savait que le prêtre était tenu de respecter le secret de la confession.

Elle s'approcha de la porte du presbytère et frappa trois coups légers. Personne ne répondit mais le rai de lumière qui soulignait le seuil encouragea Annaïg à insister. Le père Jean ne devait pas encore dormir ; il était juste un peu dur d'oreille. Elle cogna plus fort contre l'huis. Elle perçut alors un glissement de pas à l'intérieur, puis un bruit de loquet. Le recteur apparut dans l'encadrement de la porte, vêtu de sa soutane, un bonnet sur la tête, le nez chaussé de lunettes aux verres épais. Il mit quelques secondes à accommoder sa vue et reconnaître la personne qui venait lui rendre une visite aussi tardive. Son visage finit par s'éclairer d'un large sourire.

— Annaïg ! C'est toi ?

La jeune fille ne répondit pas. Elle demeurait immobile devant lui, les yeux rivés vers le sol, les mains jointes sur son ventre. Le prêtre comprit qu'elle avait pleuré. Il ouvrit tout grand la porte et l'invita à entrer.

La pièce où ils se trouvaient était simple et sommairement meublée. Une table, quelques chaises, une armoire, un lit clos, un prie-Dieu et un long crucifix accroché au mur, enrubanné de branches sèches de laurier béni lors de la fête des Rameaux, qui avaient, paraît-il, le pouvoir d'écarter la foudre. Pas de cheminée, mais un poêle à charbon qui diffusait une douce chaleur. Une ambiance austère et pieuse, favorable à la prière et à la méditation.

— Assieds-toi près du poêle, Annaïg, tu trembles de froid… Tu veux quelque chose de chaud ?

Je n'ai pas de café, hélas, mais j'étais en train de boire une tisane. Attends, je te prépare un bol...

Pendant que le curé s'affairait, Annaïg s'assit sur le siège qu'il lui avait désigné. Elle frotta ses mains engourdies. C'est vrai qu'il faisait froid, dehors. Mais ce n'est pas à cause de cela qu'elle tremblait.

Le père Jean lui apporta un bol fumant qu'elle serra entre ses doigts gourds. Elle huma le parfum de verveine qui s'échappait de la boisson brûlante. Elle était rassurée par l'accueil chaleureux du recteur. Il ne lui avait posé aucune question, ne s'était pas étonné de sa venue, prenait soin de son bien-être. Elle se sentait en confiance avec cet homme bienveillant qui incarnait la charité de l'Église. Aurait-elle pour autant le courage de lui révéler ce qu'elle avait sur le cœur ? Mais si elle ne le faisait pas, à qui d'autre pourrait-elle faire appel ? À personne.

Le vieil homme avait pris place en face d'elle et la regardait avec aménité. Il pouvait ressentir le trouble qui la paralysait. Il l'avait toujours considérée comme une jeune fille gaie, sans doute un peu insouciante, mais c'était de son âge. Elle avait souffert de l'absence de père, et s'entendait mal avec sa mère qui l'avait élevée à la dure. Le père Jean se refusait à juger cette Maëlle Le Borgne que tout le monde affublait du sobriquet infamant de Dahud. Certes, elle n'était pas commode, ne venait jamais à l'église et s'adonnait, disait-on, à des pratiques magiques que condamnaient les textes saints. Mais elle avait eu son lot de souffrances et avait dû supporter toute sa vie le regard méprisant des autres. C'était une pécheresse, mais elle avait expié sa faute en s'occupant de sa fille, même si c'était souvent à coup de taloches. Et Annaïg n'était pas responsable de la honte qui pesait sur sa naissance. Elle n'avait pas demandé à venir au monde, et méritait qu'on la traite avec compassion. Elle était une brebis dont il était le berger, et si cette brebis s'était égarée, c'était à lui de la remettre dans le bon chemin. Mais pour cela, il ne devait pas la brusquer. Il devait attendre qu'elle lui révèle d'elle-même le problème qui la hantait.

— Demain, c'est la fête de tous les saints, commença-t-il d'une voix douce. À l'église, nous réciterons leur litanie, afin qu'ils intercèdent pour nous auprès du Seigneur. Car le Seigneur est bon et veut notre bien. Il est le bon pasteur qui veille sur son troupeau. Tu peux lui faire confiance, Annaïg. Il t'aime d'un amour infini, comme il aime chacun d'entre nous. Il suffit de s'adresser à lui avec franchise, d'un cœur ouvert. Quelle que soit la question que nous nous posons, c'est lui qui a la réponse.

Annaïg se mordait les lèvres, fuyant le regard clair du père Jean. Elle n'osait pas lui parler. Pas encore. Pourtant, il le fallait. Mais pour y parvenir, elle avait besoin de s'assurer du silence du prêtre. Elle ne se confierait à lui que sous le sceau du secret.

— Mon père… Je… Je voudrais me confesser.

Le père Jean marqua un temps avant de lui répondre.

— Pourquoi t'y prends-tu si tard ? Je te rappelle que les confessions ont lieu deux fois par semaine, le mercredi pour les femmes et le jeudi pour les hommes, afin que les pécheurs des deux sexes n'aient pas l'occasion de se croiser. C'est d'ailleurs à cette seule condition qu'il est possible de recevoir l'eucharistie.

La jeune fille secoua la tête d'un air affolé.

— Mais c'est ce soir que j'ai besoin de me confesser !

Le père Jean haussa les sourcils, surpris par la réaction de la jeune fille.

— Annaïg, viens-tu de commettre un si grand péché ? Est-ce si grave, ce que tu as à avouer au Seigneur ?

La jeune lavandière hocha brièvement la tête, prête à éclater en sanglots.

Le père Jean poussa un profond soupir.

— Très bien, ma fille. Je veux bien faire une exception pour toi, vu l'urgence de la situation dans laquelle tu sembles te trouver. Mais l'église n'est pas chauffée et je ne veux pas que tu prennes froid dans un confessionnal glacé. Reste ici, je vais chercher mon étole…

Le recteur se dirigea vers un coin de la pièce où se trouvaient ses objets liturgiques. Il choisit une étole, la baisa puis la mit autour de son cou. Puis il disposa une chaise et le prie-Dieu sous le crucifix et fit signe à Annaïg.

— Viens t'agenouiller, ma fille. Et récite tes prières et l'acte de contrition.

La jeune fille se mit à genoux devant le prêtre, joignit les mains et prononça d'une voix blanche les paroles qu'elle connaissait par cœur.

— Je confesse à Dieu tout-puissant et reconnais devant vous, mon père, que j'ai péché en pensée, en parole, par action et par omission. Oui, j'ai vraiment péché. C'est pourquoi je supplie la Vierge Marie, les anges et tous les saints, et vous aussi, mon père, de prier pour moi le Seigneur notre Dieu.

Elle battit par trois fois sa coulpe.

— Mon Dieu, j'ai un très grand regret de vous avoir offensé parce que vous êtes infiniment bon, infiniment aimable, et que le péché vous déplaît. Je prends la ferme résolution, avec le secours de votre sainte grâce, de ne plus vous offenser et de faire pénitence.

Le père Jean avait fermé les yeux et priait en silence. Ses lèvres remuaient à peine. Il tenait fermement la croix entre ses mains. Lorsque Annaïg eut terminé ses prières, il murmura, les yeux toujours clos :

— Je t'écoute, ma fille.

Annaïg sentait une boule d'angoisse lui serrer la gorge, mais il était trop tard pour reculer. Il lui fallait aller jusqu'au bout.

Elle dévida le fil de son récit, s'interrompant souvent à cause des larmes ou de la trop forte émotion qui la submergeait. Le recteur l'écoutait sans manifester la moindre réaction. Il semblait s'être abstrait de lui-même, pour mieux accueillir en lui la présence divine. Il n'était plus un homme alors, avec ses forces et ses travers, mais un simple témoin, une oreille compatissante qui recevait la confession de la jeune fille. Encouragée par cette présence bienveillante qui ne jugeait pas, qui ne condamnait pas, Annaïg trouva la force de poursuivre son histoire jusqu'au bout, sans rien dissimuler ni omettre. Elle implorait la mansuétude de Dieu par l'intermédiaire de ce prêtre assis devant elle.

Lorsqu'elle eut terminé, le père Jean rouvrit lentement les yeux et la considéra avec un regard d'une infinie bonté.

— Mon enfant, ta faute est grande, mais elle est pardonnable car tu l'as commise par amour.

Il ferma de nouveau les yeux, comme s'il se concentrait sur une voix intérieure.

— Le Seigneur t'a fait un immense cadeau en t'offrant la faculté de donner la vie. Ses voies sont impénétrables et tu ne dois pas chercher à savoir pourquoi ce présent t'a été accordé dans des circonstances aussi difficiles. Tu dois l'accepter avec joie et confiance. Tout s'arrangera pour le mieux, tu verras. Dieu y pourvoira…

Annaïg se sentait moins optimiste que son confesseur. D'une voix brisée par l'émotion et le remords, elle chuchota :

— Mais Philippe, mon père… Pourquoi a-t-il agi comme cela avec moi ? Pourquoi m'a-t-il abandonnée ? Je l'aime, mon père. Et il disait qu'il m'aimait, lui aussi !

Le front ridé du vieux prêtre se fronça de plis soucieux.

— Je suis sûr qu'il saura assumer ses responsabilités. Il a seulement besoin de temps pour prendre conscience de ce qui vous arrive à tous les deux. Ce n'est pas rien, tu sais, de réaliser que l'on va bientôt être père. Les hommes en ont souvent peur. C'est parce qu'ils ne portent pas la vie en eux, comme le font les femmes. Mais il fera ce qui est juste. Je prierai pour que le Seigneur l'éclaire et lui donne le discernement. En attendant, tu dois t'armer de patience, ma fille…

Et tout raconter à ta mère, exactement comme tu me l'as raconté.

— Le dire à ma mère ? Jamais ! Elle me hait ! s'écria la jeune fille en se cramponnant au dossier du prie-Dieu.

— Une mère ne peut haïr son enfant, elle l'aime, même si son amour prend parfois des formes étranges, répondit le prêtre sur un ton attendri.

— Vous ne la connaissez pas.

— Si, je la connais. En tout cas, je l'ai connue, il y a bien des années de cela. Lorsqu'elle avait ton âge et venait encore à la messe. Tu verras qu'elle saura te protéger et prendre soin de toi. Me promets-tu de lui parler dès ce soir ?

Annaïg hésitait encore. L'idée de confier un tel secret à sa mère lui était insupportable. Pourtant, elle devait bien admettre que le père Jean avait raison. Elle ne pourrait dissimuler plus longtemps son état à Dahud et aurait besoin de son soutien. Plus elle attendrait et plus cela serait difficile. Grâce aux encouragements du vieux prêtre, elle trouverait peut-être les mots justes pour parler à sa mère sans provoquer sa colère. D'une voix encore mal assurée, elle finit par dire :

— Je vous le promets, mon père.

Le père Jean sourit.

— C'est bien, ma fille. C'est la seule solution, tu verras. À présent, baisse la tête, je vais te donner l'absolution.

Le recteur posa sa main sur la tête d'Annaïg et prononça les paroles consacrées qui lavent les péchés.

— Je ne te donne pas de pénitence, conclut le prêtre. Tu as déjà suffisamment été éprouvée comme cela. Rentre chez toi. Je prierai pour toi cette nuit. Et je compte sur ta présence, demain, à l'église. Tu recevras la communion. Et les saints exauceront tes prières. À présent, va, mon enfant. Dieu est avec toi…

Le recteur fit un signe de croix sur le front de la jeune fille puis, après l'avoir serrée dans ses bras, la reconduisit jusqu'à la porte.

Annaïg se retrouva dans la nuit emplie de ténèbres.

17

Dahud somnolait, la tête et les deux bras posés sur la table où trônait encore la bouteille d'eau-de-vie à demi vide. Sa respiration était lourde, entrecoupée de ronflements. Après le départ d'Hubert, elle n'avait pas eu le courage de se lever pour aller s'étendre dans le lit clos. Alors elle était restée assise là, à boire des petits verres de *lambig*, les yeux dans le vague. Perdue dans ses souvenirs.

Le retour d'Annaïg la réveilla en sursaut. Se redressant brusquement, elle s'efforça de retrouver une allure convenable, clappant des lèvres pour assouplir sa bouche empâtée par l'alcool, écarquillant les yeux pour les accommoder à la lumière.

Elle mit quelques secondes avant de reconnaître sa fille qui se tenait dans l'encadrement de la porte. Bien qu'elle ignorât combien de temps avait duré son sommeil embrumé, elle accueillit Annaïg par une réprimande :

— C'est à cette heure-ci que tu rentres ?

Puis, constatant que la jeune fille avait les mains vides :

— Et ton panier ? Où l'as-tu encore fourré ? Où sont les plantes que je t'ai envoyé chercher ?

— Je l'ai oublié au *doué*, répondit Annaïg, hésitante.

— Mais qu'est-ce que tu fichais au *doué* ? s'emporta Dahud, ravie d'avoir une raison de sermonner sa fille. C'est pas un lieu pour se promener la nuit, surtout une nuit pareille… Tu le sais bien, pourtant. Je te l'ai pas dit assez souvent ?

Tout en l'admonestant, Dahud dodelinait de la tête, comme si elle avait du mal à se tenir droite. Son visage était rouge et bouffi et sa coiffe tombait de travers, révélant des cheveux gris qui pendaient sur son front comme des paquets d'étoupe. Annaïg remarqua la bouteille entamée, les deux verres vides. Sa mère ne buvait pas régulièrement, mais lorsqu'elle s'y mettait, elle ne savait pas s'arrêter. C'était comme si elle cherchait à noyer ses fantômes. Dans ces occasions-là, elle était encore plus méchante que d'habitude.

La jeune fille savait qu'il était inutile de la raisonner quand elle se trouvait sous l'emprise de ses démons. La meilleure tactique consistait à la laisser déballer ses reproches et cuver ses rancœurs. Une fois la crise passée, la lavandière revenait progressivement à son état normal, ayant tout oublié des paroles ou des actes que lui avait inspirés son aliénation momentanée. Annaïg devait-elle agir comme elle le faisait d'habitude ? Ignorer les radotages de sa mère ? L'aider à s'étendre sur le lit clos avant d'aller se coucher à son tour ? Jouer, une fois de plus, l'indifférence et le dédain ?

Mais elle avait promis au père Jean de tout dire à sa mère. Elle ne voulait pas décevoir le brave homme qui, en ce moment même, devait prier pour elle et qui, demain matin, l'attendrait à la messe. La litanie des saints suffirait-elle à provoquer cette intercession spirituelle qu'avait évoquée le prêtre ? Dans l'abattement où elle se trouvait, Annaïg était disposée à y croire. Elle avait la foi du désespoir, celle qui s'accroche à n'importe quelle idée, si irrationnelle ou illusoire soit-elle. Elle qui jusqu'alors se moquait de tout voulait croire aux miracles, à la magie de la prière. Elle devait se confier à sa mère, même si celle-ci avait bu quelques verres de trop et n'avait plus les pensées claires. Et elle devait le faire maintenant.

Annaïg vint s'asseoir sur le banc en face de Dahud, à la place même où s'était tenu Hubert quelques heures plus tôt. Elle ferma les yeux un instant, serrant ses mains jointes posées sur la table, afin de trouver en elle la force nécessaire, puis se mit à balbutier :

— J'étais au *doué*… pour retrouver Philippe.

Elle sentit qu'elle en avait déjà trop dit. Risquant un regard en direction de sa mère, elle nota que celle-ci l'observait fixement, les lèvres pincées. On eût dit que son ivresse s'était évaporée d'un coup, à la seule annonce de ce rendez-vous.

— Tiens donc… Et depuis quand fréquentes-tu Philippe de Montfort ? Car il s'agit bien de ce Philippe-là, je suppose ?

Dahud avait adopté un ton ironique, presque cassant. La simple idée que sa fille puisse se trouver dans le même lieu que le jeune aristocrate, en pleine nuit et au bord du lavoir par surcroît, lui paraissait si absurde qu'elle était davantage disposée à en rire qu'à s'en émouvoir.

— Oui, c'est bien lui, répondit Annaïg en essayant de ne pas se laisser désarmer par l'attitude insolente de sa mère. Et ce n'est pas la première fois qu'il me rejoint là-bas. Je l'aime…

Le sourire de Dahud s'effaça instantanément. Son regard devint aussi noir que de l'encre. Avec une vivacité stupéfiante, elle leva sa main droite et l'abattit en une gifle retentissante sur la joue d'Annaïg. Sous le choc, celle-ci se releva d'un bond, faisant choir le banc avec fracas. Elle se tenait la joue et fixait sa mère avec une expression de haine.

— Oui, je l'aime ! Et personne ne pourra m'en empêcher. Pas même toi ! Surtout pas toi !

— Ma pauvre fille, si tu te voyais…, lâcha Dahud d'un ton méprisant.

— Eh bien quoi ? se mit à hurler Annaïg, les nerfs à vif. Qu'est-ce que ça veut dire encore ? Que je ne suis pas assez bien pour lui ? Pas assez belle ? Pas assez riche ? Cela ne l'a pas empêché de me faire la cour et même plus. D'ailleurs, j'attends un enfant de lui !

Le visage de Dahud devint blême. Les moqueries et la colère laissaient place à la stupéfaction. Sa tête dodelinait de nouveau et son regard redevint flou, comme si elle cherchait à se réfugier dans l'ivresse.

— Non…, bégayait-elle. Ce n'est pas vrai… Ce n'est pas vrai…

— Si, c'est vrai ! martelait Annaïg en frappant le sol de son sabot. Je ne voulais pas te le dire, car je savais bien que tu ne comprendrais pas. Mais le père Jean a insisté…

— Quoi ? Tu es allée parler au recteur ?

— À qui veux-tu que j'en parle ? Je suis allée me confesser, si tu veux savoir. Il m'a écoutée, lui, au moins. Il ne m'a pas traitée en pestiférée !

— Mon Dieu…, chuchota Dahud, prenant enfin conscience de la situation. Et… tu l'as dit à Philippe ?

— Bien sûr que je le lui ai dit ! rugit Annaïg. Je le lui ai dit tout à l'heure, au *doué*. Il s'est enfui sans un seul mot. Il m'a abandonnée…

À présent qu'elle avait tout avoué, la jeune fille était à bout de nerfs. Elle éclata en sanglots. Dahud continuait à hocher la tête comme une folle.

— C'est toujours la même histoire qui se répète, marmonnait-elle. C'est toujours la même histoire, encore et encore…

Puis elle parut revenir à la réalité et considéra sa fille. Son regard s'attarda sur son ventre.

— Ça fait combien de temps ?

Annaïg répondit entre deux hoquets.

— Trois lunes… Trois lunes entières…

Dahud réfléchit un instant, puis reprit d'un ton assuré :

— Trois lunes… Il n'y a pas de temps à perdre.

Elle se leva de son siège avec une étonnante vélocité et se précipita vers l'étagère où elle rangeait ses flacons. Elle était à présent totalement maîtresse d'elle-même.

— Annaïg, va chercher de l'eau au puits et mets-la à bouillir. Trois litres, pas un de moins.

La jeune fille marqua un temps d'arrêt.

— De l'eau ? Mais pour quoi faire ?

— Pose pas de questions, la rabroua Dahud. Trois lunes, c'est beaucoup, mais je connais des potions qui peuvent encore faire effet… Allez, dépêche-toi !

Annaïg commençait à comprendre quelles étaient les intentions de Dahud et la regardait avec effroi.

— Mais… Tu ne vas pas…

— Trois lunes, c'est beaucoup trop, répéta Dahud en ouvrant un à un les pots en verre pour y choisir des extraits de plante, des morceaux d'écorce et de racine. T'aurais pas dû attendre si longtemps. Un mois, six semaines, ça va encore. Mais trois lunes… Douze semaines… Enfin, on va toujours essayer… Cours chercher l'eau, je te dis !

Annaïg restait plantée là, la bouche ouverte. Elle se refusait à admettre ce que sa mère était en train de manigancer.

— Mais… Le père Jean m'a dit… enfin, il m'a expliqué que c'était un cadeau du Ciel… Que je devais l'accepter… Que Philippe allait assumer ses responsabilités…

Dahud se retourna d'un bloc dans sa direction et se mit à pousser un ricanement amer.

— Et tu l'as cru ? Ma pauvre fille, tu es encore plus bête que je ne pensais ! Si tu te mets à prendre au mot les curés et les nobles, t'auras pas fini d'en avaler, des couleuvres ! Ils sont doués pour la parlotte, ça, je dis pas. Mais pour le reste, tu peux toujours courir. Les beaux espoirs et les grands serments, c'est pour endormir les pauvresses comme nous, tu entends ? Le curé, il connaît que ses boniments sur les miracles et le paradis… Et ton Philippe, il a eu ce qu'il voulait. S'il t'a pris le ventre, c'est sûrement pas pour avoir des enfants, crois-moi. Allez, arrête de lambiner et va faire chauffer l'eau.

La jeune fille demeurait sans voix. Elle était tellement secouée par ce que lui révélait sa mère qu'elle abandonna d'un coup toute volonté. Courbant l'échine comme un chien battu, elle prit une cruche et s'en alla chercher de l'eau au-dehors.

Dahud était prise d'une sorte de frénésie. Tout en concoctant son mélange de plantes, elle marmonnait.

— Bon, une bonne dose d'hysope, c'est radical… Ça suffisait pas d'Hubert… Voilà que Philippe court sur les traces de son père. Tel père, tel fils… C'est dans leur sang, ces cochonneries-là. Et une bonne poignée de sauge et d'armoise, ça aidera… Les femmes, c'est rien pour ces hommes-là… Y a rien à y faire… Y a qu'à subir… Subir ? Tu vas voir un petit peu… Ah, j'allais oublier de mettre de la rue. C'est bon aussi, la rue, pour décrocher l'embryon… La Dahud, elle est pas née de la dernière pluie. Elle a plus d'un tour dans son sac et elle connaît les plantes. Celles qui guérissent et celles qui tuent… Ah ! j'allais oublier le plus important : un bon verre d'absinthe et une larme s'arsenic.

Annaïg était revenue avec son broc. Elle en versa le contenu dans une casserole qu'elle plaça sur le fourneau. Elle attisa le feu en fourrageant avec des pincettes, puis prit soin de les poser loin de l'âtre, car l'on prétendait que les tisonniers rougis occasionnaient des souffrances aux âmes des défunts qui séjournaient en purgatoire. Elle agissait sans réfléchir, comme un automate, la tête et le cœur vides.

Dahud jeta dans la casserole la brassée de plantes qu'elle avait sélectionnée et se mit à touiller la mixture jusqu'à ce que l'eau se mette à frémir.

— Ça va être amer, je te préviens… Et tu vas devoir boire les trois litres d'un coup. Avec un peu de chance, ça suffira à décrocher le têtard…

La décoction tournait en une teinte maronnasse peu ragoûtante et exhalait des odeurs qui prenaient à la gorge.

— Ça va pas être aussi bon qu'un coup de cidre ou de *gwin ruz*, ça, c'est sûr, continuait Dahud. Mais ton contentement, tu l'as déjà eu avec Philippe. Maintenant, c'est à la douleur que tu vas goûter. Tu vas enfin savoir ce que c'est qu'être une femme. Une minute de plaisir pour une vie de souffrance. C'est comme ça, pour nous autres, et pas autrement…

La vieille lavandière ôta la casserole du fourneau et laissa les plantes macérer un moment pendant que l'eau refroidissait. Annaïg était toujours sans réactions, tétanisée. Elle avait épuisé toutes les forces de ses espoirs et de ses révoltes. Il ne lui restait plus qu'à démissionner, de sa vie et de ses rêves. Subir. Souffrir. Tel était le lot des femmes.

Lorsque la potion fut prête, Dahud la filtra, afin d'enlever toutes les impuretés, et la tendit à sa fille.

— Maintenant, bois !

Annaïg prit le pot à deux mains. Il était lourd et son contenu sentait mauvais. En fronçant le nez, elle but une gorgée qu'elle recracha aussitôt.

— Pouah ! C'est infect !

— Bois, je te dis ! la sermonna Dahud. Y a que ça à faire… Tu vas te vider un bon coup et on en parlera plus. Et la prochaine fois, tu fêteras pas la noce avant d'avoir la bague au doigt.

Annaïg porta de nouveau le pot à ses lèvres et absorba le liquide en grimaçant. Elle s'interrompit, hors d'haleine, le visage congestionné.

— Je peux pas… C'est trop mauvais… Ça me soulève le cœur. Je crois… je crois que je vais vomir…

— Tu dois tout boire, que j'te dis ! Jusqu'à la dernière goutte, sinon ça te fera rien ! Bloque ta respiration et avale tout.

Dahud força la bouche de sa fille pour qu'elle ingurgite la potion. Elle lui maintenait la tête, inclinant le pot dont le liquide brûlant se répandait sur son menton et sa poitrine. Annaïg hoquetait, se débattait, mais chaque fois qu'elle tentait de reprendre son souffle, elle avalait malgré elle l'infâme bouillon. La mère ne s'arrêta que lorsque le pot fut entièrement vide.

La jeune fille suffoquait, les deux mains comprimant son ventre distendu par les litres absorbés.

— Ne vomis pas, surtout ! commanda Dahud. Sinon les plantes auront pas le temps d'empoisonner le germe. Viens t'allonger…

Annaïg n'était plus qu'une poupée molle entre les mains de sa mère. Elle se laissa conduire jusqu'à son lit et s'y affala, vidée de toute énergie. Son visage était pâle, cireux. Sa coiffe était tombée et ses longs cheveux noirs, trempés de sueur, se tordaient comme des serpents fous de colère. Son corps tout entier était pris de frissons.

— Je… je ne me sens pas bien… Je vais être malade, se lamentait la jeune fille.

— C'est la potion qui fait effet. Garde-la bien en toi, le temps qu'elle agisse. On va lui faire la peau, au bâtard que l'autre t'a mis dans le ventre ! On va l'enfumer comme un nid de guêpes ! Tu vas le cracher par en bas ! Je vais t'y aider…

Dahud se tenait au-dessus de sa fille en nage et lui appuyait sur le ventre de ses deux poings fermés.

— Tu me fais mal ! geignait Annaïg. Je n'arrive plus à… respirer… Et mon ventre… Ça bouge, là-dedans. Il va exploser !

— Arrête de pleurnicher, c'est normal, la tança la lavandière. C'est ton bâtard qui résiste au poison. Ça a la vie dure, ces morpions-là. Surtout au bout de trois lunes. Mais j'ai bien chargé la potion. Il va se décrocher tout seul, comme un grand, tu vas voir…

Soudain, il y eut comme un bruit de poche d'eau qui éclate et une flaque rougeâtre commença à se répandre sur le lit.

— Ça y est ! s'exclama Dahud dans un rire dément. On l'a eu, le petit saligaud. Pousse, maintenant, pousse ! Extirpe cette vermine de ton corps.

La lavandière s'assit à califourchon sur le ventre de sa fille, pour mieux lui malaxer la chair et l'aider à expulser le fœtus. Des jambes écartées d'Annaïg giclait un mélange de sang et d'urine qui souillait le drap et dégageait une odeur atroce. Elle hurlait de douleur.

— On va l'avoir ! hurlait la lavandière au comble de la folie.

Elle enfouit une main dans l'intimité de sa fille, farfouilla un moment puis extirpa d'un coup une chose informe et sanguinolente qu'elle jeta à terre en poussant un rugissement de victoire.

— Il voulait pas venir, mais on l'a bien obligé ! Il t'embêtera plus.

Annaïg avait cessé de crier. Elle baignait dans une mare de sang. Son visage était dénué de toute expression, les yeux grands ouverts sur le néant.

— À présent, va falloir nettoyer tout ça, ma fille. Tu nous en as foutu partout. Faudra plus d'une *buée* pour reblanchir ton drap. Ça sera ta pénitence !

Elle attrapa le fœtus avec les pincettes et le jeta dans le poêle à charbon.

— Il finira dans la fornette derrière la maison, avec les cendres. Personne ira fureter là, sauf les chiens, peut-être…

Soudain, elle s'étonna du silence de sa fille.

— Eh ! Tu dors déjà ? Tu pourrais te laver un peu, avant. Et tu as fait sous toi, en plus. Ça empeste !

Comme Annaïg ne répondait toujours pas, Dahud revint vers le lit et la secoua.

— Réveille-toi, bougresse ! Faut m'aider à faire du propre, ici. On est pas dans la soue aux cochons ! Va chercher le seau et le balai de bourdaine.

Elle lui donna des tapes sur les joues, doucement, puis plus fort, mais la jeune fille ne bougeait toujours pas.

— Qu'est-ce qu'i't'prend ? s'alarma enfin la lavandière. Tu vas pas défunter dans mes bras, quand même ? Annaïg ! Parle ! Bouge ! Fais quelque chose ! Me laisse pas seule, t'entends ? Me laisse pas !

Mais Dahud eut beau secouer sa fille dans tous les sens, ce fut peine perdue.

Annaïg était morte.

18

Le mince filet de lune au sommet de sa course jetait son inquiétante clarté sur le lavoir de Concoret. L'eau noire reflétait le disque pâle, semblable au sourire d'un noyé. On était au cœur de la nuit de Samain, à l'heure du grand repos où le monde semble mort à jamais, où bêtes et gens dorment d'un sommeil si profond qu'on ne sait s'ils s'en réveilleront au matin, ou s'ils demeureront prisonniers des rêves et des cauchemars qui les hantent. La nuit où les spectres sortent de leurs tombes et mènent leur infernale sarabande avec les lutins noirs et les lavandières fantômes.

Le grincement strident d'une brouette bringuebalant sur le chemin empierré déchira le silence. On eût cru entendre la charrette de l'Ankou lorsqu'il s'en va glaner les âmes des défunts. C'était un bruit désagréable et aigre, agaçant l'oreille et mettant les nerfs à vif, régulier et insistant comme un mécanisme d'horlogerie.

Les faibles rayons de la lune accrochèrent la

silhouette voûtée d'une femme encapuchonnée de ténèbres qui poussait devant elle sa brouette chargée de son macabre fardeau. Elle ressemblait trait pour trait à ces lavandières qui fréquentaient le lavoir par nuit noire pour lessiver les langes de leurs enfants mort-nés. Comme elles, elle se rendait à son sinistre labeur, les yeux secs mais le cœur aussi lourd qu'une pierre.

Suivant le rituel qu'elle accomplissait chaque matin, Dahud rangea sa brouette près du *doué*, comme si elle s'apprêtait à mener sa *buée*. Mais ce n'est pas un paquet de linge sale qu'elle était venue plonger dans l'eau glacée. C'était le corps sans vie de sa propre fille.

La lavandière prit le temps de reprendre son souffle. Elle était épuisée par les émotions qu'elle avait endurées et les efforts qu'elle avait dû fournir au cours de cette longue nuit d'effroi.

Lorsqu'elle avait constaté qu'Annaïg ne bougeait plus, terrassée par la potion empoisonnée, un grand froid s'était emparé d'elle. Elle avait subitement réalisé que sa fille était morte et que c'est elle qui l'avait tuée.

Elle n'avait jamais eu l'intention de mettre fin à la vie de son enfant. Elle avait simplement cherché à l'aider, à lui épargner le poids d'une maternité honteuse, à la libérer de cette fatalité qui, après avoir gâché la vie de la mère, s'abattait à présent sur la fille.

Comment était-ce arrivé ? S'était-elle trompée dans le choix ou le dosage des ingrédients entrant dans la composition de la potion abortive ? C'était cela : elle avait dû trop forcer sur l'hysope. À moins que ce ne soit l'absinthe ? Elle aurait peut-être dû éviter l'arsenic. Elle n'avait pas mis plus d'une goutte, pourtant. En tout cas, c'est ce qu'il lui semblait. Dans l'urgence et l'agitation, sa main avait peut-être été trop lourde…

Elle n'en était pas à son premier avortement. Combien de fois était-elle intervenue en secret pour interrompre une grossesse non désirée ? Lorsque ce n'étaient pas les filles abusées ou abandonnées qui venaient la voir, c'étaient leurs mères qui imploraient son secours. Jusqu'à ce soir, elle avait toujours réussi dans ses pratiques sans mettre en péril la santé ni la vie de ses patientes. Il est vrai qu'elles n'attendaient pas trois lunes pour venir la consulter.

L'œil affolé, Dahud avait regardé autour d'elle, cherchant une aide invisible ou s'assurant qu'aucun témoin n'avait assisté à la scène. Son regard était tombé sur la table où se trouvaient toujours la bouteille d'eau-de-vie entamée et les deux verres.

Ce qui était arrivé, ce n'était pas sa faute. C'était la faute d'Hubert. S'il n'était pas venu ce soir-là, elle n'aurait pas partagé la goutte avec lui. Elle n'aurait pas continué à boire après son départ et aurait eu l'esprit clair pour soigner Annaïg. Et si Hubert ne l'avait pas elle-même engrossée dix-neuf ans plus tôt, elle n'aurait pas un meurtre sur la conscience.

Si elle avait su… Lorsqu'elle était tombée enceinte d'Annaïg, elle aurait pu, elle aussi, consulter quelque sorcière qui aurait étouffé son embryon dans l'œuf. Mais elle avait eu la faiblesse d'aller voir le recteur et de se confesser à lui. Ce même recteur qu'Annaïg était allée trouver à son tour. Il lui avait tenu les mêmes propos au sujet du don de la vie et des cadeaux du Ciel. Il l'avait mise en garde contre le crime impardonnable consistant à interrompre volontairement l'œuvre de la Création. Elle avait commis la sottise de l'écouter et avait gardé l'enfant. Elle n'avait pas mis longtemps à regretter cette décision, mais il était trop tard. Annaïg était là, comme une punition qu'elle aurait à endurer durant toute son existence. Depuis, elle n'était plus jamais retournée à l'église.

Qu'allait-elle faire à présent ? Alerter les voisins ? Trouver du secours ? Aller chercher un médecin ? Il n'y en avait pas au village. Il aurait fallu courir jusqu'à Paimpont. Et puis, à quoi cela servirait-il ? À rien. Annaïg était morte et désormais personne ne pourrait la faire revenir à la vie.

Mais comment expliquer sa mort ? La jeune fille avait abondamment saigné. Son teint cireux, ses membres rigides témoignaient du combat que son corps avait mené contre la potion empoisonnée. Il y aurait une enquête, des interrogatoires. On relèverait des indices qui l'incrimineraient. On interrogerait le voisinage. Les mauvaises langues se délieraient. On dénoncerait ses activités inavouables. Il ne serait pas difficile de faire le rapprochement avec ce qui s'était passé cette nuit-là.

Elle avait tué sa fille en lui faisant avaler des poisons et en arrachant son embryon. Elle se retrouverait coupable de multiples chefs d'accusation, tous passibles de la peine de mort. Avorteuse, empoisonneuse, criminelle, infanticide.

Elle avait gâché ses plus belles années à élever seule une enfant dans la réprobation générale. À présent, on allait l'arrêter sous les huées et les quolibets. On allait la mettre en prison, la juger, la condamner. Elle finirait le cou tranché par la guillotine. Et ce n'est pas le maréchal Pétain qui lui accorderait sa grâce, lui qui avait édicté la devise : « Travail, famille, patrie » et avait instauré la fête des Mères. Trois mois plus tôt, le 30 juillet 1943, une certaine Marie-Louise Giraud, convaincue d'avoir pratiqué des avortements, surnommée pour cette raison « la faiseuse d'anges », avait fini décapitée. À côté d'elle, Dahud était infiniment plus coupable. Elle serait considérée par tous comme un monstre. Lorsqu'elle ne serait plus de ce monde, son sinistre souvenir demeurerait à jamais dans les mémoires. On la comparerait à ces lavandières de la nuit dont elle racontait si souvent la légende, ces spectres de mères infanticides qui frappaient de leur battoir leurs linges souillés de sang sans jamais parvenir à leur redonner leur blancheur. Oui, c'est ainsi qu'on la surnommerait : « la lavandière de sang ».

Dahud avait senti la panique la gagner. Elle ne voulait pas mourir comme cela. Elle avait suffisamment souffert dans sa vie. Elle avait payé pour des fautes dont elle s'estimait innocente. Elle ne méritait pas ce surcroît de honte, de déshonneur et de peine. Non, elle ne le méritait pas. Si elle devait monter dans la charrette de l'Ankou, ce serait elle qui choisirait le moyen le plus approprié et le moment propice.

La lavandière de sang… Ce surnom lui trottait dans la cervelle comme une horrible comptine murmurée par quelque croque-mitaine. Les yeux fous, les mains tremblantes, elle entrechoquait ses pots à herbes magiques, les renversant, les faisant tomber à terre. Il lui suffisait d'absorber les éléments les plus vénéneux pour en finir. Mais elle n'avait plus sa tête et risquait une nouvelle fois de se tromper dans ses dosages. Il n'y a rien de pire qu'un suicide raté. Elle risquait d'être malade comme une chienne et de finir quand même sous le couperet. Et puis, il lui manquait certaines plantes qu'elle avait utilisées pour préparer la potion abortive. Des plantes qu'Annaïg avait cueillies cette nuit même dans la forêt.

Elle s'était figée tout d'un coup.

Le panier.

Annaïg avait laissé son panier aux herbes magiques près du *doué*. On le retrouverait certainement. Il fallait aller le chercher. À moins que…

Une étrange idée avait alors germé dans son esprit.

Annaïg était allée au *doué* cette nuit-là. Elle avait retrouvé Philippe, puis était rentrée en oubliant son panier.

Et si, au lieu de retourner au lavoir pour reprendre le panier, Dahud allait y déposer le cadavre de sa fille ?

Au matin, on trouverait le corps plongé dans la cuve, son panier à côté d'elle. On conclurait à un suicide. Dahud n'y serait pour rien. Sa fille se serait noyée toute seule dans le lavoir. À cet âge-là, un rien peut faire basculer une jeune fille dans le désespoir. Une peine de cœur. Un chagrin d'amour…

Un chagrin d'amour, oui. On apprendrait sans doute qu'Annaïg fréquentait Philippe. Ce dernier avait rompu avec elle ce soir-là. N'était-ce pas suffisant pour se donner la mort, lorsqu'on a dix-huit ans ?

Et puis, même si on écartait la thèse du suicide, les soupçons se porteraient, non sur Dahud, mais sur Philippe. On le savait de tempérament violent, sujet à des crises nerveuses. Sous l'effet de la colère, il aurait très bien pu s'en prendre à elle, la tuer. Ce ne serait pas la première fois qu'un homme assassine sa maîtresse sur un coup de sang. On conclurait à un crime passionnel. Philippe serait impliqué et ce ne serait que justice. Il l'aurait bien mérité.

Dahud pouvait ainsi sauver sa peau, tout en tirant enfin vengeance de ceux qui leur avaient fait tant de mal, à sa fille et à elle. Philippe et Hubert de Montfort.

Oui, Dahud assumerait le rôle de la lavandière de sang. Et les gens n'y verraient que du feu.

Soudain, une pensée l'avait arrêtée. Le recteur.

Annaïg s'était confessée au recteur après avoir quitté Philippe. Le témoignage du prêtre pourrait donc innocenter le jeune noble et jeter le soupçon sur Dahud, puisqu'il avait conseillé à la jeune fille de rentrer chez elle sans tarder et de se confier à sa mère.

Mais le prêtre était lié par le secret de la confession.

Il se doutait peut-être de quelque chose, mais ne dirait rien.

Plus elle y pensait, plus Dahud se rendait compte que si elle s'y prenait bien, personne ne pourrait remonter jusqu'à elle. Il fallait pour cela effacer toute trace de l'avortement, car elle était la seule à en pratiquer au village. L'embryon crépitait déjà dans le poêle à charbon. Il brûlait dans le feu de l'enfer. Il suffisait à présent de faire la toilette de la morte.

À gestes lents, Dahud avait commencé par éponger tout le sang versé. Elle avait ôté les vêtements souillés d'Annaïg et l'avait nettoyée avec soin, comme une mère lave son nourrisson. Elle voulait la rendre aussi pure qu'au moment de sa naissance. Tout en passant une éponge humide sur ses jambes ensanglantées, la vieille lavandière chantonnait une comptine pour enfants, comme si Annaïg était simplement endormie dans ses bras.

Puis elle l'avait rhabillée avec des vêtements propres et sentant bon. Un jupon de mousseline. Un caraco de dentelle. Une devantière brodée. Elle l'avait ensuite peignée soigneusement avant de la couronner d'une coiffe neuve. Elle avait jeté dans un coin le linge souillé de sang et d'urine et l'avait allongée sur un drap blanc qu'elle avait rabattu sur son corps, en guise de suaire. Puis elle lui avait fermé les yeux.

Annaïg était tranquille, à présent. Elle reposait. Personne ne lui ferait plus de mal.

Dahud se massa les reins en contemplant la lune. Elle était parvenue jusqu'au lavoir sans croiser personne. Le plus gros était fait. Il n'y avait plus qu'à achever le travail.

Elle se pencha au-dessus de la brouette et prit sa fille à bras-le-corps. Elle assura sa prise entre ses bras et, s'approchant de la margelle du lavoir, déposa son fardeau sur le rebord de pierre, avant de le faire doucement glisser dans la cuve.

Le corps s'enfonça dans l'eau, disparut un instant, puis remonta à la surface. Le drap blanc se déployait dans l'onde comme une plante marine, une méduse ondoyante. Le visage lisse et glacé d'Annaïg apparut alors, éclairé par la lune dont elle semblait le reflet noyé dans l'eau.

Dahud n'eut pas le cœur d'en voir davantage. Elle empoigna les bras de sa brouette et s'en fut sans un regard en arrière. Lorsqu'elle disparut au détour du chemin, on entendait encore le grincement sinistre d'une roue voilée heurtant les pierres.

Deuxième partie

La lavandière de sang

19

Lundi 1er novembre 1943, Toussaint

Erwann, le boulanger de Concoret venait de sortir du four des tourteaux brûlants, les pains de sa première fournée matinale. Des miches à la croûte épaisse et dure comme du bois, abritant une mie grossière et grumeleuse composée de sarrasin et de blé noir. Cela faisait bien longtemps qu'il n'avait plus accès à cette blanche et onctueuse farine d'avant-guerre avec laquelle il confectionnait ces pains souples et odorants dont on avait perdu le goût. Le pain noir était moins bon. Il mettait à mal les mâchoires, mais au moins il tenait au ventre. Trempé dans la soupe, il donnait l'illusion d'avoir autre chose dans son assiette qu'une insipide lavasse.

Léonard, l'épicier, ouvrait lui aussi sa boutique, même si les rayons en étaient aux trois quarts vides. Les fermiers cultivaient leurs propres légumes et s'arrangeaient pour nourrir leur famille avec. Des tubercules, des fèves, des rutabagas, des topinambours, des panais, parfois des navets et des pommes de terre farineuses. Ils se contentaient de ce qu'ils donnaient d'habitude aux cochons. Le commerçant ne les fournissait qu'en produits de base : saindoux, huile, œufs et beurre d'*achetaige*[1] lorsqu'il pouvait s'en procurer. Même le savon faisait défaut.

Le père Levasseur, le marchand de charbon, fumait sa pipe devant son échoppe. Pour l'instant, Dieu merci, le charbon ne manquait pas, même s'il n'était pas de première qualité. Au moins permettait-il aux villageois d'alimenter leur poêle quand ils n'avaient pas de bois à faire flamber dans la cheminée. L'automne avançait à grands pas et on prévoyait un hiver rude.

Aujourd'hui, c'était la Toussaint. La veille, les paysans avaient semé le froment, afin que la récolte future soit bénie par les saints. Le jour même, les derniers meuniers de la région avaient arrêté leur moulin à vent en dirigeant leurs ailes vers le cimetière de Concoret. On s'abstenait également de balayer le sol, pour ne pas risquer de chasser une âme en peine. Et, bien entendu, les garçons ne courtisaient pas les filles, car ils auraient alors provoqué le sort et attiré la mort sur la tête de leur bonne amie…

---

1. Beurre que l'on achète au lieu de l'avoir fait soi-même.

Évidemment, il pleuvait, comme le voulait la tradition. Non pas une franche averse, une bonne *harée* qui ne durait qu'un temps, lavait la terre et se clôturait par un arc-en-ciel, comme un paon faisant la roue, mais une sorte de crachin maussade et sournois, inapte à arroser le sol mais suffisant pour geler les os et donner la goutte au nez. Les vieilles qui se rendraient en pèlerinage au cimetière dans la journée auraient toutes un mouchoir à la main, qui leur servirait autant à essuyer leur morve qu'à pleurer leurs défunts.

— *V'là la plée*[1]*, à c't'houre*, commenta le marchand de charbon en crachant par terre son jus de pipe.

— Un vrai temps de Toussaint, confirma Léonard en lorgnant vers le ciel bas.

— Ça nous change guère, ajouta le boulanger en essuyant ses grosses mains enfarinées sur un torchon à carreaux. La *plée*, par chez nous, ça commence à la Toussaint et ça va tout droit jusqu'à Pâques.

Le père Levasseur ricana en tirant sur sa bouffarde et cligna de l'œil en direction du marchand de pain.

— Qu'il fasse beau ou mauvais temps, c'est toujours la saison des doryphores, pas vrai, Erwann ?

1. Pluie.

— Pas si sûr. Depuis le coup de froid qu'ils ont pris en Russie en février dernier, i' commencent à battre de l'aile, les nuisibles. T'en fais pas, Levasseur, à Londres ils ont de bons insecticides !

Les trois hommes échangèrent des sourires de conspirateurs. Ils étaient accoutumés à narguer l'occupant, non pas ouvertement, mais par de fines allusions qu'ils pensaient être les seuls à comprendre. Comme dans les émissions codées de Radio Londres, ils évoquaient les Allemands en utilisant un langage crypté.

Depuis 1941, année où certaines régions avaient été touchées par une invasion de ces insectes destructeurs de récoltes, les Français désignaient leurs ennemis par le terme de « doryphores ». Comme ces parasites, ils proliféraient dans le pays en dévastant tout sur leur passage. Mais leur sanglante défaite en février 1943 à la bataille de Stalingrad, sur le front de l'est, avait montré les limites de la toute-puissance supposée du Reich. Même ceux qui, depuis le début de la guerre, avaient toléré la présence étrangère, en suivant les directives de collaboration édictées par le maréchal Pétain, voire qui en avaient tiré profit pour s'enrichir grâce au marché noir ou régler leurs comptes en dénonçant leurs voisins, commençaient à se détourner de Berlin pour regarder vers Londres. Quant aux autres, hostiles dès la première heure à l'occupation germanique, harassés par ces trois ans et demi de privations, de réquisitions et d'humiliations quotidiennes, ils avaient hâte que leurs voisins d'outre-Manche viennent les aider à désinsectiser leurs terres. Cette guerre traînait en longueur. Ils avaient hâte qu'elle se termine.

Le père Levasseur s'apprêtait à répondre à la saillie d'Erwann mais il s'interrompit brusquement. La bouche ouverte, la pipe fumante dans son poing recouvert de poils noirs, il vit avec étonnement les jeunes lavandières déboucher sur la place en poussant des hurlements perçants, comme si elles venaient de croiser le diable. Le choc de leurs sabots sur le sol résonnait comme une cavalcade de chevaux fous. Dans sa hâte et son affolement, Fanchon avait perdu sa coiffe. Ses cheveux jaune paille, trempés par la pluie maligne de novembre, ruisselaient sur son casaquin. Margarit avait les joues rouges et luisantes de sueur et ahanait comme un soufflet de forge.

— Ben, qu'est-ce qu'i vous prend, mes garcettes[1] ? les harangua le marchand de charbon de sa voix bourrue. Vous devriez pas être au *doué*, *à c't'houre* ?

1. Filles, équivalent féminin de « gars ».

— C'est affreux ! s'égosillait Margarit en se tordant les mains. Le *doué*, il est maudit ! La mort… La mort…

— Qu'est-ce que tu racontes ? intervint Erwann d'un air sévère. C'est pas un mot à dire tout haut, même à la Toussaint, ça peut la faire venir.

— Elle est déjà venue ! renchérit Nolwenn, les yeux exorbités. Annaïg… Annaïg…

Elle ne put finir sa phrase, la gorge nouée par l'émotion.

Léonard sortit de sa boutique et s'approcha des quatre jeunes filles qui grelottaient autant de peur que de froid dans le petit matin humide.

— Allez, calmez-vous, *nigousses*, on comprend rien à votre baragouin. Qu'est-ce qu'i y est arrivé, à Annaïg ? Pourquoi qu'elle est pas avec vous ?

À présent qu'elles avaient retrouvé leur souffle, les quatre lavandières se mirent à parler toutes en même temps, tenant des propos décousus qui se chevauchaient en une cacophonie inaudible.

— Eh, on se croirait à la basse-cour ! les sermonna Levasseur. Arrêtez de piailler comme des poules qu'ont fait l'œuf ! Causez l'une après l'autre, qu'on comprenne. Fanchon, qu'est-ce qui s'est passé au *doué* ?

Fanchon, qui entretenait le linge du marchand de charbon, prit sa respiration et débita son histoire d'une seule traite, comme si elle voulait s'en débarrasser au plus vite.

— Ben, voilà. On s'rendait toutes au *doué*, comme chaque jour, avec nos brouettes. D'habitude, Annaïg est avec nous, mais *àmatin* elle était en r'tard. Comme la *plée* commençait à tomber et qu'on avait rien pour s'abriter, on l'a pas attendue. On est arrivées au lavoir en chantonnant, pour se donner le cœur à l'ouvrage… et là…

Elle étouffa un sanglot. Nolwenn vint à son aide en poursuivant son récit d'un ton à peine moins agité.

— Quand on arrive au *doué*, y a toujours Dahud et Gwenn qui sont déjà là. De loin, on a bien compris qu'i y avait qué'qu'chose qui clochait. Dahud y était pas, pourtant on était pas en avance. Y avait bien Gwenn, mais elle était pas en train d'essonger ou de ribouler son linge. Elle se tenait toute droite devant la cuve. On a pas compris, sur le moment, mais quand on s'est approchées…

Nolwenn s'interrompit à son tour, saisie d'émotion. Louise prit la suite.

— C'est là qu'on l'a vue… Annaïg… Elle était allongée dans le lavoir, avec ses habits du dimanche et un drap qui flottait autour d'elle. Elle bougeait pas et elle était toute pâle. Elle semblait dormir…

— C'est Gwenn qui nous a expliqué, reprit Nolwenn. Elle nous a dit qu'elle l'avait trouvée là, plongée dans l'eau. Elle respirait plus. Elle était…

— Morte ! s'écria Margarit. Noyée au fond du *doué*, comme Dahud elle dit que font les lavandières de la nuit ! La mort est v'nue au lavoir cett'nuit. Elle a emporté Annaïg avec elle. L'endroit est maudit !

Les trois commerçants s'entreregardèrent avec suspicion.

— Qu'est ce que c'est que ces fariboles ? tonna le père Levasseur de sa grosse voix. Vous êtes-t-y sérieuses, les garcettes, ou bien vous cherchez à nous embrouiller avec vos *dioteries*[1] ? Si c'est une blague, elle est pas drôle !

— Annaïg est morte ! hurla Fanchon. Elle s'est noyée dans le lavoir ! Gwenn, elle nous a demandé de prévenir le village pendant qu'elle veillait sur elle. Elle voulait pas la laisser seule, qu'elle a dit. Les morts, ils ont besoin qu'on leur tienne compagnie tant qu'i sont pas sous terre, qu'elle a dit encore. Surtout un jour de Toussaint. Alors, nous autres, on a couru jusqu'ici.

À présent qu'elles avaient vidé leur sac d'effroi, les quatre jeunes filles évitaient de se regarder et tenaient leur tête baissée, comme si elles se

1. Idioties.

sentaient coupables de l'horrible scène à laquelle elles avaient assisté. Elles avaient pourtant l'habitude des morts. En Bretagne, plus que partout ailleurs, les défunts étaient respectés et honorés. Lorsqu'un vieillard trépassait, tout le village venait lui rendre un dernier hommage en contemplant son visage découvert. Mais il s'agissait de morts naturelles, causées par l'âge ou la maladie. Tandis que là, la victime était une jeune fille de dix-huit ans à peine. Et elle était morte noyée dans le lavoir que l'on savait hanté les nuits de lune noire par les lavandières de sang... Non, cette mort n'était pas comme les autres. Elle sèmerait le scandale dans le village et resterait à jamais dans les mémoires. Concoret était déjà un village maudit à cause du souvenir d'Éon de l'Étoile. À cette triste généalogie, il faudrait ajouter la lavandière noyée du *doué*...

Le père Levasseur ne croyait plus à une farce de mauvais goût. Il tirait sur sa pipe en fronçant les sourcils et se grattant la barbe. Il se tourna vers le boulanger.

— Faudrait y aller, qu'est-ce que t'en dis, Erwann ?

— Pour sûr, répondit l'autre en continuant à frotter ses mains sur son torchon, comme s'il cherchait à effacer une invisible tache. Mais ça serait p't'être une chose à dire au recteur, non ? Les morts, c'est son affaire, après tout.

— Oublie pas les gendarmes, le reprit Léonard. Une mort comme ça, c'est pas habituel. C'est à eux de chercher le pourquoi du comment. Et puis, la gosse, tu te vois la retirer de l'eau ? C'est aux bleus de faire ça, i'z'ont l'habitude.

— Et la mère ? C'est curieux qu'elle soit pas là, observa le marchand de charbon. Et si i'y était arrivé malheur, à elle aussi ? Faudrait aller voir aussi.

— Tout ça nous dépasse, trancha Léonard. Je vais au bureau de poste prévenir les gendarmes. C'est eux qui sauront quoi faire.

— Et Dahud ? insista le père Levasseur. On attend les gendarmes pour elle aussi ?

— T'as envie de lui annoncer la nouvelle ? rétorqua Léonard. Vas-y, si tu veux, mais sans moi. Et si elle a clamsé aussi, comme tu disais, elle ira pas loin. Les gendarmes la trouveront bien assez tôt.

— Et Gwenn ? ajouta Erwann. On va laisser la petite seule avec une morte ?

Les deux autres hommes se raclèrent la gorge, le regard fuyant.

— On perd du temps ! tempêta le père Levasseur pour rompre le malaise qui s'instaurait. Léonard, va appeler les gendarmes. Moi, je me charge du recteur. Erwann, tu restes ici. Quant à vous, les filles, allez vous mettre à l'abri. M'est avis qu'c'est pas aujourd'hui que vous pourrez mener la *buée*…

20

Gwenn ne pouvait détacher ses yeux du corps qui flottait à la surface du lavoir. Annaïg ne semblait pas réelle, ainsi enveloppée dans son drap blanc, ses mains croisées sur la poitrine en une ultime prière, les yeux clos, le visage apaisé, ses longs cheveux, échappés de la coiffe, ondoyant dans l'eau brune comme des algues noires. On eût dit une sirène échouée ou bien une sainte en sa châsse vitrée, dont la transparence était brouillée par les gouttes de pluie qui venaient en piqueter le miroir. Elle ne paraissait ni vivante ni morte, mais ressemblait à un songe, une apparition féerique. Une belle endormie surgie de quelque Avalon imaginaire.

Gwenn n'avait pas osé la toucher, encore moins la hisser hors du bassin. Elle savait que sa présence en ces lieux était inutile et qu'elle aurait sans doute dû courir au village pour donner l'alerte. Mais quelque chose l'en avait empêchée. Une sorte de fascination pour la noyée qui, quelques heures plus tôt, était encore une jeune fille fraîche et alerte.

Gwenn était l'une des dernières personnes à avoir vu Annaïg vivante. La dernière, peut-être. Elle lui avait parlé, en ce même lieu, avant que la jeune fille ne s'enfuie, hors d'elle, oubliant le panier aux herbes qui se trouvait toujours là.

Que s'était-il passé ensuite ?

Gwenn avait discuté un moment avec Loïc, qui avait assisté à toute la scène, puis tous deux s'étaient séparés pour rentrer dans leurs gîtes respectifs dans la forêt. Il était tard et Yann dormait déjà, ce qui avait évité à la jeune fille une confrontation qu'elle préférait retarder. Elle avait eu son content d'émotions dans la journée. Avant l'aube, comme chaque jour, elle s'était levée la première et était revenue au lavoir où l'attendait la macabre présence.

Gwenn réfléchissait aux explications possibles de cette mort inattendue. La nuit passée, elle s'était étonnée de l'hostilité qu'Annaïg avait manifestée à son égard. Ses relations avec Philippe en étaient la cause, comme le lui avait confirmé Loïc, mais la colère de la fille de Dahud était disproportionnée. Si elle avait volontairement mis fin à ses jours à cause de l'amour non partagé qu'elle portait au jeune aristocrate, alors cela signifiait que, sans le vouloir, Gwenn avait sa part de responsabilité dans cet acte désespéré. En essayant de la calmer et de lui faire entendre raison, Gwenn n'avait fait que raviver la déception et le chagrin d'Annaïg. Peut-être que, sans son intervention, l'amoureuse éplorée ne se serait pas emportée comme elle l'avait fait et n'aurait pas fini noyée dans l'eau glacée du lavoir. C'est pourquoi elle était restée là, dans le petit matin pluvieux, à veiller sur elle.

Au loin, elle entendit tinter le carillon de l'église. Le village devait déjà savoir ce qui s'était passé. Les quatre lavandières avaient dû donner l'alerte. Le lavoir deviendrait un objet tout à la fois d'effroi et de curiosité. Des noyés, on en voyait souvent en Basse-Bretagne, près des rivages de l'océan. Mais en forêt de Brocéliande, c'était chose beaucoup moins courante. À l'exception des crapauds qui parfois venaient crever dans l'eau du bassin et des légendes de voyageurs égarés immergés contre leur gré par les lavandières de la nuit, on n'avait jamais entendu parler dans le pays d'une telle façon de trépasser.

Une grosse libellule aux ailes transparentes et aux pattes rayées de jaune vint se poser sur les mains jointes d'Annaïg. Gwenn savait que ces insectes gracieux, évoquant la silhouette de minuscules fées volantes, ne vivaient leur courte existence qu'à la belle saison, de la mi-mars à la fin octobre. Celle-ci était peut-être la dernière de l'année, venue rendre un hommage à la défunte.

On eût dit un bijou. Une somptueuse bague qu'aurait glissée à son doigt son fiancé. Mais la libellule s'envola aussitôt et l'imaginaire alliance s'évanouit en même temps que le fantôme de l'impossible amant.

Gwenn poussa un soupir. Comment réagirait Philippe lorsqu'il apprendrait le décès de la jeune lavandière qui l'avait aimé au point de se tuer pour lui ? La jeune femme se refusait toujours à croire que son ami d'enfance eût encouragé de quelque manière que ce soit les espoirs d'Annaïg. Mais il était bel et bien venu la rejoindre la veille au soir, comme l'avait affirmé le charbonnier, et l'avait quittée de façon brutale très peu de temps après. Quels secrets avaient-ils partagés, qui auraient pu justifier un tel drame ? Loïc avait entendu leur dialogue, mais n'avait pas voulu le répéter. À présent qu'Annaïg était morte, il serait sans doute obligé de révéler la nature de leurs échanges.

Gwenn songea alors à Dahud. Elle n'était pas venue au lavoir ce matin, contrairement à ses habitudes. Pourquoi cette absence imprévue ? Sans doute ignorait-elle encore ce qui était arrivé à sa fille, sinon c'est elle qui aurait alerté le village. Gwenn eut une pensée pour cette mère et son chagrin lorsqu'elle apprendrait le décès de sa fille dans d'aussi tragiques circonstances. Elle qui ne cessait d'effrayer les jeunes lavandières en les mettant en garde contre les nuits sans lune, la veille de Samain, et les spectres noirs des lavandières de sang, voici qu'elle venait d'être rattrapée par les cauchemars qu'elle avait invoqués. Sa raison résisterait-elle à une telle épreuve ? Chacun savait Dahud sauvage et un peu folle. Cette folie risquait de se nourrir du drame qui la frappait. Ces sombres revenantes dont elle agitait sans cesse l'épouvantail étaient venues lui ravir sa fille unique. Elle préférerait certainement s'abriter derrière ces croyances plutôt que d'admettre que son enfant s'était suicidée, et qu'elle n'avait rien pu faire pour l'en empêcher.

La méditation de Gwenn fut interrompue par la pétarade d'un moteur à gazogène. Elle reconnut l'estafette des gendarmes de Mauron, d'où descendirent trois uniformes avec képis réglementaires et moustaches relevées en crocs.

Maintenant que la maréchaussée était saisie de l'affaire, une enquête allait être diligentée, avec son cortège d'interrogatoires et d'appels à témoin.

Gwenn allait se trouver en première ligne. C'était elle qui avait découvert le corps d'Annaïg ce matin. Elle était peut-être la dernière à l'avoir vue la veille.

Gwenn était le principal témoin.

Et peut-être la première suspecte.

21

Saint Michel,
Prends pitié de nous.
Saint Jean-Baptiste,
Prends pitié de nous.
Saint Joseph,
Prends pitié de nous.

Le père Jean débitait d'un ton monocorde la litanie des saints dans son église aux trois quarts vides. La messe de la Toussaint était matinale, pour que les paroissiens puissent y assister avant de vaquer à leurs occupations, mais les temps étaient durs et les soucis prenaient souvent le pas sur le salut de l'âme. En revanche, les petites vieilles s'étaient pressées dès l'ouverture du saint lieu pour prendre place sur les inconfortables chaises de bois. Elles n'auraient pour rien au monde raté cette cérémonie qui, grâce à l'intercession des saints et de la Vierge Marie, les rassurait au sujet de ce qui les attendait dans l'au-delà.

Elles s'étaient toutes massées dans la travée de

gauche, celle de droite étant réservée aux hommes. À l'église, on séparait les hommes des femmes, comme au couvent, même s'ils étaient maris et épouses. C'était plus convenable ainsi…

La Toussaint et le jour des morts qui la suivait étaient pour elles des moments privilégiés, car la mort était devenue au fil du temps leur principale préoccupation, d'une part parce qu'elles s'en approchaient à grands pas, et d'autre part parce qu'elles comptaient davantage de famille, d'amis et de connaissances au cimetière que parmi les vivants.

Saint Pierre et saint Paul,
Prends pitié de nous.
Saint André,
Prends pitié de nous.
Saint Jean,
Prends pitié de nous.

Tout en multipliant signes de croix et génuflexions, le recteur observait ses ouailles du coin de l'œil. Il s'était attendu à trouver parmi elles cette jeune fille qui était venue se confesser à lui la nuit passée. Elle était désespérée mais il lui avait semblé que ses paroles lui avaient apporté un peu de réconfort. Après son départ, il avait longuement prié pour elle, afin qu'elle recouvre la paix du corps et de l'esprit.

Ce n'était pas la première fois qu'une brebis égarée venait se confier à lui. Les pauvres filles étaient toujours coupables de la même faute : le péché de chair. Mais les véritables responsables étaient, selon lui, les hommes qui les avaient entraînées dans leur chute. Les séducteurs : ils étaient les incarnations du Malin, semblables au serpent qui avait poussé la première femme à mordre dans le fruit défendu. Pourtant, ce n'étaient jamais eux qui devaient assumer les conséquences de leurs actes, mais leurs victimes. Les femmes portaient les enfants, qui étaient un don du Seigneur. Mais lorsqu'elles avaient été abusées et abandonnées, ces mères considéraient leur progéniture comme un poids et une honte. Une sorte de châtiment divin. Parfois, le père Jean se demandait pourquoi Dieu permettait une telle injustice.

Sainte Marie-Madeleine,
Prends pitié de nous.
Saint Étienne,
Prends pitié de nous.
Saint Ignace d'Antioche,
Prends pitié de nous.

Marie-Madeleine… Il l'avait beaucoup priée cette nuit, afin qu'elle prenne en pitié Annaïg. La jeune fille avait péché, certes, mais elle avait eu le courage de se décharger de ce qu'elle avait sur le cœur. Comme la sainte pécheresse qui avait répandu le parfum sur les pieds du Seigneur qu'elle avait ensuite essuyés de sa longue chevelure, la lavandière était prête à se repentir. Il lui avait donné l'absolution sans hésiter ; il était certain que le Seigneur aurait fait de même. N'avait-il pas protégé la femme adultère de la lapidation ? « Va et ne pèche plus » : tel était le miracle du pardon qu'offrait le pardon des fautes commises.

Saint Laurent,
Prends pitié de nous.
Sainte Perpétue et sainte Félicité,
Prends pitié de nous.
Sainte Agnès,
Prends pitié de nous.

Le père Jean poursuivait sa litanie, en faisant un effort pour se concentrer sur le nom des saints et des saintes dont il réclamait l'intercession. Mais il ne pouvait s'empêcher d'être soucieux. L'absence d'Annaïg à la messe de ce matin l'avait tout d'abord déçu. Il avait pensé que la jeune fille était plus volage et insouciante qu'il n'avait cru. Le pardon accordé par le prêtre avait dû lui suffire. Elle n'avait pas souhaité confirmer son repentir en assistant à cet office austère. Peut-être s'était-elle écroulée d'épuisement après s'être confiée à sa mère, comme il le lui avait conseillé, et ne s'était pas réveillée à l'heure. Ou bien elle avait jugé préférable de s'en aller directement au *doué* pour y laver son linge. La petite avait besoin de travailler. Les raisons de la défection d'Annaïg ne manquaient pas, et pourtant le prêtre ne pouvait s'empêcher de s'interroger. À la déception avait succédé l'inquiétude. Une inquiétude sourde, qui le taraudait.

Saint Grégoire,
Prends pitié de nous.
Saint Augustin,
Prends pitié de nous.
Saint Athanase,
Prends pitié de nous.

Soudain, la porte de l'église grinça. Quelqu'un s'apprêtait à entrer, bien que la messe fût bientôt terminée. Le père Jean leva la tête, persuadé qu'il s'agissait d'Annaïg qui s'acquittait enfin de sa promesse. Elle était en retard, mais c'était l'intention qui comptait. Il se souvenait de la parabole du Christ dans l'Évangile selon saint Matthieu à propos des ouvriers de la onzième heure, qui reçoivent un salaire égal à ceux de la première heure. Peu importe le moment où l'on se décide. L'important est d'être présent.

Le recteur esquissa un sourire qui se figea

aussitôt. Ce n'était pas Annaïg qui venait de pénétrer dans la nef, mais ce mécréant de Levasseur. Oh, ce n'était pas un mauvais homme, au contraire, mais il avait des manières grossières, fumait comme un sapeur, buvait plus souvent qu'à son tour et ne fréquentait jamais l'église. Que venait-il faire ici ?

Saint Basile,
Prends pitié de nous.
Saint Martin,
Prends pitié de nous.
Saint Benoît,
Prends pitié de nous.

Le père Levasseur s'approcha à pas lourds. Son arrivée n'était pas passée inaperçue, et les vieilles bigotes se retournèrent sur leurs chaises pour observer celui qui se permettait d'interrompre leur messe. Mais le marchand de charbon ne leur prêtait aucune attention. Il se dirigeait tout droit vers l'autel, le visage grave, les sourcils froncés, comme s'il était porteur d'une mauvaise nouvelle. Le curé pressentit qu'un grand malheur venait de se produire.

Saint François et saint Dominique,
Prends pitié de nous.
Saint François Xavier,

Prends pitié de nous.
Saint Jean-Marie Vianney,
Prends pitié de nous.

La litanie des saints touchait à sa fin. Le prêtre voulait la réciter jusqu'au bout, même s'il avait hâte de connaître la raison de l'irruption insolite du marchand de charbon dans son église.

En réalité, il redoutait de la connaître déjà.

Sainte Catherine de Sienne,
Prends pitié de nous.
Sainte Thérèse d'Avila,
Prends pitié de nous.
Vous tous, saints et saintes de Dieu,
Montrez-vous favorables,
Délivrez-nous de tout mal, de tout péché et de la mort [éternelle.

Le curé fit un dernier signe de croix et, sans prendre le temps de donner sa bénédiction pour conclure la cérémonie et de procéder aux annonces habituelles concernant la vie de la paroisse, il descendit les trois marches qui séparaient l'autel de l'assemblée des fidèles et fit signe au père Levasseur d'approcher.

— Que se passe-t-il, mon fils ? chuchota le recteur.

Le marchand de charbon avait la gorge serrée. Derrière lui, il entendait les bonnes femmes s'agiter sur leurs sièges, frustrées de cet office écourté.

Il finit par se décider. Sa grosse voix bourrue résonna dans toute l'église.

— C'est Annaïg, mon père…

Le père Jean sentit une angoisse lui mordre le ventre.

— Annaïg Le Borgne ? Que lui est-il arrivé ?

Le marchand de charbon hésita une seconde, puis lâcha d'un seul coup, comme on se débarrasse d'un fardeau trop lourd à porter :

— Elle s'est noyée dans le lavoir, mon père.

22

— Qu'en pensez-vous, chef ?

Le brigadier-chef de gendarmerie Bouchard tortillait l'extrémité droite de sa moustache en fronçant les sourcils, signe chez lui d'une intense réflexion ou d'une profonde gêne. Les deux gendarmes de 2e classe qui l'accompagnaient, plus jeunes et moins expérimentés, attendaient avec impatience le verdict de leur supérieur en échangeant à la dérobée des coups d'œil furtifs exprimant leur malaise.

— Tout cela est très embêtant, grommela le brigadier en accentuant la pression de ses doigts boudinés sur ses poils noirs savamment cirés. Très, très embêtant. Faut attendre le médecin, pour savoir. Ça va dépendre… Mais c'est bien embêtant, tout de même… Oui, vraiment bien embêtant.

Les trois hommes en uniforme se tenaient immobiles devant le corps d'Annaïg qu'ils avaient retiré de l'eau avant de le déposer sur l'herbe fraîche. Dès qu'ils avaient été prévenus par l'épicier du village, ils avaient sauté dans leur estafette. Mais à présent qu'ils se trouvaient sur place, ils se sentaient embarrassés par cette mort étrange.

Les décès ne manquaient pourtant pas dans leur secteur, surtout depuis le début de la guerre. Les maladies, la malnutrition, le manque d'hygiène et de soins faisaient des ravages chez les nourrissons et les personnes âgées. Les adultes n'étaient pas mieux lotis et souffraient eux aussi des privations. À cela il fallait ajouter les accidents, les disparitions, parfois les rixes qui se terminaient mal. Sans compter les dénonciations et les déportations mises au point par les *autres*, les occupants.

Mais là, il s'agissait d'autre chose.

Une jeune fille, noyée dans un lavoir.

Jamais ils n'avaient assisté à une scène pareille. Et ils ne savaient pas comment qualifier la cause du décès. Noyade par accident ? Suicide ? Meurtre ? En fonction du cas retenu, leur mission ne prendrait pas la même tournure.

Si le médecin concluait à un accident, voire à un suicide, cette bien triste histoire pourrait être rapidement classée. Mais s'il s'agissait d'une mort criminelle, il faudrait ouvrir une enquête, procéder à des interrogatoires, fouiller dans la vie privée des gens, remuer la boue des consciences. Le sale boulot. Le brigadier Bouchard espérait encore qu'il n'en arriverait pas là. À cause du surcroît de travail et du manque d'effectifs, bien entendu. Mais aussi parce que les *autres* s'en mêleraient forcément. Or, comme la plupart de ses confrères du Morbihan, le gendarme préférait avoir le moins de contacts possibles avec les Allemands, surtout ceux de la SS et de la Gestapo. Il ne pouvait évidemment pas s'opposer directement à eux. Il était militaire, et son devoir d'obéissance à un État qui avait accueilli l'ennemi à bras ouverts en pratiquant une politique de collaboration l'obligeait à composer avec ses convictions. Mais il ne tenait pas à faciliter les manœuvres et exactions de ceux qu'il considérait comme des envahisseurs, pas plus qu'il ne tolérait les actions des Français qui, par opportunisme ou idéologie, faisaient le jeu des Allemands pour s'en prendre à leurs compatriotes, comme les membres de cette milice française, créée en janvier 1943 pour lutter contre la Résistance.

Le gendarme n'avait pas accepté non plus la dissolution de la Garde républicaine mobile en 1940. Elle avait été remplacée, en zone occupée, par le Groupe mobile de réserve, dont les fonctions s'apparentaient davantage à celles d'une police civile qu'à celles du noble corps des gendarmes. Bouchard avait souffert de cette humiliation et il n'était pas le seul. Dans toute la Bretagne, nombreux étaient les gendarmes qui n'avaient pas peur de braver les ordres pour défendre l'idée qu'ils se faisaient de leur patrie.

Parmi ces braves, dont les noms étaient prononcés avec respect et admiration par les hommes en bleu, l'un des plus héroïques était sans contestation le chef d'escadron Maurice Guillaudot, ancien combattant de la Première Guerre mondiale affecté à la gendarmerie de Rennes en 1940. Malgré la pression du préfet, inféodé aux Allemands, il avait refusé le 17 juin 1941 de charger la foule venue fleurir les tombes des victimes du bombardement allemand survenu un an plus tôt. Cet acte de résistance passive lui avait valu d'être muté à Vannes, où il avait continué à faire ce qui lui semblait être son devoir de Français en refusant de procéder aux arrestations des réfractaires au STO après le mois de février 1943. Mais il ne s'était pas arrêté là. En parallèle de ses fonctions officielles, il était devenu dès le début de 1942 le chef de l'Armée secrète pour le Morbihan sous le nom de Yodi. Il était ainsi parvenu à établir la carte du dispositif militaire allemand dans la région et en avait adressé la copie à Londres, sous le nom de code « panier de cerises ».

Bouchard connaissait Guillaudot, bien qu'il ne fût pas affecté au même secteur. Il partageait ses convictions, sans pour autant prendre les mêmes risques que Yodi. Eût-il été seul, il n'aurait pas hésité à rejoindre lui aussi les rangs de plus en plus nombreux de l'Armée secrète. Mais il avait charge de famille, une femme et cinq enfants. S'il mettait sa vie en danger, il les exposait eux aussi aux représailles. Les occupants n'étaient pas tendres avec ceux qu'ils considéraient comme des traîtres, ni avec leurs proches. Alors le brigadier-chef se contentait de fermer les yeux lorsqu'il était témoin d'actes de résistance et ne transmettait jamais à la Gestapo les lettres de dénonciations qui atterrissaient sur son bureau. Il n'était peut-être pas un héros, mais il n'était pas non plus un lâche ni un salaud, et pouvait se regarder en face chaque matin dans son miroir. Par les temps qui couraient, tout le monde ne pouvait pas en dire autant.

— Gaillard, Le Floc'h, il va falloir prévenir la mère, finit par lâcher le brigadier en se tournant vers les gendarmes. Ce n'est jamais facile d'annoncer à un parent la mort violente de son enfant. C'est à moi de m'en charger. Vous resterez ici en attendant l'arrivée du médecin. Où se trouve la jeune fille qui a découvert le corps ?

— Elle attend dans l'estafette, chef, répondit le gendarme Le Floc'h. Nous avons pris sa déposition mais nous attendions de savoir si vous souhaitiez l'interroger. Les lavandières qui ont donné l'alerte sont là, elles aussi. Vous voulez les entendre ?

— Cela peut attendre. Les pauvres sont sous le choc. Mais l'une d'entre elles pourra me conduire jusqu'à la mère. Maëlle Le Borgne, c'est bien cela ?

— Oui, chef, confirma le gendarme Gaillard. Elle habite au bout du village. Vous êtes sûr de vouloir y aller seul ?

Bouchard jaugea d'un coup d'œil ses deux subordonnés. À leurs regards fuyants et leurs expressions empruntées, il comprit qu'ils ne tenaient pas à demeurer seuls avec la noyée. Elle était si jeune, avec son doux visage encadré de cheveux noirs. Elle semblait endormie et cette ambiguïté ajoutait à l'étrangeté de la scène. Cela faisait naître chez eux un sentiment diffus et désagréable qui s'apparentait à la peur. Le brigadier-chef pouvait comprendre ce sentiment. Il l'avait lui-même éprouvé au début de sa carrière. Il est naturel d'être mal à l'aise en présence de cadavres. La mort frappe habituellement par surprise et paraît toujours injuste et incompréhensible. Lorsque la victime est une jeune fille de dix-huit ans, ce sentiment devient intolérable. Pour le tenir à distance, il faut un exutoire : la colère ou la peur. Les deux jeunes gendarmes se trouvaient sous l'emprise de cette dernière.

Pour autant, il y avait des responsabilités à assumer, des actions à mener. Bouchard était le chef. C'était à lui de prendre les décisions.

Il allait répondre à Gaillard quand deux silhouettes apparurent au détour du chemin. Il s'agissait d'un homme vigoureux au menton embroussaillé de barbe accompagné d'un prêtre à soutane dont les cheveux blancs étaient coiffés d'une calotte.

— Vous ne resterez pas seuls, dit Bouchard en reconnaissant les nouveaux venus. Levasseur et le père Jean sont venus vous aider à veiller la petite.

Le recteur avançait à grands pas, mouillant ses godillots dans les flaques boueuses du chemin qui éclaboussaient le bas de sa soutane. Bien que d'une taille et d'une corpulence moindre que le marchand de charbon qui faisait route avec lui, il devançait ce dernier. Il avait hâte de rejoindre le lavoir tout en appréhendant ce qu'il allait y trouver.

Les mauvais pressentiments qu'il avait eus durant sa messe étaient hélas fondés. Mais la réalité était pire que ce qu'il avait redouté. Annaïg était morte. Elle avait été retrouvée noyée dans le *doué* où chaque matin elle venait besogner son linge.

Le père Jean était persuadé que la jeune fille avait mis fin à ses jours. La confession qu'il avait accordée à Annaïg, les paroles de réconfort qu'il lui avait prodiguées et les prières qu'il avait dites pour elle durant la nuit n'avaient servi à rien. Il lui avait pourtant semblé que lorsqu'elle l'avait quitté, la nuit précédente, elle avait retrouvé une forme de paix. Pourquoi s'était-elle abandonnée malgré tout au désespoir ? Et pourquoi le choix d'une telle mort ? Il lui avait fallu du courage pour plonger en pleine nuit dans l'eau glacée. Ce courage, pourquoi ne l'avait-elle pas mis à profit pour vivre ?

Le prêtre avait fait ce qu'il avait pu, mais il ne pouvait s'empêcher de se sentir coupable. En recevant la confession d'Annaïg et en lui donnant l'absolution, il avait en quelque sorte endossé le fardeau de ses fautes et de ses souffrances. Il s'était senti responsable d'elle. Le crime qu'avait perpétré la jeune fille sur elle-même lui était à présent imputable, car il n'avait pas su l'empêcher.

Car c'était bien un crime, et même un double crime qu'avait commis Annaïg. En se noyant dans le lavoir de Concoret, c'est deux vies qu'elle avait volées au Seigneur : la sienne et celle de son enfant à naître. Et ces deux crimes étaient impardonnables aux yeux de l'Église. Il s'agissait de péchés mortels que rien ne pouvait effacer. En se donnant volontairement la mort, elle avait perdu beaucoup plus que la vie : elle avait mis en péril son âme. Et le père Jean, bien malgré lui, était complice de cette transgression suprême des règles divines. Jamais le Seigneur ne lui accorderait le pardon pour avoir abandonné une brebis égarée. Et même si, dans son infinie mansuétude, Dieu le déchargeait de ce poids, sa propre conscience ne connaîtrait plus le repos.

Tout à ses réflexions, le père Jean ne prêta aucune attention à l'estafette garée au bord du chemin et aux lavandières qui se trouvaient à l'intérieur. Il se dirigea tout droit vers le lavoir où l'attendaient les trois gendarmes. Après les avoir brièvement salués d'un hochement de tête, il s'approcha de la jeune fille allongée et tomba à genoux à ses pieds. Il sortit un rosaire de sa soutane et, les yeux mi-clos, commença à prier à voix basse.

Le marchand de charbon était resté en retrait, triturant les bords de sa casquette qu'il avait ôtée par respect pour la morte, au mépris de la pluie qui inondait son crâne dégarni. Les gendarmes s'étaient également reculés afin que le recteur puisse s'entretenir une dernière fois avec la défunte. Ils savaient que, en cette période tourmentée que traversait la France, la religion représentait souvent l'ultime secours. Face à la mort, elle était la seule à pouvoir apporter une réponse. Et même si cette réponse était impuissante à lever les doutes, au moins parvenait-elle à faire naître, dans un monde voué au chaos, un germe d'espoir.

Le curé fit un dernier signe de croix avant de se relever péniblement. Bien qu'il ne fût plus de première jeunesse, il semblait encore avoir vieilli de plusieurs années en quelques minutes à peine, au point que le brigadier-chef Bouchard manifesta une brusque inquiétude.

— Vous vous sentez bien, mon père ?

Le prêtre fit un petit geste de la main, comme s'il chassait une mouche. Peu importait sa santé. Peu importait s'il se sentait bien ou pas. Il ne songeait qu'à la jeune défunte.

Le gendarme se racla la gorge avant de poursuivre.

— Mon père, nous attendons le médecin afin qu'il nous éclaire sur les circonstances de la mort de cette malheureuse. Je m'apprêtais à aller prévenir la mère lorsque vous êtes arrivé…

Le père Jean réfléchit une seconde, puis répondit :

— Brigadier, je pense qu'il est de mon devoir de prêtre d'annoncer moi-même ce terrible malheur à Maëlle Le Borgne.

— Je comprends bien, mon père, mais nous sommes responsables de l'ordre public et c'est à nous de…

— Je sais, je sais…, l'interrompit le recteur d'une voix douce. Loin de moi l'intention de marcher sur vos plates-bandes, brigadier. Mais, voyez-vous… La triste fin de cette jeune fille pèse sur ma conscience. Je suis peut-être le dernier à l'avoir vue vivante…

Le brigadier-chef manifesta sa surprise.

— Comment cela, mon père ?

— Elle est venue me voir hier soir, tard, au presbytère. Elle désirait se confesser.

— Mais alors… Ce qu'elle vous a dit a certainement un lien avec sa mort. Vous devez nous le dire, mon père.

Le prêtre marqua un long silence, les yeux dirigés vers la terre détrempée où la pluie tombait de plus en plus drue.

— Je ne peux pas, brigadier… Je suis tenu au secret de la confession. Mais j'ai bien peur qu'Annaïg n'ait volontairement mis fin à ses jours. C'est pourquoi je dois l'annoncer à sa mère…

— Mais… Pourquoi vous, plutôt que nous ? insista le gendarme.

Le recteur releva la tête et regarda le brigadier-chef Bouchard dans les yeux.

— Parce que le suicide est considéré comme un péché mortel par l'Église catholique. Les suicidés n'ont droit ni à une messe de funérailles, ni à une sépulture chrétienne. Je ne pourrai même pas apporter le réconfort d'un enterrement décent à cette mère qui vient de perdre son enfant. Je n'en ai pas le droit. Le moins que je puisse faire, c'est de lui manifester mon empathie, et de tenter d'apaiser sa douleur, si cela est possible.

Bouchard hocha la tête d'un air grave.

— Je comprends… Toutefois, rien ne prouve

encore qu'il s'agit d'un suicide. Nous devons attendre les conclusions du médecin avant de nous prononcer.

Le prêtre eut un sourire triste.

— Que voulez-vous que ce soit d'autre, brigadier ? Un accident ? Annaïg connaissait parfaitement ce lavoir. Elle n'aurait pu y tomber involontairement. Et puis, regardez ses vêtements. Elle a pris la peine de se changer, de se faire belle. Elle n'était pas vêtue avec autant de soin lorsqu'elle est venue me voir.

Le brigadier-chef ne pouvait s'empêcher de partager les conclusions du curé. Il restait toutefois l'hypothèse du crime, mais il n'osait pas l'aborder ouvertement.

— Une jalousie, peut-être ? Quelqu'un qui lui voulait du mal ?

— Comment voulez-vous que quelqu'un puisse vouloir du mal à une jeune fille de dix-huit ans ? répliqua le recteur. Les lavandières sont connues pour avoir la langue bien pendue, c'est vrai, et les médisances vont bon train. Mais de là à s'en prendre physiquement à… De là à… Ne me forcez pas à en dire plus, brigadier, la simple évocation de ce que vous insinuez me donne le vertige… Nous traversons des temps difficiles, je le reconnais, mais je ne vois personne au village qui aurait pu…

Le prêtre ne termina pas sa phrase, se contentant de secouer la tête. Il y avait de nombreux pécheurs à Concoret, comme partout ailleurs, mais il n'y avait pas d'assassins.

— Très bien, mon père. Je vous laisse le soin de prévenir Maëlle Le Borgne. Prenez tous les égards possibles. Mais dites-lui bien que nous devons l'interroger au sujet de l'emploi du temps de sa fille. Annaïg vous a-t-elle dit où elle comptait se rendre après s'être confessée à vous ?

— Je lui ai conseillé de rentrer chez elle. Elle m'a promis qu'elle allait le faire.

— Et elle l'a fait, confirma le gendarme. Vous avez vous-même remarqué qu'Annaïg avait changé de vêtements. Elle est donc forcément retournée chez elle. Ce n'est pas vous qui l'avez vue pour la dernière fois. Sa mère l'a fait après vous.

Le curé souleva brièvement les sourcils. Il n'avait pas pensé à ce détail.

— Oui... Sans doute... Vous avez raison...

— C'est pourquoi vous comprendrez, mon père, que même si les circonstances sont mal choisies, nous devons interroger Maëlle Le Borgne... Je pense qu'elle voudra voir le corps de sa fille. Nous l'attendrons ici.

— Je le lui dirai, brigadier, faites-moi confiance.

Le recteur s'éloigna rapidement en direction du village, sa soutane et ses souliers trempés et crottés. La remarque du gendarme venait de le plonger dans des abîmes de réflexion.

Annaïg n'était pas allée se jeter directement à l'eau après s'être confessée à lui.

Elle était tout d'abord rentrée chez elle, comme il le lui avait recommandé. Elle avait retrouvé sa mère et lui avait sans doute avoué son secret. Puis, pour une raison inconnue, elle s'était changée et s'en était retournée au lavoir.

Qu'avait-il bien pu se passer entre ces deux moments ?

Une seule personne était désormais capable de répondre à cette question.

Maëlle Le Borgne. Celle qu'on appelait la vieille Dahud.

23

Gwenn et ses amies lavandières commençaient à avoir froid aux jambes. Elles se demandaient si les gendarmes les avaient oubliées, ou s'ils faisaient exprès de les laisser attendre ainsi. Les jeunes filles, d'ordinaire si promptes à bavarder et à commenter les événements du village, étaient soudain devenues muettes. Elles avaient vu venir, puis repartir, le recteur de Concoret, tandis que le marchand de charbon demeurait à l'écart. Un peu plus tard, il avait été rejoint par Erwann et Léonard, puis, peu à peu, par d'autres villageois curieux de contempler de leurs propres yeux la jeune morte. Les trois agents n'avaient pas bougé. Ils se tenaient toujours près du corps inanimé d'Annaïg, comme s'ils avaient peur qu'on le vole.

Enfin, le plus âgé regarda dans la direction de Gwenn et lui fit signe de les rejoindre. Ce n'était pas trop tôt. La jeune fille sauta à bas du véhicule et s'avança vers les trois hommes en bleu.

— Gwenn Luzel, c'est bien cela ? l'interrogea le brigadier-chef tandis que le gendarme Gaillard prenait des notes. Vous êtes lavandière, comme l'était la victime. Vous la connaissiez bien ?

La jeune fille nota le ton inquisiteur avec lequel l'homme la questionnait. Elle ne s'en formalisa pas. Les représentants de l'ordre étaient par nature méfiants et considéraient tout le monde comme des suspects en puissance jusqu'à preuve du contraire. Il en fallait plus pour la troubler. Après tout, elle n'avait rien à se reprocher. Elle plongea son regard clair dans celui du gradé.

— Je la connaissais, bien sûr. Chaque matin je menais la *buée* avec elle, en compagnie des autres lavandières. On se connaissait toutes… Cela ne veut pas dire qu'on se connaissait bien…

Le brigadier-chef plissa imperceptiblement les yeux, sensible à la nuance.

— Je comprends… Mais chaque détail peut avoir son importance pour nous aider à éclaircir le mystère de cette mort… Quand avez-vous vu Annaïg Le Borgne pour la dernière fois ? Je veux dire… lorsqu'elle était encore en vie.

— Cette nuit, ici même, répondit Gwenn sans une once d'hésitation.

Les yeux du gendarme se rétrécirent encore.

— À quelle heure ?

— Je ne sais pas exactement, mais la nuit venait de tomber. La lune commençait à monter à l'horizon.

— Vous étiez seule ? Je veux dire… Seules toutes les deux ?

Gwenn marqua une pause avant de répondre.

— Au début, oui. Je l'ai entendue pleurer près du lavoir. Je me suis approchée et lui ai demandé ce qu'elle avait… Elle était hors d'elle. Elle s'est mise en colère et elle s'est enfuie.

— C'est tout ? reprit le gendarme en soulevant un sourcil en accent circonflexe.

Gwenn prit un temps de réflexion.

— Nous avons eu des mots.

— Des mots ?

— À propos d'un garçon. De toute façon, vous finirez bien par l'apprendre, alors autant vous le dire toute de suite.

— Une querelle d'amoureuses ?

— Pas tout à fait. Annaïg était éprise de Philippe de Montfort, qui se trouve être mon ami depuis l'enfance. Je pense que l'amour d'Annaïg n'était pas payé de retour et elle s'est imaginé que j'en étais la cause. Elle s'est mise en colère contre moi et m'a fait des reproches. Voilà tout.

— Et c'est bien la dernière fois que vous l'avez vue ?

— Oui. Jusqu'à ce matin…

— Lorsque je vous ai demandé si vous étiez seules toutes les deux, vous avez précisé : « Au début, oui. » Avez-vous un témoin de votre entrevue avec Annaïg Le Borgne ?

Gwenn baissa les yeux. Elle ne tenait pas à mettre Loïc en cause, mais elle n'avait pas le droit de mentir aux gendarmes.

— Oui. Il s'agit de Loïc Le Masle, le charbonnier.

Le gendarme Gaillard notait consciencieusement les noms dans son calepin.

— Et que faisait-il dans le coin, ce Loïc Le Masle ? Vous le retrouviez souvent la nuit, près du lavoir ?

Gwenn perçut un soupçon d'ironie dans le regard du brigadier-chef. Il devait être au courant des rendez-vous galants que les jeunes gens se donnaient au *doué* à la nuit tombée.

— Nous nous sommes trouvés là par hasard, précisa aussitôt Gwenn. Loïc est… disons, un garçon plutôt sauvage. Il ne fréquente personne. Il est bossu, ce qui ne l'aide pas à avoir des amis. Il est le souffre-douleur du village. Je lui avais parlé dans l'après-midi. Il a sans doute voulu me montrer qu'il m'en était reconnaissant. Nous avons échangé quelques phrases puis nous sommes partis chacun de notre côté.

— Et où habite-t-il, ce bossu ? continua Bouchard sur le même ton persifleur.

— Je ne sais pas. Dans les bois. C'est là que les charbonniers ont leurs loges.

— Et vous ?

— Moi, je suis rentrée chez Yann Luzel, mon père adoptif.

— Où ça ?

— Dans sa maison située dans la forêt. Il est garde forestier.

— Tiens, tiens… Vous et Le Masle habitez tous deux dans la forêt. Et vous vous êtes retrouvés « par hasard » sur les lieux où, quelques heures plus tard, une jeune fille est morte. Comment expliquez-vous cela, mademoiselle Luzel ?

— Je ne l'explique pas, brigadier, rétorqua Gwenn.

Le brigadier-chef soutint quelques secondes son regard, afin d'y déceler un signe de gêne ou de dissimulation, mais les yeux de la jeune fille étaient aussi francs que sa voix.

— Ce sera tout pour le moment, dit-il en guise de conclusion. De toute façon, nous serons amenés à nous revoir. Cette histoire n'est pas terminée. Je vous demanderai de vous tenir à notre disposition si nécessaire, mademoiselle.

— Je peux y aller, maintenant ?

— Oui. Au passage, demandez à l'une de vos collègues de venir. Nous allons les interroger une par une.

Gwenn jeta un dernier regard vers la défunte puis, après avoir donné l'information aux autres lavandières, elle prit la direction du village.

— Qu'en pensez-vous, chef ? demanda Gaillard en faisant signe à Fanchon, qui s'approchait, de patienter encore un peu.

— Elle est franche du collier, cette petite. Elle nous a dit ce qu'elle savait… Enfin, elle nous a dit l'essentiel. Mais je pense qu'il y a encore à creuser du côté des garçons. Philippe de Montfort et Loïc Le Masle… Le noble et l'homme des bois. Le séducteur et le bossu.

— Le prince et le pauvre, fit remarquer Le Floc'h, qui se souvenait du roman de Mark Twain qu'il avait lu dans sa jeunesse.

— Oui, confirma Bouchard. Si la petite s'est suicidée, c'est sans doute à cause du premier. Un banal chagrin d'amour qui se termine mal. Mais si sa mort n'est pas naturelle…

— Vous pensez que le charbonnier peut avoir fait le coup ? interrogea Gaillard.

— Je ne pense rien… pour l'instant, se reprit le brigadier-chef. Je formulais simplement des hypothèses. Tant que nous n'aurons pas le verdict du médecin, nous ne pourrons pas avancer davantage.

— Justement, le voilà ! s'exclama le gendarme Le Floc'h.

La voiture du médecin légiste venu tout spécialement de Rennes, une longue traction noire, se gara sur le bord du chemin. Un homme à redingote et lorgnon en sortit, tenant à bout de bras une serviette en cuir.

Il s'approcha des gendarmes en prenant soin d'éviter les flaques d'eau pour ne pas salir ses chaussures.

— Nous vous attendions avec impatience, docteur ! lança le brigadier-chef Bouchard. Le Floc'h, Gaillard, prenez les dépositions des jeunes filles. Et veillez à ce que les villageois se tiennent à distance. Je les vois rappliquer de plus en plus nombreux. On n'est pas au spectacle, ici !

24

Dahud était entièrement vêtue de noir, des pieds jusqu'à la coiffe. Elle avait enfilé ses souliers vernis, ses chausses de laine, sa robe et sa veste de velours, elle avait ceint ses reins de sa belle devantière brodée et posé sur ses cheveux peignés et ajustés en chignon une large catiole noire, grande coiffe retombant sur les épaules, pardessus laquelle elle avait accroché une voilette. Elle se tenait assise sur le banc situé face à la porte d'entrée, le dos bien droit, immobile, presque figée.

Enveloppée d'ombre, habillée de nuit, elle semblait une statue funèbre veillant sur quelque tombeau. Elle n'était plus de ce monde, déjà. Plus encore que le deuil, elle incarnait la mort elle même, cette visiteuse indésirable qui s'invite sans prévenir à la table des gens et jusque dans leur lit.

Autour d'elle, cela sentait le propre. L'*oté* avait été consciencieusement nettoyé, récuré, frotté et lavé à grande eau. Les draps souillés de sang avaient été brûlés dans le poêle. Tant pis pour la perte. Des draps, Dahud en avait plus que le nécessaire dans ses armoires, entrelardés d'enveloppes gonflées de billets qui auraient dû servir de dot à Annaïg. Malgré l'austérité de son intérieur, elle avait les moyens d'afficher les signes d'un deuil digne et respectable.

Tous ces préparatifs lui avaient pris toute la nuit. Elle n'avait terminé qu'à l'aube. Elle ne ressentait pourtant aucune fatigue. Juste une immense lassitude. Une lassitude qui concernait sa vie entière, succession d'actions chaotiques vouées à une obscure fatalité.

Dahud avait toujours cherché à garder la maîtrise de son sort et de celui de sa fille. Elle avait voulu tout contrôler. Pourtant, elle n'avait fait que se laisser porter par les flots, sur une barque sans rames ni gouvernail jetée dans une rivière sinueuse dont elle ignorait la destination finale. Elle avait eu un amant, jadis, qu'elle n'avait pas choisi et qui l'avait abandonnée. Elle avait eu un enfant, qu'elle n'avait pas choisi non plus et qui l'avait abandonnée à son tour. Car c'est cela qu'elle ressentait, ce matin : un profond sentiment d'abandon. Elle s'était souvent plainte de l'ingratitude et du mauvais caractère d'Annaïg, mais à présent elle lui en voulait d'être partie pour toujours.

Elle n'avait pas toujours été une bonne mère, mais elle avait été une mère. Une mère rude et maussade, qui avait sacrifié sa vie pour sa fille. La seule fois où elle l'avait tenue dans ses bras et l'avait embrassée, c'était lorsqu'elle l'avait plongée dans l'eau du lavoir. Désormais, elle serait seule, livrée aux démons de ses cauchemars.

Par moments, la mémoire des événements de la nuit ressurgissait du brouillard épais où elle les avait plongés. Elle revoyait sa fille agoniser entre ses bras. Elle sentait l'odeur du sang. Elle revivait chaque seconde, non plus dans l'agitation et l'urgence, l'esprit embrumé par l'alcool, mais avec sa lucidité retrouvée.

Pour tenir à l'écart les remords, elle se disait qu'elle avait agi comme elle devait le faire. Elle avait pris soin de sa fille, elle avait tout fait pour la sauver de la honte et, même si les choses avaient mal tourné, Annaïg était plus heureuse là où elle se trouvait. Elle lui avait épargné la vie de frustration et de malheur qu'elle-même avait vécue. Elle avait fait son devoir de mère. À présent, elle se sentait *libérée*.

Libérée, oui. Sans attaches. Sans entraves. Sans responsabilités. Sa fille ? Hier encore, elle était pour elle un attachement, une préoccupation, un souci aussi. Son seul lien avec la vie. Mais sa fille appartenait à ce passé dont Dahud faisait désormais le deuil. Elle rejoindrait bientôt les fantômes évanouis du baron et de ses amours adolescentes.

Elle ressentit alors une sorte d'apaisement. Comme les prémisses de la quiétude de la mort. Dans son immobilité parfaite, barricadée dans ses voiles de deuil, la vieille lavandière échappait soudain aux illusions d'une existence dépourvue de sens. Elle était ailleurs, déjà.

Dahud perçut soudain un bruit de pas sur le seuil de la porte. Une main débloqua le double auvent de l'*usset*. La lumière grise du dehors, mouillée d'un crachin perfide, frappa la statue d'ombre qui attendait son heure.

Le père Jean décrotta ses chaussures aux semelles boueuses sur la pierre de l'entrée avant de pénétrer dans la demeure dont il referma la double porte. Il se tenait debout, face à la femme en noir. D'un simple coup d'œil autour de lui, il nota les infimes détails qui, mieux qu'un long discours, lui fournissaient une confirmation des pensées qui l'avaient traversé en venant jusqu'ici. Cet intérieur ordonné, ce lit refait avec des draps propres, ces vêtements de deuil. Le recteur était venu annoncer à une mère la mort tragique de sa fille. Mais il n'y avait rien à annoncer. Elle savait déjà.

Le recteur prit place sur le banc situé en face de la vieille femme enténébrée et amorça la conversation comme s'ils venaient de se quitter.

— Cela fait combien de temps que tu n'es plus venue à l'église, Maëlle ?

Dahud ne répondit pas. Ils ne s'étaient pas adressé la parole depuis près de vingt ans.

— Je me souviens encore de ta dernière confession, reprit le prêtre. J'en porte encore le secret au fond de mon âme, Maëlle. Comme je porte le secret que m'a révélé Annaïg.

Le père Jean s'exprimait d'une voix basse et lente, sur un ton de confidence. Son visage était grave, empreint de tristesse, mais demeurait ouvert à l'écoute et au pardon.

— Les gendarmes sont là-bas, enchaîna-t-il en faisant un mouvement de tête en direction de la porte. Ils veulent t'interroger. C'est eux qui auraient dû venir, mais j'ai préféré te parler le premier. Tu devines pourquoi ?

Dahud gardait le silence mais l'acuité de ses yeux noirs prouvait qu'elle écoutait très attentivement ce que lui disait le prêtre.

Le père Jean joignit les mains et ferma les paupières, sans qu'on pût dire s'il réfléchissait ou s'il priait. Puis il se décida et, posant ses deux mains à plat sur la table, planta son regard dans celui de la lavandière.

— Je suis confronté à un cas de conscience, Maëlle. Et j'ai besoin de toi pour le résoudre. Avant de parler aux gendarmes, il faut que tu te confies à moi… Il faut que tu me dises la vérité, que tu soulages ta conscience…

— Tu sais tout, curé, sinon tu ne serais pas là, répondit la vieille femme d'une voix rauque.

Le recteur l'observa un moment, sans relâcher la tension de son regard. Dahud venait de rompre le vœu de silence qu'elle s'était juré de respecter.

— Ce que je sais, c'est qu'Annaïg est morte et qu'on l'a retrouvée ce matin plongée dans le lavoir, reprit-il. Mais la façon dont elle est morte, ça, je l'ignore. Or, tout repose sur la cause de cette mort tragique. Annaïg a-t-elle mis fin volontairement à ses jours ? C'est cela que tu dois me dire.

— Quelle importance ? rétorqua brutalement Dahud. C'est pas en sachant le pourquoi du comment qu'elle reviendra…

Le prêtre durcit son regard et bascula son buste en avant, au-dessus de la table, pour se rapprocher de Dahud. Ses mains n'étaient plus jointes mais serrées l'une contre l'autre au point que les jointures de ses doigts blanchissaient.

— C'est très important au contraire, Maëlle. Pour les gendarmes comme pour moi, même si ce n'est pas pour les mêmes raisons.

Dahud se troubla, son regard se voila. Le recteur haussa la voix, en martelant la table de ses poings réunis.

— Si Annaïg s'est suicidée, les gendarmes classeront l'affaire et bientôt personne n'en parlera plus. Pour eux, c'est la solution la plus simple, tu comprends ? Une pauvre fille qui se jette à l'eau par chagrin ou désespoir, c'est bien triste, mais personne ne l'y a forcée. Mais si son acte n'est pas délibéré, si elle n'est pas la cause de sa propre mort, alors là, c'est très différent.

Le curé posa les mains à plat sur la table et se recula légèrement, comme pour prendre de la distance.

— Les gendarmes ouvriront une enquête. Il ne s'agira plus d'un suicide mais d'un crime…

Le prêtre marqua un silence, afin que Dahud prenne l'exacte mesure de ses paroles. Puis il enchaîna aussitôt :

— Ça, c'est le point de vue des représentants de l'ordre. Mais l'Église ne raisonne pas comme la loi. Si Annaïg a été tuée, c'est terrible pour elle, mais elle n'y est pour rien. Tandis que si elle a commis un suicide, elle s'est volontairement retranchée de la communauté des chrétiens et son âme ne pourra jamais rejoindre le royaume de Dieu.

— Qu'est-ce que ça fait ? marmonna Dahud en haussant les épaules. Maintenant qu'elle est morte…

Le recteur s'emporta de nouveau.

— Ça fait que je n'aurai pas le droit de célébrer sa messe d'enterrement et qu'elle ne pourra reposer à l'ombre de la croix au cimetière ! Aux yeux de Dieu, le suicide est un crime. C'est pourquoi je dois savoir la vérité. Je dois savoir pour qui je dois prier. Pour l'âme d'Annaïg rejetée en enfer ou pour celle de l'assassin qui lui a ôté la vie… Tu comprends, Maëlle ?

Dahud avait de nouveau le regard dans le vague. Le père Jean savait d'expérience que, confrontés à la perte de leurs enfants, les réactions des parents étaient imprévisibles. Certains se répandaient en larmes, d'autres demeuraient stoïques. Ils pouvaient également rester dans le déni, refusant tout simplement d'accepter le décès de leur progéniture. Tous souffraient, mais ils manifestaient leur douleur de façon différente.

Dahud pouvait se murer dans le silence. Mais elle pouvait aussi être touchée par la grâce du repentir et tout lui révéler.

Sous la voilette, le recteur pouvait voir les lèvres de la vieille femme se serrer, puis frémir. Ses mains osseuses commençaient à être prises de tremblements. D'une voix cassée, enrouée, elle se mit à balbutier :

— Les lavandières… Ce sont les lavandières qui l'ont noyée dans le *doué*… Les lavandières de la nuit…

Le prêtre fronça les sourcils. La pauvre femme était-elle en train de perdre la raison ? Après tout, cela n'aurait rien d'étonnant. Il savait qu'elle pratiquait parfois des guérisons sauvages, en usant de potions et de philtres que méconnaissait la médecine classique, qu'elle s'adonnait à des rites païens que réprouvait l'Église et qu'elle se montait facilement la tête avec des superstitions et des histoires de bonnes femmes. Sous ses dehors de femme forte et hautaine, Maëlle Le Borgne cachait une fragilité qui pouvait à tout moment la faire basculer dans des comportements irrationnels. Incapable de se confronter à une réalité inacceptable, elle se réfugiait dans des croyances d'un autre âge.

— De quelles lavandières parles-tu, Maëlle ? Celles des légendes que l'on évoque à la veillée pour effrayer les enfants ? Tu sais bien que cela n'existe pas !

Dahud se mit à trembler davantage, tandis que ses paupières battaient devant ses yeux fixes comme des papillons de nuit affolés par la lumière.

— Les lavandières de la nuit… Les lavandières de sang… Elles hantent le *doué* les nuits sans lune. Hier, c'était la veille de Samain. Elles ont pris ma fille. Elles l'ont obligée à faire la noce avec les lutins de nuit et *Satan goz*. Quand elle a été bien fatiguée de danser leurs caroles du diable, elles l'ont noyée dans l'eau du *doué*.

Dahud n'était plus elle-même. Elle se trouvait dans une sorte de transe médiumnique et s'exprimait d'une voix monocorde et détimbrée. On eût dit qu'à travers elle, c'était la voix d'un esprit qui parlait. Une voix venue d'outre-tombe.

— Maëlle ! s'effraya le recteur en l'attrapant par les épaules pour la secouer. Reviens à toi ! Tout cela n'a aucun sens. Je t'en conjure, dis-moi ce qui est arrivé à Annaïg. Cela restera entre nous, je t'en fais la promesse devant Dieu. Je ne dirai rien aux gendarmes, ni à personne d'autre… Mais je dois savoir. Pour le salut de l'âme de ta fille. Et peut-être pour le salut de la tienne…

— La lavandière de sang ! se mit brusquement à hurler Dahud. C'est elle, je la vois. C'est elle qui a tué ma fille. C'est elle qui va nous tuer tous !

Le père Jean se signa par trois fois.

La pauvre vieille était tombée folle. Ou bien elle était possédée.

Possédée par ses propres démons.

25

— Vous êtes formel ? interrogea le brigadier-chef Bouchard.

— Formel et affirmatif, répondit le légiste en refermant sa mallette de cuir. Je n'ai trouvé aucune trace d'eau dans les poumons. Cette jeune fille n'est pas morte noyée. Elle a été déposée dans le lavoir *post mortem*.

— Elle ne s'est donc pas suicidée ?

— Impossible. Si j'en juge d'après la rigidité cadavérique et le temps probable d'immersion, je dirais qu'elle était morte depuis au moins deux heures quand elle a été plongée dans l'eau.

— Donc, il s'agit d'un meurtre, conclut le gendarme.

— Je ne serais pas aussi péremptoire. En fait, vu les moyens matériels dont je dispose, il m'est impossible de déterminer la cause exacte de la mort. Je n'ai en tout cas décelé ni contusions ni blessures. Il peut aussi bien s'agir d'un arrêt cardiaque, d'une asphyxie que d'un empoisonnement.

Le légiste enfila soigneusement ses gants.

— Pour en être sûr, il faudrait demander des analyses complémentaires en laboratoire, pratiquer une autopsie. Tout cela est assez complexe à mettre en place. Sans parler des autorisations légales et de la paperasse. Ce n'est pas à vous que je vais l'apprendre. La mort a très bien pu être naturelle ou accidentelle. Mais la noyade, non. Ce n'est qu'après son décès que quelqu'un de bien vivant est venu déposer la petite ici.

— Mais dans quel but ? interrogea Bouchard, perplexe.

Le médecin écarta largement les bras en signe d'impuissance.

— Ça, c'est à vous de le découvrir. Maquiller la mort en suicide, par exemple. Le suicide n'est-il pas la première hypothèse que vous avez évoquée avant mon examen ? Mais il peut y avoir d'autres motivations qui nous sont pour l'instant inconnues.

— Si on l'a immergée deux heures après le décès, la victime n'est donc pas forcément morte ici, près du lavoir ?

— Cela dépend, répondit de façon énigmatique le légiste en rajustant son chapeau feutre.

Il rangea son lorgnon dans la poche intérieure de sa veste. Puis il finit de boutonner son manteau en gratifiant le gendarme d'un sourire ambigu. Il prenait un malin plaisir à lui damer le pion en faisant étalage de ses connaissances en psychologie des criminels, sa secrète marotte. La fonction de légiste était pour lui un pis-aller. À cause du manque d'effectifs dans les professions médicales en ces temps perturbés, il avait à titre exceptionnel accepté d'en assurer à l'occasion la mission. C'était mal payé, mais cela lui permettait d'approcher les scènes de crime et de confronter ses théories à la réalité du terrain.

— Cela dépend de quoi ? gronda le brigadier-chef, agacé.

— De la relation qui existait entre la victime et la personne qui l'a plongée dans le lavoir. Avez-vous remarqué la position des bras, les yeux clos, le drap enveloppant le corps comme un suaire ?

— Oui, admit à contrecœur Bouchard. Mais en quoi…

— Ce sont là des signes soit d'une très forte empathie, soit de l'expression d'un remords. Cela tendrait à prouver que la défunte connaissait son meurtrier.

— Vous déduisez cela de la simple position du corps ? Dans ce cas, vous allez sans doute m'expliquer pourquoi le meurtrier, s'il s'agit bien d'un meurtre, s'est donné tout ce mal pour cette mise en scène…

— Je l'ignore…, avoua le médecin qui avait hâte d'en finir.

Il détestait la pluie et venait d'abîmer ses souliers cirés en pataugeant dans la gadoue.

— Le décès, reprit-il, qu'il s'agisse d'un crime, d'un accident ou d'une mort naturelle, a cependant très bien pu avoir lieu ici même. Mais avant d'immerger le corps dans le lavoir, le criminel, ou le témoin du trépas, est demeuré longtemps en compagnie de la morte. Il a pris soin d'elle, il a veillé sur elle, il a peut-être même pleuré. Symboliquement, l'immersion dans le lavoir peut passer pour une forme de cérémonie funèbre. Une purification, un baptême mortuaire.

— Si je vous comprends bien, l'assassin de cette jeune fille ne cherchait pas à lui faire du mal ?

— Je serais même tenté de penser le contraire, suggéra le médecin d'un air péremptoire. Selon moi, le meurtrier, ou le témoin du meurtre, entretenait une relation affective avec la victime. Une relation qui n'était pas forcément réciproque.

— Une querelle d'amoureux qui aurait mal tourné ?

— Pourquoi pas ? L'amour pousse à commettre bien des sottises ! Sur ce, messieurs…

Le médecin tourna le dos aux gendarmes et, sans un regard en arrière, se dirigea vers la traction noire où, enfin, il pourrait se mettre à l'abri de la pluie et retourner vers la civilisation. Il avait hâte de retrouver le confort de son cabinet pour se replonger dans ses livres de psychologie. Il démarra sur les chapeaux de roues et s'éloigna dans un grand nuage de fumée noire.

Le brigadier-chef Bouchard regarda sans regrets la voiture disparaître au coin de la route. Ce légiste trop sûr de lui lui avait échauffé les oreilles. Mais il devait admettre que ses théories, bien que fumeuses au premier abord, n'étaient pas dénuées d'intérêt.

Tout en se tournant de nouveau vers le corps allongé, il se remémora les détails de la déposition de Gwenn Luzel et de celles des autres lavandières. Annaïg se trouvait peu de temps avant sa mort sous le coup d'un choc émotionnel important. Sans doute une déception amoureuse, due à un rejet de Philippe de Montfort. Et si elle l'avait rejoint après son altercation avec Gwenn ? Le jeune homme aurait-il pu la repousser un peu trop violemment ? Aurait-il pu être le responsable de sa mort, intentionnellement ou non ? Dans ce cas, il aurait très bien pu plonger ensuite la victime dans le lavoir, soit pour détourner les soupçons et faire croire à un suicide, soit, comme l'envisageait le médecin, en exécutant un acte symbolique inspiré par le remords. Jusque-là, c'était cohérent.

Mais le gendarme se souvint aussi que Gwenn avait évoqué un deuxième homme. Loïc Le Masle, le charbonnier. Sa présence tardive au lavoir était suspecte. Et si Le Masle s'était trouvé là, non pour retrouver Gwenn, mais pour épier Annaïg ? Les lavandières lui avaient confirmé le fait que la défunte était toujours la première à se railler du charbonnier. Ce dernier, après avoir pris congé de Gwenn, aurait pu rattraper la cruelle lavandière et prendre sa vengeance. Cette version était tout aussi cohérente que la précédente.

Le brigadier-chef avait deux suspects. Un aristocrate et un charbonnier. Le prince et le pauvre, comme avait dit Le Floc'h.

Bouchard se retourna vers le chemin qui conduisait au village. La nouvelle de la mort de la jeune Annaïg Le Borgne avait déjà fait le tour de Concoret. Des grappes de gens se tenaient là, épiant les moindres faits et gestes, se poussant pour mieux distinguer le corps inanimé de la défunte, que les gendarmes avaient recouvert d'un drap sec. Les villageois ne tarderaient pas à élaborer les mêmes théories que lui. Grâce au colportage des lavandières, ils n'ignoraient pas qu'Annaïg se moquait ouvertement de Loïc qui ne pouvait que s'en sentir blessé. Et il pouvait leur venir l'idée de devancer l'action des forces de l'ordre en cherchant à se faire eux-mêmes justice.

Il fallait appréhender d'urgence Loïc Le Masle.

26

Le père Jean guidait Dahud par les rues du village, la tenant par le bras. Il avait réussi à la calmer et à la convaincre de l'accompagner jusqu'au lavoir où les gendarmes l'attendaient. La lavandière s'était laissé entraîner sans réagir, comme si la transe hallucinatoire qui l'avait envahie un instant plus tôt lui avait ôté toutes ses forces. Tous deux vêtus de noir, le premier dans sa soutane, la seconde dans ses habits de deuil, le prêtre et la vieille femme formaient un couple d'ombres échappées à la nuit, courbées sous le ressac de la pluie qui les fouettait au visage. Ils semblaient accomplir un chemin de croix.

Sur leur passage, les gens détournaient la tête ou se signaient discrètement. Pour eux, le religieux et la mère dont l'enfant était décédée incarnaient à eux deux la mort elle-même. Ils la respectaient et la craignaient tout à la fois. Mais ils préféraient demeurer à distance. La camarde, lorsqu'elle vous frôlait, vous entraînait dans sa danse macabre et vous emportait dans son monde obscur sans espoir de retour.

Cela n'empêchait pas les villageois de parler entre eux.

Au matin, lorsqu'on avait appris la noyade d'Annaïg, leur première réaction avait été la stupeur. Qu'une jeune fille se suicide de cette manière-là, en pleine nuit et en habits du dimanche, cela avait quelque chose d'irréel. Puis, lorsqu'on avait su que la jeune fille n'avait pas mis elle-même fin à ses jours, la stupeur s'était transformée en peur. Un assassin à Concoret, on n'avait jamais connu ça.

On s'était alors mis à jaser, à soupçonner l'un, à accuser l'autre, sans preuve aucune, en se fondant uniquement sur des ressentiments et des inimitiés. Mais la liste des suspects s'était vite rétrécie, pour aboutir à un seul nom : Loïc Le Masle. Le charbonnier. Le bossu. L'étranger. Ne l'avait-on pas surpris à fricoter avec les Boches et à traîner du côté du lavoir ? C'était lui qui avait fait le coup, c'était sûr. On n'avait pas besoin de l'enquête des gendarmes pour l'inculper. La peur s'était alors muée en colère et en haine collective.

Les commentaires s'interrompaient sur le passage du père Jean et de Dahud, pour reprendre de plus belle lorsqu'ils s'étaient éloignés. Le désir de vengeance qu'éprouvaient les habitants du village était moins lié à la pitié qu'aurait pu susciter

Maëlle Le Borgne, qu'ils avaient toujours tenue à l'écart, qu'à la volonté de se débarrasser une fois pour toutes du bossu. Certains allaient plus loin dans leurs affabulations, affirmant que le charbonnier avait cherché à séduire Annaïg puis, devant son refus, avait tenté de la forcer. D'autres laissaient entendre que ce n'était pas la première fois que l'homme des bois s'en prenait à d'innocentes jouvencelles. Il avait des appétits brutaux, à l'exemple de sa face mal lavée et de son corps contrefait. D'autres encore, emportés par leur imagination, noircissaient un peu plus le personnage en assurant qu'on l'avait vu, en pleine forêt, se livrer à des rituels de magie noire. Il faisait au diable l'offrande des fumées de ses *fouées*. La façon singulière dont il avait ôté la vie à la jeune Annaïg témoignait bien de ces accointances maléfiques. Il fallait le traquer comme la bête sauvage qu'il était, le ligoter sur un bûcher et y mettre le feu. C'était la seule solution pour rendre au village la paix qui l'avait déserté.

Dahud avançait sans se troubler, mais elle ne perdait pas une miette de ces chuchotements vindicatifs. Le village s'en prenait à Loïc, le mal aimé. Elle aurait dû s'en douter. Quant au père Jean, il priait intérieurement pour que les esprits échauffés se calment. Il connaissait, hélas, le cœur des hommes, et savait qu'en de telles circonstances il était plus facile d'accuser autrui et de céder à la violence plutôt que de s'en remettre à la sagesse et à la miséricorde de Dieu.

Ils parvinrent enfin en vue du lavoir. Les gendarmes avaient chassé les curieux et avaient déposé le corps d'Annaïg à l'arrière de leur estafette. La matinée était bien entamée, mais la pluie continuelle et le ciel bas donnaient l'impression que la nuit dominait encore le monde.

Le brigadier-chef Bouchard salua respectueusement Dahud en portant sa main droite à son képi.

— Je vous présente toutes mes condoléances, madame. Je sais qu'il s'agit d'un moment pénible, mais je vais devoir vous demander de reconnaître le corps.

Il fit un signe au gendarme Gaillard qui abaissa le drap afin d'exposer le visage blafard et cireux de la jeune fille.

— Est-ce bien votre fille, madame Le Borgne ?

Dahud étouffa un sanglot avant d'acquiescer d'un léger mouvement du menton.

Le gendarme masqua aussitôt le visage de la morte. Bouchard se tourna vers le recteur :

— Mon père, j'ai une bonne et une mauvaise nouvelle. Enfin, quand je dis une bonne nouvelle, c'est façon de parler, vu les circonstances…, se reprit-il aussitôt.

Le curé balaya cette excuse d'un geste.

— Le médecin est passé, n'est-ce pas ? Vous connaissez désormais la cause du décès ?

Le gendarme hocha la tête.

— Oui, mon père. Les conclusions du légiste sont claires. Il a écarté la thèse du suicide.

— Dieu soit loué ! s'exclama le recteur en se signant rapidement. Je vais donc pouvoir organiser une messe de funérailles pour cette malheureuse dans trois jours. Et elle reposera dans le cimetière chrétien.

Le brigadier-chef se racla la gorge, tout en observant Dahud du coin de l'œil.

— Madame Le Borgne, je comptais vous poser quelques questions, mais je pense que cet interrogatoire peut attendre. Si nous n'intervenons pas très vite, j'ai peur qu'il n'y ait du grabuge. Les villageois sont nerveux.

Dahud regarda le gendarme droit dans les yeux, le visage fermé.

— Vous pensez comme eux que c'est Loïc qui a fait cela à ma fille ? Vous faites fausse route, brigadier. Le charbonnier ne ferait pas de mal à une mouche. Il est bien trop lâche pour ça…

Le brigadier-chef fut désarçonné par cette réaction inattendue de la part d'une mère venant de perdre sa fille, et jeta un regard interrogateur au curé, qui d'une moue complice lui fit comprendre que, à la suite du choc qu'elle venait de subir, Maëlle n'avait plus toute sa raison.

— Dans ce cas, s'il ne s'agit pas de Le Masle, qui pourrait être le coupable, selon vous, madame ?

Dahud faillit céder à la tentation d'accuser Philippe de Montfort. Mais il aurait fallu parler de la grossesse, donc de l'avortement. Pour incriminer Philippe, elle devait s'y prendre autrement.

— Non, brigadier, finit-elle par avouer d'un air las. Je ne connais personne qui aurait été capable de faire une chose pareille. Aucun être humain, en tout cas.

Dahud se mit à alors à fredonner le chant des lavandières de sang :

Tords la guenille
Tords le suaire
Des épouses des morts.
Tords, tords toujours.
La fontaine est claire
Et se mouille de sang.

27

Dahud, comme chaque jour ou presque, s'en allait à Ker-Gaël. Mais pour une fois, elle avait délaissé sa brouette de linge. Ce n'était pas la lavandière qui se rendait au château pour y glaner son gagne-pain, c'était la mère qui réclamait réparation pour la mort de sa fille.

La pluie de Toussaint continuait à labourer les champs et faisait naître sur le sentier des mares boueuses que Maëlle évitait soigneusement, troussant le bas de ses jupes pour ne pas salir ses vêtements de deuil. Elle voulait être présentable lorsqu'elle se trouverait devant le baron.

Tout en pressant le pas dans le chemin embourbé, le visage giflé par cette pluie mesquine qui s'acharnait sur les vivants comme si elle cherchait à les convaincre que le seul abri pour se préserver de ses attaques était la tombe, Dahud marmonnait des imprécations, prenant parfois le ciel bas et couvert à témoin en jetant son index décharné vers les nuages noirs.

Lorsqu'elle parvint enfin dans la cour du château, Dahud n'était plus la mère infanticide qui regrettait ses actes précipités de la veille et son manque de maîtrise. Elle s'était déchargée de ses propres responsabilités, trop lourdes à porter, allégeant sa conscience en transformant ses remords en accusations. Les Montfort : c'était à eux de payer.

Le personnel de Ker-Gaël était accoutumé aux allées et venues de Maëlle Le Borgne, et ne pouvait s'étonner de la présence de la lavandière attitrée de la famille. Aujourd'hui, pourtant, il y avait dans sa visite quelque chose d'inhabituel. Elle ne portait pas de linge et s'était vêtue entièrement de noir. C'était jour de Toussaint, il est vrai, mais cela n'expliquait pas tout. Cette attitude rigide et figée qu'elle affectait, cette voilette noire masquant son visage glacé, tout cela échappait au rituel habituel et laissait présager quelque événement extraordinaire. Elle demeurait là, au milieu de la cour, insouciante de la pluie qui martelait ses épaules, pareille à une apparition surnaturelle.

Les domestiques n'osèrent faire entrer dans la demeure cette statue funèbre. Ils se contentèrent d'avertir Françoise qui, après avoir jeté un coup d'œil à la ténébreuse femme qui se tenait dehors, pressentit quelque menace et jugea préférable d'envoyer le baron en reconnaissance. Elle avait toujours éprouvé à l'égard de la lavandière une crainte obscure et irraisonnée qui la poussait à se tenir à distance de cette employée un peu particulière. Elle laissait à sa chambrière le soin de lui confier le linge à laver et à Hubert celui de la payer pour ses services. La vérité, c'est qu'elle avait peur de Dahud, sans chercher à connaître la cause de cette crainte. Elle préférait continuer d'ignorer ce qu'elle n'était pas censée savoir et trouvait dans cette ignorance un refuge qui la préservait de vérités insupportables.

Le baron, dûment prévenu, franchit le seuil de la porte principale du château, flanqué de son fidèle Kidu. Il avait chaussé des bottes et portait une veste de chasse comme s'il se préparait à quelque chevauchée. Au mépris de la pluie, il sortit tête nue et s'approcha de la lavandière noire. D'une voix basse, où perçait le reproche, il murmura :

— Que viens-tu faire ici ainsi accoutrée, Maëlle ? Pourquoi te donner en spectacle ?

La femme en deuil soutint un moment le regard inquisiteur du baron avant de lâcher, dans un souffle :

— C'est au sujet d'Annaïg, Hubert. Il lui est arrivé malheur. J'ai préféré que tu l'apprennes de ma bouche plutôt que de celle des gendarmes…

Le baron pâlit imperceptiblement. La colère céda la place à l'inquiétude.

— Entre, dit-il simplement en entraînant Dahud à l'intérieur du château.

La lavandière réalisa alors que, depuis toutes ces années, jamais elle n'avait pénétré dans la demeure des Montfort, se contentant des dépendances réservées aux domestiques. Ses souliers trempés laissaient dans leur sillage des traînées humides qui souillaient le carrelage ancien impeccablement frotté du matin.

— Par là, ajouta Hubert en poussant Maëlle dans un salon où crépitait un feu de bois dans la cheminée armoriée. Mets-toi près du foyer, tes vêtements sont trempés.

Dahud tendit les mains vers les flammes, s'imprégnant de chaleur mais aussi de l'énergie qui lui serait nécessaire pour mener sa mission à bien.

— Assieds-toi, lui commanda le baron en prenant lui-même place dans l'un des confortables fauteuils qui garnissait la pièce, tandis que Kidu se tassait à ses pieds. Et raconte-moi tout. Que lui est-il arrivé, à Annaïg ?

Dahud était fascinée par les flammèches qui dévoraient les bûches telle une armée de termites flamboyante. Elle se tenait immobile, le dos tourné, les bras en avant, comme une somnambule cherchant son chemin. D'une voix lente, elle articula enfin :

— On a retrouvé Annaïg ce matin au fond du lavoir, noyée. Les gendarmes sont venus et disent que c'est pas un accident.

— Quoi ? s'écria le baron en se levant brusquement de son siège. Qu'est-ce que tu racontes ? Annaïg serait…

— Morte, oui ! répliqua la femme en noir en se retournant tout d'une pièce vers son interlocuteur. Et c'est quelqu'un qui l'a tuée. Et ce quelqu'un habite ici, entre ces murs…

Hubert demeura un instant la bouche ouverte. Son visage, si pâle tout à l'heure, était devenu rouge, comme si ses vaisseaux sanguins allaient éclater.

— Annaïg… Morte ? Noyée ? Assassinée ? Mais comment ? Et qui ?

— Pose la question à ton fils, rétorqua la lavandière d'un ton menaçant.

— Philippe ? Mais… Qu'est-ce qu'il a à voir avec ça ? Explique-toi, Maëlle…

— Je dis, poursuivit Dahud de son ton imperturbable, que ton fils fréquentait Annaïg depuis un certain temps. Elle me l'a avoué hier soir. Il la fréquentait même de très près, si tu vois ce que je veux dire…

— Mais… C'est impossible ! Annaïg est… enfin, était… sa…

— Sa demi-sœur ? Et comment pouvait-il s'en douter ? Tu m'as payée pour que je garde le secret, mais ce secret s'est retourné contre toi, Hubert, parce que ton fils et ta fille se sont…

— Non ! l'interrompit le baron, refusant

d'imaginer la nature des relations qui avaient pu se nouer entre ces deux êtres issus de son sang, l'un légitime, l'autre marqué du sceau infamant de la bâtardise.

— Ton fils a séduit ta propre fille ! insista Dahud en haussant la voix. Et il lui a laissé en gage un germe dans le ventre. Et lorsqu'elle le lui a appris, au lieu d'assumer ses responsabilités, il lui a...

Dahud laissa sa phrase en suspens, glissant un index squelettique le long de sa carotide, tout en arborant un sourire abominable.

Hubert s'approcha d'elle en boitillant, accablé par les révélations terribles que lui assenait cette femme avec une sorte de plaisir morbide.

— Tu délires, se défendit encore le baron en lui soufflant son haleine au visage. Tu as inventé toute cette histoire pour me faire souffrir. Tu as perdu tout sens des convenances, ma pauvre Maëlle. Tu oses venir jusque sous mon toit pour me tenir des propos insensés... Des histoires de fou, sans queue ni tête... Tu es bonne à enfermer...

— Ce n'est pas moi qu'on va enfermer, c'est le meurtrier d'Annaïg ! grinça-t-elle d'un air mauvais. Attends donc la visite des gendarmes ! Tu verras comment ils vont te le cuisiner, ton Philippe...

— Non ! Je ne veux pas y croire ! s'emporta Hubert en prenant Dahud au collet, comme s'il avait l'intention de l'étrangler.

— Il est trop tard ! hurla Dahud en se débattant. Tout va se savoir, à c't'heure. Tout ! Le crime de Philippe, qui a tué sa propre sœur cette nuit, au lavoir, après l'avoir engrossée. Ton crime à toi, qui a refusé de reconnaître ta fille et qui a acheté mon silence durant toutes ces années. Finie, la réputation des Montfort. La honte tombera sur toi et les tiens, comme le malheur est tombé sur moi. C'est la malédiction de la fée de Barenton qui nous poursuit ! Nous avons été maudits, et nos enfants le sont aussi. Ta fille est morte, Hubert. Et ton fils y passera bientôt, lorsqu'on lui mettra le cou sous la guillotine. Tout se saura. Tout ! Et c'est moi qui le dirai. Je dirai tout. Oui, tout !

— Non ! s'écria Hubert en lui serrant le cou. Tu ne diras rien.

Maëlle continuait à le narguer avec son rire fou. Soudain, il la repoussa et recula d'un pas :

— Qu'as-tu dit aux gendarmes ? As-tu parlé ?

La lavandière avait conservé son sourire sardonique et fixait le baron de ses yeux noirs.

— Pas encore. Mais ce n'est pas toi qui vas m'en empêcher, Hubert. Tu n'as plus les moyens de me faire taire.

— Attends ! insista le baron. Je ne sais pas ce qui est vrai dans toutes les horreurs que tu viens de déverser, mais je te demande une chose, Maëlle. Laisse-moi régler ça. Si Philippe a commis quoi que ce soit de répréhensible, il devra m'en rendre compte. Ne déballe pas notre linge sale en public. Nous n'avons rien à y gagner, ni toi ni moi. La mort incompréhensible de cette pauvre Annaïg, s'il est vrai qu'elle est morte, est déjà suffisamment douloureuse sans y ajouter le déshonneur d'une famille. Promets-moi de ne rien dire, Maëlle. Promets-le…

La lavandière jubilait. Cet homme qu'elle avait tour à tour craint et méprisé était désormais prêt à tout pour sauver sa peau et celle des siens. Il était aux abois. Il fallait en profiter.

— Admettons que je me taise, qu'est-ce que j'ai à y gagner ?

Le baron hésita.

— Ma protection, répondit-il enfin. Je veillerai à ce qu'il ne t'arrive rien et que personne ne cherche à te faire du mal. Et je saurai aussi… être généreux, et compenser à sa juste mesure la perte de ton enfant…

— De NOTRE enfant, corrigea Dahud d'un air vainqueur. Eh bien, je te laisse régler ça en famille, puisque tu y tiens tant. Je ne dirai rien sur Philippe et… ses écarts de conduite. Pas pour l'instant, en tout cas. Je veux d'abord voir comment tu vas te débrouiller avec tout ça. Ça m'intéresse… À présent, je vais m'en r'tourner au village, des fois que les gendarmes en auraient encore après moi. Et puis, il faudrait pas qu'ils sachent qu'on s'est vus tous les deux c'matin, pas vrai ?

28

Les gendarmes n'eurent aucun mal à appréhender Loïc. Il se terrait dans la forêt, dans sa loge de branchages, mais ne se cachait pas. Pourtant, quand il vit approcher les forces de l'ordre, le charbonnier éprouva une peur soudaine et faillit se sauver. Il n'avait rien à se reprocher, mais sa vie solitaire dans les bois avait développé en lui des comportements d'animal traqué. Il savait qu'il n'avait rien de bon à attendre de ses contemporains. S'il était recherché, c'est sans doute qu'il avait été dénoncé par les villageois à la suite de l'incident hier, lorsqu'il avait été pris à partie après le passage des Allemands. Le fait qu'il ait été la victime innocente de la méchanceté des autres ne le préservait pas, bien au contraire, des représailles et des règlements de comptes.

Le brigadier-chef Bouchard s'approcha calmement du charbonnier dont les yeux fuyants annonçaient un début de panique. Il tenait les paumes de ses mains ouvertes, en signe d'apaisement. Il avait tout de suite ressenti la fragilité du charbonnier, et cherchait à le mettre en confiance.

— Loïc Le Masle ? Nous avons quelques questions à vous poser…

Le bossu ne bougeait pas, fasciné par les uniformes. Il se sentait pris au piège. Il ressentit de nouveau le besoin impérieux de prendre ses jambes à son cou. À grand-peine, il parvint tout de même à se maîtriser.

— Vous êtes bien Loïc Le Masle ? insista Bouchard.

Loïc hocha la tête en guise d'assentiment, tout en lorgnant du côté des deux autres gendarmes qui inspectaient les lieux.

— Vous étiez bien près du lavoir, cette nuit ? continua Bouchard, sans quitter le bossu des yeux, attentifs à la moindre de ses réactions.

Le charbonnier cligna plusieurs fois des paupières. D'un second hochement de tête, il acquiesça. Il demeurait méfiant mais n'avait pas assez de malice pour mentir. Pourquoi mentir, d'ailleurs ? Il n'avait rien fait de mal…

— Que faisiez-vous au lavoir en pleine nuit ? reprit le brigadier-chef. Il est assez loin de votre… cabane. Vous aviez un rendez-vous là-bas ? Vous deviez y rencontrer quelqu'un ?

Loïc ne comprenait plus rien. En quoi le fait qu'il se soit trouvé au lavoir pouvait-il bien avoir la moindre importance aux yeux de la gendarmerie ? Décidé pourtant à répondre le plus franchement possible aux étranges questions du représentant de l'ordre, il secoua négativement la tête.

— Vous n'êtes guère bavard, fit remarquer Bouchard. Vous savez parler, tout de même ? Vous comprenez mes questions, monsieur Le Masle ?

Le fait de s'entendre donner du « monsieur » acheva de semer le trouble dans le cerveau du bossu, qui consentit enfin à ouvrir la bouche.

— Euh… Oui, je comprends. Enfin, non, je ne comprends pas pourquoi… vous me posez ces questions…

Le brigadier-chef prit le temps de sonder le regard du pauvre garçon. Il paraissait sincèrement surpris par la présence des gendarmes et par leurs interrogations. Soit il était innocent, soit il savait jouer la comédie à la perfection. Bouchard décida de ne pas lui révéler aussitôt l'objet de leur mission afin de guetter un geste ou une parole qui pût trahir le jeune homme.

— Je ne vous demande pas de comprendre, je vous demande de répondre… Vous étiez donc au lavoir cette nuit. Y avez-vous rencontré quelqu'un ?

L'esprit de Loïc commençait à s'embrumer.

— Oui, répondit Loïc.

— Et qui donc avez-vous rencontré ?

— Gwenn, dit Loïc sans hésiter.

Bouchard avait sorti un calepin de sa poche et prenait des notes.

— Et avant elle, avez-vous vu quelqu'un au lavoir ?

Loïc hésita une seconde.

— Euh… Oui.

— Qui donc ?

— Annaïg… Annaïg Le Borgne.

— Vous lui avez parlé ?

— Non.

— Elle était seule ?

— Non. Elle a parlé un moment avec Gwenn.

— Et avant cela ?

Loïc marqua une pause.

— Elle a reçu une visite… Un homme…

— Quel homme ? insista le brigadier-chef. Vous le connaissiez ?

— Oui, je le connais, répondit Loïc de mauvais gré. Mais il n'est pas resté longtemps. Il est parti presque tout de suite.

— Son nom ! reprit Bouchard en haussant le ton.

Loïc baissa la tête et lâcha, comme à contrecœur :

— Philippe de Montfort.

Le brigadier-chef nota scrupuleusement les paroles du charbonnier, sans cesser de l'observer du coin de l'œil. Il avait clairement perçu l'hésitation du jeune homme lorsqu'il s'était agi de signaler la présence d'Annaïg et de Philippe au lavoir, alors qu'il avait avoué sans arrière-pensée sa rencontre avec Gwenn. Pourquoi cette réserve ? Et pourquoi avait-il parlé à cette dernière alors qu'il ne s'était pas manifesté aux deux autres ?

— Vous les observiez ? reprit le gendarme d'un air suspicieux. Pour quelle raison ? Vous étiez jaloux ?

Loïc dressa la tête, piqué au vif.

— Jaloux, moi ? Et de qui j'aurais pu être jaloux ? Vous m'avez vu ? Vous pensez que les filles s'intéressent à un bossu ? Une erreur de la nature…

— Justement, insista Bouchard sans le quitter des yeux. Vous auriez pu vouloir vous débarrasser d'un rival ?

Le charbonnier afficha une mine si étonnée que le gendarme n'eut plus aucun doute sur la sincérité du jeune homme.

— Philippe de Montfort, un rival ? Vous vous moquez de moi, c'est ça ? C'est bien cruel… Il a tout, alors que moi… Je ne suis rien. Et de toute façon, c'est lui qu'Annaïg aime. Moi, elle me traite de haricoté, de bouille mal lavée, d'homme des bois…

Bouchard sentit que le charbonnier exprimait ses états d'âme et sa colère, sans chercher à dissimuler la méchanceté qu'avait manifestée à son égard Annaïg Le Borgne. S'il avait été coupable, il aurait été moins vindicatif, pour ne pas livrer aux autorités un mobile pouvant justifier son désir de se venger de la lavandière. Et surtout, Loïc avait parlé d'Annaïg au présent. Il ignorait qu'elle était morte. Dans l'état émotionnel dans lequel il se trouvait, il se serait certainement trahi s'il avait eu quoi que ce soit sur la conscience. Pour le gendarme, les choses étaient désormais claires au sujet du charbonnier : il n'était pas le meurtrier de la jeune Le Borgne.

Pour autant, il n'avait sans doute pas tout dit au sujet des circonstances qui avaient précédé le drame.

— Calmez-vous, reprit le gendarme d'un ton plus doux. Je ne cherche pas à me moquer de vous, simplement à reconstituer la chronologie des faits. Lorsque vous avez été… témoin de la rencontre entre Annaïg Le Borgne et Philippe de Montfort, avez-vous noté quelque chose de spécial ? Avez-vous entendu ce qu'ils se disaient ?

Loïc se renfrogna. Il se demandait bien pourquoi les gendarmes s'intéressaient aux faits et gestes d'Annaïg et de Philippe. Il ne se sentait pourtant pas le droit de révéler le secret que la jeune fille avait confié à son amant. Lui-même n'aurait pas dû l'entendre. Il ne devait rien dire. C'était trop grave. Il n'aimait guère Annaïg, qui le traitait mal et cherchait à l'humilier de mille façons, mais ce n'était pas une raison pour salir son honneur et sa réputation.

— Non, répondit-il en baissant les yeux. Je n'ai rien entendu, rien du tout. J'étais trop loin. Et puis, comme je vous l'ai dit, il est resté très peu de temps. Il a laissé boire son cheval dans le *doué*, puis il est reparti au galop. Voilà tout...

Bouchard comprit que le charbonnier lui cachait quelque chose. Mais il n'avait pas le cœur d'insister. Il savait ce qu'il voulait savoir : Le Masle était innocent. Restait Montfort. En fonction de sa déposition, il serait toujours temps d'interroger de nouveau le charbonnier.

Le brigadier-chef s'apprêtait à prendre congé du bossu lorsqu'il réalisa qu'il ne lui avait pas encore donné la raison de leur venue. Le Masle devait savoir.

— Annaïg Le Borgne a été trouvée ce matin dans le lavoir. Morte. Assassinée. Nous cherchons le coupable. S'il vous revient quoi que ce soit à l'esprit, n'hésitez pas à nous le faire savoir, Le Masle. Cela peut nous aider à arrêter le meurtrier et vous éviter, par votre silence, d'être le complice d'un crime.

Loïc écoutait, bouche bée. Annaïg ? Morte ? Assassinée ? Cette révélation dépassait son entendement. Le gendarme reprit :

— Je vous conseille d'être prudent si vous vous rendez à Concoret. Je ne sais pas pourquoi, mais beaucoup de gens sont remontés contre vous. S'ils en venaient aux mains, nous risquerions de ne pouvoir assurer votre sécurité. Aussi, je pense qu'il serait mieux que vous vous teniez à l'écart de cette histoire, le temps que nous mettions la main sur le criminel.

Une dernière fois, il demanda :

— Êtes-vous sûr de ne rien vous rappeler d'important au sujet de cette nuit, Le Masle ?

Loïc releva les yeux et regarda le gendarme bien en face :

— Je vous ai dit tout ce que je pouvais vous dire…

29

— Raconte-moi tout, Philippe.

Hubert et Philippe de Montfort étaient assis dans le petit salon où le feu continuait de brûler. C'était la première fois depuis bien longtemps qu'ils se trouvaient ainsi seul à seul. Ils en ressentaient chacun de la gêne. Leurs relations avaient toujours été distantes, et le baron comptait généralement sur Françoise pour jouer les intermédiaires, rôle qu'elle assumait d'ailleurs parfaitement. Philippe était d'un naturel ombrageux et rebelle et ne supportait pas qu'on lui tienne tête. Surtout pas son père, à qui il déniait toute autorité à son égard. Seule sa mère, plus douce et tempérée, avait su conserver sa confiance et parvenait encore à susciter ses confidences.

La vérité, c'est que Hubert craignait son fils. Il reconnaissait en lui certains aspects de son propre caractère qu'il avait toujours évité de regarder en face et cette confrontation permanente avec un miroir de lui-même le mettait mal à l'aise. Philippe agissait sur lui comme un révélateur photographique, une chambre noire où se profilaient, tels des spectres redoutés, les visages grimaçants de ses passions refrénées et de ses pulsions les mieux enfouies.

En apparence, tout semblait pourtant distinguer Philippe de son père. Le premier arborait l'élégance et l'allure qui avaient toujours fait défaut au second. Il avait le parler franc et incisif, ce qui lui conférait une aura de candeur et d'innocence à laquelle la plupart des gens se laissaient prendre. Seul Hubert savait qu'il s'agissait là d'une illusion. Le cœur de son fils, tout comme le sien, recélait des ombres amères et des sentiments empoisonnés qui n'attendaient que l'occasion de se manifester.

Hubert était pour l'instant incapable de démêler le vrai du faux dans les accusations sordides qu'était venue répandre Dahud. Il savait la vieille lavandière dérangée et n'aurait pas été surpris d'apprendre qu'elle avait manigancé toute cette histoire dans l'unique but de le détruire, lui et sa famille. Sans doute voulait-elle lui faire payer leur rendez-vous de la veille, au cours duquel elle s'était épanchée comme jamais jusque-là elle ne s'était autorisée à le faire. Mais si son fils était coupable ne serait-ce que d'une partie des crimes dont elle avait fait étalage, alors l'opprobre et le déshonneur s'abattraient bientôt sur la famille Montfort. Car c'était bien la famille entière qui était concernée, et non le seul Philippe. Si le garçon avait séduit Annaïg en ignorant qu'elle était sa demi-sœur, s'il l'avait engrossée avant de se débarrasser d'elle, en la poussant au suicide ou en lui ôtant la vie, comme le prétendait Dahud, les crimes actuels du fils ne feraient que mettre en lumière les crimes passés du père. Certes, Hubert n'avait pas tué Maëlle, mais il l'avait bel et bien violée avant d'acheter son silence afin qu'elle conserve le secret sur la naissance d'Annaïg. D'une génération à l'autre, c'était la même souillure qui se transmettait, comme une tache indélébile. Les mêmes fautes, causées par les mêmes passions, les mêmes pulsions.

Car le père et le fils avaient les mêmes pulsions. Aveuglé par elles, Hubert avait jadis commis des actes que Philippe était parfaitement capable de commettre à son tour. Et si ce dernier avait franchi certaines limites que Hubert, par lâcheté plus encore que par conscience, avait respectées, cela ne rendait pas ce dernier moins coupable. Tous deux étaient solidaires des actes répréhensibles qu'ils avaient perpétrés, ils étaient même complices, en quelque sorte, et le même scandale les éclabousserait.

— J'ai appris une terrible nouvelle ce matin, poursuivit Hubert. Annaïg Le Borgne a été tuée la nuit dernière au lavoir. On dit que tu la fréquentais, est-ce vrai ?

Philippe cilla à peine à l'annonce du décès de sa maîtresse. Il aurait dû être surpris, choqué même, mais sa première réaction fut de se dire que cela n'avait rien d'étonnant. La pauvre fille, sans doute, n'avait pas supporté sa réaction lorsqu'elle lui avait appris qu'elle était enceinte de lui. Sous le coup du désespoir, elle avait mis fin à ses jours en se jetant dans le bassin. C'était bien triste, il est vrai, sordide, même, mais Philippe n'y était pour rien. Qu'aurait-il pu faire pour aider la malheureuse ? Rien. Ils n'étaient pas de la même classe ni du même monde. Ils ne pouvaient espérer aucun avenir ensemble. Il s'était amusé avec elle, certes, mais il pensait que ces divertissements étaient réciproques. Jamais il n'aurait songé qu'Annaïg ait pu prendre leur liaison au sérieux, jusqu'à accepter de porter un enfant de lui. Et se donner la mort lorsqu'elle avait réalisé que sa passion était impossible. Oui, Philippe regrettait la triste fin de la pauvre Annaïg. Mais il devait bien reconnaître que sa disparition arrangeait bien des choses. Leurs relations étaient demeurées discrètes, et personne au village n'était au courant de leur idylle, même si la rumeur circulait au sein des lavandières. Mais une rumeur n'est rien d'autre qu'un vent qui flotte sur les lèvres puis s'envole et disparaît. Une rumeur n'est pas une preuve. Pour ne pas l'accréditer, et se tenir en dehors de cette sombre affaire, il suffisait à Philippe de tout nier en bloc.

— Je ne sais pas dans quel cloaque vous avez été puiser ces racontars, père, mais sachez qu'ils sont diffamants. Je vous rappelle que je suis fiancé…

Hubert ne put s'empêcher de laisser transparaître un sourire narquois sur ses lèvres minces.

— Rozenn ? Je suis ravi que tu te souviennes de son existence. Je n'ai guère constaté ton empressement à son égard, ces derniers temps…

— À qui la faute ? se rebiffa Philippe. Vous avez décidé de la retenir prisonnière entre ces vieux murs et de lui interdire toute sortie. Devrais-je en faire autant et demeurer cloîtré ici comme un moine ?

— Un moine qui sera bientôt père, je te le rappelle, Philippe. Père et mari.

Le visage du jeune homme s'empourpra et ses mains commencèrent à trembler d'une rage contenue.

— Vous n'avez pas à me le rappeler, père ! Je sais exactement quelles sont mes responsabilités.

— Vraiment ? s'emporta Hubert en haussant le ton. Es-tu bien sûr de ne pas avoir eu à l'égard d'Annaïg les mêmes responsabilités que celles qui t'incombent avec Rozenn ? Es-tu bien sûr de ne pas avoir cherché à y échapper d'une façon… drastique ?

— Que voulez-vous dire ? répliqua Philippe, de plus en plus tendu.

— Si tu veux que je te protège, tu dois me dire la vérité, Philippe ! Es-tu responsable de la mort d'Annaïg Le Borgne ?

Le jeune homme fixa son père d'un air incrédule. Cette question, aussi directe qu'inattendue, le laissait stupéfait.

— Comment osez-vous proférer de telles accusations ? se rebiffa-t-il.

— Ces accusations, ce n'est pas moi qui les ai formulées, Philippe. Sache que tu es dans une situation périlleuse, et je ne pourrai te défendre si tu ne m'aides pas. Il s'agit d'une affaire sérieuse, et les gendarmes ne vont sans doute pas tarder à t'interroger. Que leur diras-tu à propos de ton emploi du temps d'hier soir ?

Philippe semblait enfin réaliser que, loin de faciliter les choses, la mort subite d'Annaïg risquait de le mettre en mauvaise posture. Mais de là à l'accuser de meurtre !

— Je… Je suis allé faire une promenade à cheval après souper, comme vous le savez. Voilà ce que je leur dirai.

— Et leur diras-tu que tu as profité de cette balade équestre pour rejoindre ta maîtresse au lavoir ?

Le jeune homme commençait à perdre ses moyens. Ses tremblements s'accentuaient et de grosses gouttes de sueur coulaient sur son front.

— Je... Je ne l'ai pas tuée...

— Mais tu l'as vue cette nuit, n'est-ce pas ? martela Hubert avec un regain d'autorité.

— À peine..., balbutia Philippe d'une voix blanche. Nous avons échangé quelques mots, puis je suis parti...

Hubert fourrageait dans sa barbe, dévisageant son fils avec une acuité soutenue.

— C'est là qu'elle t'a annoncé qu'elle attendait un enfant de toi, c'est bien ça ?

Philippe déglutit mais aucun son ne sortit de sa bouche.

— C'est bon, j'ai compris, reprit aussitôt Hubert en donnant un coup de canne sur le sol qui fit sursauter son chien. À présent, écoute-moi bien. Si les gendarmes viennent, nous leur dirons que tu n'as pas bougé d'ici hier soir. Après tout, ils n'ont aucune preuve contre toi. Et je pense qu'il est grand temps de faire sortir Rozenn de la clandestinité.

— Rozenn ? s'étonna Philippe.

— Oui, Rozenn, ta fiancée ! Il faut que les gendarmes la voient près de toi, comme une future épouse aimante et fidèle. Elle dira que tu es resté auprès d'elle toute la soirée, confirmant ce que ta mère et moi expliquerons aux gendarmes.

— Mais… Je suis allé là-bas. Si quelqu'un m'a vu…

— Personne ne t'a vu, Philippe. Si quelqu'un prétendait le contraire, ce serait sa parole contre la nôtre, les Montfort, la plus ancienne famille de Brocéliande. Qui oserait remettre en question notre témoignage ?

Philippe ne répondit pas. Il était blanc comme un linge et commençait à ressentir les premiers effets de l'un de ses malaises.

— À présent, il est temps que tu prennes la potion de cette vieille sorcière de Dahud, pendant que je ferai la leçon à Françoise et Rozenn, conclut Hubert en se levant de son fauteuil. Il faut que tu sois en forme lorsque les gendarmes t'interrogeront. Et n'oublie pas que ce soir, nous avons un invité de marque qui pourrait nous être très utile si les choses venaient à s'envenimer.

Soudain, le regard d'Hubert changea. D'une voix adoucie, il murmura, comme s'il se parlait à lui-même :

— On dit que le major est amateur de jeunes et jolies femmes. Je suis certain que Rozenn lui plaira…

30

— Donnez-vous la peine d'entrer, commandant. Vous êtes ici chez vous ! s'exclama le baron de Montfort d'un ton chaleureux. Je vous présente ma famille, qui se fait une joie d'accueillir un hôte de marque tel que vous : Françoise, mon épouse, Philippe, mon fils, et Rozenn, sa fiancée…

Le major Alfred Ernst claqua les talons de ses bottes noires soigneusement cirées et fit le salut militaire préconisé par le régime de Berlin, bras tendu à quelques degrés au-dessus de l'horizontale. Puis il ôta sa casquette arborant l'aigle impériale, insigne de la Luftwaffe, la glissa sous sa manche gauche et s'inclina afin de faire un baisemain à la baronne, puis à Rozenn. Lorsqu'il releva la tête, son regard s'attarda sur cette dernière. Ses lèvres s'étirèrent en un mince sourire qui eut pour effet de faire naître une rougeur sur les joues de la jeune fille et une crispation dans les mâchoires de son fiancé.

— Je vous félicite pour la beauté de votre château… et celle de ses occupantes, monsieur le baron, susurra le major dans un français parfait, à peine teinté d'inflexions germaniques.

Le commandant du camp d'aviation du Point-Clos n'était pas un officier comme les autres. Il se distinguait de la soldatesque vêtue d'habits noirs ou vert-de-gris qui avait envahi la région en s'affichant en permanence dans un impeccable uniforme blanc, rehaussé par des épaulettes et des galons qui attestaient de son grade. Lorsqu'il était de sortie comme ce soir, il conduisait lui-même une somptueuse Matford décapotable blanche qui complétait à merveille sa panoplie de parfait dandy.

Replet, assez gras de visage, le cheveu rare, l'homme approchait de la cinquantaine. Ses traits étaient plutôt grossiers et sa silhouette trapue manquait de finesse, pourtant il se dégageait de sa personne une prestance toute militaire et une sorte de charme indéfinissable, fait d'un mélange d'élégance et de confiance en soi. Son regard était perçant, presque pénétrant. Un regard d'oiseau de proie, qui ne quittait jamais sa cible de vue avant d'avoir fondu sur elle, qu'il s'agisse d'un camp ennemi à bombarder, d'un adversaire à affronter ou d'une femme à conquérir. Un regard d'aviateur, de séducteur et de chasseur.

Après s'être illustré dans l'aviation lors de la Première Guerre mondiale, il avait rejoint dès sa fondation le NSDAP, le tout nouveau parti nazi, et s'était enrôlé dans la SA, dont il devint chef de brigade avant d'être élu au parlement prussien en 1933. Ami intime du maréchal Hermann Göring et du chancelier Adolf Hitler, il avait été élevé au début du conflit au grade de capitaine, puis de commandant de la Luftwaffe.

Lorsqu'il avait pris la direction du camp du Point-Clos, le major avait cédé à l'une de ses passions et fait planter, aux abords du terrain militaire, un arboretum constitué d'essences rares provenant du Japon ou d'Afrique, peu coutumières sous le ciel de Bretagne. Il y avait là des cyprès, des cèdres, des érables, des platanes, des rosiers sauvages, et même des palmiers et des rhododendrons. Il aimait à se promener, tout de blanc vêtu, au milieu de ces plantations exotiques, rêvant de colonies lointaines au climat chaud et aux filles faciles. Il en respirait les fragrances avec la même volupté qu'il mettait à humer le parfum des femmes.

Ces goûts raffinés et cette nature de jouisseur et d'esthète avaient adouci le caractère du major, favorable à une entente pacifique avec les peuples occupés. Il méprisait les noirs SS, à cause de leurs comportements barbares et de leur politique du soupçon, et leur reprochait de passer leur temps à mener des actions de basse police. Il préférait les plaisirs à la torture et la séduction à l'espionnage. Il se targuait d'être un bon vivant, pétri de culture et de bonnes manières, et ne retenait de la guerre que le repos du guerrier.

— Vous savez que notre Führer, préoccupé à juste titre par les questions de pureté raciale, tient en haute estime le peuple breton, poursuivit le major Ernst en acceptant la coupe de champagne que lui tendait le baron. De toutes les régions françaises, la Bretagne est la moins dévoyée quant à la qualité de son sang. Les Bretons sont des Celtes, donc des Aryens, comme les Germains. C'est pourquoi le Führer a insisté pour que vos congénères soient traités avec plus d'égards et de considération que les Latins, par exemple, et autres rastaquouères levantins aux gènes embrouillés par des siècles d'invasions orientales. Les Bretons sont les Allemands de l'ouest de l'Europe. Aux Bretons !

À ces mots, le major leva sa coupe, avant d'en vider le contenu avec un plaisir non dissimulé. Il fut aussitôt imité par les Montfort.

Philippe dévisagea le major, qu'il dépassait d'une bonne tête, et lui répondit d'un ton qui frisait l'insolence :

— Si votre Führer tient en aussi haute estime notre peuple, pourquoi a-t-il permis le charcutage de la Bretagne édicté par les décrets infâmes du 30 juin 1941, réduisant les cinq départements bretons au nombre de quatre et boutant hors les frontières Nantes, la capitale historique de la Bretagne ?

— Philippe, je t'en prie..., le reprit Françoise, inquiète du tour que prenait la conversation.

— Laissez, madame..., la rassura le major en levant une main en signe d'apaisement. J'aime les discussions politiques et sais apprécier la contradiction, lorsqu'elle est formulée avec la passion et l'enthousiasme de la jeunesse.

Puis, se tournant vers Philippe :

— Jeune homme, sachez que je vous donne entièrement raison. Mais n'oubliez pas que le chancelier Hitler n'est pour rien dans ce découpage abusif. Il a été ordonné par le maréchal Pétain et l'amiral Darlan. Or, malgré ce que prétendent les Anglais enjuivés et les cow-boys américains, l'Allemagne est un pays pacifique et tolérant, qui évite de se mêler des affaires intérieures des pays qu'elle protège...

— ... qu'elle occupe, corrigea Philippe.

Alfred Ernst se fendit de son plus gracieux sourire.

— N'entrons pas dans une querelle de mots, jeune homme. Vous êtes vif, ce qui n'est pas pour me déplaire, mais vous êtes également trop intelligent pour vous laisser abuser par les manipulations rhétoriques de nos ennemis. L'Allemagne nazie est la nouvelle Rome, ne l'oubliez pas. Hitler est l'égal de César et de votre empereur, Napoléon Bonaparte. Relisez les commentaires de Jules César dans son splendide ouvrage sur

La Guerre des Gaules : il tenait les Celtes pour un peuple brave et courageux.

— Major, puis-je vous resservir ? dit le baron en remplissant la coupe vide de son hôte afin de faire diversion. Nous n'allons pas tarder à passer à table…

— Fort volontiers, accepta l'officier. Ce vin de champagne est aussi pétillant que les yeux de cette belle enfant, ajouta-t-il en souriant à Rozenn. Une parfaite illustration de la beauté celte… Bien que je lui trouve le teint un peu pâle.

— Rozenn est de constitution fragile, répondit Hubert. Elle ne sort jamais de l'enceinte du château et doit souvent garder la chambre. Ce dîner est d'ailleurs son premier divertissement depuis bien longtemps…

— Laisser une aussi belle plante sous serre, quel dommage ! répliqua le major. Jeune homme, vous avez trouvé la perle rare. Prenez-en soin. La compagnie d'une aussi jolie femme risque de vous attirer bien des jalousies masculines…

— Quel flatteur vous faites, minauda Françoise, tandis que Rozenn se sentait affreusement gênée.

Elle ne savait plus où se mettre. Quant à Philippe, il se contenta de lancer au major un regard glacé, ce qui sembla beaucoup amuser ce dernier.

— Madame est servie, annonça fort opportunément une domestique en tablier blanc.

— La salle à manger est à côté, précisa le baron en désignant une porte à son invité.

— Madame la baronne, si vous voulez bien me faire l'honneur ? dit le major en offrant son bras à Françoise.

— Quel galant homme, répondit-elle, tout émoustillée par le champagne qui lui montait un peu à la tête.

Le major l'entraîna vers la salle à manger, avançant d'un pas fier et conquérant.

Comme l'avait prévu Hubert, les gendarmes étaient venus interroger Philippe un peu plus tôt dans l'après-midi. Comme ils en étaient convenus, les Montfort avaient fait corps pour le protéger, affirmant qu'il n'avait pas quitté le château la veille au soir. Les représentants de l'ordre avaient insisté, invoquant le témoignage du charbonnier qui avait surpris la rencontre entre le jeune noble et la lavandière près du lavoir. Hubert avait ouvertement mis en cause le bossu, être sauvage et peu sociable qui, mieux que Philippe, incarnait le profil d'un assassin de jeunes filles.

Les gendarmes s'étaient inclinés devant l'alibi de Philippe, conforté par les membres de sa famille, et avaient quitté le château sans autres mesures de rétorsion. Hubert avait tout de même décelé une moue sceptique sur les lèvres du brigadier-chef qui menait l'interrogatoire. Il ne semblait pas homme à se laisser duper, et risquait de revenir à la charge dès qu'il aurait réuni de nouveaux éléments d'enquête. Pour couper court aux investigations de la maréchaussée, les Montfort avaient besoin d'un appui extérieur. Le dîner donné en l'honneur du major Alfred Ernst tombait à point nommé.

Qui plus est, l'officier allemand se révélait un hôte parfait, lançant à tout propos des compliments sur la qualité des mets et le choix des vins, multipliant les sourires, alimentant à lui seul la conversation par des épisodes truculents de sa vie, alternant les hauts faits militaires et les anecdotes un peu lestes, décrivant avec lyrisme sa passion pour les plantes exotiques ou son goût pour les belles voitures. Le major savait briller en société et captiver son public.

Au moment des digestifs et des cigares, Hubert sentit qu'il était temps d'orienter la discussion sur le sujet qui les préoccupait.

— Commandant, avez-vous entendu parler de la tragédie qui s'est déroulée la nuit dernière au lavoir de Concoret ?

Le major tendit son verre afin que le baron le remplisse d'un excellent cognac, puis répondit d'une voix doucereuse :

— Oui, il paraît qu'une jeune lavandière s'est noyée, c'est bien cela ? Quel dommage. On m'a rapporté qu'elle était une très jolie fille.

— Selon les gendarmes, elle ne se serait pas noyée, compléta Hubert. Il s'agirait d'un crime…

Le major retroussa les lèvres, dévoilant une dentition impeccable. Il commençait à être intéressé.

— Un crime ? Vu l'âge et la beauté de la victime, ce doit être un crime passionnel… Un amant jaloux ? Un prétendant rejeté ?

— Les gendarmes semblent suivre cette piste, en effet. Un charbonnier se trouvait sur les lieux, peu avant le drame.

— Un charbonnier ? Tiens, tiens… Le charbonnier et la lavandière, cela ressemble presque à un conte de Grimm.

— Un conte qui finit mal, fit remarquer le baron.

— En effet… Le charbonnier en question a-t-il été arrêté ? Pardonnez mon ignorance, mais comme je vous l'ai dit, j'évite de m'immiscer dans les affaires du village qui nous accueille. Tant que la sécurité de mes troupes n'est pas en jeu, je n'ai pas à me mêler de ce qui se passe à l'extérieur du Point-Clos.

— Justement, major. Le problème est que ce charbonnier est toujours en liberté. Les gendarmes n'ont pas jugé bon de l'arrêter. Pourtant, l'homme est connu pour ses comportements antisociaux. Il vit seul dans la forêt, comme une bête. Enfin, quand je dis seul…

Le major perçut que la retenue du baron était feinte et qu'il s'apprêtait à divulguer quelque révélation.

— Que voulez-vous dire ?

— C'est-à-dire… À part les charbonniers, la forêt est devenue le refuge des jeunes gens réfractaires au STO.

Le visage du major devint subitement grave.

— Ces jeunes terroristes ? Vous pensez que le charbonnier fait partie de leur bande ?

Le baron sentit que le major était ferré. Il suffisait de tirer lentement la ligne, sans la casser. Il afficha une moue dubitative :

— Je ne saurais l'affirmer sans preuve, major. Mais cela ne m'étonnerait pas. Je condamne comme vous les manœuvres menées par les terroristes en question, et déplore qu'ils refusent la politique de collaboration avec cette grande nation qu'est l'Allemagne. Et s'ils en viennent à massacrer nos filles…

Le major absorba une gorgée de cognac, le front soucieux, et ralluma son cigare qui venait de s'éteindre.

— Connaissez-vous l'identité de ce charbonnier, monsieur le baron ?

— Il se nomme Loïc Le Masle.

— Et, selon vous, les gendarmes…

— Je ne veux pas remettre en question le travail des représentants de l'ordre, major. Mais j'ai entendu dire que dans leurs rangs, y compris au plus haut niveau, se trouvent des éléments habitués à fermer les yeux sur les actions terroristes dont vous parlez. Certains chercheraient même à les favoriser…

L'officier allemand reposa brusquement son verre en cristal sur la table.

— Je suis au courant, coupa-t-il d'un ton tranchant. Le Morbihan abrite un repaire de traîtres inféodés à Londres. Leur soi-disant Armée secrète nous pose quelques problèmes, je dois bien l'avouer. Mais cela ne durera pas. Nous sommes sur le point de découvrir l'identité de leur chef, Yodi. Leur réseau sera bientôt démantelé. Mais en attendant…

Le major Alfred Ernst s'interrompit, l'air rêveur, tirant une longue bouffée de son cigare, puis il se tourna en direction de Philippe :

— Et vous, jeune homme, que pensez-vous de ces soi-disant « résistants » qui se terrent dans la forêt ? Après tout, ils ont votre âge…

— Le patriotisme n'est pas une question d'âge, major, répondit Philippe avec assurance. Ma seule patrie, c'est la Bretagne. Comme vous l'avez compris, je n'approuve pas aveuglément la présence des forces allemandes sur notre sol, car les Bretons sont capables de gérer seuls leur destin. Mais je tolérerais encore moins que notre terre soit envahie par des hordes de soldats anglais, américains ou russes.

Le major eut un sourire ambigu.

— Vous ne mâchez pas vos mots, mais vous avez au moins le mérite de la franchise, Philippe. Vous seriez une excellente recrue pour le parti nazi, si vous étiez un peu moins… Je cherche le mot exact… Chauvin ? Têtu ?

— Breton, répliqua Philippe. C'est là le terme qui me qualifie le mieux.

Le major éclata de rire.

— Eh bien, va pour breton, dans ce cas ! Et ce… Loïc Le Masle, vous le connaissez ?

— J'ai pris sa défense, pas plus tard qu'hier, alors qu'il se faisait lapider par les garnements du village pour je ne sais quelle raison. Je dois avouer qu'il me manifeste bien mal sa reconnaissance…

— Comment cela ?

Hubert se racla la gorge et reprit la parole :

— Lorsqu'il a été interrogé par les gendarmes, Le Masle a prétendu qu'il avait vu mon fils près du lavoir, hier soir, en compagnie de la victime. C'est la raison pour laquelle les gendarmes sont venus lui poser quelques questions aujourd'hui…

Le commandant allemand laissa flotter un mince sourire sur son visage.

— Et, bien entendu, il s'agit d'une fausse allégation…

— Bien entendu, confirma Philippe.

Le major porta son regard vers Rozenn, qu'il dévisagea avec insistance.

— Et mademoiselle votre fiancée peut en témoigner, n'est-ce pas ?

Rozenn baissa les yeux, embarrassée.

— Philippe n'a pas quitté le château. Nous avons passé la soirée ensemble, murmura-t-elle d'une voix timide.

— Quelle femme parfaite vous serez pour votre futur mari, mademoiselle… Un tel dévouement est si rare, de nos jours… Vous feriez n'importe quoi pour lui, n'est-ce pas ?

La jeune fille garda le silence. Elle se sentait mal à l'aise chaque fois que l'officier allemand lui prêtait attention. C'est Philippe qui répondit à sa place :

— Rozenn est fidèle à son engagement vis-à-vis de moi, comme je le suis également.

Le sourire du major s'élargit.

— Quel beau couple d'amoureux vous formez… C'est très touchant, vraiment. Je me demande bien comment certains osent imaginer que vous délaissiez une aussi jolie colombe pour aller batifoler avec une simple perdrix, n'est-ce pas, Philippe ?

— Rozenn et moi sommes très unis, répliqua le jeune homme d'un ton sec.

— Et vous avez toute confiance en elle, comme elle peut avoir confiance en vous…

— Évidemment.

Le major regardait alternativement Philippe et Rozenn, avec une expression de chat gourmand.

— Je ne saurais tolérer qu'un vulgaire charbonnier cherche à contrarier pareille union, reprit-il d'un air entendu. Surtout s'il s'avère, comme le suggère monsieur le baron, qu'il a partie liée avec les terroristes de la forêt. Encore une fois, je me refuse à influencer le déroulement d'une enquête menée par les forces de police française. Qu'il soit ou non coupable de ce crime, je n'ai pas à le savoir. En revanche, s'il représente un danger pour la sécurité de mes troupes, c'est autre chose… Je peux transmettre dès demain matin l'information à mes collègues de la SS. Je suis sûr qu'ils sauront dissuader ce charbonnier rebelle de continuer à répandre ses médisances. Si cela peut vous aider à retrouver votre sérénité, je m'acquitterai bien volontiers de cette tâche. Disons que cela sera, avec un peu d'avance, mon cadeau de mariage !

— Nous ne savons comment vous remercier pour…, s'empressa d'ajouter le baron qui voyait ses plans se réaliser à merveille.

— Vous n'avez pas à me remercier, c'est tout naturel ! trancha le major. C'est à moi, au contraire, de vous remercier pour l'excellente soirée que j'ai passée en votre compagnie... D'ailleurs, il se fait tard et je vais devoir regagner ma caserne.

— Vous partez déjà ? Comme c'est dommage, s'exclama poliment Françoise. Votre conversation est si passionnante...

— Hélas oui, chère madame, répondit le major en se levant de table. Mais cette invitation sera à charge de revanche. À ce propos...

Son regard d'aigle se planta dans les yeux de Rozenn.

— Mademoiselle, me feriez-vous l'honneur de venir contempler demain les espèces rares de mon arboretum ? Je suis sûr que votre sensibilité féminine saura apprécier ce jardin d'Éden que je me suis efforcé de reconstituer... Vous n'y voyez pas d'inconvénient, Philippe ? Comme vous l'avez fait remarquer, vous formez avec votre fiancée un couple si uni que vous ne pouvez qu'avoir une totale confiance en elle, n'est-ce pas ? Et puis, comme vous l'avez dit, elle n'a que trop peu l'occasion de quitter le château. Une promenade au grand air ne peut que lui faire du bien...

La jeune fille jeta un regard effrayé vers Philippe, mais ce dernier fit mine de ne pas le remarquer.

— Rozenn a été souffrante et n'est pas sortie depuis longtemps, en effet, dit-il d'une voix glacée. Je suis sûr que cette distraction l'enchantera...

— Quelle bonne idée ! renchérit Françoise. Mais, sans vouloir abuser de votre gentillesse, pensez-vous que je pourrais aussi…

— Votre tour viendra, n'ayez crainte, répondit courtoisement l'officier. Voyez-vous, cet arboretum est un peu mon refuge, mon coin de nature préservé, mon temple secret. Les rares personnes que j'y invite entrent en quelque sorte dans mon intimité et je tiens à les accueillir comme il se doit, sur le ton de la confidence. Vous me comprenez, n'est-ce pas, monsieur le baron ?

Hubert observait à son tour Rozenn avec insistance.

— Je vous comprends parfaitement, major.

— Eh bien, c'est dit ! conclut le militaire en claquant des mains. Je viendrai vous chercher demain après-midi, mademoiselle. Vous serez rentrée avant la nuit. Mais avant cela…

Il se tourna vers Philippe et Hubert.

— Je réglerai le sort de ce Loïc Le Masle…

31

Mardi 2 novembre 1943, jour des morts

C'est Léonard qui découvrit le premier l'affiche sur les contrevents de sa boutique. Les caractères gothiques, tout en angles et en pointes, ne rendaient pas sa lecture aisée, bien qu'elle fût rédigée, non en allemand, mais en français. Les Boches l'avaient placardée à l'aube. Quelle qu'en soit la raison, ce n'était pas bon signe.

Le premier mouvement de l'épicier fut d'arracher le papier, mais il s'arrêta à temps. Il savait que son geste aurait été interprété comme un acte de terrorisme. Il en aurait été puni par les occupants avec la même sévérité que s'il avait fait dérailler un train.

— Tu as eu la tienne, toi aussi ? entendit-il grogner dans son dos.

En se retournant, Léonard reconnut Erwann, le boulanger, dont la devanture avait également bénéficié de la délicate attention des Allemands.

— Crénom, j'y comprends rien à leur charabia… Et toi ? s'impatienta le marchand de pain en essayant désespérément de déchiffrer les pattes d'araignée.

— Moi non plus, répondit Léonard. Encore une de leurs interdictions, à coup sûr. Ou une réquisition de ceci ou de cela. Ils en auront jamais fini de nous emm…

— Tiens, v'là Levasseur, le coupa Erwann. P'têt' que lui saura la lire, la prose des Teutons. Hé ! Levasseur ! Viens voir un peu par là. On a d'la lecture…

Le marchand de bois approcha, sourcils froncés, la pipe entre les dents.

— Qu'est-ce que c'est encore que ce foutoir ? grommela-t-il sans ôter le tuyau fumant de sa bouche.

— C'est encore un coup des Frisés, lâcha Léonard d'un ton méprisant. On t'attendait pour savoir ce qu'ils nous veulent encore…

— Attendez voir, fit Levasseur en tendant le nez vers l'affiche collée de frais. Pourraient pas écrire normalement, ces saligauds ?

Il scruta attentivement les caractères noirs, suivant les lignes d'un doigt boudiné, remuant les lèvres comme un élève interrogé devant le tableau noir.

— Oh, merde alors ! jura-t-il lorsqu'il eut enfin compris le contenu du placard.

— C'est quoi qu'y disent, Levasseur ? le pressa Erwann.

— C'est à propos de Loïc, rétorqua le marchand de charbon d'un air incrédule.

— Le bossu ? s'inquiéta Léonard.

— Oui, Loïc Le Masle, c'est bien lui, confirma le père Levasseur.

— Ça parle de la petite ? interrogea Erwann. Ils le recherchent à cause du meurtre d'Annaïg Le Borgne ?

Levasseur poursuivit sa lecture en redoublant d'application.

— Non. Ils en parlent pas. Mais la tête du charbonnier est mise à prix, ça, c'est sûr. Les cousins appellent la population de Concoret à leur livrer Le Masle sans délai ou de tout faire pour faciliter sa capture. Quiconque refusera de collaborer à son arrestation sera considéré comme complice et subira le même sort que celui qui lui est réservé. C'est marqué là, noir sur blanc…

— Ben ça ! commenta Léonard. Déjà que le village en avait après lui, au bossu, v'là que les Fridolins s'y mettent. Mais qu'est-ce qu'il a donc fait, au juste, si c'est pas l'affaire de la petite Le Borgne ?

Le père Levasseur reprit sa lecture en ânonnant chaque mot. Ce qu'il découvrit provoqua en lui une telle surprise qu'il faillit en lâcher sa pipe.

— Ah, ça alors ! Bon Dieu de bon Dieu ! Si j'm'attendais… Ah ! Quelle histoire !

— Mais qu'est-ce qu'y a ? Qu'est-ce qu'y a donc ? le pressaient les deux commerçants.

— Y a que… Ah non, quelle histoire ! Y a que le Loïc, y paraît que c'est un terroriste ! I'fait partie des jeunes qui se sont réfugiés dans la forêt pour échapper au STO !

— T'en es sûr ? s'exclama Léonard. Loïc, un résistant ? Il a bien caché son jeu, l'animal…

— Et dire qu'on pensait qu'i f'sait le jeu des Teutons, pas plus tard qu'hier, ajouta Erwann. On l'disait collabo, alors qu'il était d'l'aut' côté… Bah, on a failli lyncher un héros…

— Moi, j'ai jamais pensé ça d'lui, se défendit Levasseur en tirant une bouffée. C'est les vieilles biques, là, qu'arrêtaient pas de l'accuser. J'avais honte pour elles.

— Moi non plus, j'y croyais pas, se justifia Erwann. Mais après qu'on a retrouvé la petite au fond du lavoir, y en a qui étaient prêts à lui faire la peau, au bossu. Sans procès ni plaidoirie…

— Remarque, intervint Léonard, c'est pas parce qu'il fait partie du réseau des p'tits gars réfractaires au STO qu'il a pas zigouillé l'Annaïg. On peut bien être un héros d'un côté et un salaud de l'autre, pas vrai ?

— C'est tordu, ta remarque, dit Levasseur.

Moi, j'préfère croire qu'y a les bons d'un côté et les méchants d'l'autre. Sinon, on s'en sort plus.

— T'as raison, le soutint Erwann. Moi, j'dis que le Loïc y peut pas avoir fait l'coup si c'est un d'not'bord. Mais on l'a méchamment traité, l'pauv'gars. Qu'est-ce qui va devenir, maint'nant, avec les Chleus aux fesses ?

— Il peut toujours s'cacher dans le chêne à Guillotin, pas vrai ? fit Léonard.

L'abbé Guillotin, sans aucun lien de parenté avec son célèbre homonyme, inventeur du fameux couperet républicain destiné à raccourcir les aris tocrates, était un prêtre de Concoret victime de la répression anticléricale en 1791. Traqué par l'armée révolutionnaire, il s'était réfugié à l'intérieur de l'énorme chêne creux de dix mètres de tour et mille ans d'âge qui faisait l'orgueil du village. Lorsque les bleus passèrent devant l'auguste chêne, ils constatèrent que son ouverture était masquée par une toile d'araignée et abandonnèrent leurs recherches. La légende dit que c'est Notre-Dame de Paimpont qui avait tissé cette toile pour épargner le prêtre fidèle. C'était là l'un des rares prodiges chrétiens qu'avait connus ce village de sorciers.

Le père Levasseur massait son menton embroussaillé d'un air perplexe.

— Faudrait un miracle…, marmonna-t-il d'un air mystérieux. Oui, un miracle…

Loïc les vit arriver de loin. Une escouade de soldats casqués et armés portant l'uniforme de la SS. Ils étaient accompagnés de chiens qui aboyaient en tirant sur leur laisse. Cela faisait un raffut de tous les diables dont les échos se répercutaient dans toute la forêt, faisant déguerpir les lièvres et s'envoler les colonies de perdrix.

Le charbonnier savait qu'ils venaient pour lui. Depuis la visite des gendarmes, il se doutait bien que les ennuis ne faisaient que commencer. Il avait craint tout d'abord une battue des villageois. Les Allemands les avaient remplacés. Pour quelle raison ? Loïc l'ignorait, mais après tout, qu'est-ce que cela changeait ? Aux yeux de tous, il était le monstre, le pestiféré, celui dont il fallait se débarrasser par tous les moyens.

La pensée de la jeune lavandière noyée dans le lavoir n'avait cessé de le hanter depuis la veille. Elle n'avait jamais été tendre avec lui, mais elle ne méritait pas une fin pareille, et il éprouvait à son égard de la tristesse et de la compassion. Mais le fait qu'il ait été, sans le vouloir, présent près du lieu où on l'avait retrouvée morte le rendait évidemment suspect. Loïc ne songeait même pas à la façon dont il pourrait se justifier auprès de ses accusateurs. Son procès était perdu d'avance, d'autant plus qu'il ne savait pas maîtriser les mots qui l'auraient aidé à assurer sa défense. Il s'était toujours exprimé avec difficulté, et ses silences ressemblaient à des aveux. S'il y avait un criminel à Concoret, ce ne pouvait être que lui. Personne n'irait chercher plus loin.

Face à ces menaces, le charbonnier avait agi de la seule façon qu'il connaissait : il s'était caché. Délaissant sa hutte de bois où on pouvait aisément le débusquer, il s'était mussé à un jet de pierre de là, dans un fourré d'où il pouvait épier les alentours sans être vu. Il avait pris soin de frotter ses vêtements avec les laissées d'un sanglier afin que les chiens ne repèrent pas son odeur. Car il s'était attendu aux chiens, bien sûr. Il réagissait naturellement comme une bête des bois. Il était moins un être humain qu'un gibier traqué.

Lorsqu'ils eurent découvert le repaire du charbonnier, les Allemands hurlèrent des ordres dont les inflexions gutturales se confondirent avec les abois des chiens. Ces derniers grattaient le sol de leurs pattes, fouissant la terre de leur gueule barbouillée de bave. Ils cherchaient l'odeur de l'homme. Mais Loïc avait pris soin d'emballer ses rares vêtements dans un sac qu'il avait arrimé à son dos comme une seconde bosse avant de recouvrir l'intérieur et les alentours de sa loge de cendres. Dépités, les chiens se mirent à couiner en tournant en rond, privés du plaisir de la chasse. Les voyant ainsi désarmés, les soldats allemands crièrent plus fort encore, avant d'abattre à coups de bottes le frêle abri de bois du charbonnier. Puis ils boutèrent le feu à ces fagots brisés, trouvant dans cette modeste revanche un moyen de compenser leur frustration de n'avoir pu mettre la main sur leur proie. Ils attendirent que la hutte ne soit plus qu'un amas informe de cendres fumantes pour quitter les lieux, suivis de leurs chiens.

Loïc ne bougea pas tout de suite. Il attendit au moins une heure afin d'être sûr de ne pas tomber sur les Allemands. Il ne retourna pas à l'endroit où achevait de brûler l'humble cabane qui représentait le seul logis qu'il eût jamais eu. Se glissant hors du fourré, il s'enfonça dans la forêt.

Il ne reviendrait plus ici. Mais le chemin du village lui était également interdit. Il n'avait plus qu'à tenter de survivre dans les bois en braconnant et en se nourrissant de racines, jusqu'à ce qu'on finisse par le prendre au piège comme la bête sauvage qu'il était.

Il existait une autre solution, cependant.

S'en remettre à la seule personne qui pouvait encore le prendre en pitié et le protéger.

Gwenn.

32

Yann venait d'accomplir sa tournée d'inspection quotidienne dans la forêt. Vêtu de sa vareuse à boutons et coiffé de son képi, chaussé de bottes avec lesquelles il pataugeait dans les mares, armé d'un bâton dont il battait les fourrés pour se frayer un chemin dans l'obscur des bois, il revenait dans sa cabane pour y prendre sa collation lorsqu'il constata qu'il avait de la visite.

Gwenn était assise sur le banc qui flanquait l'habitation. Mais elle n'était pas seule. Loïc se tenait à ses côtés, recroquevillé sur lui-même, comme écrasé par le poids de sa propre bosse. La jeune fille lui parlait à voix basse, cherchant à le rassurer, mais le charbonnier n'arrêtait pas de jeter des regards éperdus autour de lui, tel un animal traqué. Dès qu'il entendit le pas du garde forestier, il se figea, les yeux hagards, la bouche ouverte, manifestant tous les signes de la frayeur la plus extrême.

Gwenn leva la tête à son tour et fit signe à Yann d'approcher.

— Loïc est recherché par les Allemands, dit-elle simplement. Ils ont placardé des affiches dans tout le village et ils ont détruit son abri. Les villageois le soupçonnent d'être responsable de la mort d'Annaïg.

Yann fronça les sourcils et caressa sa barbe d'un air pensif.

— Cela fait beaucoup pour un seul homme, reconnut-il d'un ton grave.

— Il faut l'aider, Yann, insista Gwenn.

Le garde forestier observa un instant le bossu avant de répondre.

— Nous n'allons pas te laisser tomber, mon garçon. Mais je dois dire que tu joues vraiment de malchance. Je me demande bien comment nous allons te sortir de là…

Le charbonnier était incapable d'articuler un son. Il faisait des efforts pour ne pas céder à la panique et s'enfuir dans les bois. Où serait-il allé ? Malgré son angoisse, il faisait confiance à Gwenn et se sentait rassuré par la voix chaleureuse de Yann.

— Il peut rester ici, avec nous, suggéra Gwenn.

Yann continuait à se masser le menton.

— Crois bien que je n'y verrais aucun inconvénient, si nous vivions dans une époque normale, Gwenn. L'hospitalité est un devoir, et prendre la défense de ceux qui subissent des injustices en est un autre tout aussi sacré.

Il poussa un profond soupir, avant de reprendre :

— Mais les temps sont devenus fous. Si les Allemands ont trouvé aussi facilement le lieu où Loïc tenait ses *fouées*, ils ratisseront la forêt pouce par pouce. Et l'un des premiers endroits où ils auront l'idée de venir, c'est dans la maison du garde forestier…

— Et alors ? Je n'ai pas peur d'eux ! rétorqua la jeune fille d'un ton crâne.

Yann ne put s'empêcher de sourire.

— J'en suis sûr. Mais je ne pense pas que ta détermination soit suffisante pour les éloigner. Nous serons arrêtés comme complices, voilà tout. Et cela n'empêchera pas Loïc d'être pris. Non, Gwenn, il faut trouver une autre idée…

— Une idée ? Mais laquelle ? Le temps presse… Sa tête est mise à prix, je te le rappelle.

— Au fait, tu l'as vue, cette affiche ? De quoi Loïc est-il accusé, au juste ? s'enquit le vieil homme.

— Les Allemands affirment qu'il fait partie de ceux qu'ils appellent les terroristes…

— Les jeunes gens réfractaires au STO qui se sont réfugiés dans la forêt, c'est bien ça ? continua Yann avec un éclair de malice dans les yeux.

— Oui, confirma Gwenn. On dit qu'ils sont rattachés à l'Armée secrète… Ce ne sont pas des terroristes, mais des résistants.

— Je le sais, ma fille, je le sais. Et cela me donne une idée. Puisque les Allemands soupçonnent Loïc d'être un résistant, il ne sera en sécurité qu'au sein du groupe auquel il est censé appartenir.

Gwenn jeta un regard incrédule au garde forestier.

— Mais… Ce serait avouer qu'il…

— … qu'il fait partie de l'Armée secrète ? C'est plus glorieux que d'être un criminel ou un collaborateur, tu ne penses pas ?

— Tout le monde ignore où ils se cachent, Yann. C'est d'ailleurs la raison pour laquelle ils n'ont pas encore été arrêtés.

— C'est bien pourquoi Loïc doit les rejoindre, affirma Yann d'un ton vainqueur. Sans le vouloir, les Allemands auront provoqué une nouvelle vocation de résistant. Loïc, es-tu prêt à intégrer l'Armée secrète ?

Le charbonnier cligna des yeux, déglutit et se mit enfin à parler avec précipitation. Les mots trop longtemps contenus se bousculaient dans sa bouche.

— Je les connais… On s'est croisés plusieurs fois dans les bois… De braves garçons… Vingt ans, à peine… Mais respectueux… Eux ne se moquaient pas de moi, au moins. Peut-être parce qu'ils savaient ce que c'est, que d'être rejeté… Ils m'ont même donné la main pour les *fouées*…

Mais ils ne m'ont pas dit où était leur camp. C'est un secret, ils ont dit… Personne doit le savoir.

— Et si je t'y conduisais ? reprit Yann sur un ton mystérieux.

— Tu sais où ils se trouvent ? interrogea Gwenn d'un ton de reproche. Si c'est le cas, tu as bien caché ton jeu…

Le garde forestier la gratifia d'un sourire ouvert et franc.

— Non, je l'ignore, ma fille… Mais je connais quelqu'un qui doit le savoir. Du moins je l'espère.

— Et de qui s'agit-il ? Quelqu'un en qui nous pouvons avoir confiance ?

Le sourire de Yann s'élargit jusqu'aux commissures de ses yeux.

— C'est une vieille histoire… Mais nous pourrons avoir toute confiance, je peux te l'assurer. Allez, il ne s'agit pas de moisir ici. Mettons-nous en chemin sans tarder. Il ne faudrait pas que les Allemands ou les gendarmes trouvent Loïc ici. Vous allez venir avec moi.

— Mais où cela ? s'étonna encore Gwenn.

— De l'autre côté de la forêt. À Tréhorenteuc.

33

L'église de Tréhorenteuc était en ruine depuis si longtemps qu'il était difficile d'imaginer qu'elle ait pu un jour être dotée d'une charpente complète, de murs solides ne menaçant pas de s'écrouler et de vitraux colorés laissant filtrer la lumière du jour en place de ces ouvertures nues par lesquelles s'engouffraient la pluie et les courants d'air. Insalubre et impropre à la tenue de la plus humble liturgie, le bâtiment religieux avait été abandonné depuis de nombreuses années. À la mort du dernier prêtre, à l'issue de la Première Guerre mondiale, le diocèse avait jugé inutile de le remplacer. Les travaux de restauration auraient coûté trop cher, et Tréhorenteuc n'était guère qu'un hameau. La paroisse comptait à peine cent cinquante habitants ne parlant que le gallo, ne connaissant ni Dieu ni diable, ni latin ni français.

Pourtant, un nouveau recteur avait été désigné un an plus tôt, le jour de Pâques 1942, pour prendre en charge la paroisse fantôme et son église exposée à tous les vents. Il s'agissait de l'abbé Ernest Guilloux, un petit homme fluet d'une quarantaine d'années qui s'était mis à dos la hiérarchie ecclésiastique à cause de son caractère frondeur. Entre autres manquements aux dogmes en usage, le prêtre n'avait pas hésité à célébrer une messe d'enterrement pour l'âme d'un suicidé. Fou de rage, l'évêque de Vannes dont il dépendait l'avait puni en le nommant recteur de cette église du bout du monde. L'abbé avait vu dans cet exil non un châtiment mais un défi. Ce n'était pas l'évêque, mais Dieu qui l'avait envoyé ici afin de reconstruire ce temple négligé de tous.

L'abbé avait de grandes idées dans la tête et la foi chevillée au corps, mais cela ne suffisait pas à monter des échafaudages et charrier des pierres. Depuis son arrivée, l'église prenait toujours l'eau et personne ne venait y prier. Mais cela n'empêchait pas le prêtre de concevoir dans les moindres détails les plans de son église future. Une église imaginaire et idéale qui, pour l'instant, demeurait prisonnière du domaine des songes comme une princesse endormie.

Cette église, l'abbé Guilloux en avait longuement rêvé. Un rêve, il en était certain, que lui avait adressé Dieu afin de lui montrer la mission qui désormais serait la sienne jusqu'à la fin de son existence sur terre : bâtir l'église du Graal, point de rencontre entre la foi chrétienne et l'ancienne foi des druides.

La religion de la Bible était une religion du désert, née dans des contrées de soleil et de sable, de soif et de poussière. Il s'agissait d'une religion orientale, une religion du soleil levant. Ici, en ces terres de Bretagne situées à l'extrême occident, c'est vers le soleil couchant que l'on se tournait spontanément. À la religion du désert, il fallait substituer celle de la forêt, des arbres, de l'eau et de la brume. À la Bible d'Orient il fallait adjoindre la Bible d'Occident. Or, cette Bible existait. Il s'agissait du livre saint de la quête du Graal et des chevaliers de la Table ronde. L'abbé Guilloux serait le prophète de cette nouvelle Évangile sylvestre. L'Évangile du Graal caché en forêt de Brocéliande.

Son rêve lui avait montré clairement l'aspect de l'église du Graal lorsqu'elle serait achevée. Il en avait conservé dans sa mémoire le schéma précis. En se tournant vers les murs lézardés ou les ouvertures lépreuses, il pouvait voir, comme en surimpression, les tableaux, vitraux et mosaïques qui, un jour, parachèveraient son grand œuvre.

Les fonts baptismaux seraient encadrés de deux mosaïques figurant une tête de bélier et une queue de poisson, l'alpha et l'oméga, le commencement et la fin de toutes choses. L'une des deux chapelles latérales, la chapelle Saint-Eutrope, en mosaïque rouge, couleur de la charité, aurait pour la protéger une grille ornée de poissons, symbole chrétien, et de triskèles, symbole celtique, pour bien marquer l'alliance entre les deux cultures trop longtemps opposées. L'autre chapelle, toute tendue du bleu de l'espérance, serait vouée à la Vierge. C'est là, sous une simple dalle de granit, que le prêtre aimerait reposer.

Sur les parois de l'église, Ernest Guilloux imaginait aussi un chemin de croix dont les douze premières stations auraient pour cadre la forêt de Brocéliande. Il voyait même, à la neuvième station, une fée Morgane vêtue de rouge avec, à ses pieds, le Christ effondré sous le poids de sa croix. À la treizième station, l'abbé visionnaire se représentait déjà Joseph d'Arimathie en train de recueillir le sang du Christ dans la coupe du Graal. Ce Graal en émeraude verte qui figurerait au centre d'un vitrail érigé dans le chœur, au-dessus de Joseph d'Arimathie agenouillé devant Jésus.

Les tableaux se succédaient ainsi devant les yeux éblouis du prêtre : les chevaliers de la Table ronde rassemblés devant les mets délicieux et abondants que leur dispensait le Saint-Graal ; Yvain et le bassin d'or provoquant les enchantements de la fontaine de Barenton ; l'ensorcellement de Merlin par la fée Viviane ; Lancelot affrontant Morgane, la fée noire, au Val-sans-Retour pour libérer ses compagnons prisonniers de leurs illusions ; le chevalier de Ponthus combattant pour la main de la belle Sydoine ; Éon de l'Étoile, le moine fou de Concoret.

Il rêvait enfin d'une gigantesque fresque retraçant l'épisode de la quête du Graal dans lequel Galaad aperçoit un cerf blanc et quatre lions rouges, animaux surnaturels évoquant Jésus et les quatre évangélistes. Le cerf blanc, surtout, avait sa préférence, avec sa chaîne d'or en sautoir prolongée d'une croix.

Un jour, il le savait, ces merveilles orneraient l'église enfin restaurée, même s'il devait, pour y parvenir, se battre toute sa vie contre les médisants et les clercs à courte vue. Les pèlerins viendraient du monde entier pour se recueillir dans ce lieu saint à nul autre pareil, ce navire de saint Brendan voguant en pleine forêt à la recherche du paradis, poussé par le souffle des légendes et guidé par l'esprit de la fée, Notre-Dame de Brocéliande.

En attendant, cette église imaginaire existait dans son cœur et dans son esprit, et cela lui suffisait. Ce n'est pas l'homme qui habite le temple, mais le temple qui doit habiter l'homme. D'ailleurs, il ferait inscrire, au fronton de l'édifice, la phrase suivante, sous forme d'une énigme que seuls sauraient décrypter les cœurs purs : « La porte est en dedans. »

Dès qu'il avait appris que Tréhorenteuc avait un nouveau curé, Yann était l'un des rares à être venus lui souhaiter la bienvenue.

— J'ai un peu connu votre prédécesseur, voici plus de vingt-cinq ans, lui avait-il dit. Un drôle de personnage mais un brave homme. Je dirais même un homme brave. J'étais tout jeune, à l'époque, mais il m'a dit une chose étrange. Il m'a affirmé que je reviendrai ici, dans cette église. Et il m'a fait promettre de vous transmettre son bonjour. N'est-ce pas étrange, mon père ?

L'abbé Guilloux avait souri.

— Rien ne m'étonne plus en ce bas monde. Ni les mesquineries des hommes, ni les miracles que nous envoie Dieu chaque jour, comme des signaux que nous ne voulons pas voir, des messages que nous ne voulons pas comprendre. Je suis heureux de savoir qu'un prêtre, qui sans doute me ressemblait, m'a précédé en ces lieux. Et je me sens honoré de son salut, après toutes ces années. Cela veut dire que, si les hommes ont négligé cette paroisse, Dieu, lui, ne l'a pas oubliée. Crois-tu en Dieu, Yann ?

— Je ne vais pas vous mentir, mon père. Mon église à moi, c'est la forêt de Brocéliande. C'est là que je me sens le plus près de ce qui pourrait s'apparenter au Ciel. Alors, si Dieu existe, c'est dans ces bois que je le cherche, et non pas entre vos murs de pierre…

Les yeux d'Ernest Guilloux avaient pétillé d'une lueur espiègle.

— Dieu se montre quand il veut, où il veut et à qui il veut, Yann. Il est présent aussi bien dans la sainte communion que dans le cri d'un merle. Mais si la forêt peut devenir une cathédrale d'arbres, pourquoi l'inverse ne serait-il pas possible ? Toi, Yann, tu as placé ton église intérieure dans la forêt de Brocéliande. Moi, mon ambition est de faire entrer la forêt de Brocéliande dans mon église. C'est un rêve fou, sans doute irréalisable, mais j'y crois. Je voudrais faire de Tréhorenteuc l'église du Graal.

L'abbé Guilloux nourrissait une véritable passion pour les légendes de la Table ronde et la mythologie du Graal. À ses yeux, chaque pierre, chaque arbre, chaque brin d'herbe ou animal de la forêt de Brocéliande était un morceau d'histoire, un fragment de conte dont les héros avaient pour nom Arthur, Guenièvre, Merlin, Viviane ou Morgane. Les lieudits de la forêt eux-mêmes étaient des invitations à pénétrer dans la grande épopée arthurienne : le Miroir-aux-Fées, le Val-sans-Retour, le lac de Viviane, le tombeau de Merlin, la fontaine de Barenton. Lorsque le vent agitait le feuillage argenté des saules, on croyait voir briller les armures des chevaliers se livrant à quelque joute ou se préparant au tournoi. Les pierres levées, menhirs ou dolmens, balisant la forêt de leurs masses imposantes, semblaient des géants aux aguets. Les gouttes de pluie rebondissant sur le miroir des lacs évoquaient le rire cristallin de Viviane. Et la course du soleil, de l'aube à midi puis de midi au soir, était à l'image de la force ascendante puis déclinante de sire Gauvain.

Pour autant, le recteur de Tréhorenteuc était un fervent catholique, et ne pouvait être suspecté de se livrer à d'obscures pratiques païennes. Le dédain avec lequel les clercs avaient rejeté la geste arthurienne et la symbolique du Graal dans la géhenne des superstitions et du folklore relevait selon lui d'un malentendu dommageable doublé d'une étroitesse d'esprit qu'il jugeait criminelle.

— Les prêtres ne jurent que par la Bible et les Évangiles, avait-il expliqué à Yann. Ils ignorent complètement l'œuvre de Chrétien de Troyes, le bien nommé, qui a su relire les anciennes légendes celtes avec le regard illuminé d'un témoin éclairé de la splendeur de la Création divine. Qu'est-ce que la quête du Graal, sinon celle du pèlerin animé par l'Esprit saint et guidé par la Providence ? La Table ronde réunissant les meilleurs chevaliers du monde n'est-elle pas une résurgence de la Cène où le Christ a reçu ses disciples pour son dernier repas ? Et il émanait des chevaliers eux-mêmes, bardés de fer et porteurs d'oriflammes, la beauté des archanges et la sainteté des moines.

L'abbé Guilloux était intarissable lorsqu'il abordait son sujet favori, et sa culture était si vaste que Yann ne se lassait pas de l'écouter. Comme l'avait prédit le curé qui jadis avait marié Edern et Solenn, il était revenu à Tréhorenteuc pour y rencontrer un prêtre tout aussi original et tout aussi mal vu des hautes instances religieuses. À un quart de siècle de distance, ces deux curés en exil offraient l'exemple si rare de la foi combinée à la liberté d'esprit. C'est pourquoi, au détour de ses randonnées, Yann ne manquait jamais une occasion de venir s'entretenir avec le gardien de l'église du Graal. Il en profitait pour l'aider à colmater les brèches de la toiture et les trous dans les murs. Parfois, il remarquait qu'en son absence certains travaux avaient été réalisés. Quand il lui demandait si certains paroissiens venaient lui prêter main-forte, le prêtre répondait d'un ton mystérieux :

— Les paroissiens ? Non, je ne les vois jamais. Mais de temps à autre, des hommes de bonne volonté tels que toi m'apportent leur secours. Je les paye en bénédictions. Cela ne nourrit pas son homme, mais cela permet d'affronter l'adversité lorsqu'on a tout perdu et que l'on en est réduit à se cacher dans les bois.

L'abbé n'en avait pas dit plus, mais Yann avait compris.

C'est pourquoi, lorsqu'il avait fallu trouver une solution pour mettre Loïc à l'abri des Allemands, le garde forestier avait tout naturellement pensé à l'abbé Guilloux.

34

— Tiens, Yann, mon vieux complice ! Je vois que tu m'as amené de la visite. Depuis que je suis à Tréhorenteuc, je crois que je n'ai jamais reçu tant de personnes à la fois !

L'abbé Guilloux avait un ton chaleureux. Vêtu d'une soutane élimée, chaussé de godillots plus habitués aux sentines de la forêt qu'à l'asphalte des villes, la silhouette fine et le visage creusé par les jeûnes, le buste cambré pour compenser sa petite taille, l'homme d'Église inspirait d'emblée confiance. Il saisit le garde forestier par les épaules, dans une étreinte virile, puis serra vigoureusement la main de Gwenn puis de Loïc.

— Mon père, nous venons vous trouver pour que vous nous aidiez à prendre soin de ce garçon. Il se nomme Loïc Le Masle, il est charbonnier et en ce moment beaucoup de gens en ont après lui. Beaucoup trop…

— Un charbonnier, hein ? réagit l'abbé Guilloux. Ceux de ta corporation n'ont jamais été réellement acceptés dans le pays. Sais-tu pourquoi, Loïc ?

Le bossu écarquilla les yeux et eut une moue désabusée.

— C'est un travail sale… Un métier de sauvage… On nous prend pour des bêtes.

— Non, mon fils ! Ce n'est pas pour cette raison ! l'interrompit le recteur. C'est à cause de la charbonnerie…

Loïc fit une grimace d'incompréhension.

— La charbonnerie ?

— Tu es trop jeune pour avoir connu ça, répliqua le prêtre. La corporation s'est progressivement éteinte à la fin du siècle dernier, en même temps que le métier. Mais si tu avais vécu en 1820, tu n'aurais pu exercer sans avoir au préalable suivi un rituel d'initiation et prêté serment. En ce temps-là, les charbonniers ne se contentaient pas d'alimenter leurs *fouées* pour faire du charbon de bois. Ils constituaient une société clandestine à but politique. Le mouvement s'est tout d'abord développé en Italie, dans le royaume de Naples, sous le nom de carbonarisme. Il a été importé en 1809 par un révolutionnaire français, par ailleurs « bon cousin charbonnier » et membre de la franc-maçonnerie. Les carbonari combattaient la royauté et souhaitaient obtenir l'indépendance et l'unification de leur pays…

— En quoi cette confrérie a-t-elle desservi l'image des charbonniers de Brocéliande ? intervint Yann.

— Les « bons cousins charbonniers » étaient pétris d'idées libérales. Ils étaient les francs-maçons de la forêt, hostiles à la Restauration, farouchement antimonarchistes et anticléricaux. On les soupçonnait de complots visant à défaire l'autorité de l'État et de l'Église. Comme ils vivaient seuls dans la forêt, à l'écart du monde, et qu'ils cultivaient eux-mêmes le secret, échangeant entre eux des signes mystérieux, la superstition populaire en a fait progressivement des sorciers et des meneurs de loups.

— Je… je n'ai jamais entendu parler de tout ça, se justifia Loïc comme s'il était accusé de quelque crime odieux. Je ne suis pas un sorcier et je n'en ai jamais rencontré.

— Je le sais bien, trancha le recteur. Ce que j'essaye de vous expliquer, c'est que même si le mouvement clandestin de la charbonnerie a disparu après 1830, la méfiance est demeurée et s'est déplacée du domaine de l'agitation politique à celui de la sorcellerie. La première a existé, la seconde non, mais le résultat a été le même : on s'est toujours défié des charbonniers. Je dois confesser, hélas, que l'Église n'a rien fait pour dissiper ce malentendu, bien au contraire. Leur réputation de bouffeurs de curés leur collait à la peau.

— Je ne pense pas que vous ayez été complice de ces calomnies, mon père, fit remarquer Yann qui avait souvent eu l'occasion de constater par lui-même l'extrême tolérance du prêtre.

— Je me suis toujours gardé de juger, pour ne pas être jugé à mon tour, répondit l'abbé Guilloux. Seule la vérité importe. Mais elle se dissimule sous les voiles du mystère. Or, un mystère est par nature inexplicable, et doit le demeurer. Tenter d'expliquer un mystère, c'est à coup sûr aboutir à un mensonge… Mais la vérité des êtres se révèle autrement que par des mots.

Le recteur se planta alors en face du bossu et le scruta avec une extrême attention, comme s'il cherchait à lire jusqu'au tréfonds de son âme. Loïc lui rendit son regard sans se troubler. Il ressentait la bonté qui émanait du curé et ne songeait ni à fuir ni à baisser les yeux, comme il était accoutumé à le faire lorsqu'il se sentait en danger.

Cet examen muet sembla satisfaire l'abbé qui, de sa voix douce mais ferme, déclara :

— Tu as l'âme pure, mon garçon, ça me suffit. Quoi que tu aies fait, je m'en moque. Je t'aiderai, si je le peux. Ou plus exactement, Dieu t'aidera par mon intermédiaire…

Puis il se tourna vers son ami Yann :

— Je t'avais parlé de mon projet de faire de Tréhorenteuc l'église du Graal, n'est-ce pas, Yann ? Eh bien, le rêve commence à devenir réalité. Viens voir…

L'abbé Guilloux entraîna Yann, Gwenn et Loïc à l'intérieur de l'église en réfection. Les trois visiteurs n'en crurent pas leurs yeux : dans le chœur du lieu saint, un vitrail flambant neuf venait d'être posé. Ils se seraient attendus à y voir figurer la Cène réunissant Jésus et ses apôtres, ou quelque autre épisode évangélique, au lieu de quoi, le vitrail représentait les chevaliers de la Table ronde partageant le pain et le vin en compagnie du roi Arthur, tandis qu'au-dessus d'eux deux angelots tenaient entre leurs mains une coupe d'un beau vert émeraude. Une inscription au sommet du vitrail annonçait : « APPARITION DU SAINT-GRAAL. »

— C'est Henri Uzureau, un verrier de Nantes, qui l'a réalisé sur mes instructions, expliqua Ernest Guilloux. J'y ai laissé le maigre héritage que m'a laissé l'épouse de mon parrain, après que son fils, entré dans la Résistance, eut été tué accidentellement par un franc-tireur alors qu'il n'avait que vingt-deux ans.

— C'est magnifique, reconnut Gwenn. On se croirait dans un manuscrit à enluminures consacré aux légendes celtiques. Ou dans un album illustré de contes de fées…

— Et pourtant, rien n'est plus proche du message évangélique que cette Table ronde, réunissant les chevaliers les plus braves et les plus pieux autour du plus noble des rois, Arthur. Lancelot, Gauvain, Yvain, Galaad, Perceval… Ils sont, dans la mythologie celtique, l'équivalent des saints Pierre, Jean, Luc, Jacques ou Matthieu. Et Arthur couronné n'est autre qu'une allégorie du Christ.

— Et le Graal ? demanda Yann, subjugué lui aussi par l'originalité et la naïve beauté du vitrail.

— C'est l'Esprit saint, répondit Ernest Guilloux. Celui que l'on représente généralement sous la forme d'une colombe. Les symboles sont différents, mais ils renvoient à une réalité unique. La réalité du royaume de Dieu sur terre…

Loïc ne disait rien, mais il était lui aussi fasciné par le vitrail aux couleurs vives. D'un doigt hésitant, il désigna l'assemblée des chevaliers :

— Ce lieu… existe-t-il vraiment ? J'aimerais tant y aller…

L'abbé Guilloux le considéra avec sympathie.

— L'esprit de la Table ronde n'est pas éteint, Loïc, même s'il prend aujourd'hui d'autres formes. Et la quête du Graal est toujours d'actualité. L'église n'est pas chauffée et elle est remplie de courants d'air. Suivez-moi dans mon humble logis, mes amis. Je vais préparer du café… Enfin, pas du vrai, évidemment. Mais nous ferons comme si !

Dans un grand rire, l'abbé Guilloux entraîna ses visiteurs dans la petite sacristie qui jouxtait l'église en ruine au vitrail fabuleux.

— Ce n'est pas le meilleur café du monde, mais au moins il réchauffe ! lança le recteur de sa voix claire tout en versant le liquide fumant dans des bols ébréchés.

La pièce où ils se tenaient était étroite et austère, meublée d'une simple table et de tabourets. Au mur, une immense croix ornée d'une branche de buis. Un poêle à charbon diffusait une douce chaleur.

— Je n'ai pas de sucre, s'excusa l'abbé. Cela aurait rendu mon ersatz de café moins amer. Chicorée, lentilles, pois chiches… Il doit y avoir un peu de tout dans ce mélange, sauf de l'arabica ou du robusta !

— Ça ne fait rien, mon père, répondit Yann en empoignant son bol de ses deux solides mains. Nous n'avons pas mieux chez nous, je vous rassure. Et souvent bien pire.

— Pour nous, les vieux, ça ne nous fait pas de mal de jeûner un peu, plaisanta Ernest Guilloux en clignant de l'œil en direction de son complice. Mais quand je pense à la jeunesse qui n'a ni viande, ni lait, et qui n'a à se mettre sous la dent que du pain noir et des *pataches* cuites à l'eau, cela me scandalise…

Il posa son regard bienveillant sur Gwenn et Loïc, qui soufflaient à la surface du liquide pour ne pas se brûler la langue.

La jeune femme leva les yeux vers le prêtre et rétorqua avec une pointe de provocation :

— Moi, ce qui me scandalise, c'est que, pendant ce temps-là, certains font trois repas par jour sans se priver de rien.

Le prêtre plissa les yeux, sensible à la remarque de Gwenn.

— Ils ne les feront pas éternellement, ces trois repas par jour, mon enfant. Connais-tu l'histoire de Brandis des Îles, le seigneur du château de la Douloureuse-Garde ?

Yann sourit. L'abbé Guilloux ne manquait jamais une occasion de raconter l'un ou l'autre des épisodes de la saga arthurienne. Gwenn se contenta de secouer négativement la tête.

— Il s'agit de l'un des premiers exploits de Lancelot, alors qu'il n'était encore connu que sous son surnom de « Blanc Chevalier », enchaîna le recteur. Ce château, situé au sommet d'une colline noire, était aux mains d'un tyran qui tenait ses sujets en esclavage. Ces derniers avaient perdu tout espoir d'être un jour libérés, car les épreuves que devrait affronter celui qui oserait défier le Brandis des Îles étaient si terrifiantes que nul être humain ne semblait pouvoir les surmonter sans périr.

Gwenn prêtait attention au prêtre, mais c'était surtout Loïc qui était passionné par son récit. Il écoutait, bouche bée, les yeux écarquillés, comme si on lui dévoilait des mystères ineffables. Il paraissait encore sous le charme du vitrail des chevaliers de la Table ronde et de l'apparition du Graal. L'abbé devina qu'on n'avait pas dû souvent lui raconter de belles histoires dans sa vie.

— Pourtant, Lancelot ne ressentit aucune peur quand il combattit les noirs chevaliers, les géants et même les dragons, poursuivit Ernest Guilloux. Il triompha de tous les maléfices et sortilèges qui pesaient sur ce château, et savez-vous pourquoi ?

Loïc et Gwenn secouèrent la tête en chœur.

— Parce que la Dame du lac, la fée qui avait son palais au fond des flots, veillait comme une mère sur le Blanc Chevalier qu'elle avait élevé, et le préservait de tous les périls. C'est ainsi que les pauvres habitants du château de la Douloureuse-Garde purent fêter leur libération. Ils organisèrent en l'honneur de Lancelot un festin tel que leurs longues journées de disette ne furent bientôt plus qu'un lointain souvenir.

L'abbé Guilloux marqua une pause, les mains jointes devant sa bouche, avant de reprendre :

— Nous sommes prisonniers depuis bientôt

quatre ans dans le château de la Douloureuse-Garde. Et nous avons le ventre vide et le cœur en berne, car nous croyons que les noirs soldats de Brandis des Îles ont gagné toutes les batailles et nous maintiendront pour toujours en esclavage. Mais ceci est faux…

Il prit le temps de regarder son auditoire avec toute la ferveur de sa foi, afin que ses paroles s'impriment dans leurs esprits.

— Les nouveaux chevaliers de la Table ronde sont déjà en train d'en découdre avec les ennemis de la France et de la Bretagne, soutenus par l'esprit de la Dame du lac, l'esprit de la liberté et de la résistance… Et bientôt, mes amis, ce château de la Douloureuse-Garde sera rebaptisé château de la Joyeuse-Garde…

— Et pensez-vous que Loïc pourrait se joindre à ces nouveaux chevaliers dont vous parlez, mon père ?

L'abbé Guilloux se tourna vers le charbonnier qui, suspendu à ses paroles, en avait oublié de boire son bol de faux café.

— Te sens-tu apte à rejoindre l'ordre des chevaliers de la Table ronde que tu as vus représentés sur le vitrail de l'église, Loïc ? Es-tu prêt à donner ta vie pour libérer le château de la Douloureuse-Garde ? Et jures-tu de toujours rester fidèle à la Dame du lac, la fée de Brocéliande ?

Le bossu jeta un bref coup d'œil à Gwenn, qui l'encouragea d'un sourire, puis il acquiesça vigoureusement, comme s'il était sur le point d'être adoubé par le roi Arthur lui-même. Ses yeux étaient remplis d'exploits de chevalerie et de rêves de gloire, au point que son visage ingrat en était presque beau.

— Tu dois également promettre de ne révéler leur cachette à personne, à l'exception bien sûr de Yann et de Gwenn, qui appartiennent déjà à la chevalerie secrète qui célébrera bientôt le triomphe de la Joyeuse-Garde, précisa l'abbé Guilloux.

— Je promets, fit Loïc d'une voix hachée par l'émotion.

L'abbé Guilloux se dressa. Il se tenait si droit qu'il semblait plus grand qu'il n'était en réalité. Il s'approcha du vitrail flamboyant de l'église.

— Approche, Loïc.

Loïc le rejoignit. Dans la lumière blême qui filtrait à travers le vitrail coloré, il ressemblait à l'un de ces chevaliers de la Table ronde attablés autour du roi Arthur, sous le regard des anges porteurs du Graal. On en oubliait presque sa bosse. Gwenn et Yann échangèrent un bref regard, émus d'assister à cette scène qui semblait surgie d'un très ancien ouvrage orné d'enluminures.

— À présent, mets un genou en terre, charbonnier…

Sans poser de question, le bossu s'exécuta. Ernest Guilloux le regardait avec aménité.

— Jadis, les aspirants à la chevalerie passaient une nuit en prière, les yeux fixés sur la croix formant la garde de leur épée. C'était la veillée d'armes, à l'issue de laquelle ils se confessaient et entendaient la messe. Le temps nous est compté pour ces préliminaires, mais je pense que le Seigneur t'en sera quitte. Il te faut à présent prononcer le serment de la chevalerie, une main posée sur la Bible. Même si j'en ai modernisé quelques détails, le fond demeure identique à l'esprit de la chevalerie éternelle. Es-tu prêt ?

Le bossu approuva en baissant la tête en signe d'humilité.

L'abbé posa le livre saint sur un lutrin et tendit au charbonnier un parchemin sur lequel se trouvaient réunis les termes du serment qui le lierait désormais à la longue lignée des nobles chevaliers.

D'une voix assurée, qui tranchait avec sa timidité coutumière, Loïc déclama un à un les articles :

Je croirai à tous les préceptes de l'Église et j'observerai [ses enseignements

Je protégerai l'Église

Je défendrai les faibles
J'aimerai toujours le pays où je suis né, la Bretagne
Je ne fuirai jamais devant mes ennemis ou ceux de mon [pays
Je combattrai les méchants avec acharnement
Je remplirai mes devoirs civiques, à condition qu'ils ne [soient pas contraires à la loi divine
Je ne mentirai jamais et je serai fidèle à ma parole
Je serai libéral et généreux
Je serai toujours le champion du droit et du bien contre [l'injustice et le mal.

Le recteur de Tréhorenteuc ferma les yeux, murmurant une prière silencieuse, puis, du plat de sa main droite tendue, il donna par trois fois la colée sur la joue et les épaules de Loïc, tout en prononçant ces paroles :

— Au nom de Dieu, de saint Michel archange et de saint Georges, moi, Ernest Guilloux, humble serviteur du Seigneur tout-puissant, je te fais chevalier, Loïc Le Masle. Sois toujours vaillant, loyal et généreux.

Puis le recteur aida le nouvel adoubé à se relever et le bénit par trois fois du signe de la croix.

— Désormais, ton nom de guerre sera Lancelot. Au nom du Père, du Fils et du Saint-Esprit. Amen.

Loïc était transfiguré. Gwenn et Yann s'approchèrent pour le féliciter. Ils étaient aussi émus que lui. Le garde forestier lui donna une franche accolade. La jeune fille, plus réservée, lui tendit une main que le charbonnier serra avec chaleur. S'il s'était écouté, il se serait agenouillé devant elle et aurait baisé cette main fraîche qu'elle lui abandonnait. Il lui aurait demandé d'être sa dame afin qu'il combatte pour l'amour d'elle. Mais il n'osa pas. Il ne se sentait pas suffisamment digne d'elle. Pas encore.

L'abbé Guilloux interrompit ces effusions :

— Nous devons nous mettre en chemin sans tarder. Il faut que je sois rentré avant la nuit, car les bois sont très vite envahis de ténèbres en cette saison. Yann, Gwenn, vous pouvez repartir sans crainte. Votre protégé sera à l'abri de ceux qui le recherchent.

— Merci, fit Yann en tendant la main au prêtre. Pouvez-vous simplement nous dire où se trouve le refuge de ces chevaliers qui veillent sur le destin de la Bretagne, mon père ?

L'abbé Guilloux dirigea son regard vers les lointains, au-delà de la fenêtre de la sacristie.

— Ils sont là où se retrouvent les chevaliers en exil. Dans le Val-sans-Retour.

35

Jeudi 4 novembre 1943

La messe d'enterrement d'Annaïg eut lieu le jeudi suivant, en début d'après-midi.

Durant les trois jours qu'avait duré la veillée funèbre, le père Jean avait tenu à seconder Dahud pour que les rituels nécessaires au repos de l'âme de la défunte soient respectés. Le fait que sa mort n'ait pas été volontaire lui avait évité l'abjection de l'ensevelissement dans le « cimetière des suicidés », enclos maudit et distinct du cimetière chrétien, encerclé d'un mur sans ouverture par-dessus lequel il fallait passer le cercueil avant de l'enfouir dans une terre non consacrée, sans croix ni couronnes. Mais les circonstances dramatiques, en grande partie non élucidées, au cours desquelles la lavandière avait trépassé, exigeaient un surcroît de prières et de sacramentaux.

Les « ensevelisseuses », vieilles femmes préposées au bon déroulement des rites mortuaires, avaient dressé dans l'*oté* de Dahud la « chapelle blanche ». Après s'être lavé les mains à l'eau bénite, elles avaient couché le corps de la jeune fille sur la table de la cuisine, contre la fenêtre, avant de le recouvrir d'un drap blanc de toile fine. Puis elles avaient suspendu deux autres draps à la poutre maîtresse, de façon à ce qu'ils pendent de part et d'autre de la forme allongée. Des branches de gui et de laurier y étaient épinglées. Ce drap qui servait de linceul à la morte était de la même étoffe que le linge dont on couvrait le pain afin qu'il ne rassisse pas, ou pour le protéger du soleil et de la poussière. Les corps des Bretons cuisaient au four des boulangers de la mort.

Près de la tête du cadavre, un cierge avait été allumé. Il devait être légèrement incliné afin que la cire tombe sur le suaire. Mais il fallait prendre garde, à l'issue de la veillée, de l'éteindre et de ne jamais le rallumer, au risque d'attirer une nouvelle fois la mort dans la maison.

Le premier soir, qui était jour de Toussaint et veille du jour des Morts, les vieilles avaient psalmodié « la complainte des âmes » :

Pauvres gens, ne vous étonnez point
Si nous apparaissons au seuil de votre porte
Pour vous réveiller, si vous êtes endormis.
Pendant que vous êtes dans votre lit, bien à l'aise,
Les pauvres âmes sont en peine.
Vous êtes dans votre lit, doucement étendus,

Tandis que les pauvres âmes sont en détresse.
Un drap blanc, cinq planches,
Un bouchon de paille sous la tête,
Cinq pieds de terre par-dessus,
Voilà tous les biens qui nous restent en ce monde.

Le deuxième jour, les femmes avaient peigné et lissé la chevelure de la défunte, avant de la parer de sa plus belle coiffe, de sa collerette et de sa guimpe. Puis elle lui avait passé une longue chemise blanche et avait rabattu le drap jusqu'à mi-corps, afin de laisser le buste et le visage dégagés. Ses mains, jointes paume contre paume, reposaient sur le linceul. Un chapelet était enroulé autour des poignets.

La pendule avait été arrêtée, le miroir situé au-dessus du buffet voilé et les récipients d'eau soigneusement vidés, afin que l'âme de la morte ne vienne pas s'y noyer une seconde fois. En revanche, il ne fallait ni balayer le sol ni épousseter les meubles, de crainte de chasser par mégarde l'*anaon*, l'âme en peine, qui en Bretagne peut se nicher dans les plus petites choses. Il fallait toutefois laisser la contre-porte de l'*usset* ouverte pour que l'*anaon* ne demeure pas prisonnier de la maison et puisse s'en aller lorsque l'heure serait venue.

Le soir, l'âtre avait tout spécialement été garni d'un grand feu qui ne devait servir ni à chauffer la maison ni à cuire des aliments. C'était le feu de l'*anaon*, destiné à la purification de l'âme afin de lui épargner les flammes de l'enfer ou celles, à peine moins brûlantes, du purgatoire.

La veille de l'enterrement, un représentant de chaque famille du village était venu présenter ses derniers respects à la morte et ses condoléances à la mère, en prenant garde de ne pas emprunter le chemin carrossé, de peur de croiser quelque âme errante. Ils s'étaient agenouillés l'un après l'autre devant le corps avant de l'asperger avec un morceau de buis trempé dans un bol d'eau bénite. Puis ils s'étaient restaurés en silence de crêpes et de bolées de cidre, ainsi qu'il était d'usage. Ces collations étaient interrompues à chaque heure par de longues prières, litanies, grâces et oraisons débitées par le père Jean, relayé par les ensevelisseuses, et ce jusqu'à ce que minuit eût sonné.

Parmi les mets offerts aux vivants se trouvait également du miel, car l'on disait que l'odeur du miel était douce à l'*anaon* et que son goût lui servait de viatique dans son long voyage vers l'au-delà. Lorsque le douzième coup résonna au carillon de l'église, une petite mouche, improbable apparition en cette saison, sortit des lèvres blanches d'Annaïg et alla se percher sur le rebord du pot de miel. Les ensevelisseuses poussèrent des exclamations : c'était là le signe que l'âme avait définitivement quitté le corps de la défunte pour se gorger de miel avant d'entamer son périple. C'était également le signal marquant la fin de la veillée mortuaire.

La mise en bière avait eu lieu le jeudi matin. Pour conduire Annaïg à l'église, on apprêta une charrette recouverte de branches de saule courbées en arceaux et surmontées d'un drap blanc de façon à former un dôme au-dessus du cercueil. La charrette était tirée par un cheval entièrement noir, jusqu'aux sabots qui avaient été cirés en signe de deuil. Le cheval lui-même était mené par le père Jean qui marchait à ses côtés, le tenant par la bride. Sur le trajet que suivait le convoi, les villageois tendaient l'oreille pour déceler si les roues de la carriole tournaient sans effort ou bien grinçaient. Dans le premier cas, l'âme de la défunte irait tout droit au paradis. Dans le second, elle serait plongée dans les souffrances du purgatoire. De même, ils redoutaient que la monture ne s'arrête en chemin, devant telle ou telle maison. Ce serait en ce cas un avertissement : la mort viendrait prochainement visiter le logis devant lequel le cheval avait bronché. Si la charrette croisait une croix ou un calvaire, il fallait y cogner l'extrémité du cercueil, afin que les portes du paradis s'ouvrent toutes grandes pour l'âme de la morte.

Les villageois vêtus de noir se tenaient debout au bord du chemin, tête nue, inclinée vers le sol, ou bien à genoux. Personne n'aurait osé assister au passage du convoi funèbre depuis le pas de sa porte ou de la fenêtre de son habitation. Ce manque de respect aurait pu être mal pris par la défunte qui immanquablement serait revenue se venger d'eux en hantant leurs chaumières. Car les morts, lorsqu'on ne les traitait pas avec les égards qui leur étaient dus, pouvaient s'avérer plus mauvais encore que les vivants.

Pour une fois, l'église de Concoret était pleine. La messe d'enterrement avait attiré ceux que la foi ne parvenait plus à déplacer jusqu'à cette antichambre des cieux. En Bretagne, on craint la mort presque autant que Dieu. Plus encore, parfois. Et le spectacle de la mort des autres n'est que le reflet de la sienne à venir. Il en est l'intersigne.

Dahud trônait au premier rang. Elle était la seule famille de la défunte, la seule famille connue en tout cas, et nul ne se serait avisé de lui disputer ce statut en s'asseyant à ses côtés. Elle se trouvait seule, à trois pas de l'autel, veillant sur le pauvre cercueil de sapin où reposait sa fille. Derrière elle se tenaient Gwenn et les autres lavandières : Fanchon, Nolwenn, Margarit et Louison, ainsi que Yann Luzel. Après eux s'étaient entassées les vieilles bigotes habituelles, qui pour rien au monde n'auraient manqué une messe de funérailles. Elles en étaient friandes comme d'un divertissement trop rare, un drame dans lequel elles tiendraient un jour le premier rôle. Puis venaient ceux qui ne pénétraient dans l'enceinte sacrée qu'aux baptêmes, aux mariages et aux enterrements, ces trois grands rendez-vous de la tragédie humaine auxquels nul ne pouvait se soustraire. Les hommes s'étaient bien fait un peu tirer l'oreille, car ils étaient moins portés aux choses spirituelles que leurs épouses, mais l'identité et l'âge de la défunte les avaient décidés. Ils auraient sans doute boudé les obsèques d'une vieille bique centenaire. Mais une jeune et fraîche jeune fille noyée au lavoir méritait qu'on l'accompagne jusqu'au dernier instant. Même Erwann, Léonard et le père Levasseur, ces trois mécréants qui ne fichaient jamais les pieds à l'église, avaient tenu à saluer la mémoire de la petite Le Borgne.

Ce qui avait surpris tout le monde, c'était la présence de la famille Montfort. Ces nobles étaient peu accoutumés à frayer avec les gens du peuple et n'assistaient qu'aux funérailles des membres de leur propre clan. Pour quelle raison étaient-ils venus honorer la mort d'une simple lavandière ? Cela était tellement inattendu qu'on ne savait dire si cet acte devait être porté à leur crédit ou bien au contraire s'il représentait une sorte de transgression.

Les occupants de Ker-Gaël avaient toutefois eu la décence de s'installer au dernier rang, au fond de l'église, mais on ne voyait qu'eux. Le baron Hubert de Montfort et sa patte folle, qui avait laissé son chien à l'entrée de l'édifice, comme un noir gardien, son épouse Françoise, si douce et effacée, à ses côtés, ainsi que leur fils unique, le fringant Philippe, accompagné d'une jeune fille qu'on n'avait encore jamais vue au village, mais dont les mieux informés connaissaient l'identité : il s'agissait de Rozenn Le Bihan, la fille du notaire de Mauron. Certains avaient d'ailleurs déjà eu vent de la présence de la jeune fille au château, par l'intermédiaire du gendarme Gaillard qui avait fait une autre révélation : Rozenn et Philippe étaient fiancés. Si la fille du notaire ne s'était jamais montrée publiquement, c'est parce qu'elle avait été souffrante, paraît-il. Depuis le décès d'Annaïg, étrangement, elle allait mieux. On l'avait vue, deux jours plus tôt, dans une voiture décapotable blanche conduite par le commandant allemand du camp militaire du Point-Clos. Cette promenade frisant l'inconvenance avait presque autant fait jaser que sa venue à l'église.

Le père Jean apparut et prononça les prières des morts, tandis que l'assistance tout entière se levait. Puis, d'un geste de la main, il fit signe que l'on pouvait se rasseoir. D'une voix tremblante d'émotion, il se tourna vers le cercueil et s'adressa directement à la défunte, comme si elle pouvait encore l'entendre :

— Annaïg, le fil fragile de ta vie a été rompu brutalement. Tu es une fleur que l'on a arrachée de terre avant même qu'elle n'ait eu le temps d'exhaler tous ses parfums. Une jeune fille laborieuse et fidèle, qui aurait dû connaître le soutien d'un homme, l'amour d'un enfant, la sécurité d'un foyer. Tu as rejoint ton Créateur avant que ton heure n'ait sonné et nous sommes tous réunis ici pour pleurer ton départ.

Le recteur, lentement, leva la tête.

— Annaïg, je suis l'un des derniers à t'avoir vue vivante. Tu t'es confessée à moi la nuit même où le drame t'a frappée. Tu as déchargé ta conscience aux pieds de Dieu, car tu souffrais des tribulations dans lesquelles tu étais plongée. Tu es venue frapper à ma porte, pour implorer mon secours et celui du Seigneur. Je témoigne ici même, devant Dieu et devant les hommes, que tu es repartie apaisée, pacifiée, et que rien ne pouvait laisser présager le terrible malheur qui s'est abattu sur toi. Tu aurais dû vivre, Annaïg, et voici qu'à présent tu es morte…

Le ton du prêtre se durcit tandis qu'il poursuivait son homélie.

— Un instant, j'ai douté de toi, Annaïg, j'en fais ici l'humble aveu. J'ai pensé que, terrassée par l'adversité, tu avais décidé de mettre un terme à ta vie. Je te demande de me pardonner ce manque de confiance. Tu n'es qu'une victime innocente qui bientôt rejoindra le royaume de Dieu.

Le prêtre fit une pause, qu'il mit à profit pour gratifier les fidèles d'un regard circulaire, prenant le temps de s'arrêter quelques secondes sur chacune des physionomies qui lui faisaient face.

— Tu es une victime, Annaïg, mais ton bourreau vit encore et vient te narguer jusqu'ici. Oui, je le sais, ton bourreau est là, quelque part, attiré par l'odeur de ta mort comme un vulgaire charognard…

Les villageois commençaient à s'entreregarder en échangeant des commentaires à voix basse. Que voulait dire le recteur avec ses imprécations ? Il semblait accuser quelqu'un de la mort d'Annaïg. Mais qui ? Le charbonnier ? Il n'était pas venu à l'enterrement de la lavandière. Il était même sans doute le seul à ne pas être présent.

Le recteur reprit d'une voix forte, en pointant son index vers le haut, comme s'il prenait le Ciel à témoin :

— À présent, ce n'est plus à Annaïg que je m'adresse, mais à son meurtrier. Je voudrais lui dire que son acte est terrible et qu'il encourt une lourde peine. Mais en ôtant la vie, il a aussi offensé Dieu, et s'expose à de terribles châtiments, non seulement dans cette vie, mais surtout dans l'autre. Heureusement, le Seigneur est magnanime et il peut accorder son pardon, même au pire des pécheurs, à condition que celui-ci se repente et que son repentir soit sincère. C'est pourquoi je prie le Seigneur, tous les saints et la Vierge Marie pour qu'il entende mon appel et se dénonce de lui-même, devant le tribunal des hommes et celui de Dieu. Car j'ai tout lieu de croire que l'assassin d'Annaïg se trouve actuellement ici, dans cette église !

Les fidèles réagirent à cette révélation en poussant des exclamations, tandis que les vieilles manquaient s'évanouir. Un assassin parmi eux, dans l'église de Concoret ? Ils imaginaient déjà l'un d'entre eux tirer un couteau de sa poche pour égorger ses voisins. Un assassin ? Mais qui ? Ce ne pouvait être le charbonnier, puisqu'il était absent. Alors qui ? Le père Levasseur, qui lorgnait parfois la petite avec des yeux gourmands ? Ou bien Philippe de Montfort, dont on disait qu'il contait fleurette à la lavandière, le soir, près du *doué* ? Et pourquoi pas son père, Hubert de Montfort, que son chien noir faisait passer pour un meneur de loup ? Un assassin était là, caché au milieu de la foule, et les menaçait tous.

Au premier rang, Dahud fixait le recteur avec, dans les yeux, des éclairs de folie. Les invectives qu'il lançait à travers l'église répondaient à ses propres tempêtes intérieures. Oui, le meurtrier d'Annaïg se trouvait en ces lieux, mais ce n'était pas elle. Elle s'était contentée de libérer sa fille, de la purger des poisons que d'autres lui avaient instillés. S'il fallait désigner un criminel, c'était à Philippe qu'on devait s'en prendre, voire à Hubert, cette engeance de séducteurs par qui la flétrissure venait aux filles. C'est eux qui méritaient l'échafaud et la guillotine. Les beaux parleurs, les merles moqueurs, les diseurs de menteries. Elle n'avait fait que laver dans le sang la tache que les chasseurs avaient imprimée sur le poitrail de la blanche hermine. « Plutôt la mort que la souillure. » Telle était la devise de l'animal mythique, et celui de la Bretagne et de ses enfants.

Après avoir produit son effet, le père Jean acheva son oraison et s'approcha du cercueil. Il trempa le goupillon dans l'eau bénite et en aspergea par trois fois le coffre mortuaire en faisant le signe de croix. Puis il le donna à Dahud.

La vieille lavandière se dressa et, d'un coup sec, jeta sur le corps vêtu de bois de sa fille les larmes qu'elle n'avait pas versées. Puis, avant de se placer à la tête du cercueil, figée et droite comme une chandelle de suif, elle tendit le goupillon au premier des fidèles qui s'étaient placés en file pour rendre à la morte un dernier hommage. Il s'agissait de Yann. Yann, l'ami d'enfance qu'elle n'avait plus vu depuis tant d'années.

— Toutes mes condoléances, Maëlle. La petite ne méritait pas ça, murmura-t-il d'un ton convaincu.

— C'est la malédiction de la fée de Barenton qui continue, grinça-t-elle d'un air menaçant. Nos enfants sont maudits, comme nous l'avons été. Qui sera le prochain ?

Disant cela, elle jeta un œil mauvais en direction de Gwenn. Puis ce fut au tour des autres lavandières d'agiter le goupillon en retenant leurs larmes.

— Faites semblant de pleurer, hypocrites, beaux masques, marmottait Dahud entre ses dents. En attendant, mon Annaïg est morte et vous êtes bien vivantes… Que *Satan goz* vous emporte, vous et vos jolis minois…

Puis se présentèrent les vieilles, les grenouilles de bénitier, les pleureuses, les ensevelisseuses, toutes celles qui trouvaient dans la mort les ultimes joies que ne leur procurait plus la vie. Puis les voisins, les fermiers, les artisans, les commerçants, qui venaient faire à la mort l'offrande de leur présence pour tenter de l'amadouer. Dahud regardait chacun d'entre eux, visage fermé, lèvres pincées en songeant : « Il faut que ma fille soit morte pour que vous réalisiez qu'elle existait. »

Les derniers à approcher furent les membres de la famille Montfort. Instinctivement, les villageois s'écartèrent sur leur passage, impressionnés par ces nobles distants, riches et tout-puissants.

Par pudeur ou par crainte, les deux hommes avaient poussé devant eux Françoise et Rozenn, qui ne se sentaient guère à l'aise dans cette assemblée qu'elles ressentaient hostile à leur égard, sans en comprendre tout à fait la raison. Elles étaient de toute manière réservées et discrètes, et n'étaient point habituées à la foule. Ce n'était d'ailleurs pas de leur plein gré qu'elles étaient venues à cet enterrement. Le baron avait estimé que la meilleure façon de dissiper les soupçons qui pesaient sur Philippe était de faire corps en assistant aux obsèques de la malheureuse afin d'offrir publiquement l'image d'une famille unie.

Françoise passa le goupillon à une Rozenn rougissante qui, les yeux tournés vers le sol pour ne voir personne, bénit à la sauvette le cercueil avant de passer le relais à Philippe qui se tenait derrière elle.

Lorsque le jeune noble se tint devant la dépouille de celle avec qui il avait eu une liaison secrète, tous les regards convergèrent vers lui. Il se murmurait en effet que, si le charbonnier s'avérait innocent, Philippe de Montfort arrivait en seconde place sur la liste des suspects. S'il était coupable, il se troublerait certainement ou bien encore, pris de remords, il s'accuserait comme le recteur avait solennellement adjuré le criminel de le faire un instant plus tôt.

Quelque intersigne surnaturel pouvait également se produire. Ainsi, l'on disait qu'en présence de son assassin la victime pouvait le désigner de son index tendu ou se mettre à saigner. Le cercueil, bien entendu, empêchait que ces manifestations d'outre-tombe n'apparaissent au grand jour, mais on espérait que d'autres indices plus subtils viendraient révéler la vérité aux yeux de tous. L'eau bénite refuserait de sortir du goupillon brandi par l'assassin ou s'évaporerait avant d'avoir atteint la surface du cercueil. Le bois de la caisse se mettrait à craquer. La flamme des cierges s'éteindrait brusquement, soufflée par une bouche invisible.

Mais rien de tel ne survint et Philippe s'acquitta de sa bénédiction sans qu'un trait de son visage ne s'altère, ni que les foudres du Ciel ne lui tombent dessus. Comme pour démontrer son innocence, le jeune homme avait gardé la tête droite et affrontait sans émoi les regards braqués sur lui.

C'est ainsi qu'il croisa celui de Gwenn, qu'il n'avait pas revue depuis le drame. Il y lut de la tristesse et de la déception. Il est vrai que la jeune fille, avec qui il avait noué depuis l'enfance des liens d'amitié et de complicité et qui le considérait comme un garçon incapable de lâcheté ou de mensonge, venait d'apprendre successivement qu'il avait eu en secret à la fois une maîtresse et une fiancée. Il avait séduit puis rabroué la première, contribuant ainsi à provoquer son horrible fin. Et il avait manqué de respect à la seconde en la trompant avec une rivale dont elle devait, aujourd'hui même, saluer la dépouille.

Gwenn avait longtemps vu en Philippe l'incarnation de l'un de ces chevaliers de la Table ronde des légendes arthuriennes, sans peur et sans reproche, assoiffé de justice et en quête d'idéal. Elle avait vu en lui un Lancelot des temps modernes ; il n'était que Mordred, le fils bâtard d'Arthur, traître à la cause dans le respect de laquelle il avait été élevé. Loïc, tout bossu et disgracié qu'il fût, sale et déguenillé, représentait bien plus sûrement les valeurs d'héroïsme et de bravoure que le jeune noble aux mœurs corrompues.

Elle avait encore en mémoire les yeux émerveillés du charbonnier lorsque l'abbé Guilloux l'avait sacré chevalier sous le vitrail du Graal. Loïc avait rejoint la Résistance, tandis que Philippe et les siens frayaient avec les Allemands. D'ailleurs, les Montfort n'étaient-ils pas pour quelque chose dans la chasse à l'homme que les SS avaient lancée à l'encontre du charbonnier ? Assaillie par ces idées pernicieuses, Gwenn détourna la tête la première. Elle avait honte d'avoir accordé si longtemps sa confiance à un garçon qui ne la méritait pas.

Philippe nota la réprobation qui se peignait sur le visage de son amie et en éprouva de la peine. Mais il avait bien d'autres soucis en tête et se devait de continuer malgré tout à faire bonne figure devant le village réuni.

Il se tourna et tendit le goupillon à son père.

À peine ce dernier eut-il levé le bras pour bénir la dépouille d'Annaïg que Dahud sortit subitement de son mutisme et se mit à le haranguer :

— Malédiction ! Malédiction sur ceux qui osent profaner de leur présence le repos de ma fille ! Son sang retombera sur vous ! Sur vous tous !

Hubert fronça les sourcils. Dahud lui avait pourtant promis de garder le silence.

— Voyons, Maëlle, qu'est-ce qu'il te prend ? intervint le père Jean. Nous compatissons à ta souffrance, mais ce n'est pas une raison pour faire un scandale dans l'église…

— Le véritable scandale, c'est que le responsable de la mort de ma fille coure encore les rues sans qu'on lui dise rien, rétorqua la doyenne des lavandières. C'est vous qui l'avez dit tout à l'heure. Qu'il se dénonce ! Sinon, c'est moi qui le dénoncerai ! Je dirai tout. Oui, tout !

Les villageois se mirent à échanger des commentaires à voix haute, décontenancés par l'attitude de la mère éplorée. Elle semblait confirmer les déclarations du recteur ; le criminel se trouvait parmi eux. Mais elle allait plus loin. Elle s'apprêtait à livrer l'identité du coupable.

— Je… Je ne tolérerai pas que…, s'emporta Hubert, au comble de l'indignation.

Il voyait déjà le moment où cette folle de Maëlle pointerait son doigt squelettique en direction de Philippe, attirant sur lui la colère des villageois. Il fallait à tout prix la faire taire. Mais comment ? Dans l'intimité du château de Ker-Gaël, il lui avait été difficile de la calmer et, à force de promesses, de lui faire entendre raison. Mais à présent, devant tout ce monde, en pleine église, la chose se révélait infiniment plus malaisée, voire impossible.

Hubert sentait un sentiment de rage impuissante le submerger. Rage contre Dahud, cette femme dont il avait acheté depuis si longtemps le silence et qui devenait à présent totalement incontrôlable. Mais rage aussi à l'égard de Philippe, dont l'attitude l'avait placé dans cette situation inconfortable. Et puis, si Philippe était son fils, Annaïg était aussi sa fille, et même s'il ne l'avait jamais connue, il regrettait sa disparition. Il avait eu deux enfants, qui s'étaient aimés d'un amour contre nature avant de se déchirer. Si Philippe était fautif de ce dont l'accusait Dahud, il n'était pas seulement un assassin ; il était en outre coupable d'inceste et de fratricide. Et la malédiction que Dahud appelait sur leurs têtes était celle des Atrides.

Philippe, de son côté, sentait monter en lui les prémices des malaises qui le saisissaient lorsqu'il était confronté à une émotion trop forte. Ses parents et sa fiancée avaient prêté un faux serment pour qu'il ne soit pas inquiété par les gendarmes, mais leurs témoignages tiendraient-ils face à une enquête sérieuse ? Même s'il n'avait pas tué Annaïg, le fait qu'il ait menti sur son emploi du temps le désignerait à coup sûr comme le suspect idéal. Il serait condamné et paierait pour le crime d'un autre. Sans doute ce Loïc Le Masle, dont il regrettait à présent d'avoir pris la défense l'autre jour. Tout à l'heure, il avait déjà vu la réprobation se dessiner sur le visage de Gwenn, qui pourtant était son amie de toujours. Qu'en serait-il, lorsque ses crimes réels ou supposés seraient détaillés et livrés à la vindicte publique ?

Il sentit la sueur envahir son front et ses membres se mettre à trembler quand un cri aigu retentit juste derrière lui.

En se retournant, il vit Rozenn se courber en deux, comme hachée par la douleur.

Une femme pointa le doigt vers le sol, entre les pieds de la jeune femme.

— Regardez… Du sang ! Elle perd du sang !

Une flaque de sang s'élargissait en effet à l'endroit où se trouvait Rozenn.

— Mon Dieu ! s'écria Françoise en la prenant par le bras pour l'aider à sortir de l'église, aussitôt suivie par Hubert et Philippe.

Les villageois firent un pas en arrière pour laisser la voie libre aux Montfort en fuite.

Dahud poussa un ricanement démoniaque et désigna les gouttes de sang qui s'égrenaient sur le carrelage jusqu'au parvis du lieu saint, comme un chemin de croix parsemé de roses.

— C'est la malédiction de la lavandière de sang qui continue. Elle en a jamais assez. Elle veut du sang ! Du sang, du sang, encore et toujours !

Le père Jean prit Dahud par les épaules et la secoua violemment pour la faire revenir à elle.

— Calme-toi, Maëlle ! Il n'y a ni lavandière de sang ni malédiction ici. Nous sommes sous la protection du Seigneur…

Dahud se débattit et saisit à son tour le prêtre par le col de sa soutane :

— Non ! Ce sont des menteries de curés, tout ça. Pas de justice ! Pas d'espoir ! J'entends Barenton qui gronde. La fée a été offensée. Aujourd'hui, elle se venge.

Ce fut au tour de Yann de se précipiter pour aider le père Jean à maîtriser Dahud, tandis que les fidèles reculaient en se signant, persuadés que la lavandière était possédée par quelque démon.

— Qu'est-ce qu'il te prend, Maëlle ? Tu es devenue folle ? Les lavandières de la nuit ne sont pour rien dans la mort de ta fille, pas plus que la fée de Brocéliande… Tout ça, c'est des conteries, tu le sais bien.

La vieille fixa son ami d'enfance avec des yeux égarés et se mit à bredouiller des paroles incohérentes, comme si elle psalmodiait une comptine enfantine :

— Ils étaient cinq amis… à la vie, à la mort… qui s'en allaient à Barenton pour y jeter des *épilles*. L'un a poussé la fiancée, qui s'est piqué le doigt. L'autre a arrosé le perron et fait gronder la fontaine. Le fiancé est mort à la guerre. La fiancée est morte de chagrin. Le troisième s'est cassé la jambe. Le quatrième a vécu dans les bois. Et la cinquième… la cinquième lave le linge des morts.

Puis elle se mit à fredonner :

Tords la guenille
Tords le suaire.
La fontaine est claire
Et se mouille de sang.

Troisième partie

La fontaine de Barenton

36

Mardi 30 novembre 1943

— C'est pas un temps à mener la *buée*, se plaignit Fanchon en exhibant ses paumes rougies de froid. V'là qu'j'ai les mains toutes crevées d'engelures…

— Ça ne lui plaît pas, au Corentin, les mains gercées ? ricana Nolwenn en frappant son linge de son battoir. Il doit pourtant pas les avoir si douces, à raboter le bois et à planter des clous toute la journée !

— C'est vrai qu'à part aux beaux jours, c'est bien difficile de garder de jolies mains, remarqua Margarit. Tiens, Louison, tu m'aides à essorer mon drap ?

— Y a pas qu'les mains qui font la beauté, tempéra Louison en empoignant le bout du drap alourdi d'eau glacée. Y a aussi les joues et le bon teint qui plaisent aux garçons. Et pour ça, on est servies, à force d'être au grand air ! Pas vrai, Gwenn ?

Gwenn allait répondre lorsque Dahud rétorqua d'un ton acide.

— Vous avez pas bientôt fini de deviser à tort et à travers comme des nigousses ? Y a que des fadaises qui vous sortent de la goule. Vous pourriez avoir le respect des morts, au lieu de vous pavaner comme des pies grièches !

Les lavandières se turent instantanément. Depuis que le malheur avait touché Dahud, elle était devenue encore plus sévère et rigide qu'avant. Elle s'obstinait à porter le deuil de sa fille, tout encapuchonnée de voiles noirs qui ne laissaient paraître que son visage émacié, ses yeux de braise et sa bouche édentée.

— Ça fait combien de temps qu'elle a défunté, l'Annaïg ? chuchota Margarit à Louison en prenant garde de ne pas être entendue par la doyenne des lavandières.

— Un mois tout juste, répondit sa camarade. C'est l'anniversaire ce soir. Pas étonnant qu'elle ait pas le cœur à rire, la Dahud…

— Elle a jamais le cœur à rire… Même avant, elle l'avait pas. Mais depuis l'histoire, ça n'a fait qu'empirer. Elle radote, elle grommelle… Quand elle nous crie pas dessus, elle parle toute seule, comme les vieux de l'hospice. Elle est devenue une vraie vire-la-lune[1]. Et puis ses yeux ! Des yeux de folle. Moi, elle me fait peur…

— T'as raison, répondit Louison sur le même ton de confidence. Déjà que je la craignais avant, à c't'heure j'aimerais pas me retrouver seule avec elle au *doué* ou dans les bois…

— Pourquoi tu dis ça ? releva Margarit. Elle n'y est pour rien dans ce qui s'est passé…

— Qu'est-ce que t'en sais ? insista Louison en tordant de toutes ses forces le linge trempé dont l'eau s'égouttait sur l'herbe encore humide de rosée. On a toujours pas trouvé qui a fait l'coup. Et m'est avis qu'on le trouvera jamais. Les gendarmes ont classé l'affaire, il paraît.

Voyant que leurs deux compagnes échangeaient des ragots à voix basse, Nolwenn et Fanchon prirent à leur tour le prétexte d'un drap à tordre pour s'éloigner du lavoir et les rejoindre.

— Vous parlez de l'affaire ? interrogea Nolwenn.

— Et de quoi d'autre tu veux qu'on cause ? rétorqua Margarit. On disait qu'la Dahud nous flanquait la frousse, avec ses airs éberlués et sa face de carême.

— C'est bien vrai, approuva Fanchon. Elle ressemble de plus en plus à l'Ankou ou aux lavandières de la nuit. Faut dire que tant qu'on

1. Personne folle qui regarde la lune en marchant.

connaîtra pas l'identité du meurtrier d'Annaïg, elle pourra pas faire son deuil comme il faut.

— C'est c'que disait Louison, reprit Margarit. Elle disait comme ça qu'on démêlera jamais le vrai du faux, et que la vieille elle y était p't'être pour quelque chose...

— J'ai pas dit ça comme ça ! se défendit Louison en jetant un clin d'œil furtif derrière elle, pour s'assurer que Dahud ne pouvait pas entendre leurs commérages. J'ai juste dit qu'on savait rien et qu'on saurait jamais rien. Et quand y a pas de coupable, tout le monde est suspect... Même ceux à qui on penserait pas...

— C'est grave, ce que tu dis là, intervint Fanchon. Ça veut dire que nous aussi...

— Et pourquoi pas ? insista Nolwenn. Les gendarmes, ils ont mis hors du coup Philippe parce qu'il était point au *doué* cette nuit-là, rapport aux témoignages de sa famille. Et ils ont écarté le bossu, qui était bien au *doué*, lui, mais au moment où Gwenn s'y trouvait aussi. Mais ils ont p't'être pas pensé à tout... Et s'ils étaient complices, ces deux-là ?

— Eh ! Tu vas pas te mettre à accuser Gwenn, à c't'heure ! s'emporta Fanchon. Pourquoi qu'elle aurait fait ça ?

— Est-ce que je sais ? Une dispute. Une crise de jalousie. Elles en avaient toutes les deux après Philippe, faut pas l'oublier... On fait n'importe quoi par amour. Tu aurais pas envie de tuer si ton Corentin i't'mettait des cornes avec une autre, Fanchon ?

— Qu'est-ce que tu racontes ! Il est fidèle, mon Corentin. Il regarde pas les autres filles...

— Ah oui ? Alors pourquoi il m'a fait un clin d'œil l'autre dimanche au sortir de la messe ? répliqua perfidement Nolwenn.

— Quoi ? Tu vas voir un p'tit peu, espèce de *bougrine*[1] ! J'vas t'*assotir* un bon coup[2] ! Viens-t'en, que j'te file une *jaffe*[3] !

Fanchon lâcha le drap et se rua sur Nolwenn pour lui crêper le chignon, toutes griffes dehors. L'autre riposta en lui arrachant sa coiffe. Les deux lavandières hurlaient comme des poissonnières de Saint-Malo en échangeant des torgnoles.

Dahud leva le nez et poussa un ricanement sinistre en observant l'échauffourée.

— V'là qu'elles huchent comme si elles avaient vu le loup, ces gourgandines, éructa-t-elle d'un ton méprisant. Qu'elles s'entretuent, ça fera de la place...

Gwenn, qui jusqu'à présent n'avait rien dit, ne put s'empêcher d'intervenir :

---

1. Bougresse.
2. Je vais t'assommer.
3. Gifle.

— Pourquoi êtes-vous si amère, *mamm-goz* ? Je compatis à votre douleur, comme nous toutes ici, mais ce n'est pas une raison pour souhaiter la mort des gens…

Dahud jeta un regard perfide à la jeune femme.

— Qu'est-ce que t'en sais, de ma douleur ? T'as perdu une fille, toi, pour parler à ma place ? Vous, les *fumelles*[1], vous êtes à l'âge où on se fait belle pour plaire aux garçons. Vous y connaissez rien à la vie. Annaïg, elle était bien pareille à vous toutes et voilà où ça l'a menée. Au fond du trou. Ah ! c'est moins joli pour parler d'amour, quand on a les vers qui sortent des orbites des yeux ! Car c'est ça, la mort, t'entends, Gwenn ? Des vers qui se régalent et des os qui pourrissent. Le paradis et l'enfer, c'est des racontages de curés. Y a rien d'autre après, t'entends ? Rien ! Et moi, quand je vous vois toutes gaies et vivantes avec vos joues fraîches et vos yeux qui brillent, alors que mon Annaïg est six pieds sous terre, j'ai envie que d'une chose. Que vous alliez toutes la rejoindre dans sa châsse[2]. Elle vous fera d'la place, allez ! Comme ça, les vers ils auront plus à bouffer et moi j'entendrais plus vos baragouins et vos *découillages*[3] !

---

1. Femelles.
2. Cercueil.
3. Découiller : rire bruyamment et sottement.

Gwenn observait la vieille lavandière avec un mélange de tristesse et de réprobation.

— La souffrance vous a rendue méchante, *mamm-goz*. Vous êtes bien à plaindre…

Dahud la dévisagea un instant en silence, sans se départir de son petit sourire fourbe. Puis elle reprit d'un ton lugubre :

— Tu peux toujours causer, ma belle… La lavandière de sang t'emportera comme elle a emporté ma fille. Elle vous emportera toutes… Riez tant que vous voudrez. Pleurez, criez, si ça vous chante. Elle saura bien vous trouver pour vous emporter avec elle au fond du *doué*…

Les jeunes filles avaient fini de se disputer et, l'air maussade, s'étaient remises à essorer leurs draps.

Dahud se mit à chantonner à mi-voix :

L'ossuaire
A mis de la poussière
À nos robes de deuil.
Tords, tords la guenille.
Si tu ne tords plus vite,
Nous te tordrons le cou.

37

Le soir commençait à baisser, teintant le ciel d'une couleur sale et maussade. La pluie d'automne s'était remise à crachoter, piquant les visages comme des pointes d'épingle. Dès que l'on sortait du chemin empierré, on pataugeait dans la *mouillasse*[1] et on enfonçait ses sabots dans des trous marécageux où l'on pouvait s'enliser et se crotter les braies ou les cottes.

Dahud était rentrée après sa *buée* et, après avoir soigneusement clos la croisée et l'*usset*, s'était aussitôt affairée au milieu de ses fioles et de ses bocaux, décapsulant les couvercles pour en humer le contenu, faisant sa sélection d'herbes et de racines au jugé, guidée par l'habitude, les réduisant en poudre ou les touillant dans des pots. Elle concoctait ses remèdes avec la dernière cueillette qu'Annaïg avait faite un mois plus tôt pour la nuit de Samain. Lorsque les herbes seraient épuisées, la lavandière cesserait sa médecine du diable. Elle

---

1. Prairie marécageuse.

n'avait plus envie d'aller courir les sentines en pleine nuit. Elle n'en avait plus la force ni le cœur, depuis qu'Annaïg était partie. Mais cela n'aurait bientôt plus aucune importance. D'ailleurs, plus rien n'aurait d'importance.

Tout en plongeant son mélange dans la marmite, elle interpella une silhouette sombre qui se tenait en face d'elle, à l'autre bout de la pièce.

— Il va venir, tu vas voir… Ça fera un mois ce soir. Il va venir comme d'habitude, même si la petite n'est plus là. Les enveloppes, elles étaient pour elle. Maintenant, elles seront pour sa mémoire, et mon silence…

La décoction bouillonnait sur le poêle à charbon, dégageant une odeur amère et soufrée, légèrement écœurante.

— Et puis, il viendra aussi pour le remède de Philippe. Sans lui, il saurait pas calmer ses malaises, ce nigousse. Il a besoin de la vieille Dahud pour pas se tordre de douleur et baver comme un chien qui a la rage… Mais ce coup-ci, je vais pas lésiner sur les doses. Avec ce que je lui mitonne, il guérira pour de bon !

La vieille lavandière émit un bref ricanement et fit un clin d'œil complice à l'ombre qui ricana à son tour et lui rendit son regard sournois, puis elle jeta dans sa mixture des poudres interdites qu'elle puisa dans ses flacons secrets.

Dahud ôta enfin la marmite du fourneau pour que son contenu refroidisse. Ensuite, il n'y aurait qu'à le transvaser dans la fiole qu'Hubert viendrait chercher dans un moment. La dernière fiole qu'elle lui donnerait.

— On a fait du bon travail, pas vrai, ma vieille ? s'exclama-t-elle encore.

Puis elle fit une horrible grimace aussitôt imitée par l'ombre à qui elle s'adressait et qui n'était que son propre reflet dans le miroir accroché au mur.

Françoise n'y voyait plus assez clair pour continuer sa tapisserie. La nuit approchait et on n'avait pas encore allumé les lampes, par mesure d'économie. La baronne laissa tomber son aiguille et poussa un profond soupir.

Depuis la soirée donnée en l'honneur du major, où les Montfort avaient débouché leurs dernières bouteilles de champagne et dépensé au marché noir une petite fortune en victuailles, l'heure était à l'austérité. On se nourrissait de soupe et de pain et on économisait les bougies.

Mais ce n'était pas cela qui attristait le plus Françoise. Elle souffrait du départ de Rozenn.

Au fil des semaines, elle s'était habituée à la présence douce et rassurante de celle en qui elle voyait déjà une future belle-fille. Elle était plus que cela, d'ailleurs. Elle était la fille qu'elle n'avait pas eue, plus disponible et à l'écoute que cet orgueilleux de Philippe, qui depuis son départ était plus ombrageux et imprévisible que jamais.

Tout avait commencé avec cette histoire de lavandière noyée, un mois plus tôt. Une bien triste histoire, mais qu'est-ce qu'on y pouvait ? Les pauvres avaient bien des raisons de mourir, à y bien réfléchir. Qu'ils soient jeunes ou vieux, cela ne changeait rien à l'affaire. Et qu'il s'agisse d'un suicide ou d'un crime, c'était du pareil au même. Le second vient bien souvent anticiper le premier.

Lorsque Hubert lui avait demandé, ainsi qu'à Rozenn, de dire aux gendarmes que Philippe n'avait pas quitté le château la nuit du drame, Françoise avait accepté sans discuter. Non pas tant pour obéir au baron que pour éviter des ennuis à son fils. De toute façon, elle n'avait pas imaginé une seule seconde qu'il ait pu s'en prendre à une jeune fille. Il aurait été incapable de faire du mal à quiconque, d'ailleurs. C'était son fils, après tout, elle le connaissait mieux que personne. Alors elle avait menti pour servir la vérité, ce qui n'était donc pas un vrai mensonge. Et la vérité, c'est que Philippe ne pouvait être qu'innocent.

Rozenn, pour les mêmes raisons, avait corroboré le récit imaginé par Hubert. Les gendarmes n'avaient pas semblé complètement convaincus, mais ils n'avaient pas osé mettre en doute la parole de la famille Montfort, dont la lignée suffisait à garantir une sincérité et une honnêteté à toute épreuve.

Et puis il y avait eu cette fameuse soirée en l'honneur du major. Un homme délicieux, cultivé et fort galant avec les dames. C'était si rare, en ces temps de décadence… Il avait eu la gentillesse d'inviter Rozenn à visiter son arboretum le lendemain et était venu en personne la chercher avec son automobile blanche. Quelle classe ils avaient, tous les deux !

Françoise aurait bien aimé se joindre à la promenade, mais le major l'avait poliment évincée. Elle s'était également inquiétée car l'Allemand n'avait ramené Rozenn que fort tard dans l'après-midi. Pouvait-on encore admirer les palmiers et les rhododendrons à la tombée de la nuit ? Et puis Rozenn était si étrange à son retour. Elle avait le regard fuyant, comme si elle ne voulait pas qu'on y lise ses états d'âme. Elle avait même un peu pleuré, dans la soirée. Hubert et Philippe n'avaient pas réagi. Françoise avait cherché à apaiser la jeune fille mais celle-ci l'avait repoussée et était allée s'enfermer dans sa chambre. Le lendemain, Françoise avait voulu revenir à la charge, mais Rozenn s'était évertuée à l'éviter. Pour quelle raison ? Elle l'ignorait.

Enfin, il y avait eu la pénible scène qui s'était

déroulée à l'église, pour l'enterrement de cette malheureuse. La mère en deuil, sans doute rendue folle par le chagrin, s'était mise à haranguer Hubert en prononçant des menaces sans queue ni tête. Le recteur lui-même avait dû la maîtriser.

C'est sans doute cet épisode incongru et totalement déplacé dans un saint lieu qui avait achevé de briser la fragile résistance de Rozenn. Elle s'était mise à saigner comme si elle avait reçu un coup en plein ventre. Le médecin avait été alerté d'urgence, mais il n'avait rien pu faire : la jeune fille avait fait une fausse couche et perdu son bébé.

Un bébé, elle aurait bien pu en faire un autre avec Philippe. Ils étaient jeunes, après tout, et avaient la vie devant eux. Mais le père de Rozenn avait saisi ce prétexte pour rompre les fiançailles et ramener sa fille chez lui. Hubert avait bien tenté de le raisonner, mais cela avait été peine perdue. Philippe, étrangement, ne semblait pas avoir été autrement affecté par le départ de sa fiancée. Il devait être sous le choc de l'émotion, certainement, ce qui pouvait expliquer son absence de réaction.

Le notaire, en revanche, jusqu'alors si placide et soumis à la cause des Montfort, s'était montré fort en colère ce jour-là. Il avait parlé de scandale, et affirmé qu'il ne pouvait supporter l'idée que son nom et la réputation de son étude soient mêlés à une affaire de mœurs et de crime. Il citait à l'appui de ses plaintes des ragots sans doute colportés par les lavandières, ces vipères de lavoir, selon lesquels Philippe aurait eu une liaison avec la victime avant de se débarrasser d'elle. Comment accorder foi à de telles horreurs ? Philippe, criminel ? C'était impossible. Philippe, infidèle ? Cela l'était tout autant. Après tout, il était fiancé ; il avait engagé sa parole auprès d'une tendre jeune fille qui portait un enfant de lui. Jamais il n'aurait eu la bassesse de lui briser le cœur et de l'abandonner. Mais maître Le Bihan n'avait rien voulu entendre et avait traîné la malheureuse Rozenn avec lui, malgré ses pleurs. Car Rozenn aurait voulu rester au château, Françoise en était persuadée. Elle était bien, ici. Elle avait tout ce qu'il lui fallait. La présence d'un fiancé et celle d'une belle-mère attentive, elle qui avait à peine connu sa propre mère. Quel gâchis, décidément.

Françoise se trouvait à présent presque dans le noir. Elle se leva péniblement de son fauteuil et sortit du salon où elle passait toutes ses journées.

Sur le seuil, elle croisa Hubert qui, botté et vêtu de sa veste de chasse, accompagné de son inséparable Kidu, s'apprêtait à quitter le château. Au dehors, la calèche attendait déjà.

— Vous sortez ? demanda Françoise, bien qu'elle connût déjà la réponse.

— Vous le voyez bien, très chère. Je sors, mais ne rentrerai pas tard.

Le baron tourna les talons et, sans un regard ni un mot de plus, grimpa dans la calèche qui, sur un claquement de lèvres du cocher, s'en fut au grand trot.

Françoise poussa un nouveau soupir.

Hubert sortait, comme il le faisait chaque mois, avec une régularité de métronome, depuis près de vingt ans.

Françoise ignorait toujours la nature de ces escapades nocturnes ou feignait de l'ignorer.

Mais son cœur, jours après jours, années après années, s'alourdissait au point qu'elle en perdait parfois le souffle.

Elle ne voulait rien savoir, l'ignorance lui ayant toujours servi de refuge.

En revanche, elle avait besoin de parler, de se décharger de tous ces petits secrets et non-dits qui lui empoisonnaient l'existence.

Parler ? Mais à qui ? Rozenn n'était plus là. Philippe ne l'écoutait plus. Hubert ne lui avait jamais prêté attention.

C'est alors qu'elle songea au recteur de Concoret. Elle était la seule de la famille à se rendre à l'église, pour les grandes occasions en tout cas, mais cela faisait bien longtemps qu'elle ne s'était pas confessée. Qu'aurait-elle eu à avouer comme péchés ? Elle était simple et bonne et ne pensait jamais à mal.

Elle n'éprouvait pas le besoin d'avouer des fautes qu'elle n'avait pas conscience d'avoir commises. Mais elle devait se confier. Il lui sembla alors que le petit confessionnal de l'église de Concoret serait le lieu idéal pour déverser enfin au creux d'une oreille attentive et compatissante tout ce qu'elle avait sur le cœur.

Elle décida de s'y rendre dès le lendemain.

38

— Mathurin, vous vous arrêterez un instant au cimetière avant de me conduire à l'endroit habituel.

Le cocher poussa un grognement pour signifier qu'il avait entendu l'ordre du baron et fit claquer son fouet au-dessus des oreilles des deux chevaux qui traînaient la calèche. Mathurin n'était pas son vrai nom, mais un sobriquet dont on l'avait affublé à cause de son ventre proéminent qui rappelait celui du personnage des contes populaires. Le bonhomme n'en prenait pas ombrage, en tirait même une certaine fierté confinant parfois à la suffisance car, par ces temps de disette, un abdomen tel que le sien était un signe de richesse et de bonne santé. Pour le reste, Mathurin était avare de paroles au point qu'on eût pu le croire muet. Son absence totale d'intérêt pour tout ce qui n'était pas son propre ventre était pour son maître un gage de discrétion.

La calèche se rangea devant la grille du petit cimetière plongé dans l'obscurité. Ensemencé de tombes, planté de croix celtiques en grès que le temps avait penchées comme des mâts de navire bousculés par les tempêtes, ce lieu de l'éternel repos inspirait ce soir-là un sentiment de vague malaise, sans doute à cause de la pluie qui martelait les dalles rongées de mousse et du vent qui hululait sa rage par cette nuit sans lune.

Le baron sortit de l'habitacle, sa canne à tête de loup en main, son chien sur les talons, boutonna sa veste et coiffa sa casquette pour s'abriter, au moins partiellement, des intempéries. Puis il fit grincer la grille rouillée qu'on ne fermait jamais, enjamba quelques tombes si vieilles qu'elles se confondaient presque avec la terre glaiseuse et suintante d'humeurs létales, puis s'arrêta devant une plaque de granit gris sur laquelle était gravée cette simple mention :

Annaïg Le Borgne
1925-1943

Les couronnes de fleurs déposées sur l'humble tombe un mois plus tôt avaient été dépenaillées par les vents et les ondées. On eût dit des couronnes de mariées fanées avant l'heure.

Le baron s'accroupit avec difficulté devant la sépulture, à cause de sa jambe, et posa sa main sur la dalle humide et froide. Il avait secrètement payé pour les obsèques, la concession, les fleurs, mais n'avait pas assisté à l'inhumation à cause de la scène de l'église suivie de la fausse couche de Rozenn. Il n'avait pas osé s'y rendre par la suite, par peur des racontars et des indiscrétions. Pourquoi le noble du pays serait-il venu se recueillir sur la tombe d'une simple lavandière, qui aux yeux de tous n'était rien d'autre que la fille de l'une de ses domestiques ? On aurait jasé, bavardé, cancané, imaginé des histoires à dormir debout dans lesquelles il aurait eu immanquablement le mauvais rôle. À cause de sa boiterie et de son chien noir, ne passait-il pas déjà pour un meneur de loups aux yeux des enfants et des villageois crédules ? La fréquentation du cimetière n'aurait fait qu'attiser ces rumeurs et ces superstitions. Au pire, certains auraient même pu approcher de la vérité en supputant les liens clandestins unissant le baron et sa fille illégitime. Le scandale aurait fini par éclater et la réputation des Montfort, déjà ternie à cause du comportement de Philippe, aurait été définitivement foulée aux pieds.

Il s'agissait donc de la première fois où Hubert s'autorisait à venir dire adieu à cette fille issue de son sang et de ses reins qu'il n'avait jamais eu la chance de contempler ni de prendre dans ses bras. Il aurait tant aimé, au moins une fois, poser la paume de sa main sur le visage frais et rose de la jolie lavandière. Au lieu de cela, c'est une pierre grise, froide et mouillée qu'il caressait. Un sanglot, trop longtemps réprimé, lui monta dans la gorge. Il l'expulsa dans un hoquet, incapable de se laisser aller aux pleurs qui soulagent le corps, apaisent l'âme et lavent les remords.

Son chien aux allures de loup jappa doucement, sensible à la souffrance de son maître. Hubert ôta sa main de la pierre et fourragea dans l'épaisse toison de son fidèle compagnon.

— Mon brave Kidu, tu es tout ce qu'il me reste. Annaïg est partie, Rozenn aussi. Elles étaient les deux rayons qui illuminaient mon existence, même si la première m'était inconnue et la seconde réservée à mon fils. Il ne me reste que cet ingrat de Philippe, qui me fuit autant que je le fuis, et cette sotte de Françoise dont je ne supporte plus la présence… Et Maëlle, bien sûr. Celle par qui tous ces malheurs sont arrivés.

Il se releva avec peine, s'aidant de sa canne dont il balaya les feuilles mortes qui s'étaient amassées sur la tombe.

— Ma petite Annaïg, cela fait presque vingt ans que se pressent dans ma tête les mots que je comptais te dire le jour où, enfin, je te rencontrerais. À présent que tu es là, devant moi, ces mots me semblent vides de sens. Il est trop tard. Je ne peux pas dire que je t'aimais, puisque je ne t'ai pas connue. Et je ne sais pas ce que je regrette le plus : que tu sois morte aujourd'hui ou que tu sois née un jour.

Le baron extirpa un mouchoir de sa poche et, après s'être essuyé les yeux, dont il n'aurait su dire s'ils étaient mouillés de larmes ou de pluie, il se moucha bruyamment. Il était temps de partir, de fuir ce cimetière où il ne recevrait aucune réponse à ses questions. Il entama un signe de croix puis se ravisa. À quoi bon ? Il était sans religion et ne croyait pas en un au-delà. Ou plus exactement, il ne voulait pas y croire, car il le redoutait trop.

Il tourna brusquement le dos à la sépulture qui ne tarderait pas à sombrer dans l'oubli et l'abandon et, après avoir sifflé son chien, rejoignit la calèche où somnolait le gros Mathurin.

— Tu ne me sers pas la goutte ? Je crois que nous en avons bien besoin tous les deux.

Dahud éprouvait un sentiment d'étrangeté. Elle était assise en face d'Hubert, dans la pénombre de son *oté*. Tous deux se trouvaient exactement dans la même posture que le mois précédent, jour pour jour. Et pour les mêmes raisons : l'échange d'une enveloppe craquante de billets contre un remède censé apaiser les maux de Philippe. Au-dehors, il pleuvait de la même façon et les chemins étaient embourbés comme tous les automnes. La nuit était simplement tombée un peu plus tôt.

Pour le reste, on eût dit la répétition du même tableau figé dans le temps.

La différence, pourtant, était énorme. Un mois plus tôt, Annaïg était encore vivante, arpentant les bois de Brocéliande pour y cueillir les herbes qui soignent et qui tuent. Aujourd'hui, elle reposait sous terre, sa vie et sa jeunesse envolées à jamais. Du pacte qui unissait Dahud et Hubert ne subsistaient plus que des rituels dont la raison d'être avait disparu.

Et puis, elle n'était plus seule en face du baron. Elle sentait à ses côtés la présence de l'autre, la lavandière de sang qui avait élu domicile dans le miroir et avec qui elle tenait de longs conciliabules. Elle était pourtant effrayante à voir, cette sorcière ridée au sourire vicieux planté de chicots qui riait quand elle riait, levait les bras lorsqu'elle les levait, marchait de long en large dans l'*oté* au même rythme qu'elle. Mais Dahud n'en avait pas peur. Elle lui ressemblait tant. Et puis elles étaient désormais indéfectiblement liées l'une à l'autre. Depuis la fameuse nuit où Annaïg était montée dans la charrette de l'Ankou, la lavandière de sang qui ricanait était devenue sa complice, son alliée, presque sa sœur jumelle.

La vieille lavandière se leva et, après avoir cligné de l'œil à l'intention de son double dissimulé dans le miroir, s'en alla quérir la bouteille d'eau-de-vie et deux petits verres. Elle revint s'attabler et servit Hubert avant de remplir son propre godet. Ils trinquèrent et avalèrent à la va-vite le tord-boyaux, sans oser dire à qui ou à quoi ils consacraient leur libation. À la mémoire d'Annaïg défunte, à leur longue complicité nourrie par le malheur ou au salut de leur âme.

— Je suis allé la voir avant de venir ici, confessa Hubert en reposant brusquement son verre vide sur la table.

— Moi, j'y suis pas retournée, répondit Dahud, les yeux dans le vide. J'ai pas eu le cœur.

— Je comprends, répondit Hubert qui ne comprenait pas, mais qui ne savait pas quoi dire d'autre.

Puis il se tut.

Dahud les resservit. Ils en avaient besoin pour délier leurs langues sèches et leurs gorges serrées.

— Qu'est-ce qu'on va devenir ? interrogea enfin Hubert, sans s'adresser spécialement à sa compagne de boisson.

La femme en deuil ajusta son regard sur le visage décomposé du baron.

— Tu le sais bien, ce qu'on va devenir… Tu le sais depuis tout ce temps. C'est la malédiction de la fée de Barenton qui s'acharne sur nous et nos enfants.

— Mais pourquoi nos enfants en premier ? Pourquoi pas nous ?

— Pour ajouter à notre châtiment la souffrance de les voir mourir avant nous…

Le baron leva son verre et le porta à ses lèvres. Ce *lambig* était vraiment de mauvaise qualité et mettait le feu aux entrailles. Son goût amer était pourtant du miel en regard du fiel qui empoisonnait son corps et son esprit.

— Pardonne-moi, Maëlle, mais la seule qui soit morte, c'est Annaïg. Je m'en attriste autant que toi, mais pour l'instant il n'y a pas d'autres vies en danger.

— T'oublies le bébé de Rozenn… Eh oui, les nouvelles vont vite dans le village. Même si vous avez tout fait pour garder le secret sur sa grossesse… et sur sa fausse couche. Et ça va pas s'arrêter là, tu vas voir…

Disant ces mots, elle lorgna du côté de la fiole contenant le médicament destiné à Philippe qu'elle avait posée sur la table, près de l'enveloppe à laquelle elle n'avait pas encore touché.

— Tu vas attirer le malheur avec tes histoires de sorcière, bougonna le baron.

— Il est déjà là, le malheur, t'en fais pas. Et il va pas s'en r'tourner de sitôt ! Il nous aura tous, les uns après les autres. Souviens-toi, nous étions cinq. Nous voilà plus que trois. Edern et Solenn sont partis les premiers. Nous leur avons survécu trop longtemps. Notre heure viendra bientôt, très bientôt… Et ça sera bien fait ! Mais avant qu'on nous flanque dans le trou, l'fossoyeur aura encore du travail, tu verras !

Elle vida son verre d'un trait, comme pour célébrer par avance ces horribles menaces.

Le baron l'observa d'un air torve.

— On dirait que ça te fait plaisir…

— Qu'est-ce que tu veux y faire ? La mort attire la mort, comme l'or attire l'or. On y peut rien. Alors, tant qu'à mourir, autant qu'on soit pas seuls dans l'corbillard. Au moins, on s'retrouv'ra tous ensemble à danser le jabadao chez ce bon vieux *Satan goz.*

Dahud se resservit un troisième verre d'eau-de-vie. Hubert retourna son verre sur la table. Il avait assez bu comme cela et sa compagne recommençait à délirer et prononcer des imprécations. Il n'avait pas envie de s'attarder davantage.

Il se leva de table en s'aidant de sa canne, empocha la fiole et se dirigea vers l'entrée de la bicoque, suivi de Kidu. Avant de pousser la porte de l'*usset*, il se retourna une dernière fois en direction de Dahud.

— On se revoit dans un mois ?

— C'est pas la peine, Hubert. On est quittes, à c't'heure… J'en veux plus, de ton argent. Il me servira à rien, là où j'irai bientôt.

— Mais…, ajouta le baron en agitant le remède qu'il retira de sa poche.

— Ça s'ra pas la peine non plus, ricana Dahud. Les herbes, c'est Annaïg qui allait les chercher. Moi, j'ai plus les jambes ni les yeux qu'il faut. Alors, ton Philippe il a intérêt à l'économiser, son flacon. Ça sera le dernier qu'il aura de la vieille Dahud. Oui, le dernier !

Le baron s'engouffra dans les ténèbres de la nuit et s'éloigna rapidement de cette maison soudain inhospitalière. Mais le rire dément de la vieille Maëlle le poursuivit longtemps. Un rire dont l'écho lui donna l'impression désagréable qu'il n'y avait pas une seule personne qui riait dans la demeure de la lavandière, mais deux.

39

Mercredi 1er décembre 1943

— Mon père, pardonnez-moi si je ne connais plus mes prières. Cela fait longtemps que je ne suis venue m'entretenir avec vous. Trop longtemps, sans doute.

— Trop longtemps, ma fille, en effet. Mais je me permets de vous reprendre sur un point : ce n'est pas avec moi que vous vous entretenez, comme vous dites, mais avec le Seigneur. Je ne suis que son intercesseur, un simple intermédiaire. Je vous écouterai, mais c'est lui qui vous apportera les réponses.

Françoise s'était agenouillée devant la paroi de bois ajourée du confessionnal. Le père Jean était assis dans la chaire centrale, de profil, pour éviter de la troubler par son regard. Il tenait les yeux fermés, d'ailleurs, afin de mieux se concentrer et de se laisser porter par l'Esprit saint qui lui inspirerait un juste discernement.

La baronne se sentait en confiance dans cette

pénombre complice et cette proximité avec cet homme de Dieu, la première personne depuis bien longtemps qui lui accordait de l'attention. Que ce soit Dieu lui-même ou un simple homme, cela n'avait guère d'importance, au fond. L'essentiel était qu'elle fût libre de parler à quelqu'un.

Le recteur lui souffla les prières et actes de contrition que Françoise avait oubliés, puis dit simplement :

— Je vous écoute, ma fille. Dites-moi ce que vous avez sur le cœur.

Puis il se tut. Françoise se sentit soudain embarrassée. Elle ne savait par où commencer. Elle aurait préféré que le prêtre la questionne, l'aide à vider son sac. Mieux encore : elle aurait aimé que, touché par quelque grâce divine, il devine les secrets qui pesaient sur ses épaules depuis si longtemps et les formule à sa façon avant de les balayer d'un revers de manche et de les envoyer tout droit au Ciel. Mais ce n'est pas ainsi que cela fonctionnait. C'était à elle de s'exprimer, d'énoncer sa pensée de façon raisonnée, de dire tout haut ce qu'elle n'avait jamais osé penser tout bas.

Le père Jean, lui, attendait patiemment, la tête inclinée, les yeux clos, comme s'il s'était assoupi.

Françoise, enfin, se décida. Comme elle ne savait pas exactement ce qu'elle désirait confier au prêtre, elle commença à raconter tout et n'importe quoi, avec cette volubilité et cette légèreté dont elle usait avec Rozenn.

Il s'agissait à vrai dire davantage d'un bavardage que d'une confession, mais le recteur laissait dire. Il savait que les pénitents, surtout quand ils ne se sont pas confessés depuis longtemps, tournent souvent autour du pot, évitant soigneusement d'aborder directement les sujets qui fâchent. Ils ont besoin de se mettre en bouche, d'apprivoiser le lieu, d'oublier presque la présence du prêtre immobile, de l'autre côté de la grille. Puis, après avoir épuisé leur répertoire de banalités, ils parviennent enfin à se dévoiler et à libérer leurs ombres.

Lorsque Françoise avoua que, sur l'ordre du baron, elle avait menti aux gendarmes au sujet de l'emploi du temps de son fils la nuit du crime, le père Jean l'interrompit brusquement.

— C'est très grave, ce que vous avez fait là, ma fille. Il ne s'agit pas simplement d'un mensonge, mais d'un faux témoignage. C'est un acte contraire à l'esprit chrétien, et de plus sévèrement puni par la loi.

— Mais je l'ai fait pour mon fils ! Une mère ne doit-elle pas tout faire pour son enfant ? Et puis, Philippe n'est pour rien dans toute cette histoire, j'en suis certaine…

— Vous êtes bien sûre de vous, ma fille. Et bien légère. Que vous protégiez votre fils, rien de plus normal, en effet. Mais vous n'aviez pas le droit d'interférer dans le bon déroulement de l'enquête, ni de bafouer les commandements de Dieu.

Françoise commençait à regretter de s'être laissé aller à ces révélations qui, loin de lui procurer l'apaisement souhaité, ne faisaient que provoquer la réprobation du recteur. Ce n'est pas ainsi qu'elle avait imaginé les choses. Mais il était trop tard pour revenir en arrière. À présent que l'abcès avait été percé, il lui fallait aller jusqu'au bout. Déballer le linge sale qui ne se lavait plus depuis longtemps en famille. Évoquer les dîners aux silences obsédants et aux regards lourds de sens cachés. Dévoiler les escapades nocturnes de Philippe et de Hubert qui, chaque mois, désertaient le château. Brosser à mots couverts le portrait d'une famille réunie davantage par ses cachotteries que par ses points de convergence. Tout en détaillant ainsi les petits riens sordides qui constituaient son train-train quotidien depuis toutes ces années, Françoise réalisa soudain l'inanité complète de sa vie. Cela lui procura comme un vertige et elle se sentit basculer dans une sorte d'abîme noir.

Le père Jean était rigide quant aux préceptes et dogmes imposés par l'Église, mais il était également un homme bon et compatissant, ouvert aux souffrances d'autrui. Il reconnut, derrière l'accumulation de travers, de compromissions, voire de corruptions qui formaient le lot de la famille Montfort, la candeur profonde qui caractérisait Françoise. Elle était complice sans le savoir de méfaits dont elle n'était pas l'instigatrice, dont elle n'était même pas consciente. Pour autant, il se devait de lui dessiller les yeux.

— Ma fille, vous auriez dû venir me trouver depuis longtemps, lui dit-il lorsqu'elle eut terminé son long récit. Je ne peux vous blâmer des nombreux péchés dont se sont rendus coupables vos proches, mais votre entêtement à ne pas les remarquer ou à les sous-estimer n'a guère été salutaire, car il n'a fait qu'encourager votre époux et votre fils à céder aux tentations qui se sont offertes à eux. En ne voulant que leur bien, ce dont je suis persuadé, vous ne leur avez pas donné la chance de s'écarter des nombreuses voies du vice dans lesquelles ils se sont fourvoyés.

Françoise avait du mal à comprendre la colère du prêtre, qu'elle trouvait, sinon tout à fait injuste, en tout cas disproportionnée en regard des faits relatés. Il faut dire que son insouciance et son aveuglement étaient tellement ancrés, et depuis si longtemps, qu'elle avait fini par perdre en grande partie le sens des valeurs. Que le baron sorte seul chaque mois sans dire où il allait ou qu'il reçoive des officiers allemands à dîner, qu'il héberge sous son toit la fiancée enceinte de son fils dans des conditions proches de la séquestration, que Philippe délaisse Rozenn pour rencontrer une jeune fille près du lavoir, qu'il nie ensuite l'y avoir vue afin de reporter les soupçons sur un autre, ce n'étaient pas à ses yeux des péchés ou des crimes, mais des affaires d'hommes dont elle n'avait rien voulu savoir.

— Que pouvais-je faire, mon père ? argumenta-t-elle encore. Vous savez comment sont les hommes. Ils mènent leur vie de leur côté, laissant les femmes à la maison, qu'il s'agisse de leurs mères, de leurs épouses ou de leurs fiancées. Du temps du baron Alphonse, les femmes n'avaient pas davantage droit au chapitre. On ne leur disait rien et on ne leur demandait jamais leur avis. D'ailleurs, elles ne pouvaient même pas prendre la parole sans y avoir été invitées. Et elles n'avaient pas intérêt à se plaindre…

— Les règles anciennes et désuètes de votre noblesse de terre n'ont pas à contredire celles qui s'imposent à tout bon chrétien, ou tout simplement à tout honnête citoyen, ma fille. Nous ne sommes plus au temps du baron Alphonse, que je sache. Et le Seigneur n'a jamais interdit aux femmes de s'exprimer. Songez à Marie-Madeleine…

— La pécheresse ? questionna Françoise, légèrement troublée.

— Non, la disciple du Christ. Celle qui a oint les pieds du Seigneur d'un parfum rare. Celle qui, la première, a été témoin de sa Résurrection… Jésus respectait les femmes, ma fille. C'est pourquoi les femmes doivent apprendre à se faire respecter des hommes, si elles veulent être en accord avec les commandements divins et les Évangiles…

C'était la première fois de sa vie que Françoise entendait de pareils arguments en faveur du rang et du rôle des femmes. Ils lui paraissaient relever davantage d'un discours social et politique un tantinet progressiste que de la diatribe d'un recteur de petite église de campagne bretonne que l'on ne pouvait en aucun cas soupçonner d'être un rouge. Ces réflexions paradoxales achevèrent de la désorienter.

— Quelle pénitence m'infligez-vous, mon père ? demanda-t-elle enfin, soudain pressée de quitter ce lieu clos où elle avait livré plus d'informations qu'elle n'eût voulu.

— Vous réciterez votre rosaire chaque jour, ma fille, en méditant sur le sens des responsabilités qui vous incombent en tant que femme, épouse et mère. Et revoyons-nous un peu plus régulièrement à l'avenir. Allez en paix, à présent. Que le Seigneur vous guide et vous accompagne.

Et d'une rapide bénédiction tracée en l'air de sa main droite, le recteur de Concoret chassa la baronne de son confessionnal.

40

Samedi 4 décembre 1943

Le Val-sans-Retour se présentait sous la forme d'un profond ravin bordé de parois de schiste pourpré jouxtant le lac du Miroir-aux-Fées. C'était un endroit sauvage à la végétation inextricable auquel on ne pouvait accéder que par deux chemins non carrossables : l'un grimpait sur l'à-pic des landes de Gautro, d'où l'on pouvait jouir d'une vue plongeante sur le lac *enféé*, l'autre suivait le cours du ruisseau de Rauco débouchant au creux de la vallée. Dans les deux cas, Tréhorenteuc était le passage obligé pour se rendre dans ce lieu que la légende arthurienne avait associé à la sombre présence de la fée Morgane.

C'est là, dans cet imprenable maquis, que s'était réfugié le petit groupe de jeunes gens qui avaient préféré entrer dans la clandestinité plutôt que de se plier à l'humiliation du Service du travail obligatoire. Ce faisant, ils avaient intégré le réseau de Résistance de l'Armée secrète animé par le gendarme Maurice Guillaudot, alias Yodi. Ils étaient douze en tout, ce qui ne les rendait guère dangereux pour les forces militaires allemandes, mais leur désertion faisait d'eux un symbole de rébellion insupportable aux yeux des occupants. Depuis que Loïc les avait rejoints un mois plus tôt, ils étaient treize ; ils n'auraient su dire si ce chiffre était un signe de chance ou de malédiction.

Depuis plus de neuf mois, ils avaient pu échapper aux soldats de la SS grâce à la complicité des habitants de Mauron, Paimpont, Concoret ou Tréhorenteuc. Les fermiers leur faisaient passer des vivres en cachette et les gendarmes acquis à la cause de Yodi leur fournissaient des armes : carabines ou pistolets Mauser et Luger dérobés à l'armée allemande. Ils ne s'en étaient jamais servis, mais les portaient bravement au côté, comme des chevaliers l'auraient fait de leurs épées.

Comme l'avait expliqué l'abbé Guilloux, ces enfants du maquis étaient en effet des chevaliers des temps modernes. Et comme leurs homologues médiévaux, ils avaient le cœur tourné vers l'Angleterre, dans l'attente d'un nouveau roi Arthur qui saurait les sauver des tribulations du royaume, ou d'un Lancelot au cœur pur qui désamorcerait les enchantements et maléfices que la noire fée Morgane avait jetés sur le Val-Périlleux, les encerclant de murailles de flammes et de forteresses imprenables, de géants terrifiants et de dragons cracheurs de feu. Car le Val-sans-Retour, malgré la présence apaisante du Miroir-aux-Fées, évoquait bel et bien un lieu perdu et sans rémission, un enfer terrestre gorgé de sang. Rouges étaient les rochers de schiste cuirassant le flanc des falaises, rouge le ruisseau se jetant dans le lac, à cause du minerai de fer charrié par l'onde, rouge le crépuscule s'abattant sur la vallée.

Selon la légende, les chevaliers enfermés dans le Val-sans-Retour étaient les amants infidèles que Morgane, séduite puis abandonnée par son ami Guyomart, avait cherché à punir en les tenant enfermés dans ce vallon enchanté, qu'elle avait surnommé le val des Faux-Amants. Pour autant, ces chevaliers en exil n'étaient pas exposés à des dangers particuliers, à l'exception des illusions et des mirages qui leur faisaient voir des ennemis et des monstres là où il n'y avait que tumulte des vents soufflant dans les forêts de pins. Ils menaient même une vie relativement douce, ayant pour se distraire nourriture et boisson en abondance, musiciens et danseuses, jeux d'échecs et parties de chasse, et même un aumônier pour écouter leurs péchés et calmer leur conscience. Mais ils souffraient, au fond d'eux-mêmes, du pire des maux : la nostalgie d'être privés de leur patrie inaccessible.

Les jeunes recrues de l'Armée secrète étaient semblables à ces chevaliers en pénitence. Sans pour autant s'adonner à tous les plaisirs, boire et faire bombance, ils ne manquaient de rien qui pût mettre en péril leur survie, jouaient aux cartes et se confessaient, s'ils en éprouvaient le besoin, au bon abbé Guilloux en se rendant nuitamment dans son église ouverte aux quatre vents. Mais ils ne pouvaient être heureux pour autant, et ne le seraient pas tant que la France et surtout leur Bretagne chérie seraient foulées aux pieds par des bottes étrangères. Ils souffraient de la nostalgie de la liberté.

Loïc s'était aussitôt acclimaté à ce nouveau mode de vie qui ne le changeait guère de ses habitudes d'homme des bois. Il était habitué à dormir à la dure, sans autre toit qu'un tissage de branchages ou le ciel nu. Il savait accommoder en soupe les herbes et racines qui ne demandaient que la peine de les ramasser, prenait à l'occasion au collet quelque lièvre ou tirait une grive à la fronde. La seule différence était qu'aujourd'hui il n'était plus seul, mais entouré de garçons de son âge ou plus jeunes que lui qui l'avaient accueilli comme un frère d'armes. Il n'avait plus à avoir honte de sa bosse ou de sa figure mal lavée. Ils étaient, comme lui, des proscrits, ce qui les incitait à l'indulgence et à la tolérance.

Et puis, il y avait Gwenn. Gwenn la belle, Gwenn la blanche, Gwenn la pure, qui risquait sa vie en venant fréquemment retrouver les rebelles du Val-sans-Retour pour leur apporter des vivres, des bombardes[1] de cidre ou des taupettes[2] de *lambig*. Elle profitait de ces escapades pour converser longuement avec Loïc, qu'elle appelait avec le plus grand respect du nom de guerre dont l'avait baptisé l'abbé Guilloux, Lancelot. Elle lui faisait le récit des événements survenus au village depuis son départ, puis lui racontait des épisodes de ces légendes bretonnes qu'elle tenait de Yann et qu'elle affectionnait pardessus tout. À l'écouter, le charbonnier découvrait un univers nouveau et insoupçonné, teinté de romantisme et de magie, dans lequel il se sentait infiniment plus à l'aise que dans la réalité misérable dans laquelle il avait été plongé depuis sa tendre enfance. Tout en s'abandonnant à la voix mélodieuse de Gwenn, il revoyait les chevaliers de la Table ronde qu'il avait admirés dans l'église de Tréhorenteuc. Il contemplait surtout le teint clair de Gwenn, ses mèches rousses qui sortaient de sa coiffe, ses yeux pétillants de passion. Il rêvait d'être à son tour un héros véritable,

1. Dame-jeanne d'une contenance de deux à six litres pour emmener le cidre aux champs.

2. Fioles d'eau-de-vie.

comme l'avait été ce Lancelot dont il portait le nom, afin d'être digne, un jour, de susciter chez la jeune fille un sentiment plus fort que la simple camaraderie.

Loïc aida aussi à améliorer les précaires conditions de vie du petit groupe de résistants en usant de son savoir-faire de charbonnier. Il construisit ou renforça les huttes de bois et de branchages afin qu'elles se trouvent à l'abri du vent ou de la pluie. Il leur montra comment bâtir une *fouée* et en alimenter lentement la combustion afin d'obtenir un charbon de qualité qui leur permettrait de se chauffer durant l'hiver qui approchait. Lui qui jusqu'alors avait toujours fait montre de méfiance vis-à-vis des autres se révélait amical et serviable. Il sut très vite se rendre indispensable à la vie du camp.

L'abbé Guilloux ne venait jamais les voir, pour ne pas attirer l'attention d'observateurs malintentionnés sur la cachette où s'étaient repliés les rebelles. Mais il les accueillait bien volontiers dans son église lorsqu'ils souhaitaient s'y rendre. En outre, en homme amoureux de la forêt, il savait reconnaître et imiter les sifflements d'oiseaux, les coassements de crapauds ou les craquètements d'insectes. À l'aide d'appeaux, de cris et de stridulations, le prêtre et les jeunes clandestins échangeaient ainsi à distance des conversations muettes grâce auxquelles le premier pouvait avertir les seconds du passage éventuel d'une escouade de soldats allemands ou annoncer la venue d'un émissaire.

Un matin, un sifflement de merle fut lancé à tous les échos. C'était le signal convenu en cas de visite importante. Les treize garçons ajustèrent leurs baudriers et leurs ceinturons, leurs Mauser et Luger bien huilés dans leurs étuis, coiffèrent leurs bérets basques arborant leurs insignes de maquisards et se mirent au garde-à-vous pour accueillir une petite troupe d'hommes en treillis dont les silhouettes se confondaient avec les feuilles d'automne.

L'un d'entre eux, qui semblait le chef, se détacha des autres et se présenta avec le débit rapide de celui qui n'a pas de temps à perdre :

— Émile Guimard, agriculteur à Lizio, membre des réseaux Action de la France combattante pour le Morbihan. Je travaille en liaison avec Yodi. Je suis venu vous informer que vous allez bientôt rejoindre le maquis Saint-Marcel, à quarante kilomètres au sud d'ici. Je l'ai créé en février dernier pour recevoir des parachutages d'armes en provenance de Londres. Nous avons dû stopper ces manœuvres pour ne pas attirer l'attention des Allemands, mais elles reprendront bientôt, je puis vous l'assurer. Le débarquement allié se fera d'ici quelques mois et il se fera en Bretagne, au cœur du Morbihan. C'est pourquoi nous devons réunir le plus grand nombre d'hommes possible. En êtes-vous ?

Guimard s'exprimait sur un ton qui ne supportait pas la contradiction. Habitué à mettre chaque jour en danger sa vie et celle de ses hommes, il ne s'embarrassait pas de paraphrases ou de politesses inutiles. Les jeunes réfractaires au STO acquiescèrent en chœur, trop heureux à l'idée de quitter enfin ce vallon où ils se sentaient pris au piège. Loïc fut le seul qui se permit une remarque :

— Je suis un simple charbonnier de la forêt de Brocéliande, où j'ai toujours vécu... Je ne connais rien à la guerre.

Guimard le jaugea d'un seul coup d'œil.

— Le Masle, c'est bien ça ? J'ai entendu parler de toi, camarade. Ta tête est mise à prix partout par les Boches. Je ne sais pas ce que tu as fait exactement pour mériter ce traitement, mais cela suffit pour que tu sois des nôtres. Je te rassure, Saint-Marcel n'est pas le bout du monde. Nous serons toujours dans le Morbihan, après tout ! Mais tu as sans doute une bonne amie dans la région, pas vrai ? Tu n'as pas envie de la quitter...

Loïc rougit. Il n'aurait jamais osé qualifier Gwenn de « bonne amie ». Et pourtant...

— Ne t'en fais pas, reprit le chef du maquis sans lui laisser le temps de répondre. Ce n'est pas pour tout de suite, il faut encore que nous sécurisions notre périmètre. Tu as encore le temps de lui dire au revoir, à ta princesse, charbonnier. Et puis, quand tu reviendras, à la fin de la guerre, tu seras un héros ! Un vrai chevalier du Moyen Âge…

Loïc ne put s'empêcher de sourire à cette comparaison imagée qui lui rappelait les dissertations lyriques de l'abbé Guilloux au sujet des nobles et vaillants chevaliers de la Table ronde. Il n'avait sans doute pas la beauté et la silhouette élancée de Lancelot, mais il en avait la candeur et pouvait en acquérir le courage. Il ne s'était jamais attendu à devenir un héros. Mais si son courage lui permettait de gagner le cœur de Gwenn, cela valait la peine de risquer sa vie.

Rasséréné, le bossu gratifia Émile Guimard de son sourire le plus franc.

— Dans ce cas, j'en suis, moi aussi…

— Bien parlé ! répondit le maquisard en lui donnant une bourrade amicale. C'est avec des gars comme toi que nous bouterons les Frisés hors de Bretagne. Sois brave, et surtout reste toujours fidèle au serment d'allégeance que tu as fait à l'Armée secrète, comme au serment d'amour que tu as fait à ta belle.

— Je serai fidèle à mon serment…, articula Loïc, la gorge nouée par l'émotion.

— C'est bien ! L'heure de la libération sonnera bientôt, et le nouveau gouvernement de la France libre saura récompenser l'action de tous les résistants de l'ombre qui auront servi dans l'Armée secrète. Quant aux autres, les collabos, les miliciens, les vendus et les trafiquants du marché noir, ils iront pourrir dans l'enfer allemand de Hel, la déesse cruelle dont le trône est fait d'ossements. Je n'aimerais pas être à leur place. Sur ce, salut, camarades !

Le chef des maquisards tourna brusquement le dos et s'en fut aussi rapidement qu'il était venu, accompagné de ses soldats de l'ombre.

41

L'abbé Guilloux était occupé à chasser les souris et ôter les toiles d'araignée dans le chœur de sa petite église abandonnée de tous. Nul paroissien n'y venait jamais, à l'exception, parfois, des quelques maquisards du Val-sans-Retour, mais cela n'empêchait pas le prêtre de dire sa messe chaque matin à l'aube et de sonner les vêpres au coucher du soleil. Il devait au Seigneur de lui offrir un lieu accueillant qui, à défaut d'être grandiose et majestueux, serait au moins propre et sans souillure.

L'après-midi touchait à sa fin et le pâle soleil de décembre éclairait de ses ors le vitrail des chevaliers de la Table ronde. Le recteur de Tréhorenteuc ne se lassait pas de contempler cette scène où la spiritualité chrétienne et les croyances païennes se rejoignaient. Il savait que l'évêque, déjà remonté contre lui, avait qualifié de sacrilège cette interprétation de la Cène inspirée par l'esprit des légendes celtiques. Mais il se moquait bien des jugements de l'évêque et de ses mises à l'index. Après tout, il était le recteur de cette paroisse et avait payé le vitrail sur ses propres deniers. Cela valait toujours mieux que le trou béant qui perçait jusqu'alors l'extrémité de l'abside.

Ernest Guilloux interrompit son ménage et leva la tête vers l'entrée de l'église. Un homme se tenait là, hésitant à pénétrer dans ce lieu à la fois dévasté et transcendé. Il reconnut le père Jean, le recteur de Tréhorenteuc. Ils ne se fréquentaient guère, car les chemins forestiers qui séparaient leurs deux paroisses ne facilitaient guère les échanges. Et puis, tout semblait opposer les deux hommes, qu'il s'agisse de leur différence d'âge ou de leurs divergences de vues spirituelles. Le père Jean était issu de la vieille école et respectait sans les discuter les dogmes que l'Église lui avait transmis. L'abbé Guilloux, plus jeune, s'était fait remarquer par ses prises de position dissidentes et ses conceptions mystiques taxées de syncrétisme. Mais aujourd'hui, le recteur de Concoret avait besoin d'aide. Et cette aide, seul le prêtre oublié de Tréhorenteuc pouvait la lui fournir.

— Entrez, père Jean ! lança joyeusement Guilloux. Comme vous le voyez, j'étais en train de faire la toilette de ma pauvre église…

Le recteur de Concoret remarqua aussitôt le vitrail des chevaliers de la Table ronde et ne put dissimuler son effarement. Il n'avait jamais vu pareille chose à l'intérieur d'un lieu saint. Il se demanda si cette fois-ci son cadet n'était pas allé trop loin dans la provocation.

L'abbé Guilloux nota le regard de réprobation du vieux prêtre et se justifia d'un sourire.

— Cela peut étonner, au premier coup d'œil, je veux bien l'avouer. Mais ce vitrail est aussi fidèle à l'esprit évangélique que les Cènes et Golgotha, toujours les mêmes, qui parsèment vos chapelles. Approchez, père Jean, pour en distinguer les détails.

Le recteur hésita un instant. Il ne savait que dire, n'osait admirer cette œuvre si peu conforme aux canons catholiques qu'on lui avait enseignés au séminaire, la trouvait pourtant belle, d'une beauté envoûtante où se dissimulait peut-être le Malin, et se reprochait le plaisir qu'il éprouvait à la contempler, comme un manquement aux serments qu'il avait prêtés lorsqu'il était devenu prêtre.

— C'est… étonnant, finit-il par avouer d'un air un peu honteux. On perçoit dans ce vitrail une élévation spirituelle, je ne le nie pas. Cependant… Ces hommes d'armes à la place des disciples. Ce roi couronné en bout de table, là où l'on attendrait Notre Seigneur… N'est-ce pas… blasphématoire ?

Il avait prononcé ce dernier mot en baissant le ton, comme s'il craignait d'offenser son hôte ou, en le complimentant trop ostensiblement, de se rendre complice de ce qu'il considérait encore comme une élucubration.

L'abbé Guilloux ne se départit pas de son bon sourire.

— Blasphématoire ? Vous parlez comme notre évêque, père Jean… Pourtant, cette allégorie arthurienne est plus éloquente que jamais par les temps qui courent…

— Que voulez-vous dire ? interrogea prudemment le recteur.

— Les chevaliers de la Table ronde sont les soldats du Christ, ceux qui sont prêts à donner leur vie pour la cause qu'ils défendent. N'est-ce pas le devoir des chrétiens d'aujourd'hui, à l'heure où notre patrie est occupée ?

Le père Jean se racla la gorge. Il ne tenait pas à se laisser entraîner sur un terrain politique et trouvait que ce curé, exilé par sa hiérarchie dans ce trou perdu, tenait des propos un peu trop révolutionnaires. Il commençait à se demander s'il avait eu raison de venir jusqu'ici. Puis il réfléchit au fait que lui-même n'avait pas hésité à défendre la cause des femmes lors de la confession de la baronne de Montfort. Le recteur de Tréhorenteuc n'avait-il pas le droit de défendre celle de la Bretagne ?

— Mais je suppose que ce n'est pas pour admirer les vitraux de mon église que vous avez fait tout ce chemin, enchaîna l'abbé Guilloux qui avait perçu le trouble de son collègue. Que puis-je faire pour vous, père Jean ?

— Eh bien… C'est-à-dire…, bredouilla le recteur en baissant les yeux. J'avais songé à venir vous trouver… pour me confesser à vous.

L'abbé Guilloux ne dissimula pas sa surprise.

— Vous confesser ? Mais… N'avez-vous pas votre père spirituel attitré, père Jean ? Ou, à défaut, l'évêque, justement…

— C'est que… Il ne s'agit pas d'une confession comme les autres. Le fait même de confier certains secrets que je porte est, pour moi, un cas de conscience. Et je ne suis pas sûr que l'évêque comprenne ma démarche. C'est pourquoi…

— … vous vous êtes dit que ce pauvre abbé Guilloux, qui ose enterrer les suicidés et faire entrer les chevaliers du Graal dans son église en ruine, serait sans doute plus compréhensif que les sommités canoniques ! Eh bien, je vous écoute, père Jean… Quels péchés si graves avez-vous à déposer aux pieds du Seigneur ?

Le recteur de Tréhorenteuc jeta des regards alarmés autour de lui, à l'affût d'un confessionnal providentiel où il aurait pu trouver refuge. Mais l'église en était dépourvue. Il n'insista pas, se souvenant que lui-même avait écouté Annaïg dans la simplicité de sa sacristie.

— En réalité, il ne s'agit pas de mes propres péchés, père Guilloux, sinon je ne serais pas venu vous déranger.

— Vous souhaitez confesser les péchés d'un autre ? s'étonna le recteur de Tréhorenteuc. Il s'agit là en effet d'une démarche peu courante, et je conçois que notre évêque, si vous l'aviez sollicité, s'en fût alarmé… Mais pour quelle raison la personne concernée ne s'adresse-t-elle pas à vous ?

— La confession a bien eu lieu, et j'en ai été le dépositaire. C'est justement la raison de ma visite, et du cas de conscience qui me hante.

— Pourriez-vous vous expliquer plus clairement, père Jean ? Tenez, prenons place sur ce banc qui tient encore à peu près debout. Nous serons plus à l'aise pour démêler ces énigmes théologiques.

— Je vous remercie, murmura le recteur tout en s'asseyant sur la planche de bois montée sur pieds que Guilloux avait un peu rapidement qualifiée de « banc ». Le plus simple est sans doute que je reprenne les choses par le commencement. C'est au sujet de la mort de la jeune Annaïg Le Borgne.

L'abbé Guilloux prit instantanément un air grave.

— Un drame épouvantable. Un meurtre, m'a-t-on dit, dont le criminel n'a pas encore été découvert.

— En effet, reprit le recteur de Concoret avec un regain d'assurance. Le crime a eu lieu voici plus d'un mois et l'assassin d'Annaïg n'a pas été arrêté. Il ne s'est pas dénoncé non plus, malgré mon incitation publique à le faire. Or, j'ai quelques soupçons au sujet de son identité, mais je ne peux les confier à personne, pas même aux gendarmes chargés de l'enquête… C'est cela qui me hante.

— Mais pour quelle raison ? s'étonna encore l'abbé Guilloux. Je suppose que si vous détenez des éléments susceptibles d'aider les forces de l'ordre dans leur travail, vous ne pouvez vous taire…

— Si, je le dois, justement ! s'emporta le père Jean. Car ces éléments, je les tiens de la victime elle-même, qui s'est confiée à moi juste avant le drame. Je suis tenu au secret de la confession… Une autre personne digne de foi est venue ce matin même me révéler d'autres détails venant accréditer ma thèse, mais toujours sous le sceau de la confession.

L'abbé Guilloux se massa le front, absorbé par une intense réflexion.

— Je comprends mieux votre dilemme, observa-t-il enfin. Si vous respectez le secret de la confession, vous vous faites indirectement le complice du meurtrier présumé. Mais si vous le rompez, afin que justice soit faite, vous parjurez votre serment de prêtre et risquez l'excommunication… Il s'agit d'un fameux cas de conscience, vous avez raison. Mais encore une fois, en quoi puis-je vous aider ?

— En écoutant en confession ce que m'ont dit Annaïg et cette autre personne. De cette façon, je ne me parjure pas, tout en cessant de dissimuler la vérité.

L'abbé Guilloux demeurait songeur.

— En vous confiant à moi, vous vous défaites d'un fardeau qui vous empoisonne l'âme et le cœur sans trahir votre serment. Mais je ne pourrai pour autant en révéler le contenu à autrui, puisque je serai à mon tour tenu au secret de la confession que vous m'aurez faite…

— C'est exact. Mais au moins je ne serai plus le seul à porter ce que vous avez fort justement qualifié de « fardeau »… Ce serait pour moi un énorme soulagement. Et puis, qui sait ? vous aurez peut-être une idée pour faire émerger la vérité sans trahir notre vœu…

— Vous me prêtez bien des talents, fit remarquer l'abbé Guilloux. Qu'ai-je fait pour mériter une telle réputation ?

— Votre position vis-à-vis du suicide, répondit le père Jean avec un léger embarras. Lorsqu'on a découvert le corps d'Annaïg plongé dans l'eau du lavoir, j'ai aussitôt pensé qu'elle avait mis fin à ses jours…

— Avait-elle des raisons de commettre cet acte désespéré ? l'interrompit Guilloux.

— Ce qu'elle m'a dit permettait de le supposer. Or, vous connaissez comme moi la position de notre très sainte mère l'Église vis-à-vis des suicidés…

— … la fosse commune pour le corps et la damnation éternelle de l'âme.

— En effet. Or, la seule idée de priver la pauvre enfant, déjà suffisamment meurtrie par la vie, d'une messe d'obsèques et d'un enterrement chrétien m'a plongé dans un accablement profond. J'ai alors songé à vous, au courage qu'il vous avait fallu pour passer outre aux interdits de l'Église. J'ai compris à ce moment-là la profonde humanité de votre geste…

— Un geste qui m'a valu d'être exilé dans une paroisse fantôme, observa l'abbé Guilloux avec une pointe d'humour teintée d'amertume.

— … mais qui vous a permis de demeurer en accord avec votre conscience. Moi, j'aurais été incapable d'une telle liberté, d'un tel sacrifice. Je me serais contenté de suivre sans discuter les directives de l'Église. Et je me serais reproché toute ma vie d'avoir refusé à cette malheureuse les secours de la religion.

Ernest Guilloux sourit et posa une main sur l'épaule du vieux prêtre.

— Vous êtes un brave homme, père Jean. Vos doutes sont un gage de la sincérité de votre foi, et l'humilité avec laquelle vous les partagez vous honore. Je serai heureux de vous entendre en confession et de porter avec vous le poids du secret d'Annaïg.

Le père Jean, soulagé par la réponse de l'abbé Guilloux, fut saisi d'une telle émotion qu'il se mit spontanément à genoux et lui baisa la main.

— Merci, mon père !

— Relevez-vous, père Jean, répondit le recteur de Tréhorenteuc en aidant le vieillard à se redresser. Et prononcez les formules de l'acte de contrition.

42

Dimanche 5 décembre 1943

L'église du Saint-Graal était plongée dans la pénombre, que venait rompre de sa clarté pâle la lune qui commençait à s'arrondir. Au pied du vitrail des chevaliers de la Table ronde se tenaient Loïc et l'abbé Guilloux, semblables à deux conspirateurs échangeant à voix basse des secrets lourds de conséquences.

— J'ai entendu le sifflement du geai aujourd'hui à matines, commença le bossu en regardant le prêtre dans les yeux. J'ai compris que vous souhaitiez me voir d'urgence. J'ai attendu la nuit…

— Je t'en remercie, Loïc. Je t'ai demandé de venir car tu peux m'aider à faire en sorte que le meurtrier d'Annaïg soit enfin arrêté et jugé pour ses actes…

— Vous savez qui c'est ? l'interrompit Loïc, surpris.

— Oui, et tu le sais aussi, j'en suis convaincu. C'est pourquoi tu dois te confier à moi…

— Non, je ne sais pas, se renfrogna le bossu. Je n'ai rien vu. J'ai déjà parlé aux gendarmes…

— Tu n'as rien vu, mais tu as peut-être entendu quelque chose… Une chose grave, qui pourrait fournir aux forces de l'ordre le mobile du criminel. Une chose que tu as sans doute omis de dire aux gendarmes, pour ne pas attenter à la réputation de la victime et risquer de faire porter les soupçons sur un innocent, je me trompe ?

Loïc baissa les yeux.

— Comment… Comment savez-vous tout ça ?

Le recteur poussa un profond soupir et posa sa main sur le bras du charbonnier, afin de l'assurer de sa compréhension.

— Annaïg avait un secret. Un secret qu'elle a emporté avec elle dans la tombe. Mais avant sa mort, elle a eu le temps de le confier à une personne qu'elle a jugée digne de sa confiance. Mais cette personne ne peut rien révéler à quiconque, pas même aux gendarmes. Elle croit connaître l'identité de l'assassin, mais ne peut rien dire.

Loïc leva des yeux perdus vers l'abbé.

— Je… Je ne comprends pas.

— Annaïg s'est confessée la nuit même de sa mort au recteur de Concoret, le père Jean. Elle lui a dit certaines choses qu'elle était alors la seule à savoir, et qui sont protégées par le secret de la confession. Le père Jean m'en a fait part hier soir, sous le sceau une nouvelle fois de la confession. Je suis donc tout aussi lié que lui par mon serment de prêtre. Je peux simplement affirmer que les confidences qu'Annaïg a faites au curé de Concoret étaient suffisamment graves pour la pousser à commettre un acte désespéré ou pour justifier son élimination aux yeux d'autrui. Comprends-tu, Loïc ?

Le charbonnier hocha la tête d'un air penaud.

— Si tu sais quelque chose, si tu as entendu Annaïg parler à quelqu'un, tu dois à tout prix me le dire. Je pourrai alors agir, car je ne ferai que me référer à ton témoignage, sans trahir mon vœu.

Loïc demeura un instant silencieux, les yeux baissés, réfléchissant aux conséquences que pourraient avoir ses paroles. Puis il se décida enfin et redressa la tête.

— J'étais au lavoir, cette nuit-là... Annaïg y était aussi. Elle attendait quelqu'un. Je n'ai pas osé me montrer ni m'enfuir. J'ai attendu aussi. C'est alors qu'il est venu la rejoindre. Philippe de Montfort. Ça, je l'ai dit aux gendarmes.

— Oui, je suis au courant. Tu as dit aussi qu'il ne s'était pas attardé et qu'il était presque aussitôt reparti à cheval, c'est bien exact ?

— Oui, mon père.

— Mais même si leur entretien a été bref, ils ont bien échangé quelques paroles, n'est-ce pas ? Et ces paroles, tu les as entendues…

— Oui, j'ai tout entendu, avoua Loïc. J'ai menti aux gendarmes en leur disant que j'étais trop loin. Je connais le secret d'Annaïg, celui qu'elle a dû dire au père Jean.

— Ne parle que si tu es sûr de toi, Loïc. Songe qu'il peut y aller de l'honneur et de la vie d'un homme.

— J'en suis sûr ! s'écria Loïc. Et si je n'ai rien dit, c'est justement parce que je ne voulais pas accuser Philippe, qui est un ami de Gwenn.

Ses mots s'étranglèrent dans sa gorge. Il était encore partagé entre sa volonté de justice, qui le poussait à dire toute la vérité sur les circonstances exactes du drame, et son désir de préserver la mémoire d'Annaïg et la réputation de l'ami d'enfance de Gwenn.

— Si cela peut lever tes derniers scrupules, sache que Philippe a nié formellement être venu au *doué* cette nuit-là pour y rejoindre Annaïg. Et son alibi a été confirmé par sa famille, son père, sa mère et même sa fiancée…

— Sa fiancée ? s'étonna Loïc. Mais c'est impossible ! Il ne peut avoir de fiancée ! Annaïg était amoureuse de lui. C'est elle qu'il aurait dû épouser. Surtout lorsqu'elle lui a révélé que…

Il s'interrompit brusquement. Mais il était trop tard. Le reste de la phrase sortit tout seul.

— … qu'elle attendait un enfant de lui.

L'abbé Guilloux ferma les yeux, le front barré de plis profonds.

— C'est ce qu'elle lui a dit, n'est-ce pas ? Tu l'as clairement entendu, Loïc ?

Le charbonnier hocha la tête en silence.

— Ton témoignage est extrêmement important, car il confirme ce que je craignais. Si Philippe était au courant des conséquences de sa liaison avec Annaïg, alors même que sa fiancée vivait sous son propre toit, il a pu s'affoler et chercher à se débarrasser d'une maîtresse encombrante. Le fait qu'il ait dissimulé aux gendarmes sa paternité et sa rencontre avec Annaïg cette nuit-là ne fait que renforcer les soupçons qui pèsent sur lui. Et si ses proches n'ont pas hésité à faire un faux témoignage, c'est qu'ils le croient eux aussi coupable mais veulent préserver l'honneur du clan. Ceux qui n'ont rien à se reprocher n'ont pas besoin de mentir.

Loïc semblait navré, comme s'il était lui-même la cause de la mauvaise posture dans laquelle se trouvait le jeune aristocrate.

— Je… Je ne voulais pas qu'il lui arrive du mal. C'est pour cela que je me suis tu.

— Loïc, ta candeur est admirable, mais elle pourrait te perdre, le reprit l'abbé Guilloux avec un bon sourire. Ne t'es-tu pas demandé pour quelle raison les Allemands ont subitement eu l'idée de mettre ta tête à prix et de te chasser comme un vulgaire gibier ?

— Euh… non, avoua le bossu.

— La veille du jour où les affiches te présentant comme un terroriste dangereux ont été placardées sur les murs de Concoret par l'armée allemande, le major du centre aéronautique du Point-Clos dînait tranquillement avec la famille Montfort au grand complet. Tu ne trouves pas la coïncidence troublante ?

Loïc ne répondit pas. Il découvrait les abysses de la bassesse humaine et en avait le vertige.

— Ce n'est pas tout. Le lendemain, on a vu Rozenn, la fiancée complaisante de Philippe, assise dans le cabriolet blanc du major qui l'a entraînée dans son arboretum une bonne partie de l'après-midi. Or, le goût prononcé de l'officier allemand pour les jeunes et jolies femmes est de notoriété publique…

Le bossu continuait à secouer la tête, écœuré par une telle succession de vilenies.

— Pour sauver sa tête, Philippe de Montfort, avec la complicité de son père, n'a pas hésité à te dénoncer aux Allemands et à jeter sa fiancée dans les bras de ce Don Juan germanique. Cela n'a pas porté chance à cette malheureuse fille, d'ailleurs. Elle a fait une fausse couche en pleine église de Concoret le jour de la messe d'enterrement d'Annaïg, comme si la morte se vengeait de la vivante.

— Une fausse couche ? Parce que la fiancée de Philippe était elle aussi…

— … enceinte, oui. Gwenn ne te l'a pas dit ? On ne parle pourtant que de cela au village. Le jeune baron de Montfort semble être un excellent reproducteur. Mais son sens moral laisse plutôt à désirer, c'est le moins qu'on puisse dire. Et tout porte à croire qu'il est coupable de cet affreux crime.

Loïc était au désespoir. Tant de turpitudes le faisaient souffrir presque autant que s'il les avait commises.

— Que dois-je faire, mon père ? finit-il par articuler d'une voix sèche. Dois-je aller trouver les gendarmes et leur dire…

— Tu n'iras nulle part, l'interrompit le recteur. N'oublie pas que tu es un terroriste pour les Allemands… Un résistant aux yeux des villageois, qui sont pour la plupart de bonnes gens et des patriotes… Et pour moi, tu es un chevalier. Pour moi, mais aussi pour Yann et pour Gwenn… J'ai remarqué vos échanges de regards, le mois dernier. Et je sais qu'elle vient souvent te voir dans le Val-sans-Retour, ajouta-t-il avec un sourire complice.

— Elle a pitié de moi…

— Plus maintenant, je peux te l'assurer. Elle commence à t'admirer. C'est une fille honnête et franche, qui ne s'arrête pas à l'apparence des choses et des êtres. Elle sait lire dans les cœurs, et elle a lu dans le tien…

Loïc rougit et ne s'attarda pas sur ce sujet.

— Mais alors, que dois-je faire ? répéta-t-il.

— Rien. Rejoindre le Val-sans-Retour, en attendant d'accomplir les exploits de chevalerie dont tu es digne. Laisse-moi arranger tout cela. Justice sera faite, avec l'aide de Dieu. Va, à présent, mon fils. Il ne faut pas qu'on te surprenne ici.

43

Mardi 7 décembre 1943

Lorsque Gwenn revint de sa *buée*, le mardi suivant, elle trouva Yann assis à l'entrée de la maison de bois, plongé dans une profonde réflexion. Dès qu'il la vit, son bon visage s'éclaira d'un sourire un peu forcé.

— Qu'est-ce qui ne va pas ? questionna la jeune fille, qui savait déceler au premier coup d'œil les états d'âme de son père adoptif.

— Tout va bien, Gwenn, ne t'inquiète pas, répondit-il avec une assurance factice.

Puis, après avoir croisé le regard clair de la lavandière, il ajouta avec une pointe d'embarras :

— Je dois aller faire une course à Mauron. J'attendais ton retour pour te prévenir… Je suis passé voir l'abbé Guilloux hier. Il y a du nouveau.

Gwenn s'alarma aussitôt.

— Loïc est en danger ? Les maquisards ont été dénoncés ?

Le garde forestier sourit de nouveau, mais de façon moins empruntée.

— Non, ce n'est pas cela… Les maquisards du Val-sans-Retour n'ont rien à craindre pour l'instant. Le recteur de Tréhorenteuc veille sur eux. Et puis, ils ont la chance de recevoir fréquemment ta visite. Pour eux, tu es un peu leur protectrice, la bonne fée de Brocéliande. Surtout pour Loïc…

Les joues de Gwenn rosirent légèrement et elle baissa les yeux. Ce mouvement de pudeur n'échappa pas à Yann.

— Viens t'asseoir à côté de moi, ma fille, et parlons un peu, tu veux bien ?

Il s'écarta afin de lui laisser de la place sur le banc situé sous l'auvent de la maison. Elle s'assit après avoir défroissé sa cotte et ôté ses sabots où la glaise des chemins était demeurée collée.

— Tu l'aimes bien, Loïc…, dit Yann.

Ce n'était pas une question, mais une simple constatation. Gwenn releva la tête et regarda son père adoptif bien en face.

— Pourquoi dis-tu ça ? Toi aussi, tu l'aimes bien…

— Je ne t'en fais pas reproche. Bien sûr que je l'aime, ce garçon ! Il est franc et courageux, honnête et sans malice. Sa candeur et sa timidité peuvent donner l'illusion qu'il est un peu simple d'esprit, mais cela vaut mieux qu'un excès de cynisme.

— Ce n'est pas un idiot ! le défendit Gwenn. Il ne connaît peut-être pas tout, mais il sait l'essentiel. Et puis il apprend vite… Il n'a pas eu la chance d'étudier ou d'avoir à ses côtés l'être sage et bienveillant que tu as toujours été pour moi.

— Tu me fais bien des éloges ! Je ne sais s'ils sont mérités mais je te suis reconnaissant de le penser, répondit Yann en posant une main paternelle sur l'épaule de Gwenn. Cependant tu sembles oublier une chose qui vous distingue, Loïc et toi, et vous distinguera toujours. Tu es une belle jeune femme, qui même sans éducation saurait plaire à un homme de goût. Tandis que Loïc a été défavorisé par la nature. Il est bossu…

— Bossu ? C'est étrange, je ne m'en rends même plus compte. Je l'avais presque oublié…

Yann se mit à rire.

— Parce que tu le vois avec les yeux du cœur ! Chez les êtres qui nous sont proches, les défauts tendent à s'estomper et finissent même par disparaître. Chez ceux que nous n'apprécions pas, même les qualités deviennent insupportables…

Gwenn ne répondit pas, mais ce paradoxe auquel elle n'avait jamais pensé la plongea dans un abîme de perplexité.

— Cela veut dire que je me trompe à son

sujet ? Je l'idéalise peut-être, comme l'un des chevaliers du vitrail de Tréhorenteuc ?

— Et pourquoi pas ? Ne t'ai-je pas appris que l'être humain se nourrit autant d'idéal que de pain, ma fille ?

La jeune femme arborait à présent un air rêveur. D'un doigt, elle entortillait une mèche rousse échappée de sa coiffe.

— Est-ce cela qui semblait tant te préoccuper tout à l'heure ? fit-elle remarquer d'un ton énigmatique.

Yann se renfrogna malgré lui.

— Non. À vrai dire, je ne pensais pas à Loïc avant que tu m'en parles. Je songeais plutôt à Philippe.

Gwenn se redressa d'un bond, piquée au vif, les yeux furibonds.

— Ne me parle plus de lui ! Je l'estimais mais il n'est qu'un traître. Ce matin encore, au *doué*, on disait qu'il...

— Calme-toi, ma fille, l'interrompit Yann en la forçant à se rasseoir. Je sais bien ce qui se dit à son sujet au *doué* et au village. L'abbé Guilloux m'en a fait le récit détaillé...

— Lui ? Mais il ne quitte jamais son église de Tréhorenteuc. Comment peut-il savoir ?

— Il est bien informé, ne t'en fais pas. Mieux que n'importe qui. Il ne sort pas de son église, c'est vrai, mais certains vont le voir. Et il est le seul à pouvoir trier les graines de la vérité enfouies dans le grand sac de calomnies et médisances. Or, ces graines sont aujourd'hui suffisamment nombreuses pour nous pousser à agir…

— Que veux-tu dire ? interrogea Gwenn d'un air soupçonneux. Les accusations contre Philippe seraient fondées ? L'abbé Guilloux aurait des preuves ?

— Des preuves, non. Mais des éléments de preuve. Et des témoignages récents qui éclairent sous un jour nouveau…

— … la mort d'Annaïg ?

— Entre autres… Tout cela est encore à éclaircir. C'est pourquoi l'abbé Guilloux s'est confié à moi.

— Pourquoi toi ?

Yann hésita.

— Disons qu'il me fait confiance et que lui-même ne peut agir sans rompre son serment d'homme d'Église. Il s'est déjà suffisamment impliqué comme cela… Et puis… les révélations qu'il m'a faites ne concernent pas uniquement Philippe et les Montfort. Elles ont également un lien avec toi… et ta famille.

— Ma famille ? s'alarma la jeune femme en pâlissant soudain.

— Oui, ta famille dont la mémoire est enfouie depuis si longtemps dans le coffre caché au fond du *gwele kloz* que je t'ai montré voici un peu plus d'un mois.

Gwenn se tut un instant, le temps de mesurer la portée de ce que venait de lui dire Yann.

— Cela veut dire que je vais enfin connaître l'identité de mes parents, le secret de mes origines ? Tu vas rouvrir le coffre ?

— Bientôt. Très bientôt, répondit le garde forestier.

— Pourquoi pas maintenant ? réagit Gwenn en se cabrant de nouveau. Si le temps est venu, pourquoi attendre ?

— Le temps est *presque* venu, Gwenn. Je te demande encore un peu de patience. Cela ne sera pas long.

— De la patience ? explosa Gwenn. Je n'en ai pas eu, de la patience, depuis ma naissance ? J'ai besoin de savoir, tu comprends ?

— Je comprends… Mais je dois auparavant régler la question de Philippe.

Gwenn afficha un air interloqué.

— Philippe ? Mais quel rapport entre Philippe et ma famille ? Je ne comprends plus rien, Yann. Quels sont ces mystères ?

— Je ne peux rien te dire, se défendit le garde. Demain, peut-être, dans quelques jours au plus tard. Mais pas aujourd'hui. J'ai une démarche à accomplir avant. C'est pourquoi je dois me rendre à Mauron…

La jeune femme dévisageait son père adoptif avec déception.

— Tu n'as pas confiance en moi, c'est ça ? Tu ne m'estimes pas digne de ta confiance…

Yann afficha un air peiné.

— Comment peux-tu penser cela de moi, ma fille ? Tu as toute ma confiance, au contraire… Si je ne peux te parler aujourd'hui, c'est que tu es concernée malgré toi par toute cette affaire. Tout a commencé voici bien longtemps, avant ta naissance. Tes parents, Hubert, Dahud, moi-même…

— Dahud ? s'écria Gwenn, de plus en plus étonnée. Elle est liée à cette histoire, elle aussi ?

— Nous sommes tous liés, ne comprends-tu pas ? Ce qui arrive aujourd'hui n'est que la conséquence de ce qui s'est passé jadis. Toutes les actions sont imbriquées, enchaînées les unes aux autres, comme les branches d'un aubépinier. C'est pourquoi il serait inutile que je te dévoile une partie seulement de la vérité. Lorsque j'ouvrirai le coffre aux souvenirs, tout sera révélé.

La jeune femme réfléchissait.

— Est-ce que cela a quelque chose à voir avec les étranges paroles de Dahud, le jour de l'enterrement d'Annaïg ? Cette malédiction jetée par la fée de la fontaine… Ces cinq amis qui s'en allaient à Barenton pour y jeter des *épilles*… La première qui s'est piqué le doigt… Le second mort à la guerre. Le troisième qui s'est cassé la jambe… Le quatrième qui a vécu dans les bois… La cinquième qui lave le linge des morts… C'était vous ?

— Maëlle délirait. Le poids du chagrin… Elle était comme folle. Elle ne savait plus ce qu'elle disait…

— Elle a connu mes parents elle aussi. Elle les a connus comme toi et le baron les avez connus, n'est-ce pas ?

Le garde forestier baissa la tête.

— Oui, nous nous connaissions tous. Et tout a commencé là-bas, à Barenton, un beau et triste jour de mai. Je te raconterai tout, Gwenn, je te le jure. D'ici quelques jours, tous les secrets seront dévoilés.

La jeune femme hocha la tête d'un air grave.

— Bien, j'attendrai.

44

Maître Le Bihan était calfeutré dans le bureau de sa petite étude de Mauron. Pour plus de discrétion, il avait tiré les rideaux des croisées ouvrant sur la place du village. La lampe au piétement de bronze surmontée d'un abat-jour en verre opaque formait un rond de clarté sur les dossiers étalés devant lui.

La sonnette de l'entrée signala l'arrivée d'un visiteur. D'un mouvement preste, le notaire dissimula les textes qu'il consultait sous une pile de classeurs.

Sa fille frappa à la porte dans l'entrebâillement de laquelle elle passa son visage émacié par des semaines de pleurs.

— Père, quelqu'un demande à vous voir.

— De qui s'agit-il ? s'alarma malgré lui le notaire.

— Yann Luzel, de Concoret. Il dit que c'est urgent.

— Ah… En effet… Fais-le entrer, ma fille. Et referme bien la porte derrière toi en sortant.

Sans un mot, Rozenn alla chercher Yann qu'elle introduisit dans le bureau de son père.

— Je vous attendais, dit simplement maître Le Bihan en tendant une main au garde forestier. Asseyez-vous, je vous en prie.

— Vous m'attendiez ? répliqua Yann en prenant place dans le fauteuil en cuir que lui désignait son hôte. Pourtant, hier soir, je ne savais pas moi-même que je viendrais vous trouver.

— Moi, je le savais. Je le savais depuis des années… Vous venez pour le testament d'Edern de Montfort, n'est-ce pas ?

Yann eut du mal à dissimuler sa surprise.

— Eh bien… Je venais effectivement à ce sujet, entre autres… Mais je ne m'attendais pas à ce que…

Maître Le Bihan se pencha par-dessus son bureau pour se rapprocher de Yann.

— J'ai reçu Edern de Montfort dans cette même étude, un certain jour d'avril 1917. J'étais tout jeune à l'époque, mais je m'en souviens comme si c'était hier. Il y a des instants qu'on n'oublie pas…

Yann ne put refréner une bouffée d'émotion.

— Je sais. C'était le lendemain de son mariage clandestin avec Solenn Josselin dont j'étais le témoin. Juste avant qu'il n'aille se faire tuer au Chemin des Dames…

Le notaire prit une mine embarrassée.

— J'étais jeune, comme je vous l'ai dit. Je venais à peine de reprendre à mon compte l'étude de mon père. Et j'étais assez lâche aussi, je dois le reconnaître. La famille Montfort nous a toujours confié la gestion de ses biens. Ses propriétés, ses terres, ses chasses, ses actions mobilières… Elle était notre principal client. Aussi, après la mort tragique d'Edern, lorsque son père m'a demandé de…

— … de classer au fond d'un tiroir le testament d'Edern en faveur de son épouse et de ses éventuels descendants, compléta le garde-chasse.

— Je n'ai pas osé dire non, avoua humblement maître Le Bihan. À titre de dédommagement, le vieil Alphonse a proposé que l'on fasse envoyer la malle contenant les effets personnels de l'adjudant-chef au 35e régiment d'artillerie Edern Gaël de Montfort Brécilien à sa veuve.

— Je le sais aussi. Cette malle, Solenn me l'a donnée avant sa mort, afin que je la conserve pour sa fille, Gwenn. Elle est l'héritière directe de son père défunt, héros de la Grande Guerre et mort pour la France. C'est elle qui mérite de porter le titre et le nom de baronne, Gwenn Gaël de Montfort Brécilien, et d'entrer en possession de tous les biens qui lui ont été usurpés. Le château de Ker-Gaël, les terres de Brocéliande…

— C'est exact, reconnut le notaire. Ses droits sont intacts. J'ai conservé dans mes dossiers le testament d'Edern et une copie de l'acte de mariage. Même si, par complaisance envers le patriarche Alphonse, puis son fils Hubert, qui par défaut a hérité des biens et du titre, je n'ai jamais rien dit.

— Mais pourquoi, dans ce cas, faire aujourd'hui amende honorable ? s'étonna Yann en se reculant au fond du fauteuil. J'avoue qu'en venant vous trouver, je m'étais préparé à ce que vous contestiez farouchement ce que vous venez spontanément d'avouer.

— C'est que les temps ont changé, admit le notaire. Et que la servilité avec laquelle j'ai servi durant vingt-cinq ans les intérêts de la famille Montfort s'est transformée en un acharnement à la détruire. Le comportement inqualifiable de Philippe… Les actes ignominieux qu'il a commis ou qu'on lui prête…

— C'est justement ces fameux actes qui m'ont décidé à venir vous trouver, maître… Car si vous n'aviez pas été, comme vous semblez l'être, acquis à la cause de Gwenn, je comptais vous faire certaines révélations qui vous auraient contraint à réviser votre jugement. Votre fidélité à cette famille fait de vous le complice de leurs crimes…

Le notaire fronça les sourcils et baissa encore la voix.

— Que voulez-vous dire ? Vous avez des preuves de la culpabilité de Philippe ? C'est bien lui qui a tué cette lavandière dont il était l'amant tout en étant fiancé à ma fille ?

— Tout ce que je peux vous affirmer, c'est que non seulement Philippe était l'amant d'Annaïg Le Borgne, mais qu'il était également le père de son enfant à naître...

— Comment ? s'écria maître Le Bihan en se relevant à demi de son fauteuil. Le coquin aurait...

— Hélas, oui. Je ne sais pas si Philippe a assassiné Annaïg, mais en tout cas il l'a séduite puis abandonnée lorsqu'il a appris qu'elle était enceinte.

— Quelle honte..., reprit le notaire en se rasseyant. Il faut le dénoncer ! Aller voir les gendarmes ! Ce garçon mérite l'échafaud, la guillotine !

Yann Luzel leva les deux paumes de ses mains devant lui en signe d'apaisement.

— Doucement, maître. Ne vous emballez pas. Je comprends votre désir de vengeance et vous félicite pour votre prise de conscience, même tardive, mais un scandale et une enquête policière ne feraient que retarder la conclusion logique de cette ténébreuse affaire.

Le notaire s'épongea le front avec un large mouchoir blanc qu'il tira de son gilet.

— Que voulez-vous dire ?

— Je dis que la justice est lente et n'est pas toujours juste, surtout en ces temps troublés. Même si Philippe est inculpé, il faudra attendre de longs mois avant qu'un procès en assises ait lieu. S'il a lieu. Philippe, comme son père, a de solides appuis du côté de l'armée d'occupation…

Maître Le Bihan serra les mâchoires jusqu'à ce que ses lèvres deviennent blanches.

— Les salauds ! Criminels et collabos… Cela va bien ensemble… Mais je vous rassure. La Bretagne et la France ne seront pas éternellement aux mains des Allemands. Je puis vous jurer que le procès de Philippe aura lieu dans une France libre. Et il payera pour tous ses crimes…

Yann plissa les yeux d'un air dubitatif.

— Comment pouvez-vous en être si sûr ?

Maître Le Bihan reprit de nouveau le ton de la confidence :

— Voyez-vous, lorsque j'ai exigé la rupture des fiançailles de Rozenn et que j'ai pris mes distances avec la famille Montfort, j'ai beaucoup réfléchi… Sur mes fautes passées, ma lâcheté, mon aveuglement. Toute ma vie, je me suis laissé corrompre. J'ai éprouvé le besoin de me racheter…

— De quelle façon ?

Maître Le Bihan baissa encore la voix.

— En m'engageant.

Yann Luzel manifesta une légère surprise, mais ne fit aucun commentaire. L'autre poursuivit, avec des airs de conspirateur :

— Vous avez entendu parler de l'Armée secrète ?

L'étonnement de Yann ne fit que s'accroître. Il acquiesça d'un clignement d'yeux.

— Je me suis rapproché d'elle, par l'intermédiaire des gendarmes de Vannes. Ils sont tous acquis à la cause de Londres et leur commandant est le chef secret de cette armée de l'ombre pour le Morbihan.

— Le fameux Yodi ?

— Lui-même. Bien entendu, cela doit rester entre nous, car la Gestapo le surveille de près et se doute de quelque chose. Mais je peux vous dire de source sûre que le débarquement aura lieu d'ici quelques semaines. Et ici même, en Bretagne, dans le Morbihan. Les maquisards de Concoret qui se cachent au Val-sans-Retour y participeront activement. Ces maquisards parmi lesquels se trouve ce pauvre Loïc Le Masle, le charbonnier que Hubert et Philippe ont dénoncé aux Allemands…

Le garde forestier se demandait s'il devait accorder foi au retournement du notaire. Ne s'agissait-il pas d'un piège ? Maître Le Bihan ne cherchait-il pas à gagner sa confiance pour obtenir des informations ? Il savait peut-être qu'il fréquentait le nouveau recteur de Tréhorenteuc, qui lui-même protégeait les maquisards du Val-sans-Retour. Il décida de jouer la carte de la prudence.

— Je ne vois pas en quoi ces révélations ont un quelconque rapport avec les intérêts bafoués de Gwenn, maître.

Le notaire perçut la réserve de Yann et eut un sourire navré.

— Vous ne me faites pas confiance, n'est-ce pas ? Vous pensez que je ne suis peut-être qu'un espion ? Après tout, n'ai-je pas trahi toute ma vie ? Pourquoi changerais-je tout à coup ?

Il déplia son mouchoir et se moucha bruyamment avant de poursuivre.

— Au fond, vous n'avez pas tort… Je ne suis pas un espion, mais mon engagement dans l'Armée secrète n'est pas exempt d'intérêt personnel, je dois l'avouer… Je ne vous ai pas menti quand je vous ai parlé d'une libération prochaine de la Bretagne et de la France. Lorsque les Allemands seront chassés, chacun aura des comptes à rendre. Les miens ne sont pas très nets. Si je puis prouver que j'ai aidé, dans la mesure de mes moyens, l'Armée secrète, même à quelques semaines de la fin de la guerre, j'aurais plus de chance de passer au travers des règlements de comptes qui auront lieu alors. Comme vous le voyez, mes nobles intentions sont encore dictées par des considérations égoïstes…

— Je vous reconnais enfin, maître…, répliqua Yann. Pardonnez-moi, mais vous n'avez guère la stature d'un héros.

— Certes… Mais certaines guerres se gagnent moins par les hauts faits des héros que par les revirements des lâches, ne croyez-vous pas ?

Yann savoura la réponse, mais il n'était pas venu pour parler politique.

— Et si nous revenions au testament d'Edern, maître ?

Maître Le Bihan se leva et se dirigea vers une large armoire qui contenait ses archives.

Vous avez raison. Nous avons perdu trop de temps. Attendez, tous les papiers sont là…

Il se réinstalla à son bureau avec un vieux classeur contenant des formulaires et des lettres usés par le temps.

— Le patriarche Alphonse de Montfort ne supportait pas l'abolition du droit d'aînesse décrétée par la République, expliqua le notaire. Aussi avait-il eu soin de partager l'héritage de ses fils en deux : à l'aîné, Edern, revenaient le titre, le château et les terres, car c'est lui qui serait responsable de la continuité de la lignée familiale ; au cadet, Hubert, restait, pour une part évaluée égale sur le plan financier, le portefeuille d'actions et d'obligations. Ainsi, aucun des deux fils n'était lésé, ainsi que l'exige la loi.

— Mais à la mort d'Edern, Hubert a hérité de tout, fit remarquer Yann.

— Je vous l'accorde. Mais la part qui eût dû lui revenir de droit ne concernait que les titres. Or, la crise de 1929 est passée par là, et a ruiné entièrement le portefeuille boursier des Montfort, qui n'ont plus que leurs terres et leurs biens immobiliers. Cela signifie qu'Hubert ainsi que son fils Philippe n'ont plus un sou. Tout ira à la fille d'Edern et de Solenn. Vous ne pouvez pas savoir à quel point cela me réjouit...

Par le sourire cruel qui déforma ses lèvres, le notaire démontrait avec suffisamment d'éloquence à Yann qu'il se réjouissait moins du bonheur de Gwenn que de la déchéance d'Hubert et de Philippe. Mais le garde-chasse ne releva pas.

— En pratique, que va-t-il se passer à présent, maître ?

Le notaire écarta les mains, comme s'il s'en remettait au destin.

— Il y a deux solutions. Soit Hubert contredit les pièces incontestables que je suis en mesure de produire et nous devrons nous attendre à un long procès. Soit il admet qu'il a spolié les intérêts de l'épouse de son frère et de sa propre nièce, puisque Gwenn est la cousine de Philippe, et dans ce cas il n'aura qu'à signer l'acte notarié de cession unilatérale de biens que je vais me faire un plaisir de rédiger à l'instant. En ce cas, le temps de faire enregistrer les pièces, Gwenn pourra entrer légitimement dans ses titres et ses biens. Quant à Hubert et Philippe, ils n'auront qu'à aller au diable !

— Pour cela, vous pouvez me faire confiance, maître. Je connais Hubert depuis bien longtemps. Nous étions amis, jadis. Je me charge de le convaincre de signer ces papiers… Quant à Philippe, eh bien peut-être saura-t-il le persuader d'aller se constituer prisonnier, s'il est coupable, ce qui nous évitera le déshonneur d'une dénonciation.

— Vous avez sans doute raison, conclut le notaire. Un accord entre parties est toujours préférable à une procédure lente et tatillonne. Dites-lui que je l'attends demain matin. Les actes seront prêts.

Les deux hommes se levèrent et se serrèrent la main avec plus de chaleur qu'au début de leur entrevue.

— Je vais appeler ma fille afin qu'elle vous raccompagne, proposa le notaire.

— Ne la dérangez pas pour si peu. Elle a suffisamment souffert elle aussi. Je connais le chemin.

Yann salua une dernière fois maître Le Bihan et se dirigea vers la porte du bureau, sans remarquer que cette dernière était demeurée entrebâillée durant tout le temps de leur entretien.

Lorsqu'il sortit, Rozenn fit un pas en arrière et se dissimula derrière une colonne. Puis elle se glissa comme une ombre à l'étage où se trouvait sa chambre.

45

Mercredi 8 décembre 1943

— Je pensais pas t'revoir… J'croyais qu'on s'était tout dit la fois passée…

Dahud observait le baron d'un air méfiant. Que voulait-il encore ? Il n'avait plus rien à attendre d'elle, ni elle de lui. Les comptes étaient apurés. Ils n'avaient plus aucune raison de se revoir chaque mois en cachette, les nuits de lune noire.

— Je suis venu te dire adieu, Maëlle.

— *Àmatin*, comme ça ? T'en as de drôles… T'as d'la chance de m'trouver, j'suis rentrée plus tôt de ma *buée*. Depuis que j'fais plus l'linge de Ker-Gaël, ça m'fait des vacances. J'm'en plains pas, remarque bien. Les chemisettes en dentelles, les cottes et les chausses en lin fin, les collerettes et les guimpes, et tout le falbala qui va avec, j'en ai soupé depuis le temps. J'ai de quoi voir venir, après tout, et j'ai peu de besoins. Alors, la *buée*, maintenant, c'est la mienne que j'mène, plus celle des autres.

Dahud soliloquait en arpentant l'*oté* de long en large, se déplaçant de la table au *gwele kloz*, du *gwele kloz* au dressoir, du dressoir à la table de bois vernie. Elle ne s'interrompait que pour fourrager le fourneau de ses pincettes, aligner ses bocaux à herbes sur l'étagère, vérifier le mécanisme de la pendule, remettre en place le balai de bourdaine qui traînait dans un coin, ouvrir puis refermer la contre-porte de l'*usset*. Lorsqu'elle passait devant le miroir piqueté au-dessus du buffet, elle s'attardait une seconde et adressait une œillade à son reflet. Puis elle reprenait son manège incohérent de mouche zonzonnante, de papillon nocturne affolé par la lumière du jour.

Le baron ne s'était pas assis. Il demeurait debout, près de l'entrée, appuyé sur sa canne à tête de loup, son chien noir à ses pieds, déjà prêt à partir. Il n'avait ni le temps ni le désir de s'attarder dans cet antre qui ne faisait que lui rappeler avec douleur un passé révolu.

— C'est la dernière fois que nous nous voyons, Maëlle. Je vais partir, reprit Hubert d'une voix sourde.

Dahud éclata d'un rire sec, comme si son hôte venait de lâcher quelque bonne plaisanterie.

— Eh bien, bon voyage ! répondit-elle en levant les bras au ciel, dans un geste fataliste. Et où c'que tu t'en vas comme ça ? À Rennes ? Ou bien à Berlin, pourquoi pas ? Il paraît qu't'as des amis par là-bas. En tout cas, ça t'f'ra pas d'mal. Si tu voyais la tête que t'as. Une vraie goule de déterré !

Disant cela, elle tira sa langue sèche entre ses gencives noircies, en une sorte de grimace atroce. Le baron réalisa l'inanité de sa démarche. Dahud sombrait dans une forme de démence qui l'excluait du monde qui l'entourait. Elle n'avait plus rien de la jeune fille piquante aux boucles brunes qui se massait les mollets près de la fontaine de Barenton. Elle n'était plus qu'une pauvre vieille que le malheur avait rendue folle et qui cherchait un répit à ses souffrances en s'activant sans raison. Pourtant, il ne pouvait quitter cette pièce sans avoir délivré son ultime confession à son amie d'enfance.

— Écoute-moi, Maëlle, commanda Hubert d'une voix forte en frappant le sol de sa canne. Tu ne me verras plus, mais avant que je parte, tu dois savoir certaines choses…

La lavandière cessa son babillage et jeta au baron un regard en dessous. Qu'allait-il lui sortir, encore ? Quelles fariboles allait-il inventer pour l'entortiller ?

Elle s'immobilisa au milieu de la pièce, bras croisés, l'air bravache, et lança :

— Bon, alors finissons-en une bonne fois. Vas-y. J't'écoute...

Le baron prit sa respiration, puis énonça d'un seul trait :

— Je sors de chez le notaire de Mauron, maître Le Bihan. Je viens de signer un acte par lequel j'abandonne toutes mes propriétés et mes biens au profit de Gwenn Luzel, de son vrai nom Gwenn Gaël de Montfort Brécilien, la fille unique de mon frère Edern, ma propre nièce. C'est pourquoi je dois partir. Le château de Ker-Gaël ne m'appartient plus...

Dahud marqua un temps d'arrêt, estomaquée par ces révélations, puis se laissa tomber sur le banc.

— Qu'est-ce que tu m'racontes ? C'est quoi, ces *dioteries* ?

— Ce n'est que la stricte vérité, Maëlle. Avant de partir au Chemin des Dames, en 1917, Edern a épousé clandestinement Solenn, morte neuf mois plus tard en mettant au monde une fille, Gwenn.

— Quoi ? Gwenn Luzel, la fille d'Edern et de Solenn ?

— Personne ne l'a su. Le secret a été bien gardé. Mon père, le vieil Alphonse, a tout fait pour enterrer l'affaire et que l'héritage reste dans la famille. Il s'était toujours opposé à l'union d'Edern et de Solenn. Alors, tu penses... Après leur mort, il ne risquait pas de reconnaître leur enfant comme sa petite-fille légitime. C'est Yann qui l'a adoptée et élevée…

— Je croyais que c'était une simple orpheline de l'Assistance, bredouilla Dahud d'un air perdu. Alors Gwenn est la…

— La cousine de Philippe, oui. Ils sont du même sang. C'est la raison, sans doute, de l'amitié qui les a si longtemps rapprochés. Ils sont tous deux des Montfort. Ils sont de la race des nobles.

La lavandière secouait la tête, refusant d'admettre ces révélations qui achevaient de perturber son sens des réalités.

— Mais pourquoi tous ces secrets ? Et pourquoi les dire maintenant ? bafouilla-t-elle.

— Les temps ont changé, voilà tout. La subrogation d'héritage à mon profit s'est faite sur l'ordre d'Alphonse, avec la complicité de maître Le Bihan. Depuis que les fiançailles de Philippe et Rozenn ont été rompues, le notaire est contre nous. Son dossier est sans failles. Il nous tient. Et il sait des choses sur Philippe qu'il vaut mieux garder dans l'ombre.

Dahud jeta un regard mauvais en direction du baron :

— Alors, le Philippe, il s'en va aussi ?

— Oui, Dahud. Nous partons tous. Nous n'avons pas le choix.

La lavandière poussa un ricanement sarcastique.

— Eh bien, tu lui diras au revoir de ma part ! Je suis persuadée qu'il va faire un long voyage lui aussi. Un très long voyage !

Puis elle reprit aussitôt d'un ton grave :

— Et la petite, elle est au courant, pour l'héritage ?

— Gwenn ? Non, pas encore. Le notaire doit faire enregistrer l'acte de renonciation. Cela prendra quelques jours. En accord avec Yann, qui est venu me trouver pour me proposer ce marché, il a décidé d'attendre que les choses soient officielles pour l'annoncer à Gwenn. Cela va lui faire un choc. Une simple lavandière devenant baronne du jour au lendemain, cela ressemble à un conte de fées. Un conte dont je ne connaîtrai pas la fin.

Dahud ressassait de sombres pensées. Le sort d'Hubert et de Philippe était réglé. Une lavandière était morte noyée dans le *doué*. Une autre devenait la princesse de Brocéliande. Mais là-bas, dans le miroir du buffet, la lavandière de sang avait encore soif de vengeance.

46

— Au château, Mathurin, vite !

Le cocher lança ses chevaux au trot d'un claquement de fouet et la calèche s'ébranla sur le chemin semé d'ornières.

Par la portière, Hubert contemplait les toits gris du village, les champs hersés de corbeaux, les bras noirs et décharnés de la forêt. Au loin, les abois des chiens enfermés dans les fermes assoupies éveillèrent un bref grognement chez Kidu assoupi à ses pieds. Après une brève accalmie, la pluie lancinante avait repris son bruissement humide. Au-dehors, cela sentait une odeur de terre mouillée, de champignon moisi et d'encens. Une odeur de mort.

Lorsqu'il avait reçu la visite de Yann, la veille au soir, Hubert n'avait pas été surpris. Il s'était presque senti soulagé. Tous ces mensonges et ces dissimulations n'avaient que trop duré. L'heure était venue de rendre des comptes, ce n'était que justice. Pourquoi se serait-il acharné à nier l'évidence, à repousser les preuves les plus tangibles, à s'agiter en tous sens pour ne parvenir qu'à retarder l'inéluctable ? Il ne s'en sentait plus la force ni le désir. Un ressort en lui s'était brisé. Il n'aspirait plus qu'au repos, à la quiétude.

D'un geste de la main, il flatta tendrement la fourrure de son chien qui gémit de plaisir.

— Mon vieux Kidu, tu es sans doute le seul ami fidèle que j'aie jamais eu. Je te regretterai.

Voici un mois à peine, Hubert était prêt à tout pour sauver l'honneur de sa famille et écarter les soupçons qui pesaient sur son fils. Il n'avait pas hésité à faire un faux témoignage, à user de son autorité sur les femmes vivant sous son toit, à solliciter l'intercession d'un officier allemand. Il était même allé jusqu'à dénoncer un innocent pour passer au travers du filet qui s'abattait sur lui et les siens. Mais cela n'avait servi à rien. Yann venait de lui fournir les éléments qui achevaient de compromettre Philippe.

Philippe, ce fils unique en qui il avait placé tant d'espoirs et qui devait renflouer les caisses de la famille en épousant bourgeoisement la fille d'un notaire. Car les Montfort étaient pauvres, malgré les apparences qu'ils cherchaient encore à préserver. Cette vieille folle de Maëlle était certainement plus riche qu'eux, avec son matelas de billets accumulés depuis vingt ans.

Philippe, qui en cédant aux faiblesses de l'orgueil et de la chair, que lui-même ne connaissait que trop bien, avait ruiné ces grandioses espérances.

Philippe, qui avait séduit sa propre sœur et lui avait fait un enfant.

Philippe, qui au lieu d'assumer ses responsabilités ou d'étouffer discrètement l'affaire, comme lui-même l'avait fait en son temps avec Maëlle, s'était débarrassé d'une maîtresse encombrante.

En la tuant de ses propres mains avant de la plonger dans l'eau noire et glacée du lavoir.

La calèche longea le petit cimetière où reposait Annaïg. Hubert n'eut pas le cœur de s'y arrêter une seconde fois. À quoi bon ? Ses pleurs et ses remords ne lui rendraient pas la vie que lui avait volée son propre fils.

Pour autant, il ne parvenait pas à haïr Philippe. C'était son fils, et il lui ressemblait tellement, au fond. Avec quelques années de moins et un physique plus solide, n'aurait-il pas agi de la même façon que son rejeton ? À tout prendre, cela aurait sans doute été préférable. S'il avait noyé Maëlle dans le Miroir-aux-Fées, lorsqu'elle lui avait annoncé qu'elle était enceinte, tant de malheurs auraient pu être évités. Il n'aurait pas payé durant vingt ans pour acheter le silence de la lavandière, Annaïg ne serait jamais née, Philippe ne l'aurait pas engrossée et il ne l'aurait pas tuée. Ah ! s'il pouvait revenir en arrière… Quel plaisir il prendrait à plonger la noiraude dans l'eau couleur de sang du lac près duquel ils avaient pris leur plaisir !

Mais le vin était tiré, il fallait à présent le boire jusqu'à la lie, même s'il s'agissait de vinaigre. Maëlle avait raison, après tout : la malédiction de la fée de Barenton les poursuivait. Ils périraient tous, les uns après les autres, les enfants aussi bien que leurs parents. Edern, Solenn, Annaïg… Il était le prochain sur la liste.

Parvenu au château de Ker-Gaël, le baron descendit de la calèche en glissant quelques pièces au cocher :

— Merci, Mathurin. Vous m'avez bien servi toutes ces années. Tenez, prenez votre journée et allez boire une bolée de cidre au village, vous l'avez bien mérité…

Le cocher le remercia en ôtant son chapeau, un peu surpris de cet élan d'amabilité, puis se dirigea vers les écuries où Philippe était occupé à brosser son cheval. Hubert et son fils échangèrent un regard froid puis détournèrent la tête.

Le baron pénétra dans le château et s'approcha du petit salon où, comme à l'accoutumée, Françoise était à sa tapisserie. Surprise par la présence inopinée de son époux qui d'ordinaire évitait soigneusement de la croiser, elle leva la tête de son ouvrage et lui sourit.

— Hubert ! Vous m'avez fait peur… Que me vaut l'honneur de votre visite ?

Le baron demeura un instant sur le seuil, appuyé à sa canne, à contempler celle dont il avait partagé si longtemps la vie sans vraiment la connaître, sans réellement l'aimer. Elle lui avait pourtant été toujours fidèle et soumise. Elle avait su tenir son rang, dans la richesse comme dans la pauvreté. Elle était demeurée confiante et discrète en toutes circonstances, et lui avait accordé sa confiance sans partage. Elle lui avait donné un fils, aussi. Un bel héritier dont il aurait eu toutes raisons de se réjouir si les choses n'avaient pas si mal tourné. Oui, Françoise avait été une bonne femme.

— Tu as l'air bien grave, Hubert, reprit Françoise. Et tu es si pâle. Tu n'es pas souffrant, au moins ?

Déjà elle s'alarmait pour sa santé, comme elle l'avait toujours fait. Elle passait toujours après les autres.

Hubert sentit une vague d'émotion et de gratitude monter en lui. Françoise aurait mérité mieux que la vie solitaire qu'il l'avait obligée à mener. Dans un autre milieu, elle aurait pu s'épanouir, obtenir davantage de reconnaissance de ses proches et, pourquoi pas ? être heureuse. Mais il était trop tard pour tout cela. Bien trop tard.

Sans prononcer un mot, le baron s'approcha en boitant de son épouse et déposa un simple baiser sur son front. Puis il fit volte-face, sortit du salon et monta directement dans son bureau, son chien sur ses talons. Il ferma soigneusement la porte, sans pour autant la verrouiller, prit une plume et une feuille de papier et se mit à rédiger un texte d'une écriture fine et pressée.

Après avoir apposé son paraphe, il sécha l'encre avec un tampon buvard, la plia en deux et la glissa dans une large enveloppe sur laquelle il inscrivit simplement :

Pour Philippe

Il disposa l'enveloppe bien en vue sur son bureau et ouvrit un tiroir qui se trouvait sur l'un des côtés du meuble. Il en sortit un Luger qu'il s'était procuré au début de la guerre, le démaillota du linge où il était enveloppé et y logea les balles dont il avait également fait provision.

Le chien noir poussait de petits jappements, comme s'il se doutait qu'il allait se passer quelque chose d'inhabituel.

— Ne t'en fais pas, mon vieux Kidu, je ne vais pas te laisser seul. Qui s'occuperait de toi ? Viens ici, mon bon chien…

Rassuré par le ton de son maître, Kidu agita la queue et lui lécha la main.

— Ca ne sera pas long, tu vas voir…

Hubert appliqua l’extrémité de l’arme sous la jugulaire du chien et actionna la détente. Le coup partit et Kidu s’écroula à terre presque sans un cri, baignant dans une mare de sang.

Puis le baron plongea le canon ensanglanté du pistolet dans sa bouche grande ouverte et tira.

La détonation retentit dans tout le château.

47

Philippe entendit les deux coups de feu claquer, immédiatement suivis par le criaillement d'un envol de corneilles.

Il se précipita à l'intérieur du château, sans prendre garde à ses bottes crottées, et grimpa quatre à quatre les hautes marches de l'escalier. Il ouvrit la porte du bureau où s'enfermait son père des heures durant et s'arrêta net, figé par la stupeur.

Le baron, affalé dans son fauteuil, bras en croix, nuque cassée en arrière, n'avait plus qu'un trou noir et sanglant à la place du visage. À ses pieds, le chien était resté fidèle à son maître jusque dans la mort.

Écœuré par cette vision de cauchemar et ce sang répandu, Philippe faillit battre en retraite afin d'appeler un domestique à l'aide.

C'est alors qu'il vit l'enveloppe à son nom.

Malgré sa répugnance, il approcha du cadavre, en prenant soin de ne pas regarder l'atroce blessure, prit l'enveloppe avec deux doigts, extirpa la lettre qui s'y trouvait et lut.

— Le salaud…, gronda-t-il.

Le Luger était tombé à terre, près de la mare de sang. Philippe s'en saisit et, après l'avoir rapidement nettoyé avec le chiffon demeuré sur le bureau, le glissa dans sa ceinture et sortit.

Françoise et les domestiques étaient déjà en haut des escaliers, alertés eux aussi par les détonations.

— Philippe ! Que se passe-t-il ? Ton père ? s'alarmait déjà la baronne.

— N'y allez pas, mère, ce n'est pas un spectacle pour vous. Laissez-moi passer…

Le jeune noble se fraya un chemin et dévala les escaliers dans un grand martèlement de bottes.

En quittant le château, il entendit un hurlement.

C'était sa mère qui venait de découvrir le corps sans vie de son époux, feu le baron Hubert Gaël de Montfort Brécilien.

— Vous avez tué mon père ! Vous l'avez poussé au suicide avec vos manigances. Vous n'êtes qu'un lâche, un fourbe !

Après avoir galopé d'une traite jusqu'à Mauron, Philippe avait forcé l'entrée de l'étude de Maître Le Bihan et ouvert la porte de son bureau à la volée. Le notaire, plongé dans ses dossiers, n'eut que le temps de relever la tête pour se retrouver nez à nez avec l'extrémité du Luger que le jeune homme braquait sur lui.

— Mais… Qu'est-ce qui vous prend ? Baissez cette arme, voyons…

— Je ne la baisserai que lorsque vous aurez détruit sous mes yeux l'acte indigne que vous avez fait signer de force à mon père. Il m'a tout révélé avant de se donner la mort…

De sa main libre, Philippe extirpa la lettre du baron et la jeta sur le bureau du notaire qui, rajustant ses bésicles, en prit rapidement connaissance, malgré l'effroi que lui procurait le pistolet.

— Tout… Tout cela est parfaitement en règle, commenta le notaire d'une voix légèrement tremblante. Monsieur le baron de Montfort a signé librement et en pleine possession de ses moyens la subrogation de ses biens en faveur de l'héritière légitime du domaine, Gwenn de Montfort, votre cousine, la fille unique du frère aîné de votre père, Edern de Montfort.

Ce discours formaliste et faussement doucereux ne fit que raviver la rage qui animait Philippe.

— Je n'entends rien à ces combines ! hurla le jeune aristocrate. Gwenn n'est pas ma cousine. Je l'aurais su, tout de même… Et mon père ne m'a jamais parlé d'une quelconque descendance laissée par mon oncle mort à la guerre. Il s'agit là de mensonges et de faux que vous avez montés de toutes pièces pour condamner notre famille à la ruine et mon père au suicide. Vous avez voulu vous venger, voilà tout ! Mais je saurai bien vous contraindre à reconnaître vos basses manœuvres d'intrigant. Je vous dénoncerai ! Je vous tuerai d'une balle de ce pistolet qui a déjà tué mon père !

Submergé par la colère, Philippe commençait à être pris de tremblements et agitait le Luger devant lui de façon désordonnée, au risque de laisser partir le coup sans le vouloir. Son visage était congestionné et ses tempes luisaient de sueur. Les symptômes de ses malaises commençaient à se manifester.

— Jeune homme… Calmez-vous… Vous devenez fou, ma parole…

La crise de tétanie s'emparait déjà des mâchoires et des muscles de Philippe, tandis qu'une mousse blanchâtre sourdait à la commissure de ses lèvres. Il lâcha le revolver et tomba sur le sol, ramassé sur lui-même, incapable d'articuler un mot de plus.

— Mon Dieu ! s'écria le notaire, impressionné par cette crise spectaculaire.

Désemparé, il se mit à appeler sa fille :

— Rozenn ! Rozenn ! Viens vite ! Nous avons besoin de toi.

La jeune fille accourut aussitôt, le cœur palpitant d'angoisse.

— Philippe ! Que lui avez-vous fait, père ?

Le notaire se dressa enfin. Jusque-là, ses jambes n'auraient pu le porter.

— Moi ? Je ne lui ai rien fait ! C'est lui qui est entré ici comme un dément, en me menaçant de son pistolet. Il faut appeler les gendarmes ! Un docteur ! Ah, mon Dieu, quelle histoire…

— Laissez-moi faire, père.

La jeune fille s'agenouilla devant le corps de son ex-fiancé à demi évanoui. Elle avait souvent été témoin de ces étourdissements qui le laissaient presque sans vie. Elle savait que seul un certain remède pouvait endiguer les effets de cette étrange maladie.

— Philippe… Philippe… Le médicament… L'as-tu avec toi ?

Le jeune homme était inconscient et ne parvenait qu'à balbutier des propos décousus. Rozenn fouilla dans ses poches et trouva la fiole providentielle. Sans hésiter, elle la déboucha et l'approcha des lèvres du malade.

— Bois, Philippe… Bois… Cela va te faire du bien.

Elle dut forcer sa mâchoire raidie par les convulsions et lui faire ingurgiter de force la potion. Elle ne s'arrêta que lorsque la fiole fut vide.

— Voilà… Cela va aller, maintenant… Tu vas guérir.

Elle lui caressa le front de la paume de sa main, le berçant de mots doux qu'elle lui chuchotait à l'oreille :

— Philippe... Mon amour... Je n'ai jamais cessé de t'aimer... Mon père a brisé nos fiançailles mais je demeure ta promise. Rien ne pourra nous séparer, jamais... Nous appartenons l'un à l'autre.

Tandis que maître Le Bihan s'échinait à obtenir la ligne téléphonique pour appeler des secours, Rozenn se pencha sur le visage convulsé de Philippe et posa un baiser sur ses lèvres.

Aussitôt, le jeune homme fut pris d'un haut-le-cœur et, saisi de spasmes, se mit à vomir une bile verte.

— Mon Dieu, Philippe ! Que t'arrive-t-il ? Pourtant tu as bu le remède jusqu'à la dernière goutte...

À présent le jeune homme se tordait de douleur en éructant d'infâmes borborygmes. Rozenn cherchait à le calmer en lui soutenant la tête, mais cela semblait peine perdue. Philippe souffrait de plus en plus et poussait des râles indistincts.

— Pourtant, c'était bien la même fiole que d'habitude ! s'écria la jeune fille au désespoir. Qu'y avait-il dedans ? Philippe ! Je t'en prie ! Reviens à toi !

Philippe était méconnaissable. Le jeune garçon si beau et si fier de lui, toujours tiré à quatre épingles, n'était plus qu'une silhouette informe qui se tortillait sur le sol en se tenant le ventre. Son visage rougi avait enflé et virait au bleu. Ses habits, d'ordinaire impeccables, étaient souillés de ses propres déjections. Malgré tout, Rozenn ne montrait aucun dégoût et continuait à caresser le front de son fiancé, à poser sa bouche sur ses paupières frémissantes, sur ses lèvres craquelées laissant apparaître des gencives blanchies.

— Philippe… Philippe…, murmurait-elle avec une angoisse mêlée de douceur.

Le jeune homme parut s'apaiser. Ses vomissements s'étaient interrompus et il sembla recouvrer un sursaut de conscience. Il ouvrit les yeux et contempla quelques instants, dans un halo confus brouillé par les larmes et le délire, le visage de la jeune fille qui lui prodiguait ses soins avec tant d'affection. Ses lèvres sèches s'ouvrirent sur une sorte de sourire d'extase, marquant une trêve dans son agonie. Il saisit les mains de Rozenn et les serra de toutes ses forces, mettant le peu d'énergie qui lui restait à s'agripper à la jeune fille, tel un noyé cherchant refuge sur un rocher. Il ouvrit la bouche et articula avec peine :

— Gwenn… Tu es là, Gwenn… Garde-moi… près de toi… J'ai froid… si froid…

Rozenn s'arracha brusquement de l'emprise du moribond et se dressa. Elle avait le souffle coupé, comme si elle venait de recevoir une gifle.

— Gwenn… Ne m'abandonne pas… Gwenn… Ma seule amie… Gwenn… Mon seul amour…

La jeune fille étouffa le cri qui montait dans sa gorge. Elle aurait voulu hurler, trépigner de rage, fouler au pied et cracher sur cet homme qu'elle avait aimé jusqu'au bout et qui, au moment de mourir, avouait qu'il en aimait une autre. Il en avait toujours aimé une autre. Annaïg… Gwenn… Rozenn n'avait jamais été à ses yeux qu'un simple faire-valoir, une fille de notaire qu'il aurait épousée par convenance ou par commodité. Il ne l'avait jamais aimée pour ce qu'elle était. Il n'avait pas su voir en elle la princesse cachée dans son palais de cristal, au fond du lac de Viviane.

Maître Le Bihan continuait à s'égosiller en vain au téléphone.

Rozenn se retourna vers lui, hors d'elle-même.

— Tout cela, c'est votre faute ! Vous avez tout gâché !

Le notaire tremblait comme une feuille, incapable de réfléchir. On venait de le menacer d'un revolver et son agresseur agonisait sur le tapis de son bureau. À présent, sa fille abandonnait sa discrétion habituelle pour l'agonir de reproches.

— Mais… Ma fille… Je n'ai rien fait que mon devoir…

— Votre devoir ? Parlons-en ! Vous m'avez vendue à cette famille de nobles pour redorer votre blason de petit notaire de province. Vous m'avez laissée moisir dans une chambre de ce sordide château en me faisant miroiter des titres et des honneurs. Puis vous avez brisé mes fiançailles avec l'homme que j'aimais. À cause de vous tous, j'ai perdu l'enfant que j'attendais. Aujourd'hui, je n'ai plus rien. Vous avez sali mon honneur et Philippe m'a brisé le cœur. Je vous hais ! Je vous hais autant que je hais celui-ci…

Ivre de furie, elle tendait son bras accusateur vers le corps du jeune homme.

Soudain, Philippe fut pris d'une nouvelle crise et, s'arcboutant sur lui-même, il cracha un flot de sang. Puis il retomba aussi brusquement sur le sol qu'un ressort qui se détend. Il ne bougeait plus. Son visage, affreusement grimaçant, n'exhalait plus le moindre souffle de vie. La bouche ouverte sur une langue noire et gonflée, les yeux exorbités et injectés de sang, Philippe venait d'être empoisonné par la potion préparée par Dahud.

Rozenn contempla froidement le cadavre de celui qu'elle avait tant aimé et qui l'avait si bien trahie.

Derrière elle, affolé, maître Le Bihan avait lâché le téléphone et ouvert la fenêtre.

— Au secours ! Au secours ! lançait-il à la cantonade, le peu de sang-froid qu'il avait tenté de conserver l'ayant totalement abandonné.

Rozenn s'approcha du mort à l'allure atroce et grinça à mi-voix :

— J'étais aveugle. J'ai eu tort de ne pas croire à ton aventure avec cette petite lavandière noyée dans le lavoir… Mais tu ne l'aimais pas plus que tu ne m'as aimée. Celle que tu aimais, c'était Gwenn. Mais elle, imbécile, elle en aime un autre, tout tordu et bossu. Celui que les villageois voulaient lyncher et qu'ils considèrent aujourd'hui comme un héros de la Résistance. Un vulgaire charbonnier, un terroriste…

Elle se pencha encore, jusqu'à toucher ce visage qu'elle baisait tout à l'heure.

— Ce que tu m'as pris, je vais le lui prendre à elle aussi. Tu as brisé mon cœur, je vais briser le sien. Et pour cela, je sais exactement à qui je dois m'adresser.

Puis elle cracha au visage de son amour défunt.

48

Jeudi 9 décembre 1943

Lorsque Gwenn parvint au *doué* à l'heure bleue, Dahud se trouvait déjà là, dans ses habits de deuil, avec son carrosse et son battoir. La jeune fille s'installa sans rien dire en face d'elle et plongea son linge dans l'eau glacée.

C'est Dahud qui rompit le silence la première.

— T'as su pour Hubert et Philippe ?

Gwenn se contenta de hocher la tête. Bien sûr qu'elle avait appris la nouvelle. Deux morts le même jour, cela ne passe pas inaperçu. Le baron suicidé dans son propre château et Philippe succombant au beau milieu de l'étude de maître Le Bihan. Malgré l'hostilité qu'elle lui avait manifestée ces derniers temps, elle n'avait pu s'empêcher d'éprouver du chagrin. Philippe n'était pas un saint, mais il était tout de même son ami d'enfance. Sa mort avait été brutale et elle n'avait pas été belle. Il avait agonisé longtemps et les gendarmes l'avaient trouvé avec le visage bleu et la langue noire, paraît-il. Rozenn, à ce qu'on disait, lui avait fait absorber un liquide en profitant de son inconscience. Avait-elle cherché à se venger de lui de cette horrible façon ? Les gendarmes n'avaient pas encore retenu de charges contre elle et l'avaient laissée libre, mais les langues avaient roulé pour donner leur version des faits : Rozenn avait empoisonné son ex-fiancé pour le punir de l'avoir trompée, humiliée et abandonnée. Quant au suicide d'Hubert, il ne laissait pas non plus de doutes dans l'esprit des villageois : s'il s'était donné la mort, c'était qu'il avait honte des actions de son fils, le responsable de la mort d'Annaïg Le Borgne. Ou bien encore avait-il lui-même trempé dans cette sombre histoire. N'avait-il pas la réputation d'être un menou de loup, toujours escorté de sa bête noire qui l'avait suivi dans la mort ?

Mais Gwenn ne tenait pas à commenter ces tragiques événements. Elle se glissa dans son carrosse sans chercher à poursuivre la conversation. Dahud changea habilement de sujet :

— T'as bien raison de v'nir au *doué* si matin. Au moins on entend pas les ragots des autres nigousses…

Gwenn faillit rétorquer qu'en matière de ragots Dahud ne demeurait pas en reste mais, par égard pour son chagrin, elle s'abstint.

— Ça tombe bien qu'on soit toutes les deux

bien tranquilles *àmatin*, reprit la femme en noir. Ça fait longtemps qu'on a pas causé, tu trouves pas ? Et on en a long à dire…

Gwenn entreprit de savonner son linge. Elle ne lui avait jamais fait confiance et se méfiait d'instinct de cet assaut d'amabilité.

— Et de quoi voulez-vous qu'on cause ? répondit-elle prudemment.

— De ce qu'on a jamais le temps de dire, répliqua Dahud en étirant son sourire édenté. Du passé, par exemple.

— Du passé ?

Dahud eut un petit gloussement amusé.

— C'est que je ne suis plus toute jeune, ma belle ! J'en ai vu, dans ma vie. Et j'en sais, des choses. Des choses que tout le monde sait pas.

Gwenn lui lança un regard glacé. Elle n'éprouvait aucun désir d'entrer dans les confidences de la vieille lavandière aux paroles vipérines.

— Cela ne m'intéresse pas, trancha-t-elle. Je respecte votre douleur, mais je n'ai pas envie d'entendre vos menaces et vos malédictions. Il y a eu bien assez de morts comme ça. Laissons-les reposer en paix…

La jeune femme se remit à son travail, décidée à ne plus entrer dans le jeu de la vieille folle. Si elle se remettait à déblatérer sur les lavandières de la nuit ou à jeter ses imprécations à tous les vents, elle lui opposerait un silence de marbre.

Mais Dahud ne semblait pas d'humeur vindicative. Au contraire, elle retourna elle aussi à sa tâche, tout sourire évanoui, avec au front de profonds plis de tristesse. Gwenn crut même voir une larme couler sur sa peau burinée et tannée par les ans.

Soudain, la femme en noir abandonna son battoir, plongea son visage dans ses mains gonflées de gerçures et se mit à sangloter sans bruit. On voyait uniquement le haut de ses épaules tressaillir sous le voile de deuil. Gwenn eut un peu honte d'elle-même. Sans doute avait-elle été trop dure…

— Pardonnez-moi, Dahud… Je n'ai pas voulu vous faire de peine…

La vieille lavandière sortit un mouchoir de ses jupes et s'essuya les yeux. Elle paraissait réellement affectée, comme si elle refusait désormais de se protéger derrière son attitude hautaine et méprisante. À voix chuintante, entrecoupée de hoquets, elle se mit à larmoyer.

— J't'en veux pas, allez… C'est pas ta faute, à toi… Mais t'es jeune, t'es belle, t'as la vie devant toi… Tu sais pas c'que c'est, d'être à la fin de sa vie et d'avoir perdu ce qu'on a de plus cher.

Ses sanglots reprirent de plus belle, comme un fleuve rompant la digue qui l'entravait depuis trop longtemps.

Gwenn abandonna son linge, enjamba les parois de son carrosse de bois et vint s'accroupir près de la pleureuse. Elle ne l'avait jamais appréciée, mais elle ne pouvait demeurer insensible à sa souffrance.

— Calmez-vous, Dahud… Je vous comprends…

La vieille secoua la tête.

— Non, tu peux pas comprendre. Personne peut. Perdre un enfant, son propre enfant, c'est une chose… une chose qu'on peut pas dire, mais qui tord le ventre et qui peut pas s'oublier…

Dahud se moucha avant d'essuyer son visage barbouillé de larmes.

— Annaïg, elle avait pas que des qualités, reprit-elle d'une voix plus assurée. On s'entendait pas trop bien non plus, faut dire le vrai. Qu'est-ce que tu veux, une fille élevée seule par sa mère, c'est pas bon. Pour commander, faut l'homme. Sinon, les garçailles, elles se croient tout permis. Toi, t'as eu d'la chance d'avoir Yann. Il t'a bien élevée… Mieux que moi avec Annaïg…

— C'est vrai, reconnut Gwenn. Il m'a bien élevée. Mais ce qui m'a manqué, à moi, c'est une mère…

À ce mot, Dahud saisit les poignets de la jeune femme et la scruta intensément au fond des yeux.

— Ah ! si j'avais eu une fille comme toi, ç'aurait pas été pareil… Toi, tu es bonne. T'es pas de la même classe que toutes ces garcettes qui courent les garçons… T'es pas d'la même race et ça se voit. On y peut rien. C'est le sang qui parle…

Gwenn eut une réaction de surprise face à l'étrange discours de la lavandière.

— Que voulez-vous dire ? Je ne comprends pas… Je suis une fille comme une autre. Une simple villageoise…

Dahud continuait à l'observer d'un air énigmatique.

— Allons… Tu vas pas m'dire que tu sais rien… Ce vieil ours de Yann est plutôt taiseux, mais il a bien dû te parler de tes parents…

Gwenn se redressa brusquement, comme frappée par la foudre.

— Mes parents ? Vous savez quelque chose sur mes parents ?

Dahud continuait à la fixer avec, à présent, une pointe d'incrédulité.

— Ben oui, j'en sais même long… J'en sais autant que Yann… C'est normal, on était tous amis à l'époque. Alors, comme ça, il t'a rien raconté, l'homme des bois ? Même pas leur nom et d'où qui v'naient ? Remarque, ça m'étonne guère de lui. Il a toujours été comme ça. Secret, secret. Moins on en dit, mieux on se porte… Déjà, quand on avait quinze ans, il parlait jamais de trop, sauf aux arbres et aux merles.

Gwenn ne savait plus que dire, que faire. Elle s'était juré de ne pas prêter attention aux confidences de la lavandière, mais voici que ces confidences la concernaient de près.

— Eh oui, ça a l'air de t'étonner, mais on a eu quinze ans aussi, nous autres… Et on était bons amis. On était cinq en tout. Cinq amis fidèles, à la vie à la mort… Y avait Yann, y avait moi et y avait Hubert.

La lavandière marqua une pause, pour ménager son effet. Gwenn s'efforça de ne pas montrer son impatience, mais elle ne put empêcher ses lèvres de frissonner.

— Et pis y en avait deux autres encore, dans la bande. Ils sont morts tous les deux, y'a longtemps. C'est dommage, c'était les meilleurs d'entre nous. C'est toujours les meilleurs qui partent en premier, à ce qu'on dit…

— Et ces deux autres amis, c'étaient…, articula avec peine la jeune femme.

— Tes parents, oui ! triompha la vieille femme. Tous les cinq, on était comme les doigts de la main. Jusqu'à ce fameux jour où on s'est tous séparés. Le jour où Barenton a grondé.

Gwenn croisa les bras et regarda Dahud bien en face.

— Pourquoi me dites-vous tout cela aujourd'hui ?

La lavandière se remit à sangloter doucement.

— C'est que je me fais vieille et que je voudrais pas passer de l'aut'côté en emportant des secrets trop lourds. Maint'nant que j'ai plus mon Annaïg, ces secrets, ils me pèsent trop, tu comprends ? Alors, j'ai envie de les dire à quelqu'un.

— Mais pourquoi à moi ? insista Gwenn.

— Et à qui d'autre ? Hubert a défunté. Philippe aussi. Sans compter ma petite Annaïg. D'la bande, il reste que Yann et moi. Et on est pas éternels. T'es la seule à pouvoir connaître toute l'histoire et t'en souvenir, tu comprends ? La seule…

La jeune femme se demandait encore si elle pouvait accorder sa confiance à cette vieille folle de Dahud. Yann ne lui avait-il pas juré qu'il lui révélerait tout bientôt ? Oui, mais quand ? Il avait conservé le silence vingt-cinq ans. Le romprait-il aussi facilement ? Et dirait-il toute la vérité ? Yann était d'un naturel pudique et discret. Peut-être, pour l'épargner, hésiterait-il à lui narrer certains détails concernant le passé de ses parents ? Dahud, au contraire, semblait prête à tout divulguer. Et contrairement au garde forestier, elle était plutôt bavarde.

— C'est bon, répondit enfin Gwenn. Je vous écoute…

Dahud épongea de nouveau son visage.

— Je te dirai tout… Mais pour cela, il faut que je t'emmène là où tout a commencé. Sinon, tu comprendrais pas…

— Où voulez-vous m'emmener ?

— À Barenton. C'est là qu'on doit aller, toutes les deux. Tu sauras tout, je te le jure.

— Très bien. Quand partons-nous ? répliqua la jeune femme, déjà prête à interrompre sa lessive.

— T'as l'air bien pressée, ma jolie… J'te comprends, remarque… Depuis l'temps que tu t'poses des questions. Mais, vois-tu, Barenton est pas à côté. Quand on avait quinze ans, fallait déjà compter deux bonnes heures de marche. Et j'ai plus quinze ans…

— Quand, alors ?

— Demain c'est vendredi. C'est jour sans lessive, tu sais bien, pour pas faire bouillir le sang de Jésus, comme disent les curés. Eh ben, on s'retrouvera à la belle heure, comme *àmatin*, et on ira toutes les deux à Barenton. Qu'est-ce que t'en dit ?

— J'accepte. Je vous attendrai demain matin à l'aube, ici même. Et vous me direz tout, n'est-ce pas ? Vous me raconterez l'histoire de mon père et de ma mère…

— T'en fais pas, fit la vieille avec un sourire énigmatique. J'te cach'rai rien. Et quand tu t'pencheras sur la fontaine de Barenton, tu verras p't'être tout au fond le visage de tes parents…

49

Le major Alfred Ernst revenait de son arboretum lorsqu'un sous-officier, talons serrés et bras tendu dans un impeccable salut nazi, lui lança :

— *Herr Major*, une personne est là, qui demande à vous voir d'urgence.

Le commandant du Point-Clos chassa d'un revers de main quelques feuilles qui s'étaient accrochées à son impeccable uniforme blanc.

— Une personne ? Et de qui s'agit-il ?

— Une jeune personne. Une demoiselle.

La figure de l'Allemand s'éclaira d'un sourire gourmand.

— Cela devient intéressant. Et cette jeune personne, je la connais déjà ?

— Oui, *Herr Major*. Elle est venue visiter votre arboretum le mois passé. Une jeune Française qui résidait dans le château de Ker-Gaël.

Alfred Ernst émit un petit sifflement admiratif.

— Tiens, tiens… Si je m'attendais à cela… Les Françaises sont décidément déconcertantes. Et où se trouve-t-elle, cette charmante personne ?

— J'ai pris la liberté de la faire attendre dans votre bureau, *Herr Major*…

— Vous avez bien fait… Laissez-nous seuls, voulez-vous ?

Le sous-officier rompit son salut et s'exécuta promptement.

Le major Alfred Ernst prit le temps de rajuster son col de cravate et de boutonner sa veste d'uniforme jusqu'au cou avant de pénétrer dans le bureau où l'attendait Rozenn.

Il s'approcha d'elle, s'inclina et lui fit galamment un baisemain.

— Votre visite me ravit autant qu'elle me surprend, mademoiselle… Cela fait bien longtemps que nous ne nous sommes vus. Et encore, si brièvement. Comment se porte votre fiancé si dévoué ?

— Il est mort hier après-midi, répliqua Rozenn d'un ton glacial. On me soupçonne de l'avoir empoisonné…

Le major ne put s'empêcher de montrer sa surprise.

— Mes condoléances, mademoiselle, dit-il en saisissant la main froide de la jeune fille. Mais, sans indiscrétion, cet empoisonnement…

— Je n'y suis pour rien. Mais si je l'avais pu, je n'aurais pas hésité. Nos fiançailles étaient rompues. Philippe m'était infidèle. J'ai enfin réalisé qu'il ne m'avait jamais aimée. Il s'est joué de moi.

L'Allemand prit Rozenn par le bras et l'invita

à s'asseoir à côté de lui sur le confortable sofa qu'il avait eu soin de faire installer dans le bureau marqué par ailleurs par une impeccable rigueur militaire.

— Ma pauvre enfant… Les hommes sont parfois bien inconstants. Et ils ne savent pas voir les trésors qu'ils possèdent. Vous être infidèle, à vous, l'exemple même de la grâce féminine et de la noble race celtique ? C'est incompréhensible… En tout cas, ce pauvre Philippe en a été bien puni.

— Ce n'est pas assez. Sa mort ne me rendra pas ce qu'il m'a volé.

Le major posa une main sur le genou de la jeune fille dont il sentait la poitrine frémir de colère rentrée.

— Et que vous a-t-il volé, mon enfant ?

Rozenn éclata d'une rage froide.

— Il m'a volé mes rêves, mon innocence, mon honneur… Je me voyais déjà châtelaine, régnant sur les bois de Brocéliande comme la fée Viviane. Aux côtés d'un époux noble et loyal, aimant et généreux, et d'un enfant que j'aurais élevé comme Viviane a élevé Lancelot…

— Et… cet enfant ? questionna prudemment Alfred Ernst en accentuant la pression de sa main.

— Je l'ai perdu, comme j'ai perdu le père, répondit Rozenn sans se formaliser du geste du major. À présent, me voici bafouée, humiliée, déshonorée. Mon père me forcera à épouser le premier bon bourgeois un peu niais qui voudra bien accepter la main et la dot d'une femme veuve avant même d'avoir été mariée. Une femme qui ne sera même plus vierge…

Le major réfléchit un instant, sa main toujours pressée sur le genou de la jeune fille.

— Je compatis à vos malheurs, mademoiselle, et me sens flatté que vous ayez songé à vous confier à moi. Que puis-je faire pour vous ?

Rozenn tourna son regard vers le major. Elle était droite et hiératique comme une statue tragique.

— C'est moi qui peux faire quelque chose pour vous… J'ai quelque chose à vous offrir.

L'officier parut surpris.

— Quelque chose à m'offrir ? Ma foi, c'est bien aimable à vous. Mais il me semble qu'au vu des circonstances actuelles, c'est plutôt moi qui suis en mesure de vous…

— Si je vous révèle certaines informations confidentielles, m'assurerez-vous de votre protection, monsieur le major ?

L'Allemand l'observa un instant de son regard de sphinx.

— Je vous aurais offert cette protection sans contrepartie, mademoiselle. Les Allemands aussi ont le sens de l'honneur.

— Disons alors qu'il s'agit d'un gage de la sincérité de ma démarche et de la confiance que je place en vous. Car si l'on apprend que je vous ai parlé, ma vie sera en danger.

L'officier marqua encore une pause avant de poursuivre :

— Et de quelle protection avez-vous besoin, Rozenn ?

— Gardez-moi près de vous.

Elle avait parlé d'un trait, sans hésitation, sans même une rougeur aux joues. Alfred Ernst la scruta de nouveau :

— Vous remplaceriez Lancelot par Tannhäuser ?

— Je ne veux plus de cette existence faite de soumission et d'humiliation que je menais au château et que me réserve mon père. Je veux prendre ma revanche et vivre enfin la vie dont j'ai toujours rêvé. Si mon château n'est plus à Brocéliande, eh bien il sera à Berlin.

— Je suis originaire de Saxe, précisa le major en souriant.

— Ce sera toujours mieux que Mauron ! lâcha-t-elle d'un ton grinçant. Alors, puis-je compter sur votre appui, monsieur le major ?

Le commandant resserra son étreinte.

— Je vous en donne ma parole d'officier. À présent, à vous d'honorer votre partie du pacte. Qu'avez-vous à m'offrir ?

— L'identité de Yodi, le chef secret de l'Armée secrète du Morbihan et le lieu où se terrent les terroristes de Concoret, notamment ce Loïc Le Masle recherché par la police allemande.

Le major ne put réprimer un sifflement d'admiration.

— Et d'où tenez-vous ces informations, ma chère âme ? Des informations que les SS ne sont pas parvenus à obtenir en plusieurs mois d'enquête…

— Secret de femme, répondit Rozenn d'un air bravache.

Le major prit encore le temps de jauger cette petite oie bretonne qui, en un peu plus d'un mois, était en effet devenue une vraie femme, avec toute la ruse et la rouerie que cela impliquait.

— Je respecterai votre silence, Rozenn. Et je vous remercie pour la confiance que vous venez de me témoigner. J'espère au moins que vous êtes sûre de vous…

— On ne peut plus sûre…

— Dans ce cas, je vous écoute. Ensuite, j'aurai un coup de fil à donner à mes collègues de la SS. Et puis après… Seriez-vous prête à me donner… un autre gage de votre dévouement ? Un gage plus… intime ?

— J'y suis prête, monsieur le major, répliqua la jeune fille sans ciller.

— Voyons, Rozenn. Laissons de côté les titres et les grades. Appelez-moi Alfred, tout simplement.

Le commandant enfouit son visage dans les paumes de Rozenn et les baisa avec fougue.

Elle se laissa faire.

50

Vendredi 10 décembre 1943

Le lendemain à l'aube, le vendredi 10 décembre 1943, Maurice Guillaudot, alias Yodi, commandant de la gendarmerie de Vannes et chef de l'Armée secrète pour le Morbihan, fut arrêté à son domicile par des soldats SS et transféré à la prison de Rennes où il fut longuement torturé. Mais il ne livra aucune information à ses bourreaux.

Au même moment, un important dispositif de soldats allemands fut déployé dans la forêt de Brocéliande, dans le secteur du Val-sans-Retour. Armés de mitraillettes, accompagnés de chiens-loups dressés à l'attaque, les hommes bottés et casqués exploraient chaque bouquet d'arbres, chaque taillis, chaque amoncellement de roches sans laisser de côté un seul pouce de terrain.

Avant même de percevoir les abois enragés des chiens, les maquisards du Val-sans-Retour avaient été alertés par les craillements insistant d'une corneille. Ils reconnurent aussitôt le signal convenu avec l'abbé Guilloux en cas d'extrême danger. Cela signifiait que leur repaire était découvert. Il leur fallait s'enfuir à l'instant, en abandonnant derrière eux leurs paquetages. Pour éviter d'être repérés, ils se disperseraient et tenteraient leur chance chacun de leur côté en s'égaillant dans la forêt de Brocéliande où ils étaient nés et qu'ils connaissaient mieux que les Allemands. Dès qu'ils le pourraient, ils rejoindraient le maquis Saint-Marcel d'Émile Guimard.

Lorsque les Allemands trouvèrent le campement des maquisards, celui-ci était vide. Ils y boutèrent le feu, et les flammes qui s'élevèrent alors se reflétèrent dans le Miroir-aux-Fées comme si celui-ci avait pris feu, sous l'effet d'une malédiction lancée par la noire Morgane.

À la même heure, Gwenn retrouvait Dahud devant le lavoir de Concoret pour s'enfoncer avec elle au cœur de la forêt, jusqu'à cette fontaine de Barenton où elle espérait enfin découvrir la vérité au sujet de ses parents. L'heure bleue s'achevait, et un gros corbeau traversa le ciel pâle avec un croassement hideux.

Mais Gwenn négligea l'intersigne et suivit la lavandière de deuil.

51

La forêt, en cet automne finissant, s'encoconnait déjà dans sa parure d'hiver et de brumes. L'air était chargé d'humus et d'effluves de champignon. Les pierres mangées de mousse grimaçaient comme des faces de nains ou de korrigans surpris par l'aube naissante. Les marécages déversaient leurs humeurs pestilentielles dans les landes hérissées de ronces. Les chênes dégarnis, les hêtres esseulés et les charmes décharmés servaient de perchoirs aux corneilles. Seuls les pins avaient conservé leurs houppelandes vertes vernissées de rosée. Mais leurs écorces brunes semblaient des épidermes desséchés de pendus.

Deux silhouettes avançaient dans ce paysage sournois, rempli de présences inhospitalières et chargé de mystères indéfinissables. On était encore entre chien et loup, à cette heure échappée du monde des rêves et des cauchemars où les chênaies sont des armées de soldats prêtes à charger, où les troncs abattus sont des guerriers morts, où les mares schisteuses sont des flaques de sang. La forêt à peine éveillée des ténèbres de l'hiver jetait à pleines brassées ses sortilèges.

Gwenn suivait Dahud dans ce pèlerinage obscur. Elle connaissait Brocéliande sous toutes ses formes, tous ses visages, tous ses aspects, pour l'avoir si souvent parcourue, seule ou bien en compagnie de Yann. Mais Dahud, malgré son âge, paraissait la connaître mieux encore, et franchissait les taillis et halliers sans marquer la moindre hésitation. Cette randonnée, elle l'avait accomplie près de trente ans plus tôt, mais elle était demeurée à jamais gravée dans sa mémoire et dans son corps.

— Fais attention où tu mets tes sabots, lança Dahud sans un regard en arrière. L'eau, c'est traître par ici. Faudrait pas glisser dans un *marouillage*[1] et patouiller[2] dans l'bouillon. On en r'sortirait toutes *branées*[3] et même pis.

Avec la terre, les bois et les pierres, l'eau était le quatrième élément de la forêt de Brocéliande, dont l'antique nom de Brécilien signifiait « la colline aux marécages ». Elle parcourait en tous sens la forêt, comme le sang circule dans le corps. Elle était présente dans les étangs, les lacs, les rus, les

1. Marais, lande mouillée.
2. Patauger.
3. Crottées.

sources, les fontaines et surtout dans les marais et marécages.

Le ruissellement de l'eau, c'était la musique de Brocéliande. On l'entendait sans cesse, comme un doux roulis apaisant. Elle donnait sa fraîcheur aux sous-bois, mais Gwenn savait qu'en cette saison la terre se mélangeait à l'eau pour former un nouvel élément, spongieux et mouvant, dans lequel on pouvait s'enfoncer et disparaître à jamais, passant d'une réalité à l'autre, du monde des vivants à celui des morts.

Unc brume sournoise s'élevait lentement du sol et brouillait les contours de la forêt. Au-dessus des futaies, le ciel virait au lavis. Il filtrait à peine, grisâtre et incertain, vitrail incolore aux verres dépolis cernés du plomb des branches entrelacées de cette cathédrale d'arbres. Dahud continuait d'avancer, le nez au sol, suivant des signes connus d'elle seule, flairant des traces que n'avaient pu effacer les années. Gwenn devait parfois hâter le pas pour de pas perdre de vue la lavandière, butant contre les pierres, plongeant ses sabots dans les nappes d'eau moirées d'insectes, s'écorchant aux branches acérées comme des griffes. Lorsque retentissait dans l'air étouffé de brouillard le cri d'un merle ou le croassement d'un corbeau, elle fermait ses oreilles à ces avertissements que lui prodiguait la nature et qu'elle avait jusqu'alors toujours respectés. Elle ne voulait plus écouter les alarmes et les intersignes. Elle voulait connaître, quel qu'en soit le prix, cette vérité qu'on lui avait dissimulée toute sa vie.

Elles arrivèrent enfin à Barenton. La fontaine était toujours la même, avec son eau glacée et pourtant bouillonnante, son cortège de pierres et son perron magique, le perron de Merlin.

— C'est ici… C'est ici…, se mit à glapir la noire lavandière en désignant d'un doigt squelettique la modeste fontaine. Rien n'a changé, sauf le temps. Il faisait beau, ce fameux jour… Un jour de printemps… C'était un dimanche… Un dimanche de mai 1914…

Gwenn constatait avec stupeur l'enthousiasme presque juvénile que mettait Dahud à tourner autour de la fontaine, sautillant presque sur ses jambes usées, riant comme une adolescente. Elle semblait avoir rajeuni et être revenue à cette époque lointaine qui avait scellé à jamais son destin. La jeune femme sourit et ressentit une bouffée de tendresse pour cette vieille femme retombée en enfance. Peut-être n'était-elle pas si mauvaise ? Elle avait souffert, voilà tout. C'était la douleur qui l'avait rendue méchante.

— Approche ! lança Dahud en faisant de grands gestes en direction de Gwenn. Viens tremper ta main dans l'eau. Tu vas voir comme elle est froide. Et tu vas voir rire la fée ! Toutes ces petites bulles, là… C'est la fée de la fontaine qui nous souhaite le bonjour !

Gwenn approcha et observa à son tour l'étrange phénomène. Elle le connaissait, bien sûr, et avait toujours trouvé attachantes les croyances et superstitions associées à ce lieu enchanteur qui avait vu naître les amours de Viviane et Merlin. Mais elle ignorait qu'il avait également été le témoin de la rencontre de ses propres parents. Son cœur battait d'impatience dans l'attente du récit promis par Dahud.

— Oui ! J'm'en souviens bien ! continuait la vieille femme. C'était trois jours après Beltaine, la fête des fées. Il faisait beau comme en été. On était là, tous les cinq, avec nos beaux habits du dimanche qu'on avait mis pour la messe… Tiens, Yann se tenait là, exactement. Et pis y avait Hubert et moi. Et enfin Edern et Solenn, qu'étaient v'nus jeter des *épilles* dans la fontaine pour bénir leurs fiançailles…

Gwenn répéta ces noms qu'elle entendait pour la première fois.

— Edern… Solenn… C'étaient mes parents, n'est-ce pas ?

— Oui, c'étaient bien eux. Beaux comme des rois. Solenn était blanche et rousse, comme toi. Pas noiraude comme moi… Et Edern… Le véritable aristo… Rien à voir avec son frère Hubert…

La jeune femme eut un sursaut de surprise.

— Mon père ? Le frère d'Hubert ? Mais alors…

— J't'avais bien dit qu't'allais en apprendre de belles ! se réjouit Dahud en dévoilant ses chicots. Ben oui, tu l'savais pas, mais tu es une Montfort toi aussi… Feu l'baron était ton oncle. Et Philippe ton cousin…

Gwenn était affolée par ces révélations qui éclairaient d'un jour insoupçonné ses origines et remettaient en cause toute son existence. La tête lui tournait un peu. Elle s'assit sur le bord empierré de la fontaine.

— Mais… C'est impossible… Je suis une simple orpheline que Yann a bien voulu recueillir…

— … pour tenir la promesse qu'il avait faite à tes parents ! Ton père est mort en 17, pendant la Grande Guerre. Ta mère a pas survécu aux mains d'la matrone qui l'a accouchée. « La mère-mitaine », comme on l'appelait… T'étais toute seule. Alors Yann, il t'a prise avec lui.

— Il ne m'a jamais rien dit de tout cela, remarqua la jeune fille avec un accent de déception…

— Et qu'est-ce qu'il pouvait te dire ? argumenta Dahud. Alphonse, le patriarche, il voulait rien entendre du mariage de tes parents et de toi encore moins. Il t'a laissée dans la débine, comme une pauvresse, une moins-que-rien… Et Hubert, quand il a pris sa place, il s'est pas occupé d'toi non plus.

— Et Philippe ? Il savait ?

— Il savait rien du tout. Personne savait. C'est comme ça, dans les familles. Si tu fouilles un peu dans les *armouères*, t'en fais sortir des drôles de secrets pas bien jolis…

— Mais pourquoi Barenton… Pourquoi cette fontaine ?

— Parce que c'est ce fameux jour des *épilles* que tout a mal tourné. Le jour où Barenton a grondé et où la fée nous a maudits !

Le visage de Dahud était redevenu grave. Après la gaieté et l'insouciance de ses jeunes années, elle revivait l'instant tragique où tout avait basculé.

— Tiens, jette un œil dans la fontaine, reprit-elle d'un ton autoritaire. C'est là qu'Edern et Solenn ont jeté leurs *épilles* pour avoir la bénédiction d'la fée. Nous autres, on était les témoins des fiançailles, en attendant d'être ceux de la noce. Ils avaient tout pour être heureux, les garçailles… C'est la faute à Hubert, tout ça. Oui, c'est sa faute à lui ! Il était jaloux ! Il l'a fait exprès !

— Que s'est-il passé ?

Gwenn se ramassa sur elle-même, penchée sur la fontaine. Ce récit l'éprouvait au-delà de ses forces.

— Ce qu'i s'est passé ? Au moment où Edern et Solenn allaient jeter leurs *épilles*, Hubert les a bousculés. Les aiguilles ont fait saigner leurs doigts et sont tombées tout droit au fond de la fontaine. En voulant conjurer le sort, Yann a arrosé l'perron et Barenton s'est mise à gronder. C'était la fée qui nous maudissait. C'est ce jour-là où Hubert s'est cassé la patte. Bien fait pour lui ! Mais le mal était fait.

Gwenn demeurait sans voix. Elle ne savait si elle devait se réjouir du bonheur fugace qu'avaient connu ses parents ou se lamenter du terrible malheur qui s'était ensuite acharné sur eux. Elle fixait la fontaine, comme si une réponse l'y attendait.

Dahud s'accroupit à ses côtés et regarda à son tour l'eau brune où frémissaient de temps à autre les petites bulles qui remontaient des profondeurs pour venir éclater à la surface.

— Oui, le mal était fait. Et le mal est encore là, au fond de l'eau.

Elle se pencha encore et entrevit, dans l'onde troublée, le reflet d'un visage qu'elle reconnut aussitôt.

Le visage de la lavandière de sang.

52

Loïc courait depuis des heures à en perdre haleine. Il avait pu échapper aux Allemands et à leurs chiens et s'était élancé sans but dans la grande forêt. Où aurait-il pu aller ? Toute retraite vers le village lui était interdite et il se refusait à demander asile à l'abbé Guilloux qui s'était bien assez impliqué comme cela. Il souhaitait encore moins compromettre Yann et Gwenn en se réfugiant chez eux. Quant aux loges et aux *fouées* des charbonniers, elles avaient été incendiées par les soldats ennemis. Il ne lui restait plus qu'à s'en remettre au hasard ou à la providence, comme ces chevaliers qui s'en allaient sur leurs chemins de fortune en quête d'aventures périlleuses.

Soudain, un profond roulement de percussions retentit au loin. Au vent subit qui s'engouffra au couvert du sous-bois, ébouriffant les bruyères, éparpillant les feuilles mortes disposées en mosaïques brunes, débusquant de leurs cachettes de gros lièvres rouges qui filaient entre les jambes comme des traits de sang, Loïc sentit l'imminence de l'orage. Le ciel était d'encre. Chahutés par le vent, les hêtres ressemblaient à des spectres surgis du néant, entrechoquant leurs bras pour effrayer les imprudents qui auraient osé s'attarder. Un profond mugissement s'échappait de leurs troncs tendus comme les cordes d'une gigantesque harpe sur laquelle le vent venait jouer de ses doigts invisibles. En l'espace de quelques minutes, la forêt d'automne s'était métamorphosée en un enfer noir où hurlaient les dieux perdus, assoiffés d'offrandes et de sacrifices.

Loïc accéléra, poussé et chassé par ce grand vent d'orage. Une goutte vint s'écraser sur son front, bientôt suivie d'une autre. C'était une pluie grasse qui s'écoulait du ciel comme d'un organisme malade. Un nuage creva et toute cette eau accumulée se déversa en un torrent nauséeux sur le bossu. Dans sa hâte, il trébucha sur un bouquet de fougères et s'étala de tout son long dans la fange d'un marécage.

Le charbonnier se redressa, trempé jusqu'aux os. Il s'ébroua pour se délester de l'eau qui s'était emmagasinée sous ses vêtements. L'orage enflait encore, accompagné d'une pluie fine et glacée. C'est alors qu'il reconnut les signes.

— C'est Barenton qui gronde…, murmura-t-il. Quelqu'un a jeté de l'eau sur le perron de Merlin et le chevalier noir va paraître.

Il huma le vent et tenta de se repérer. Il reconnut enfin les lieux où l'avait entraîné sa course éperdue. Il était près du hameau de Folle-Pensée. Barenton n'était pas loin. Il s'y précipita, mû par une intuition fulgurante.

— T'as voulu les voir, tes parents ? Eh bien, tu vas les rejoindre, c'est encore mieux ! Le nom, les titres, la noblesse, le château, t'y auras pas plus droit que ma fille. La lavandière de sang a plongé Annaïg dans le *doué*... Elle va te noyer dans la fontaine, c'est justice !

Dotée d'une force qu'elle puisait dans sa folie et son désespoir, Dahud s'était juchée sur les épaules de Gwenn qu'elle avait assaillie par surprise et pesait de tout son poids pour la forcer à tomber dans la fontaine ravinée par la pluie. De ses mains décharnées elle lui crochetait le cou et tentait de l'étouffer. La jeune femme cherchait à se débattre mais ses gestes désordonnés n'étaient parvenus qu'à faire gicler l'eau de Barenton sur le perron et provoquer une nouvelle fois l'orage légendaire.

— Ah ! ça fait longtemps qu'j'avais pas entendu Barenton gronder, exultait la lavandière noire. Mais cette fois-ci, c'est pour toi qu'elle gronde, Gwenn. Tu vas t'en aller rejoindre Annaïg au pays des filles maudites et des lavandières perdues !

Gwenn sentait sa résistance faiblir. Elle n'avait aucune prise et la pression des doigts de la vieille sur sa carotide commençait à lui faire perdre le souffle. Déjà, elle se sentait prise de vertiges et d'hallucinations. La tête lui tournait et son regard se voilait.

— J'ai pas voulu la tuer, Annaïg ! criait encore Dahud. J'lui ai juste donné les remèdes pour la libérer du bâtard que Philippe lui avait planté dans l'ventre. Elle a pas supporté et elle a craché tout son sang par en bas. Alors la lavandière de sang est allée l'allonger dans l'eau du *doué*, pour qu'elle y soit bien. Mais moi, j'y suis pour rien ! J'l'aimais, moi, ma fille ! J'lui voulais pas d'mal ! C'est la lavandière qu'a tout fait. La lavandière de sang !

Gwenn se sentait partir. Encore quelques secondes et elle se retrouverait de l'autre côté des apparences. Dans un pays noir et gris où erraient les trépassés victimes d'une mauvaise mort : les noyés, les assassinés, les suicidés. Elle y retrouverait Annaïg, sans doute, que Dahud avait tuée de ses propres mains comme elle était en train de la tuer à son tour.

Au moment où la jeune femme allait abandonner toute résistance, la pression autour de son cou se relâcha brusquement. Ce ne fut pas elle, mais Dahud qui tomba dans la fontaine.

Gwenn se laissa rouler sur le dos en hoquetant,

cherchant son souffle, et rouvrit les yeux à la lumière du jour.

Au-dessus d'elle se tenait Loïc, essoufflé par sa course et trempé par l'orage.

— Gwenn ! Gwenn ! Réponds-moi !

La jeune femme ouvrit la bouche, mais aucun son ne parvint à sortir de sa gorge endolorie.

— Non ! Ça se passera pas comme ça ! La lavandière de sang veut sa vengeance ! hurla Dahud en parvenant à s'extirper de la fontaine où l'avait précipitée Loïc.

Mue par une force prodigieuse, elle sauta sur le muret et se jeta à nouveau sur Gwenn pour l'achever. D'une bourrade, Loïc la repoussa brutalement. Déséquilibrée, Dahud bascula en arrière et tomba la tête la première sur le perron de Merlin.

Son crâne se brisa comme une coquille de noix, répandant sur la pierre son offrande de sang. Ses yeux écarquillés contemplèrent le ciel vide. Sa bouche s'ouvrit sur un long cri muet puis se ferma à jamais. La lavandière de sang emportait ses secrets avec elle, allongée sur cette tombe qu'allait engloutir la forêt.

Lentement, le sang s'écoula dans l'eau de la fontaine, noyant avec lui les anciennes malédictions.

Barenton gronda une dernière fois, puis se tut.

ÉPILOGUE

Mai 1945

C'était un beau dimanche du mois de mai 1945.

Comme chaque matin, la nouvelle baronne du château de Ker-Gaël, Gwenn Gaël de Montfort Brécilien, était venue saluer les lavandières de Brocéliande dont elle avait naguère fait partie. Elle n'était pas fière et ses titres de noblesse ne l'empêchaient pas de s'entretenir sur un pied d'égalité avec les notables ou les gens du peuple, et chacun lui savait gré de cette simplicité. Mais sa préférence allait aux lavandières qu'elle encourageait à ne jamais baisser les bras, quels que soient les heurts ou malheurs que la vie leur réservait. Selon elle, ces filles préposées aux lessives et aux basses besognes avaient droit à autant de respect que les nobles ou les bourgeois et ne devaient jamais accepter de se soumettre à qui que ce soit. Elles étaient libres de refuser ce qui était contraire à leur honneur.

L'année précédente, la Bretagne avait été libérée de la présence des Allemands. Le 3 août 1944, le colonel Chenel, chef de l'armée des FFI, nouvelle appellation des forces de la Résistance qui avaient fédéré les divers mouvements jusque-là épars, dont l'Armée secrète, avait repris le commandement du camp militaire du Point-Clos. Le major Alfred Ernst s'était enfui avec ses derniers soldats, abandonnant derrière lui sa maîtresse Rozenn qui fut jugée pour intelligence avec l'ennemi, tondue publiquement puis exécutée. Quant au père de celle-ci, maître Le Bihan, qui avait rejoint à temps la Résistance et qui ne fit rien pour adoucir le sort de sa fille, il eut le droit de parader dans les chars conduits par les FFI qui sillonnèrent le village sous les vivats de la foule.

Le commandant Maurice Guillaudot, alias Yodi, avait été déporté à Neuengamme, en Allemagne, après sa séquestration dans la prison de Rennes. Malgré les tortures répétées, il s'était toujours refusé à parler. Libéré en avril 1945, il revint en héros dans sa Bretagne natale et fut nommé la même année compagnon de la Libération par le général de Gaulle.

Le maquis de Saint-Marcel avait pris une part active dans la libération du Morbihan, sous la direction d'Émile Guimard. Loïc Le Masle, alias Lancelot, s'était révélé l'un des maquisards les plus courageux et les plus héroïques. Il fut lui aussi décoré et considéré comme l'un des braves et des justes qui avaient contribué à la libération du pays.

L'abbé Guilloux avait continué à prier pour le salut de la France et à rêver aux plans de sa future église inspirée par les légendes des chevaliers de la Table ronde. Ce même mois de mai 1945, il reçut l'autorisation de se rendre dans le camp de prisonniers allemands n° 1102, situé dans la Marne, pour y recruter un peintre et un menuisier qui l'aidèrent à bâtir son église du Graal.

Après la mort brutale d'Hubert et de Philippe de Montfort, Françoise s'était retrouvée seule et désemparée, privée dans le même temps d'un mari et d'un fils. Lorsqu'elle avait hérité du château, ainsi que d'une grande partie des terres de Brocéliande, Gwenn avait tenu à garder auprès d'elle la pauvre femme désormais sans ressources et sans affection. Comme par le passé, Françoise demeurait toute la journée dans son salon préféré, à tirer l'aiguille sur sa tapisserie. De temps à autre, elle levait la tête et contemplait le lac de Viviane. Nul ne sait à quoi elle songeait dans ces moments-là.

La mort de Dahud avait été jugée accidentelle. Gwenn, pas plus que Loïc, n'avait parlé de l'attaque de la lavandière à la fontaine de Barenton, ni révélé sa responsabilité dans la mort d'Annaïg.

Morte, elle ne pouvait plus faire de mal à personne. À quoi bon entacher sa mémoire ? Elle fut enterrée chrétiennement dans le cimetière de Concoret. Le mystère de la mort d'Annaïg ne fut jamais élucidé.

Le père Jean s'était éteint doucement, peu après la libération de la Bretagne, le cœur allégé. Il avait insisté pour que ce soit l'abbé Guilloux qui prononce les prières aux mourants et lui donne l'absolution.

Quant à Yann, malgré l'insistance de Gwenn qui tenait à le voir habiter avec elle au château, il préféra demeurer dans sa petite maison dans les bois. La forêt de Brocéliande était son château à lui, et il ne pouvait en rêver de plus beau.

C'était un beau dimanche de mai 1945. Après avoir entendu la messe dans l'église de Tréhorenteuc, dite par l'abbé Guilloux, Gwenn de Montfort et Loïc Le Masle s'en étaient allés se promener dans la forêt printanière. Leurs pas les portèrent tout naturellement jusqu'à la fontaine de Barenton.

— Sans toi, c'est là que j'aurais fini, constata Gwenn en regardant l'eau frissonnante qui riait à la surface.

— Mais avec toi, c'est ici que tout peut recommencer, fit remarquer Loïc.

— Tu les as apportées ? demanda Gwenn en souriant.

— Comment aurais-je pu oublier ? Mais avant, je veux que tu sois sûre… Vraiment sûre… À présent, tu es baronne, tu es riche, tu es la maîtresse du pays. Et tu es plus belle que jamais. Tu trouveras facilement un parti digne de toi. Tandis que moi, je ne suis qu'un charbonnier. Et j'ai toujours ma bosse…

— Moi, je ne vois qu'un preux chevalier qui s'est battu pour son pays et l'amour de sa dame. Et ta bosse nous portera chance… Alors, ces *épilles* ?

— Les voilà…

Loïc sortit une petite boîte de son gilet et en sortit deux aiguilles étincelantes qui accrochèrent les rayons du soleil, au point qu'on les eût crues faites d'or.

Ils se donnèrent la main, s'approchèrent du bord de la fontaine de Barenton et, après avoir échangé un regard, jetèrent les *épilles* dans l'onde claire.

Les aiguilles demeurèrent à la surface et l'eau de Barenton se mit à chanter.

SOURCES ET REMERCIEMENTS

Ce roman est bien entendu une œuvre de pure fiction, qui se fonde pourtant sur un arrière-plan historique. De même, si les protagonistes de cette histoire sont imaginaires, certains personnages sont bien réels, ou ont été inspirés par des figures locales.

Ainsi, l'abbé Guilloux a existé sous les traits de l'abbé Henri Gillard, nommé recteur de Tréhorenteuc en 1942. Il est parvenu à construire son rêve et à bâtir son église du Graal dans ce petit village de Brocéliande où l'on peut encore se recueillir de nos jours et contempler les splendides vitraux, mosaïques et peintures inspirés par les légendes de la Table ronde. Seules les libertés romanesques que j'ai prises avec ce prêtre hors du commun, concernant notamment ses liens avec les maquisards de Concoret dont j'ai situé le refuge, pour les besoins de mon récit, dans le Val-sans-Retour, m'ont contraint à transformer son nom.

Par parenthèse, l'abbé Gillard reçut dès 1945 la visite d'un jeune étudiant âgé de seize ans, passionné de légendes celtiques, qui demeura toute sa vie fidèle à son enseignement. Ce jeune homme, Jacques Bertrand, est mieux connu aujourd'hui sous son nom de plume, Jean Markale. Je salue au passage sa mémoire.

Le 35e régiment d'artillerie basé à Vannes, constitué exclusivement de jeunes Morbihannais, dans lequel a été affecté Edern, s'est effectivement illustré par sa bravoure et son héroïsme durant la Grande Guerre.

Le gendarme Maurice Guillaudot, chef de l'Armée secrète sous le nom de Yodi, a bel et bien existé lui aussi. Il demeure aujourd'hui encore un modèle d'héroïsme et une figure de la Résistance pour tous les Bretons, notamment dans la région du Morbihan.

Le major Alfred Ernst, commandant militaire allemand du camp militaire du Point-Clos a également existé. Il s'habillait de blanc, roulait en voiture décapotable, avait planté un arboretum exotique dans une partie du camp et était amateur de femmes. Seule sa liaison avec Rozenn est fictive.

La famille Gaël de Montfort Brécilien est également imaginaire, mais elle synthétise plusieurs familles de noblesse terrienne qui jadis se partageaient la forêt de Brocéliande. Quant au château de Ker-Gaël situé près des rives du lac de Viviane, je lui ai donné la silhouette du château de Comper, à Concoret, qui abrite aujourd'hui le Centre de l'imaginaire arthurien créé par Claudine Glot.

Je remercie pour leur aide ou leur soutien la Communauté de communes de Brocéliande, le Centre permanent d'initiatives pour l'environnement de la forêt de Brocéliande, Xavier Lesèche, conteur, Laurent Goolaerts, bibliothécaire à Paimpont, Claudine Glot, du Centre de l'imaginaire arthurien de Comper, Jacky Ealet, qui perpétue la mémoire de l'abbé Gillard à Tréhorenteuc et toute l'équipe de La prod est dans le pré, producteur du Scénovision© « La Maison de Brocéliande » à Paimpont, réalisé à partir d'un scénario d'Édouard et Stéphanie Brasey.

Je remercie surtout mon épouse Stéphanie, qui fut à la fois mon inspiratrice et ma première lectrice, et qui m'a constamment aidé et encouragé dans la réalisation de ce projet.

BIBLIOGRAPHIE SÉLECTIVE

Coutumes de la Forêt de Brécilien, Jugements et arrêts de 1285 à 1864

Félix BELLAMY, *Bréchéliant*, 1896

Abbé MAUNY, *Note sur Concoret en 1880*

Adolphe ORAIN, *Glossaire patois d'Ille-et-Vilaine*, 1886

Paul FÉVAL, *Contes de Bretagne*, Victor Palmé, 1878, d'où est tirée la traduction du chant des lavandières de sang : « Tords la guenille, tords le suaire des épouses des morts. »

Simone MORAND, *Anthologie de la chanson de Haute-Bretagne*, Maisonneuve et Larose, 1976, dont est tiré le texte de la chanson « Le Battoué cassé » chanté par les lavandières

Jean-Claude FICHET, *L'Ermite de Brocéliande – Concoret au XIXe siècle*, 2010

Armand Gernigon, *Mémoires et souvenirs d'un garde en forêt de Paimpont*, édité par les Amis de la bibliothèque de Paimpont

Charbonniers de Brocéliande – L'Art de la fouée, édité par les Amis de la bibliothèque de Paimpont

Guy LARCHER, *Les Charbonniers à Paimpont – Contribution à l'histoire d'une commune*, numéro hors-série de la revue *Le Chatenay*, Association des amis du moulin du Chatenay, 1986

Gilles MONGOBERT, *Liberté retrouvée en Pays de Brocéliande*, 1994

Abbé Henri GILLARD, *Vérités et légendes de Tréhorenteuc*, préface de Jean Markale, édité par l'Association de sauvegarde des œuvres de l'abbé Gillard, 1996

Jacky EALET, *Tréhorenteuc en Brocéliande*, Les Oiseaux de papier, 2008

Jean MARKALE, *Guide spirituel de la forêt de Brocéliande*, Brocéliande/Éditions du Rocher, 1996

Adèle DENYS, *Mémoires d'une centenaire*, Éditions Kérig, 1999

Charles LE QUINTREC, *Une enfance bretonne*, Albin Michel, 2000

Brocéliande à pied, Topoguide, édité par la Fédération française de randonnée, 3e édition, 2011

« Le Lavoir de la Planche Bouvier », collectage de Régis Supper et Karyne Puech auprès d'habitantes de Concoret. Paroles recueillies lors de l'inauguration du sentier du 22 juillet 2006

Du même auteur :

L'Effet Pivot, Ramsay, 1987

Charlie Chaplin, Solar, 1989

Les Sorciers. Voyage chez les astrologues, envoûteurs, guérisseurs, mages et voyants, Ramsay, 1989

La République des jeux. Enquête sur l'univers secret des jeux d'argent et de hasard, Robert Laffont, 1992

Quand le ciel s'éclaircira, roman, Plon, 1994

Enquête sur l'existence des anges rebelles, Filipacchi, 1995, J'ai lu, 1997

Enquête sur l'existence des fées et des esprits de la nature, Filipacchi, 1996, J'ai lu, 1998

Le Vœu d'étoile, roman, Le Comptoir, 1996

Vivre la magie des contes. Comment le merveilleux peut changer notre vie, avec Jean Pascal Debailleul, Albin Michel, 1998

Rues de l'oubli ou les ombres d'Istanbul, roman, Autres Temps, 1998

L'Énigme de l'Atlantide, à la recherche de nos origines perdues dans un cataclysme planétaire, Pygmalion, 1998, J'ai lu, 2002

L'Univers féérique, vol. 1 : *Fées et elfes*, Pygmalion, 1999

L'Univers féerique, vol. 2 : *Nains et gnomes*, Pygmalion, 1999

L'Univers féerique, vol. 3 : *Sirènes et ondines*, Pygmalion, 1999

L'Univers féerique, vol. 4 : *Géants et dragons*, Pygmalion, 2000

L'Univers féerique, vol. 5 : *Sorcières et démons*, Pygmalion, 2000

Trouver sa vérité par les contes de sagesse, Albin Michel, 2000

Les Amours enchantées. Contes et légendes de France, Pygmalion, 2001

Les Bestiaire fabuleux. Contes et légendes de France, Pygmalion, 2001

La Cuisine magique des fées et des sorcières, Envol, 2001, 2005, Cartothèque, 2006

Démons et merveilles : fées, lutins et autres créatures magiques, Le Chêne, 2002, 2006, 2010

La Lune, mystères et sortilèges, Le Chêne, 2003

Les Sept Portes des mille et une nuit, Le Chêne, 2003, 2010

Le Guide du chasseur de fées, Le Pré aux Clercs, 2005

Les Univers de Jules Verne, Le Chêne, 2005

Les Loups de la pleine lune. Journal intime retrouvé dans un manoir en ruines, roman, Le Pré aux Clercs, 2005

L'Encyclopédie du merveilleux, vol. 1 : *Des peuples de la lumière,* Le Pré aux Clercs, 2005

L'Encyclopédie du merveilleux, vol. 2 : *Du bestiaire fantastique,* Le Pré aux Clercs, 2006

L'Encyclopédie du merveilleux, vol. 3 : *Des peuples de l'ombre,* Le Pré aux Clercs, 2006

Le Guide du chasseur de fantômes, Le Pré aux Clercs, 2006

Pirates et flibustiers du bout du monde, Hors collection, 2007

L'Amour courtois et autres histoires, Le Pré aux Clercs, 2007

La Petite Encyclopédie du merveilleux, Le Pré aux Clercs, 2007

Grimoires, sortilèges et envoûtements. Le manuel du sorcier, Fetjaine, 2007

La Bonne Cuisine des fées, avec Jacques Bertinier, Fetjaine, 2007

Le Petit Livre des ogres, Le Pré aux Clercs, 2008

Le Petit Livre des sorcières, Le Pré aux Clercs, 2008

Le Petit Livre des fées, Le Pré aux Clercs, 2008

Le Petit Livre des elfes, Le Pré aux Clercs, 2008

Le Petit Livre des dragons, Le Pré aux Clercs, 2008

Le Petit Livre des lutins, Le Pré aux Clercs, 2008

La Petite Bibliothèque du merveilleux, Le Pré aux Clercs, 2008

La Malédiction de l'anneau, vol. 1 : *Les chants de la Walkyrie*, roman, Belfond, 2008

L'Encyclopédie du légendaire, vol. 1 : *Trésors, artefacts et armes magiques,* Le Pré aux Clercs, 2008

La Malédiction de l'anneau, vol. 2 : *Le sommeil du dragon*, roman, Belfond, 2009

Traité de vampirologie du docteur Van Helsing, Le Pré aux Clercs, 2009

Traité de féerie d'Ismaël Mérindol, Le Pré aux Clercs, 2009

L'Agenda du merveilleux 2010, Le Pré aux Clercs, 2009

L'Encyclopédie des héros du merveilleux, Le Pré aux Clercs, 2009

L'Agenda merveilleux 2011, Le Pré aux Clercs, 2010

La Malédiction de l'anneau, vol. 3 : *Le trésor du Rhin*, roman, Belfond, 2010

La Malédiction de l'anneau, la trilogie, roman, Belfond, 2010
Traité des anges, Le Pré aux Clercs, 2010
Grimoire des loups-garous, Le Pré aux Clercs, 2010
Formules magiques pour toutes circonstances d'après les Évangiles des Quenouilles, Le Chêne, 2010
Le Cabinet des fées. Créatures fantastiques et merveilleuses, Le Chêne, 2010
Le Cabinet des fées. Sortilèges et enchantements, Le Chêne, 2010
La Grande Bible des fées, Le Pré aux Clercs, 2010
L'Agenda merveilleux 2012, avec Stéphanie Brasey, Le Pré aux Clercs, 2011
Traité de démonologie, Le Pré aux Clercs, 2011
Fées et elfes, Pygmalion, 2011
La France enchantée, légendes de nos régions, La Martinière, 2011
Les Enquêteurs de l'étrange. Histoires vraies de maisons hantées, avec Stéphanie Brasey, Le Pré aux Clercs, 2011
Traité de sorcellerie, avec Stéphanie Brasey, Le Pré aux Clercs, 2011
Traité des arts divinatoires et autres méthodes pour connaître l'avenir tirées des mages, voyants et illustres cartomanciens, avec Stéphanie Brasey, Le Pré aux Clercs, 2012
La Grande Encyclopédie du merveilleux, Le Pré aux Clercs, 2012
Le Dernier Pape, Télémaque, 2013
Les Pardons de Locronan, Calmann-Lévy, 2013

PAPIER À BASE DE FIBRES CERTIFIÉES

Le Livre de Poche s'engage pour l'environnement en réduisant l'empreinte carbone de ses livres. Celle de cet exemplaire est de :
550 g éq. CO_2
Rendez-vous sur www.livredepoche-durable.fr

Composition réalisée par PCA

Achevé d'imprimer en avril 2014 en France par
CPI BRODARD ET TAUPIN
La Flèche (Sarthe)
N° d'impression : 3005161
Dépôt légal 1re publication : mai 2014
LIBRAIRIE GÉNÉRALE FRANÇAISE
31, rue de Fleurus – 75278 Paris Cedex 06